かんかん橋を渡ったら

あさのあつこ

角川文庫
19562

目次

第一章　ののや

山の裾《すそ》に沿って、川は流れている。

東から北へ緩やかに向きを変え、さらに西から南へと蛇行して町の端をなぞり、また、山裾に身を添わせて流れていく。

幅は十メートルたらず。中国山地から流れ出て瀬戸内海に注ぐ一級河川の、支流の、さらに支流になる。正式な名称は、むろんあるのだろうが、誰も知らない。町の人は単に山川とそっけなく呼んでいる。

山川は五キロほど下流で他の支流と合わさり、そのとたん、夢結川《ゆめゆい》という実に典雅な名に変わる。川は、人が勝手に付けた名など知らぬまま、ただ流れていくのだけれど。

山川が夢結川に変わるちょっと手前に、かんかん橋があった。

かんかん橋は小さな橋だ。車は通れない。人だけが通る。県庁所在地の都市へと繋《つな》がる国道の枝道のさらに分岐した先にあって、山川が奈央《なお》さんのウエストみたいにきゅっと窄《すぼ》まった場所に架かっている。

真子《まこ》は朝、かんかん橋を渡って学校に行き、夕がた、かんかん橋を渡って家に帰る。

津雲《つくも》の町の子どもたちはみんなそうだ。小学校は川向うの小高い丘の麓《ふもと》に、中学校はその丘の中腹に建っているから、子どもたちは誰もかんかん橋を渡って登下校する。

かんかん橋は石の橋だ。薄灰色の石と少し黒っぽい石が交互に並べられている。どちらも四角い。灰色の石は縦長で、黒色のはほとんど真四角に見える。最初に架けられたのは、昭和という時代の初め、津雲にまだ電灯がなかったころだ。そのときは、かんかん橋はかんかん橋ではなく、津雲口《つくもぐち》橋だった。今でも、よくよく目を凝らすと、橋袂《たもと》の欄干に『つくもぐち橋』の文字を読み取ることができる。橋袂の欄干だけは当時の物がそのまま残っているのだ。

よくよく目を凝らすだけでなく、消えかかっている文字の上を何度も指でなぞらなければ、分かり難いかもしれない。そんな面倒なことをする酔狂人は津雲にはいない。

津雲口橋がかんかん橋となるまでに、さほど時間はかからなかったようだ。町に一軒だけある写真館『フォトスタジオ・ＫＯＫＵＭＩ』の菊おばあちゃんは、今年、九十二になるけれど、

「かんかん橋は昔っからかんかん橋だったで。他の名前なんかありゃあせんわ」

と言う。皺《しわ》だらけの口元を蠢《うごめ》かして、言う。

驚くほど細かな皺に埋まった唇がふにゅふにゅと動くのがおもしろくて、見たくて、真子は学校の帰り、三年前に改装して『フォトスタジオ・ＫＯＫＵＭＩ』になった元国見写真館につい寄り道してしまう。

菊おばあちゃんは、春たけなわの暖かな昼間や、初秋の涼やかな夕暮れ時に、店の前にちょこんと座っている。暖かな光や涼やかな風の中で目を閉じて、座っている。いつも、洗いたて

の真っ白なエプロンを着けていた。

「おばあちゃん」

声をかけると、うっすらと目を開けて「なんね？」と答える。

「帰りました」

「なに？」

「学校の帰り。じゃから、帰りました」

「ああ、そうかい」

菊おばあちゃんはそこでふにゅふにゅと唇を動かす。周りの皺が一斉に動く。

おもしろい。

「あんたは、誰だったかいね」

ふにゅふにゅ。唇が動く。皺が蠢く。

真子は座っている菊おばあちゃんの耳元に口を寄せ、囁《ささや》く。

「石鎚真子」

「はぁ？」

「い・つ・い・ま・こ。うちの名前やが」

「あぁ、そうかね。真子ちゃんかね」

「うん」

「そうかね。ご飯、いっぱい食べとるかい」

そうかね、そうかねと頷《うなず》いて、菊おばあちゃんは目を閉じる。そのまま寝息をたてて眠ってしまうこともあるし、三秒ほどでゆっくりと瞼《まぶた》を上げることもある。瞼を上げて、そこにまだ、真子が立っていると、瞬きをして問うてくる。

「あんたは、誰だったかいね」

「うん。食べとるよ」

真子はさよならと手を振る。またね、おばあちゃん。菊おばあちゃんは首を傾け、「誰だったかいね」を繰り返しながら、また、目を閉じてしまう。たいてい、そんな風だった。

でも、今日は違った。

四月半ばの金曜日。今年は春の訪れが例年よりずっと遅れている。桜の蕾《つぼみ》がほころぶのも、山からの風が緩むのも、燕《つばめ》が渡ってくるのも、ずいぶんと遅かった。真子が四年生になって十日が過ぎていた。

今日も四月にしては寒い。肌寒いという感覚より、もう少し寒い気がする。冬と春が絡み合ったままどちらも動けずにいるみたいな気もする。

津雲は四方を山々に囲まれた町だ。古くから湯治場として知られてきた。今はずいぶんと寂れてしまったが、真子が生まれる前、ずっと前はかなり賑《にぎ》わった温泉町だったそうだ。

たくさんの旅館があって、たくさんの店があって、たくさんのお客さんがいた。笑声や足音や放歌が、怒声や嬌声《きょうせい》や音曲が綯《な》い交ぜになり、溢《あふ》れかえっていた……そうだ。

真子は知らない。

真子の知っている津雲の町はいつも寂しい。日陰に咲いてしまった秋桜《コスモス》みたいだ。ひょろひょろ細くて小さな花しかつかなくて、ちょっとした風や雨にも簡単に倒れてしまう。花をつけていても、地面に倒れていても誰も気がつかない。だから、いつも寂しい。

昔、たくさんあったはずのお店のほとんどが、居酒屋も魚屋も衣料品店もお土産屋も、戸を閉めたままだ。あっちの店は薄青色のシャッターが下りたまま、こちらの店はガラス戸に色あせたカーテンを引いたまま、しんと静まり返っている。『閉店』とか『みなさまの長年のご愛顧に感謝いたします　店主敬白』とか記されたビラが貼ってあって、それがいつの間にか半分破れて垂れ下がっていたりする。

かんかん橋を渡って、旅館の並ぶ通りを抜け、津雲商店街をさらに抜けて行く。それが真子のいつもの帰り路《みち》だった。津雲商店街の半分ぐらいはシャッターを閉めたままの店だ。昼間でもあまり明るくない。野良猫がうろついていたりする。

商店街の中ほど、一軒の店の前で真子はいつも足を止めた。一人で帰っていても、友達といても必ず立ち止まってしまう。そこは、真子が三年生の夏まで営業していた本屋さんで、本の他にも可愛らしい雑貨や文房具を売っていた。

真子はここで誕生日の度に、絵本や鉛筆立てやクレヨンを買ってもらったのだ。岩井さんという眼鏡をかけた丸顔のおばさんが一人いるだけの店だった。岩井さんは眼鏡の奥の眼が細くて優しげな人で、いつもにこにこ笑っていた。半年前に突然（真子からすれば突然だけれど、大人たちには何となく分かっていたそうだ。大人って先のことが何となくでもわかるものなのだろうか)、津雲からいなくなった。

岩井書店と店名の入ったシャッターの上に二枚の紙が貼ってあって、一枚には『閉店いたします』そして、もう一枚には『さようなら』と墨の文字が並んでいた。二枚とも剝《は》がれて無くなってしまったけれど、真子は『さようなら』の墨文字がまだ見える気がして、つい立ち止まってしまう。岩井さんは何を思いながら『さようなら』の文字を綴《つづ》ったのだろう。黒々とした別れ言葉の墨文字はとても美しかった。

『フォトスタジオ・KOKUMI』は、シャッターの閉まった『岩井書店』の隣に建っている。国見写真館のころは白壁と黒瓦《くろがわら》のちょっと古風な造りだったが、今は薄緑色の外壁も、大きなショウウィンドも明るくて、洒落《しゃれ》ていて、津雲商店街の中では一際目を引く華やかな建物になっていた。

「国見さん、宝籤《たからくじ》でも当てたんかの」

「馬券かもしれん。大穴でも当てたんじゃないんか」

「どちらにしても金があるってこっちゃろ。豪儀な話やで」

国見写真館が改装を始めたころ、大人たちがある者は露骨に、ある人は密《ひそ》やかに、羨望《せんぼう》の色を口調の端々に滲《にじ》ませて語るのを真子は聞いていた。嫉《そね》みや妬《ねた》みがもう少し濃くなれば、言葉は棘《とげ》を持ち話題の主を刺しもするのだろうが、羨望ばかりが目立つ会話はへなへなと意気地なく萎《な》えて、縮んでしまう。

そんな『フォトスタジオ・KOKUMI』の前に菊おばあちゃんは座っている。国見写真館だった時とかわらず座っている。

今日も、薄緑色の壁の前に菊おばあちゃんはちょこんと腰かけていた。山からの風が冷たくて上着が手放せないような一日だったから、菊おばあちゃんの姿を見つけて、真子は少し驚いた。こんな冷たい風の吹く日に菊おばあちゃんが外にいるなんて珍しい。珍しいことに出会うのは、なんだか楽しい。

真子はいつものように菊おばあちゃんに近づき、帰りましたと挨拶《あいさつ》をした。

「あんた、誰だったかいね？」

菊おばあちゃんもいつものように尋ねてきた。

「石鎚真子、だよ」

菊おばあちゃんの目が瞬く。まばらな睫毛《まつげ》が上下に動いた。菊おばあちゃんは、いつものように「そうかね」とは言わなかった。真子の方に顔を近づけ、ほとんど真っ白になっている眉《まゆ》を寄せた。

「あんた、かんかん橋を渡ったかね」

「え？」

「かんかん橋を渡ってきたんかね」

「あ……うん。そうだよ。毎日、そうしてるもの」

そう答えたのと同時に、真子は四時限目の授業のことを思い出した。

四時限目は社会だった。担任の広瀬《ひろせ》香苗《かなえ》先生が教室に入るなり『わたしたちのふるさと』と大きく板書した。それから、四年二組、二十三人の顔を一人一人見定めるように、視線を巡らした。そして、

「これから、みんなの故郷について、いろいろと勉強していきます」

と、まったく訛《なまり》の無い口調で告げた。それだけのことなのに、真子は緊張してしまう。下腹がきゅっと硬くなって、胸が苦しくなる。真子は広瀬先生が苦手だった。若くて、美人で、歌の上手な広瀬先生は生徒たちに、とても人気がある。担任が決まったとき、二組のみんな、特に女子は大喜びした。一組からは、今でも「いいなあ、二組は」と羨《うらや》ましがられる。けれど、そんな広瀬先生を真子はどうしても好きになれなかった。広瀬先生は他の先生のように、津雲の訛言葉を使わない。滑々したきれいな標準語で話す。それがとても似合う人でもあった。でも、嫌だ。苦手だ。怖い。

眼が怖い。二重のくりくりした素敵な眼なのに怖いのだ。少しも笑っていない気がする。微笑んでいるときも、笑い声をあげているときも、広瀬先生の眼だけは笑っていない。そんな気がしてならない。けれど、授業中の先生の声は好きだ。柔らかくてするりと耳に入ってくる。どんな教科のときも、真子は教科書に目を落とし、なるべく広瀬先生に視線を向けないようにしている。眼を見ない。声だけを拾う。

『わたしたちのふるさと』の授業のときも、教科書を読むふりをして俯《うつむ》いていた。

「みんなが『かんかん橋』と呼んでいる橋は、実は、まったく別の名前があります」

柔らかな声が滑りこんでくる。真子は顔を上げた。広瀬先生はこちらに背を向けて、黒板に『津雲口橋』と書いていた。

え？　別の名前？　別の名前って？

学校の行き帰りに、いつも渡っているかんかん橋は、かんかん橋じゃないの？

広瀬先生はチョークの先で黒板を二度、軽く叩《たた》いた。『津雲口橋』の『橋』の上だ。

「これが本当の名前です。正式名称といいますね。これに対して『かんかん橋』というのは」

広瀬先生は淡い桜色の唇を閉じて、もう一度教室を見回した。真子は慌てて目を伏せ、身体を強張《こわば》らせる。

「『かんかん橋』というのはね、渾名《あだな》みたいなものなんだけど。こういう呼び方を何と言うか知ってる人いるかな？」

すかさず、一本の手が上がった。

「あら」

広瀬先生が顎《あご》を引く。口元が緩む。

「佐原くんだけ？」

青いポロシャツの腕が青い杭《くい》のように真っ直ぐに立っている。僅《わず》かも揺るがない。広瀬先生は目を細め、唇を窄《すぼ》めた。

「では、佐原くん」

「はい」

真子の斜め前の席から佐原直人《なおと》くんが立ち上がる。襟と袖口《そでぐち》だけが白いポロシャツの背中は腕と同じく真っ直ぐだ。

「通称と言います」

「そうですね。通称とは通り名とも言います。本当の名前ではないけれど、みんなが広く使っている名前のことですね。佐原くん、よく知ってたね」

佐原くんの背中がすとんと、やはり真っ直ぐに下がった。真子からは佐原くんの表情を窺《うかが》うことはできない。でも、きっと頬を薄く紅潮させ笑うのを堪えるように唇を結んでいるはずだ。学年で一番、頭の良い佐原くんだけでなく、たいていの子は広瀬先生に褒められると、嬉《うれ》しげに頬を染めて唇を結ぶ。みんな、一様に同じ顔つきをするのだ。真子もたまに、本当にたまにだけれど褒められる。そういうとき、真子の頬は紅《あか》くならない。広瀬先生の眼を見ないように顔を伏せる。広瀬先生もすぐに真子から視線を逸《そ》らし、他の子を褒めたり、話題を移したりする。真子と広瀬先生はめったに目を合わせない。けれど今は、首を伸ばし、広瀬先生を見詰めてしまう。黒板の上の白いチョークの文字を見詰めてしまう。

かんかん橋に本当の名前があったなんて……。

真子はかんかん橋が好きだ。小さい時からずっと好きだった。

石のでこぼこした感触も、所々にきれいな翡翠《ひすい》色の苔《こけ》が生えていることも、その苔が雨に濡《ぬ》れると深い碧《みどり》に変わることも、手のひらを欄干にそおっと置くと仄《ほの》かに温かいのも、覗《のぞ》きこめば川底を擦って泳ぎ過ぎる魚影が鮮やかに映るのも、何もかもが好きだった。誰にも言わないけれど、真子はかんかん橋に挨拶する。登校の時は「おはよう」、下校の時は「帰りました」、胸の内で挨拶する。かんかん橋は何も答えてくれない。でも、別にかまわない。挨拶するたびに、真子は心がくすぐったくなる。心がどこにあるのか知らないけれど、真子のどこかがむずむずしてくるのだ。それは、冬の風に、ふっと春の兆しを感じた時に似ていた。楽しい。

かんかん橋に本当の名前があったなんて……。

真子の視線に気がつかないのか、気がつかぬふりをしているのか、広瀬先生は微《かす》かに笑みながら、黒板に指を添えた。

「このように、みんなの周りには本当の名前と通称の二つがある場所がたくさんあります。来週の授業では、それらを調べてみようね」

教室がざわめいた。栗野さんが手を上げた。

「先生、それって町を歩いて調べるんですか」

「そうです。これからグループで津雲の町のどこを調べるかを決めます。地図や昔の資料の使い方を勉強しながら津雲の昔や今のことを調べるんですよ。それから、実際に町に出てみましょう」

ざわめきがさらに高くなる。どんな理由であっても、教室から、学校から堂々と出ていけるのは嬉しい。ささやかだけれど特別なようで、ときめく。

先生、お弁当持って行くん。あほか、遠足とちがうぞ。遠足だったらええのにな。先生、先生、グループ分けはいつ、やるんですか。

笑いや囁《ささや》きや内緒話や妙に大人びたため息が混ざり合ってざわめきを作る。今、カーテンが揺れたのは、窓の隙間から吹き込んだ風のためではなく、四年二組のざわめく空気のせいではないか。そんなふうに思える。

もう、誰もかんかん橋のこと、忘れているんだろうか。

ざわめきの中で、真子は一人、黒板の文字を幾度も目で追っていた。

津雲口橋。

菊おばあちゃんから「あんた、かんかん橋を渡ったかね」と突然尋ねられたとき、真子の脳裏に橋の名前が浮かび上がってきた。川面《かわも》で銀色の魚鱗《ぎょりん》が光を弾《はじ》くように、ちかりと輝いた。

「おばあちゃん、かんかん橋を知っとる?」

皺《しわ》が無数に刻まれた唇が持ち上がった。真っ白な歯が覗く。円藤歯科医院で作った義歯だ。あまりに白すぎて人の歯には見えない。

「知っとるよ。よう、知っとる」

「そしたらな、あの橋、本当は津雲口橋って言うの、知っとった?」

「は?」

菊おばあちゃんが耳に手を当てて、身を乗り出してくる。髪の油と線香の匂いが漂った。お年寄りの匂いだ。いい匂いだ。

髪と線香の匂いを吸い込む。

「あのな、かんかん橋には別の名前があるんやと。そっちの名前が正しいんやと」

一息に伝える。菊おばあちゃんの黒目が左右にゆっくり二度行き来した。黒目と言っても、菊おばあちゃんの眸《ひとみ》は黒の上に一枚、白い紗《しゃ》を被《かぶ》せたような色合いをしている。黒より灰色に近い。歳を経るということは、眸の色まで褪《あ》せてしまうものなのだろうか。

菊おばあちゃんの黒目が止まる。かわりに口元がもごもごと動き始める。真子の言葉を懸命に咀嚼《そしゃく》しているみたいだ。

もごもご、もごもご。

もごもご、もごもご。

風が吹いて、真子の肩まで伸びた髪を揺すった。身が縮むほど寒い風だ。

「かんかん橋は昔っからかんかん橋だったで、他の名前なんてありゃあせんわ」

菊おばあちゃんの声が風を貫く。

「ほんまに?」

「なんやて?」

「ほんまにそうなん?　かんかん橋はかんかん橋のままでええの」

「当たり前や。他の名前なんてあるものかい。かんかん橋はかんかん橋、それだけのこっちゃ」

菊おばあちゃんの声には力が漲《みなぎ》っていた。颯爽《さっそう》としていた。堂々としていた。菊おばあちゃんがこんなふうに言い切るのを初めて聞いた。

風が身体の内まで吹き通っていく。身を縮こませる寒風ではなく、胸の痞《つか》えを浚《さら》い取ってくれる和風だ。

そうか、やっぱり、かんかん橋はかんかん橋のままでええんやな。

胸の痞えが消える。身体が軽くなる。スキップしたくなる。

「みんな、あの橋を渡ったんやで」

菊おばあちゃんが呟《つぶや》いた。さっきまでの毅然《きぜん》とした調子とはうらはらな、か細い呟きだった。

「みんな……渡ったんやで」

『フォトスタジオ・KOKUMI』の自動ドアが開いて、痩《や》せて背の高い女の人が出てきた。

菊おばあちゃんの孫のお嫁さんだ。菊おばあちゃんの子どもはみんな、母親より先に逝ってしまったけれど、十人近くいる孫は全て健在なのだそうだ。その内の一人、清志さんが国見写真館を『フォトスタジオ・KOKUMI』に変身させた。

清志さんは、東京の大学を出て東京の会社に勤めていたけれど、真子が生まれるちょっと前に津雲に帰って来た。清志さんの父親、菊おばあちゃんの三番目の息子さんで国見写真館の店主だった光信さんが亡くなったからだ。

清志さんは、お嫁さんの一恵さんと陽菜《ひな》さん、明菜《あきな》さんという双子の娘さんを連れて帰って来た。陽菜さんと明菜さんは、今年の春高校を卒業して、また、東京へと出て行ってしまった。

清志さんたちが帰って来たときのことを真子は知らない。生まれる前だから、当たり前と言えば当たり前だ。でも、陽菜さんたちが津雲を発《た》った日の様子なら知っている。自分の目で見たし、自分の耳で聞いた。

三月の半ば、四月の今日よりずっと暖かで春めいた月曜日だった。真子がかんかん橋を渡ろうとしたら、国見さんたちが橋袂《たもと》で言い争っていた。陽菜さん、明菜さん、清志さん、一恵さん。写真館の一家が菊おばあちゃんを除いて揃っている。

遠目には楽しげに話をしているように思えたのに、近づくにつれて諍《いさか》いの声がはっきりと響いてきた。足が竦《すく》んでしまう。

真子は大声や険しい口調が嫌いだ。聞いているだけで耳の奥が痛くなる。耳の奥だけでなく、奥歯や頭の隅まで痛くなる。

嫌だなあ。朝から嫌だなあ。

春の日差しが淡々と優しい朝だった。空気はまだ少し冷たかったけれど、それが日差しの暖かさをより感じさせてくれる。芽吹き始めた木々の芽が光の中でふわりと膨らんで緑の色を濃くしていく。そんな朝でもあった。

春の初め、天からの賜り物のような美しい朝に、なぜ、人は諍いなどするのだろう。

始業時間にはまだ十分に間があったけれど、心が急《せ》く。心は急くけれど、足が前に出ない。

真子はかんかん橋の手前で立ち尽くしていた。

「ここで、ええって。もう、ほんま、ええから」

陽菜さんか明菜さん（一卵性双生児の陽菜さんと明菜さんは顔も身体つきもそっくりで、真子にはまったく見分けがつかない）が何かをはらうように手を振った。それから、振った手で一恵さんを押し返すような仕草をした。清志さんと一恵さんが同時に、

「どうして」と声をあげる。二人の「どうして」がぴたりと重なった。

一恵さんは陽菜さん（明菜さんかもしれない）の提げていた赤いチェックのボストンバッグを掴《つか》み、

「バスの停留所まで送っていくから」

と、ほとんど叫ぶように言った。

「いいって」

「どうしていいの。バス停はすぐそこでしょ」

「すぐそこだから、ええの。見送りなんかせんでええから。もう帰って」

「陽菜！　どうして、そんなに母さんを嫌うの」

一恵さんが今度は本当に叫んだ。本物の叫びだった。耳に突き刺さってくる。

陽菜さんと一恵さんが声高に言い争っている。明菜さんは陽菜さんから数歩離れて立っていた。陽菜さんとお揃いのボストンバッグを提げ、どこかぼんやりとした目付きをしていた。

清志さんは一恵さんの後ろにぴったり寄り添っている。だから陽菜さんが一人で両親を相手に戦っているように見えた。

「あんたは、ほんとに最後まで母さんのことを」

「もうええって言うてるでしょ。母さん、しつこいんだよ」

バチッ。

肉を打つ音がした。とても痛い音だ。真子はとっさに目を閉じてしまった。目を閉じる寸前、頬を押さえよろめく陽菜さんが見えた。赤いボストンバッグが地面に落ちて転がる。

数を数える。瞼《まぶた》に力を入れて、何も見ないように固く目を瞑《つむ》り数える。

一、二、三……口の中で五まで呟いたとき、陽菜さんの掠《かす》れた声が耳朶《じだ》に触れた。

「行こう、明菜」

そして、かんかん橋の上を遠ざかっていく足音が続く。真子はそっと、そっと瞼を上げる。

陽菜さんと明菜さんは、既にかんかん橋を渡り終えようとしていた。かんかん橋を渡り、右に折れてしばらく歩くとバス停がある。一時間に一本しか走っていない路線だけれど、二時間ちょっとで県庁所在地にある駅まで運んでくれる。駅には新幹線が停車するから、それに乗り込めば東京まで四時間足らずの距離だ。

バス停は透明なプラスチックの板で三方を囲まれている。板はうっすらと紫色をしていて、バス停の中から空を見上げると、いつも宵空に見えた。暮れてしまう寸前の紫の空だ。

真子は時々、バス停のベンチに腰掛けてみる。薄紫に彩色された世界を見回してみる。ほんの束の間だけれど、見知らぬ異界にいる気がする。

少しだけ、胸が高鳴る。

陽菜さんたちはバス停に向かって右に折れた。川辺には柳の木が大きく枝を張っている。その木陰に紺色のスプリングコートの背中と赤いボストンバッグが消えていく。

一恵さんが肩を落とした。

がくりと音が聞こえそうなほど、首を垂れた。真子はまた目を瞑りそうになった。大人でも子どもでも誰かが打ちひしがれて泣きそうになっている姿を直視できない。

「おはよう」

背中をぱんと叩《たた》かれた。

目を覚ませと叱咤《しった》されたようで、真子は思わず息を詰めていた。

「真子ちゃん、おはようったら」

「あ……おはよう」

大原鮎美《あゆみ》ちゃんだ。鮎美ちゃんのお父さんは大の釣り好きで、鮎美ちゃんに魚の名前を付けた。三つ上のお姉さんは海美《うみ》という名前だ。

「どうしたん？　真子ちゃん、何でぼうっとしとんの？　眠いん？」

鮎美ちゃんが立て続けに問うてくる。真子は慌ててかぶりを振った。

「眠くなんかないよ。ちょっと……ちょっと、あの……」

言い淀《よど》んでいる真子を見下ろして（鮎美ちゃんの方が、かなり背が高い）、鮎美ちゃんが首をかしげる。それから、

「なっ、早う行こう。みんな待っとるで」

と、腕を引っ張った。

津雲小学校はバス停とは反対側、かんかん橋を渡って左の道を行く。かんかん橋を渡ってすぐ、橋袂に小さな広場があって、そこが真子たち津雲一区の子どもたちの集合場所になってい

た。昔、ドライブインが建っていた所だ。確か『川辺の家』という名前だった。美味《おい》しいソフトクリームを売っていたのを覚えている。今はただの空き地だ。隅にスレートの屋根の破片や曲がった鉄骨が積み重なっている。『川辺の家』の残骸《ざんがい》だった。

ここに朝七時四十五分までに集合して、みんなで登校する。一区の小学生はみんなで六人。五、六年生がいないから、真子と鮎美ちゃんと哲《さとし》くんの四年生三人が、低学年の子たちを連れて登校する。今週は、鮎美ちゃんが通学班長として列の先頭を歩く予定だった。

鮎美ちゃんに引っ張られて歩き出す。橋口に佇《たたず》む清志さんと一恵さんの前を通り過ぎる。

「おはようございます」

鮎美ちゃんが大きな声で挨拶《あいさつ》した。鮎美ちゃんは本当に鮎みたいだ。川を遡上《そじょう》する活《い》きのいい魚みたいだ。ぴちぴちと跳ねるような物言いができる。

「おはようございます」

真子は俯《うつむ》いて、鮎美ちゃんの半分ほどの声を出した。一恵さんの顔がまともに見られなかった。自分の爪先に視線を落としたまま、早足で歩き過ぎる。

「おう、おはよう。気をつけて行けよ」

清志さんが答えてくれる。一恵さんは黙っていた。黙ったまま横を向き、ため息を吐いた。

真子はさっき陽菜さんと明菜さんが渡ったかんかん橋を少し歩調を緩めて歩いた。「おはよう。行ってきます」。胸の内でかんかん橋に挨拶する。冬の間もずっと翡翠《ひすい》色だった苔《こけ》が光の中で煌《きら》めく。柔らかな優しい色だった。ふうっと息が吐ける。渡り切って振り向くと、向こう岸にはもう誰もいなかった。

それから一月ほど経った昨日、スーパーの鮮魚コーナーの前で、おばさんたちが話をしていた。国見さんについてだ。お父ちゃんに言われて業務用の醬油《しょうゆ》と味噌《みそ》を買いにきていた真子は、三人のおばさんたちのおしゃべりを聞くともなく聞いてしまった。お客の数が少ないせいなのか重いほど静かな店内で、おばさんたちの声音はやたら響く。聞きたくなくても耳に入り込んでしまう。

店内用の買い物籠《かご》を提げたまま、おばさんたちはいつまでも立ち話を続けていた。籠の中身は三人とも、魚の切り身と豆腐だった。

「娘二人を都会の学校に出して、店を改装して、ほんまに国見さんとこは羽振りがええねえ」

「遺産がようけあったそうやで。何て言うても、国見写真館は古いでな。確か四代目やろ」

「五代目やで」

「五代目かぁ。ほんなら、やっぱり蓄えが違うんよなあ。幸せやわ。羨《うらや》ましいこと」

と、ここでも国見さんは羨望《せんぼう》の対象になっている。

幸せやわ。羨ましいこと。

おばさんのため息交じりの一言に真子はそおっと顔を上げ、おばさんたちを窺《うかが》う。

幸せそうには見えなかった。

三月の半ば、かんかん橋の袂《たもと》にいた国見さんたちは決して幸せそうには見えなかった。

おばさんたちの話題はすでに国見さんから離れ、豆腐を使った安くて美味しい総菜の作り方に移っていた。

うちにはちっとも幸せそうに見えんかったのに、みんな、国見さんとこを羨ましがる。どうしてやろか。

醬油のボトルを抱えながら、真子は考える。考えても考えても答えは見つからない。でも、考える。さらに、

うちは幸せなんかな。

とも考える。やはり、よく分からない。十分幸せなようにも、幸せだと言い切るにはどこかが、何かがどうしようもなく欠落しているようにも感じてしまう。その感覚をきちんと言葉にできなかった。

わからない。摑めない。捉《とら》えられない。

それは自分が子どもだからだろうか。まだ、九歳で知らないことがあまりに多過ぎるからだろうか。大人になれば本物の答えを見つけられるのだろうか。

誰か、答えを教えてくれたらええのに。

思いもするけれど、その誰かが誰なのかも、やはりわからない。ただ、広瀬先生やお父ちゃんではないような気はする。

「あら、ちょっと、もうこんな時間やで」

おばさんの一人が腕時計を指差して、目を瞬かせた。ほとんど同時に店内に音楽が流れる。

『赤とんぼ』のメロディだ。午後六時になった合図だった。

「うわっ大変、大変。帰らなあかんわ」

それじゃあと同時に手を振って、何故かけらけらと陽気な笑い声をたて、おばさんたちは三方に別れていった。

それが昨日のこと。

今日、真子は社会の授業で『かんかん橋』の正式名称を習った。でも、菊おばあちゃんは、『かんかん橋』は『かんかん橋』で、他の名前などありはしないと言う。

どんな名前があったとしても『かんかん橋』は『かんかん橋』でいいのだ。菊おばあちゃんに力強くそう言われた思いがして、真子は嬉《うれ》しくなる。菊おばあちゃんに抱きつきたくなる。

不思議だった。たかが橋なのにと不思議だった。たかが一本の橋に惹《ひ》かれる心が不思議だった。自分の心なのに不思議でしかたない。

『かんかん橋』に特別な思い出があるわけではないのだ。登下校の度に通っている。それだけなのだ。なのに、愛《いと》しい。あの古い小さな石橋が愛しい。そして、『かんかん橋』という名前がとても好きだ。いいなあと思う。しみじみ思う。

どうでもええやん。橋の名前なんて。

鮎美ちゃんなら、そう言うだろう。なんでそんなものに拘《こだわ》るのだと笑うかもしれない。笑われると恥ずかしい。顔も身体も火照ってしまう。だから、黙っている。

「みんな……渡ったんやで」

菊おばあちゃんが呟《つぶや》いた。

みんなって誰のこと？

口の先まで出かかった一言を真子は呑《の》み込んだ。店から一恵さんが出て来たからだ。

一恵さんは、菊おばあちゃんの身体を抱えて軽々と持ち上げた。見かけよりずっと力持ちなのだ。

「おばあちゃん、寒いから中に入らないとだめ。風邪ひいちゃうでしょう」

一恵さんの物言いは、広瀬先生と同じで滑々している。耳に馴染《なじ》まない分、とっつき難い。

「うちは渡ったで」

菊おばあちゃんがかぶりを振った。髪の油と線香の匂いがふるふる揺れる。

「うちはな、『かんかん橋』を渡って嫁入りしてきたんやで」

真子より先に一恵さんが、

「はいはい、わかりましたよ」

と、軽くいなした。真子に笑みを向け、肩を竦《すく》める。苦笑いというやつだろうか。大人の人は時々、こんな風に笑っているのか困っているのか判断できない笑み方をする。

「かなり惚《ぼ》けちゃってねえ。昔のことばっかりしゃべってるの」

真子は口の中に溜《た》まった唾《つば》を呑み下す。大人と話すのは苦手だ。相手が滑々した話し方の人なら尚更《なおさら》だった。どうしても口ごもってしまう。でも、今はもう少し、あと少しだけ、話をしていたかった。

一歩、前に出る。

「おばあちゃん、お嫁さんの格好して『かんかん橋』を渡ったん?」

店に入りかけていた菊おばあちゃんが振り向く。褪《あ》せた黒色の目玉が真子を捉えた。

「そうやでの。白無垢《しろむく》を着て渡ったで」

「シロムク?」

一恵さんがショウウィンドを指差した。

写真が飾ってある。

大半はウエディングドレスの花嫁さんのものだった。長いベールを床まで垂らして立っている花嫁、金色のフリルのついたドレスで座っている花嫁、頭をすっぽりと白薔薇《ばら》で包んだ花嫁……どの人も眩《まぶ》しいほど華やかだ。

「ほらそこ、右の隅の花嫁さん。それが白無垢って言うの」

一恵さんの言葉に真子は額がくっつくぐらいショウウィンドに近づいてみる。右隅に目をやる。その写真だけモノクロだった。白と黒の世界の中で白一色の着物姿の花嫁が身体をやや右に向けて写っている。他の花嫁さんは仄《ほの》かにも楽しげにも笑っているのに、白無垢の花嫁は口元をきりりと結び、どこか遠くを眺めていた。想いに沈んでいるようでもあり、魂を半ば奪われているようでもあった。

その表情も、深紅、雪白、金色、群青……さまざまな色彩が溢《あふ》れた中でのモノクロの白も、異端だった。あるいは異質だった。そして異様なほど美しかった。

「それ、お義父《とう》さんが撮った写真なの」

一恵さんがぼそりと教えてくれた。

「ここが国見写真館だったころのおじさん。あぁ、真子ちゃんは知らないかな。亡くなってからずいぶんと経つからね」

真子は口を開けて浅く息をした。

驚いたのだ。一恵さんは真子の名前をちゃんと知っていた。驚きだ。同じ町内でも、一恵さんと口をきいたことなんて、朝夕の挨拶を除けば数えるほどしかない。一恵さんが「真子ちゃん」と呼ぶなんて意外だった。真子の心持ちに気がつかないまま、一恵さんは白無垢の花嫁にぼんやりとした視線を向けていた。尋ねてみる。

「誰なん？」

「え？」

「このお嫁さん、誰？　菊おばあちゃんじゃ……」

ないもんなあと、真子が続けるより早く、

「ちがう、ちがう」

と、一恵さんが笑いながら手を振った。

「おばあちゃんはおじさんのお母さんだもの。花嫁姿なんて撮れるわけないでしょ」

「だったら……」

「わからないの。すごく素敵な人だと思うんだけど、この花嫁さんが誰なのかわからないの。

お義父さんが亡くなった後、遺品を整理していたら出て来たの。あんまり素敵だから、こうして飾ってるんだけど。モデルの手がかり、なーんにもないのよ。普通は撮影の年月日とかモデルの名前とか記しておくものなんだけどねえ。そういうの一切、ないわけ。もちろん」

そこですっと声を潜め、一恵さんが囁《ささや》く。

「もちろん、お義母《かあ》さんでもないのよ。謎の女性。ちょっとミステリアスでしょ」

囁いたあと、片目をつぶってみせた。あの朝、叫びながら娘の頬を打った人とは思えなかった。朗らかで気持ちがいい。あの暗みや激しさをどこに隠しているのだろう。

一恵さんもミステリアスだ。

「みんな『かんかん橋』を渡ったで」

菊おばあちゃんが繰り返す。

「うちは、白無垢の花嫁だったんやでの」

「はいはい。わかった、わかった」

さっきと同じ様に菊おばあちゃんが呟き、一恵さんがいなす。二人が薄緑の壁の向こうに去っていく。

真子は一人になる。

風が冷たい。

ショウウィンドの右隅、そこに佇《たたず》む白無垢の花嫁にそっと目をやる。今までまるで気が付かなかったのに、一度気が付いてしまえば否応《いやおう》なく目を奪われてしまう。

誰だろう。

古いモノクロの写真に視線が吸い寄せられていく。あまりにしげしげと見入っていたものだから、首の後ろが痛くなった。

ショウウィンドから後ろ向きに一歩、離れた。うっすらとガラスに顔が映る。九歳の少女の寒そうな顔だ。真子は踵《きびす》を返し、家に向かって走り出す。

お腹が空《す》いた。温かで甘い何かで自分を満たしたい。商店街を抜けて、横断歩道を渡る。駅前に出た。

黄色いスレートの屋根の駅舎が建っている。上り下り合わせて、日に十本ほど列車が運行している。駅には駅員さんは一人もいない。無人駅だ。待合室のベンチに誰かの手作りなのか赤い毛糸のクッションが三つ並んで置いてある。

人気《ひとけ》のない待合室は昼間でも薄暗く、赤いクッションだけがぽわりと闇に浮き出していた。

真子の家は駅から走って五分ほどの場所にある。白い暖簾《のれん》の掛かった『ののや』という食堂だ。もうすっかり色褪せてしまったけれど、暖簾には大きな「の」の字が書かれている。

「ただいま」

勝手口のドアを開けると、甘い匂いがした。

玉子焼きの匂いだ。

鯖《さば》の味噌《みそ》煮の匂いも、炒《いた》め物の匂いもする。

「おう」

白い上っ張りを着たお父ちゃんが短く応《こた》えてくれる。両手が忙《せわ》しく動いていた。

「おや、お姫さまのご帰還かいな」

頓狂《とんきよう》な声を出したのは野々村さんだ。退職した公民館の館長さんで三年前奥さんを亡くしてから、毎夕『ののや』にご飯を食べにくる。

店内には野々村さんを入れて三人の客がいた。馴染みの顔ばかりだ。『ののや』に新規の客が来ることはめったにない。カウンターと三脚のテーブルしかない店内はいつも見知った顔が並んでいる。もっとも、旅館街からかなり隔たった小さな食堂にふらりと立ち寄ってみようかという酔狂な観光客など、そうそういないのだろう。

ドアを閉め、真子は大きく息を吸い込む。

玉子焼きと鯖の味噌煮と炒め物の匂いを身体の奥まで吸い込む。お腹がきゅるりと変てこな音をたてた。お父ちゃんがにやりと笑った。

「玉子焼き、食うか?」

「うん、食べる」

「手を洗えや」

「うん」

ランドセルを下ろし、勝手口の脇にある手洗い場に向かう。ネットに入った石鹸《せつけん》を泡立て、丁寧に洗う。その間もお腹は鳴りっぱなしだった。臍《へそ》の下に力を込めたけれど、効き目はない。

「へい、お待ち。厚焼き定食一丁」

「うほっ、やっときたか。大将、遅いっすよ」

津雲に一軒だけあるゲームセンターで働く和久《わく》くんが、割り箸《ばし》を口にくわえる。

「手間かけて作っとるからやないか。文句言わずに、食え」

「へっ、お客に向かって『食え』はねえでしょ。口の利き方をしらんちゃ、田舎者の証拠やないんすかね」

「溜《た》まってるツケを払ってくれたら、ちゃぁんと客扱いしたるでな」

和久くんがニキビの目立つ鼻先に皺《しわ》を寄せた。和久くんは高校を中退して一度大阪に出たが、一年ほど前に故郷に帰ってきた。何の連絡も予兆もないままの、唐突な帰郷だった。

和久くんのお母さん、佐代子さんによれば、

「あの子には散々、泣かされたし、驚かされたけど、あれぐらいびっくりさせられたんは久しぶりやったで。なんせなぁ、仕事に出ようかて玄関の戸を開けたら、大阪におるはずの息子が立ってたんやからな。カバン一つ提げて『帰りました。これから、また、世話になります。よろしゅうお願いします』って、あんた、深々とお辞儀するんやで。呆《あき》れて物が言えんって、ほんまのことやなあ。うちがぽかぁんとしとったら、さっさと上がり込んで、『おかんが帰ってくるまでに掃除と洗濯しといたるから、安心して出かけや』やて。ほんま呆れて呆れて、物を言うどころか、クシャミも出んかった」

という帰郷だったらしい。佐代子さんは看護師さんをしていて、その日は早出だった。つまり、佐代子さんが玄関の戸を開けたのは、六時を少し回ったころになる。空気はひんやりと冷

たくはあるけれど柔らかく、鳥たちの鳴き声が日の明けとともに賑《にぎ》やかになる。そんな春の朝のことだった。

和久くんはしばらく、ぶらぶらしていたが今はゲームセンターに勤めている。

津雲には珍しい二十代前半の若者だ。中学時代から悪くて、何度も警察に補導されていたらしい。和久くんのことを、

「大阪に働きに出たんじゃなくて、塀の中に入ってたんとちがうんか」

と噂する人も、また悪さを始めるのではと警戒する者もいた。かなりの数、いたはずだ。でも、去年の秋祭りで地区の実行委員長になり、評判はがらりと変化し、この十年近く担ぎ手不足で中止になっていた神輿《みこし》行列を復活させてから、評価は随分と高まったみたいだ。

和久くんは、中学時代の同級生や仲間に呼び掛けて『秋祭りを故郷で！　みんなで神輿を担ぐ会』を立ち上げた。お宮の倉庫で眠っていた神輿を修繕するための寄付集めに奔走した。最初は「調子乗りが、すぐに途中で放り出すくせに」と、冷ややかだった周りの雰囲気が「もしかしたら、なかなかやるんじゃねえのんか」「あの悪たれが、がんばっとるで」と軟化し、変化するのにそう時間はかからなかった。一月か一月半か……。それくらい和久くんは、精力的だった。この人は、どうしてここまでやれるんだろうと呆れるほど（佐代子さんではないけれど）必死に走り回り、動き回った。

和久くんの情熱にしだいに多くの人が呼応していく。情熱、熱情というものは、それが本物なら磁力を帯びているのだろう。磁石が砂鉄を吸い寄せるように人を引き付ける。

『神輿を担ぐ会』へ参加する人数は日に日に増えていった。寄付金も目標額を上回るほど集まった。農協の婦人部が盆踊りを復活させた（秋祭りに盆踊りはおかしかろうという、ある意味まっとうな意見も出るには出たが、盛り上がった町の空気の前に、瞬く間もなく霧散してしまった）。手書きのポスターや実行委員募集の貼り紙が目につき、お囃子《はやし》の練習の音が耳に響く。あのときの、高揚感を思い出すたびに真子の胸は今でも強く鼓動を刻む。何かが始まる予感、何かが胎動している感覚は楽しい。遠足とかクリスマスとか特別な日の朝みたいに心が弾む。どこまでも青く、碧《あお》く続く空の下、草原に寝転んだときみたいに、ときめく。

中止、閉店、停滞、減少、衰退、そんな単語が染み込んでしまった町に久々に、本当に久々に活気がよみがえった数ヵ月間だったのだ。

祭り当日、地元に残っていた者はむろん、都会から一時帰郷した若者が相当な数、担ぎ手として集った。神輿行列は見事に再生したのだ。

神輿行列、盆踊りの他に仮装大会やカラオケコンテストまで盛り込まれ、祭りは盛況の裡《うち》に終わった。

祭りの終盤、津雲の町を一周した神輿がお宮に帰り、神殿に奉納された後、和久くんはみんなに胴上げされた。胴上げされながら、泣いていた。顔中が涙と鼻水でぐちょぐちょになっていた。それを見ながら佐代子さんも泣いていた。境内に焚《た》かれた篝火《かがりび》に照らされて、佐代子さんの濡《ぬ》れた頰がてらてらとオレンジ色に輝いていたのを真子は覚えている。何だか一生忘れられない気がする。オレンジ色の佐代子さんが物語に出てくる非情な魔女のようで怖ろしかったのだ（その魔女は暗く深い森に住んでいて、森に迷い込んできた子どもを捕まえては、頭からばりばりと食ってしまうのだ）。

祭りの前後、和久くんは町興しの立役者として称賛され、注目され地元の新聞社やテレビ局からの取材が引きも切らなかった。睡眠時間、平均三時間二十分。売れっ子のタレント並みだと和久くん自身が半分嬉《うれ》しげな、半分げんなりとした調子で言っていた。

祭りは終わった。

一週間も経たないうちに、町は元の静かだけれど萎《な》えて淋《さび》しい空気を纏《まと》ってしまった。祭りは祭り、一瞬の火花でしかなかったのだろう。ただ、秋祭りの継続は決定したようで、『津雲温泉祭り』と名を変えて今年の秋も行われる予定だ。むろん神輿行列が目玉となる。実行委員長には商工会会長か町長が就くらしい。

和久くんは祭りの後、事務用品を販売する会社に就職が決まった。正規社員としてだ。佐代子さんは喜んだけれど、和久くんは二カ月も経たないうちに辞めて、コンビニでアルバイトを始めた。それからコンビニより短期のアルバイトを二つ三つこなし、今はゲームセンターの職員だ。

「ガキのころから入り浸っていた場所だから、働き易いんやな」

と、この前、『ののや』でうどんを啜《すす》りながら妙にしみじみした口調でそう言った。そのときにはもう、和久くんの評判も町の雰囲気同様に元に戻り、『町興しに奔走したりっぱな若者』から『怠け者の半端人』にあっさり移行していた。和久くんはそれを悔しがるでも奮起するでも、祭りの高揚を懐かしがるでもなく淡々と生きている。

「大将、こっちの野菜炒めはまだ？」

奈央さんがひらひらと手を振った。真っ赤な爪をしている。和久くんが厚焼き玉子を頬張るのを横目で見やり、小さく舌を鳴らした。

「へいへい。焦るなって。まだ四時半やぞ」

「あたしは六時から仕事なんだから。十五分前には入らないと支配人に文句言われるし、化粧もこれからだし。時間が無いの。急いでよ」

「わかった、わかった。化粧に相当時間がかかるわけや。急ぐわ」

「ちょっと、大将、それどういう意味」

お父ちゃんと奈央さんのやり取りを聞きながら、真子は手を洗い終わる。

「真子ちゃん、今日は学校で何の勉強してきた？　教えてよ」

奈央さんがカウンター越しに身を乗り出してくる。胸の大きくえぐれたTシャツを着ている。盛り上がった胸がたわたわと揺れた。

隣の席の和久くんが目を瞬かせる。

「あいかわらずでかいパイオツっすねぇ。全部、本物なんすかぁ」

と問うた。語尾が粘っこいのは和久くんなりに敬語を使おうとしているからだ。和久くんは敬語の使い方がとても下手で、時々、相手を敬っているのではなくて、小馬鹿にしているように聞こえてしまう。

んすけど」

奈央さんが和久くんを睨《にら》みつけた。奈央さんには眼力《めぢから》がある。

「はぁ？　本物なんすかぁとは何よ。本物なんすかぁとは。え？」

「いや、あの……あんまり、でかいんで、その……何か入れちゃってるのかなあって、思ったんすけど」

「馬鹿言うんじゃないよ」

奈央さんの眼がますます尖《とが》ってきた。和久くんに向き直り、胸を突き出す。両手で自分の胸を押し上げた。盛り上がった胸がさらに盛り上がる。和久くんの瞬きが激しくなった。

「本物に決まってるだろう。これは正真正銘、あたしの身体だよ。母親の股《また》からおぎゃあて生まれたときからね、そのまんま大きくなってんだよ。どこぞの半端タレントみたいにあれこれぶっこんだ偽おっぱいじゃないからね」

どこぞの半端タレントって誰のことだろう。

真子はテレビで馴染《なじ》みのタレントをあれこれ思い浮かべたけれど、見当がつかなかった。あれこれぶっこんだ偽おっぱいというのも、意味が分からない。

お父ちゃんがくすくすと笑う。野々村さんも笑う。和久くんが頭を下げた。

「すんません。ほんま、かっこええ胸なんで、つい、いらんこと言うてしまいまして」

「は？　何て言った？」

「え？　あの、おれ的にはいらんことを言うたって謝ったつもりっすけど」

「その前よ、その前。あたしの胸が何だって」

「……あの、だから、かっこええって……」

奈央さんの表情が和らぐ。唇が横に広がり、前歯がちらりと覗《のぞ》いた。

「わかってるじゃないの、ぼうや。ふふん、なんてったって商売道具なんだからさ。手入れは完璧《かんぺき》ってもんさ」

「あ、はぁ、確かに」

和久くんはへこへこ頭を下げ続ける。奈央さんの貫禄《かんろく》に圧倒されているのだ。

秋祭りの実行委員長を辞めてから、和久くんは急におとなしくなってしまった。鎖に繋《つな》がれた年寄りの犬みたいだ。去年、神輿を担ぐために駆けずり回って周りを鼓舞していた勢いも、中、高校生のころ辺りを睨み倒していた迫力もきれいに抜け落ちてしまった。「好青年になった」と褒める大人もいたけれど、真子は物足りない。

真子自身は内気で何につけ強く主張することができない。臆病《おくびょう》なのだと思う。だからかもしれないが、ともかく一歩前へと足を踏み出す人に憧《あこが》れる。惹《ひ》かれて行く。尊敬してしまう。そういう人は自分の意見や価値観を自己本位に押し付けてこない。「絶対、これが正しい」とか「こうしなくちゃ、だめです」なんて言わない。「おれの言うとおりにしていれば、いいんだ」とも「黙って従いなさい」とも言わない。

相手が子どもでも年寄りでも貧乏でも、見下したりしない。そしてちゃんと聞いてくれる。こちらの言葉を真剣に捉《とら》えようとしてくれる。

『ののや』のお客さんたちは、みんなじゃないけれど、聞いてくれる人が多い。小さな真子に話しかけ、真子の話に耳を傾ける。野々村さんも奈央さんもそうだ。和久くんもそうだった。でも、このところ、和久くんはいいかげんだ。覇気に乏しい。真子だけじゃなく、誰の言葉も「ふーん」と受け流すことが目立つ。そうでなければ、今みたいに、変にふざけて怒鳴られてはひたすら謝ったり、消沈したりしている。

真子は物足らない。まったくもって物足らない。これが好青年なら好青年なんて嫌いだ。真子の目下の願いの一つは、一日でも早く、和久くんが好青年から元の和久くんに戻ることだ。

「ぼうや、わかればいいんだよ、わかればね。ふふん、今回は許してあげるから。また遊びにおいで」

奈央さんが真っ赤な爪で和久くんの頰をつついた。奈央さんの爪は赤いだけでなく尖ってもいるのでちょっと怖い。和久くんは反射的に身を引いて避けようとしたけれど、間に合わなかった。和久くんのニキビ痕《あと》の目立つ頰に爪を立て、奈央さんは愉快そうに笑った。

奈央さんは踊り子だ。ヌード劇場『ピンク』で踊っている。キャロラインＮＡＯという芸名を使っている。三十二歳だと本人は言っているけれど、誰も信じていない。四十はとっくに過ぎているだろう。案外五十近いかもと『ののや』の常連客のおじさんたちが内緒事のように声を潜めて話していた。その後、ひどく下卑た笑いを浮かべてさらに声を潜めたりしていた。

化粧をしていない奈央さんは、確かに老けている。目尻《めじり》や口元には皺《しわ》が寄っているし（菊おばあちゃんのような堂々とした皺ではない。とても細かい皺だ。縮緬皺《ちりめんじわ》と言うのだそうだ）、染めた髪の根本が白いのは白髪だからだろう。

奈央さんは、もう若くないのだ。でも、スタイルはいい。そんなに上背があるわけではないが、身体の線がとてもすっきりしている。脚がすらりと長くて、ウエストがきゅっとくびれている。それに鼻梁《びりょう》が通った鼻と二重のくりくりした目を持っている。唇もぷっくりと可愛い。お化粧をしっかりして、スポットライトを浴びたらまだ十分にきれいだと思う。

奈央さんはどんなに凍《い》てついた真冬の日でも、ミニスカートに身体の輪郭がくっきり分かるシャツを着ている（シャツは季節によって、綿だったりニットだったり毛糸だったりするけれど、どれもぴったり身体にくっついている）。あまり寒いと豹《ひょう》柄のジャケットを羽織るが、たいていシャツとスカートだけで町中を歩いている。見ているだけで凍えそうだ。けれど、奈央さんは平気だった。

「鳥肌一つ、立ってないでしょう」

と、むき出しの腕を突き出す。ほんとうにそうだった。肌理《きめ》の細かい白い腕は滑らかで、少しも粟立《あわだ》っていない。

「ほんとだ、きれいやな」

真子は思わず伸ばした指を握りこむ。

「うん、どうしたの？」

「……触ってもええん？」

「いいよ。もちろん、もちろん、さ。そんなこと一々聞かなくていいよ」

「けど……」

奈央さんは他人が気安く身体に触れるのをとても嫌がる。

真子は、『ののや』でのあの小さな事件を覚えていた。もう一年も前になるだろうか、酔ったお客がへらへら笑いながら奈央さんのお尻を撫《な》でた。奈央さんは食事を終えて支払いのために立ち上がったところだった。振り向きざまに酔客の頬を叩《たた》く。鈍い音がした。牛蛙が車に轢《ひ》かれた時とよく似た音だ。

奈央さんは全身の力を手のひらに込めたのだろう、酔客は店の隅まで、文字通り〝打《ぶ》っ飛び〟、したたかに頭と背中を壁にぶつけた。

「気安く、触るんじゃないよ」

『ののや』の店内に奈央さんの怒声が響く。

「あたしはね、この身体で稼いでるんだ。ただで触ろうなんて、チンケなまね許さないよ」

酔客は真子の知らない中年の男だったが（たぶん、健康器具の営業のために駅前の『ツクモ旅館』に一週間近く逗留《とうりゅう》していた販売人だったと思う）、顔を真っ赤にして立ち上がると胸のポケットから二つ折りの黒い財布を取り出した。

「たかだか、場末のダンサー風情が生意気に」

酔いのせいなのか怒りのためなのか、男の足がふらつく。ふらつきながら、奈央さんを睨んでいた。白目が充血している。ミカンの赤いネットを貼りつけたみたいだ。真子は怖くて、お父ちゃんの後ろに隠れた。

「生意気に一人前の口を利きやがって」

顔の赤味をさらに濃くして男は財布から一万円札を二枚、引き抜く。それを奈央さんに突き付けた。

「ほら金や。金を払ってやる。これで文句ないやろ。これで客やぞ。好きなだけ触らせてもらうで」

「お断りだね」

奈央さんが鼻で笑う。両手を腰に当てて、顎《あご》を突き出す。

「こっちにだって客を選ぶ権利はあるんだよ。どれだけ札束積まれたって、あんたみたいな客、願い下げだね。とっとと帰りな」

奈央さんが虫を追い払う仕草で、手を振る。

「しっしっ。ガイダみたいな面して、殺虫剤をかけられない間に帰んな、帰んな」

そのとき『ののや』には他に二人、客がいた。野々村さんと池内鮮魚店のおじさんだ（池内のおじさんは、魚を届けに来たついでに奥さんに内緒で生ビールを飲んでいた）。その二人が同時に笑いだす。野々村さんは拍手までした。ガイダというのは津雲のあたりで使われている亀虫の俗称だ。真子もおかしくて、お父ちゃんの陰でそっと笑ってしまった。

男がさらにさらに赤くなる。手を触れたら指先が焦げるんじゃないかと思えるほど、赤い。

「この、あばずれが。よくも」

トンと、木槌《きづち》を打ち鳴らすような音がした。お父ちゃんが俎板《まないた》の上に包丁を置いたのだ。

「お客さん、お代はけっこうですから」

「なに？　誰が今、払いの話しとるんや。おれはこの女に」

「代金はいらんて言うとるんです」

お父ちゃんはカウンターから出ると男の前に立った。男は唇をもごもごと動かしたけれど、そのまま黙りこんでしまう。お父ちゃんは上背も肩幅も人並み以上にある。中学から高校を卒業するまで、ずっと野球をしていた。高校では、エースで四番だったそうだ。三年生の夏には地区予選の決勝まで勝ち進んだ。そこで敗退して甲子園に出場はできなかったが。

そういう諸々《もろもろ》をお父ちゃんは語らない。一切、語らない。教えてくれたのは野々村さんだ。当時、町の教育委員会に勤務していた野々村さんは、有休を取ってまで一回戦から決勝まで毎試合、欠かさず応援に通ったという。そのころの思い出をほろりほろりとしゃべりながら、

「亡《の》うなった女房も大がつくぐらい野球好きでなあ……二人して地元の高校が勝ち進む様を、胸を躍らせて観ていたもんだ。えらい暑かったけど、楽しかったで。ああいう思いをさせてくれた石鎚くんには、ほんま感謝しとるでなぁ」

と、目を細めていた。

エースで四番だったときも今もお父ちゃんの身体は逞《たくま》しく、肌は浅黒い。目の前に立たれて真顔で見下ろされたら、かなりの迫力かもしれない。

酔った男はうーとかあーとか唸《うな》っていたが、聞こえよがしに舌打ちを一つすると、『ののや』から出て行った。出口のところで振り向くと、

「田舎者が好き放題いいやがって。覚えとけよ」

と、捨て台詞《ぜりふ》を言い放った。とたん、池内さんがけらけらと笑い出した。愉快で堪《たま》らない。そんな笑い方だ。

「負け犬の遠吼《とおぼ》えっちゃあ、このことやな。久々に耳にしたでぇ。いやぁ、おもろいわぁ」

「ほんまや、ほんまや。弱い犬ほどよぅ吼えるっちゃあ、ほんまやのぅ。『覚えとけよ』て、何を覚えといたらええんや」

野々村さんも同調する。二人は声を合わせてまた、けらけら、からからと笑った。

男の足音が遠ざかっていく。

お父ちゃんはため息を吐いた。ため息を吐きながら男が倒したイスを元に戻す。

「幾らだったの」

奈央さんがお父ちゃんの顔を窺《うかが》うように腰を屈《かが》めた。つい今しがた啖呵《たんか》を切った人とは思えないか細い声音だ。

「何がや」

「あの男の払い分」

「どうでもええやろ。そんなもの」

「どうでもいいわけないでしょ。あんた、馬鹿だよ。飲み食いした代金も貰《もら》わずに追い出すなんて。何、考えてんの」

「金、貰うたら客になるやないか。どんな理由があっても客を追い出すわけにはいかんやろ」

「またそういう格好つけて。そんなんだから、儲《もう》からないんじゃない」

「客同士が喧嘩《けんか》なんぞしなけりゃぁの、もうちょっとは儲かるはずなんやけど」

「なにそれ？　皮肉？　冗談？」

「本音や」

　お父ちゃんは三度目のため息を吐いた。池内さんがまた、噴き出す。テーブルに突っ伏して、背中を震わせる。池内さんは筋金入りの笑い上戸なのだ。酔えば酔うほど笑いが止まらなくなる。しこたま酔うと雀がチュンと鳴いただけで、犬が尻尾《しっぽ》を振っただけで腹を抱えて笑い出す。奥さんが池内さんの飲酒に厳しいのは、経済的な問題だけでなく、池内さんの笑い癖があまりに酷《ひど》いからだった。池内さんは根も葉もない噂だと否定するけれど、へべれけに酔った池内さんが路上で笑いに笑っていたら警察に通報され、パトカーで家まで送られたという事件があったらしい。本当にあったらしい。

『ののや』では池内さんがどれほど笑っても誰も気にとめない。

　野々村さんは一緒に笑ったことなど遠い昔の出来事だったかのように澄まして新聞を読んでいる。お父ちゃんはカウンターの中に入り、池内さんの配達してきた鯖《さば》を調理し始めた。

　奈央さんはお父ちゃんの動きをずっと目で追っていた。お父ちゃんが包丁を握ると、大きな仕草で肩を竦《すく》めた。

「そりゃあ店で騒いだのは申し訳ないってば申し訳なかったけどさ……しょうがないでしょ。あっちが悪いんだから」

　と、唇を尖《とが》らせる。拗《す》ねた子どもみたいだ。そういう顔つきをすると、奈央さんはとても若やぐ。その時は舞台用のどぎつい化粧を施していたのに、愛らしくさえ見えた。

「そうやな。しかたないな」

お父ちゃんはあっさりと諾《うべな》った。

「しかたないなら、もうそれでええわ。ごちゃごちゃ引きずらんと、早うに仕事に行けや」

「うん」

奈央さんが頷《うなず》く。

「じゃあね、みなさーん。キャロラインNAO出勤してきまーす」

お父ちゃんと野々村さんと池内さん、それに真子、一人一人に笑いかける。池内さんが派手な音をたてて拍手をした。

その夜、真子は夢を見た。真っ赤な眼をした鬼に追いかけられる夢だ。目が覚めたらびっしょり汗をかいていた。

奈央さんは他人が気安く身体に触れるのをとても嫌がる。

真子はあの小さな事件を覚えていた。その夜見た悪夢とともにはっきりと覚えていた。

だから、奈央さんに触れようとした指を握りこんだのだ。

「なに遠慮してんの。真子ちゃん」

真子は顔を上げる。奈央さんの視線とぶつかった。あら、と、奈央さんの唇が動く。

「もしかして、あたしに気を遣ってんの」

「だって……奈央さん、他人が触るの嫌いなんやろ」

遠慮しているとも気遣いしているとも思わない。奈央さんが嫌がることをしたくないだけだ。奈央さんだけでなく、誰の嫌がることもしたくない。自分が嫌なことを誰からもされたくない。

奈央さんが微笑んだ。

「真子ちゃんならいいよ」

奈央さんが言った。真子の手を腕に載せる。

「真子ちゃんならいいの」

手のひらにじんわりと人の温かさが伝わる。

驚いた。真冬の凍《い》てつく日の宵、奈央さんのむき出しの腕は人の体温をちゃんと保っている。

「ね」

奈央さんが片目をつぶってみせた。

「あたしは北の果ての、果ての生まれだからさ。津雲あたりの寒さなんてこたえないの。この程度の凍てつきなんて、まぁ幼稚園児のお遊戯みたいなもんだね。可愛いもんさ」

と、笑う。真子は大きく息を吸い込んでいた。

「北の果ての果てって、どこ?」

問うてみる。

北の果ての、果ての町。

どんなところなのだろう。一瞬閉じた眼裏《まなうら》に雪が舞った。見えたのはそれだけだ。

北の果ての、果ての町。

想像ができない。

真子は吸った息を吐き出し、奈央さんを見上げた。

奈央さんはそのときも野菜炒《いた》め定食を注文していた。珍しく店が混んでいたので待たされたけれど、いつものように焦《じ》れたりしなかった。

定席になるカウンターの右隅に座り、片肘《かたひじ》をついて、ぼんやりしていた。さっき「可愛いもんさ」と笑った口元が弛緩《しかん》して、唇の端が下がっている。視線もふわふわと揺蕩《たゆた》っていた。

「奈央さん……」

「え？　なに？　真子ちゃん、何か言った？」

「北の果ての町。奈央さんが生まれたところって、どんなとこなん？」

「え？　あ……うん、あたしの生まれたとこね。そんなの聞いてどうするの」

「知りたいもん」

「知りたい？　なんで？」

なんでと問い返されて、真子は口ごもる。

なんで知りたいのだろう？

北の果ての、果ての町。

その一言に惹《ひ》かれた。

津雲も寒い。冬、山の斜面を吹き下りてくる風は凍て風だ。人の身体を芯《しん》から凍えさせる。

けれど、雪が積もるのは年に三、四日あるかないかだし、その雪も翌日にはたいてい淡々と融《と》けてしまう。三月になれば、風は柔らかく、光は眩《まぶ》しく、早瀬の音は軽く、春の兆しは確かなものになる。

北の果てなら、三月はまだ雪に埋もれた季節なのだろうか。空はどんな色をしているの？　風は四六時中激しく唸っているの？　地面は命あるものを全て拒んで凍りついているの？　光はそれでも手のひらに仄《ほの》かな温《ぬく》もりを伝えてくれるの？　奈央さんの腕のように。

教えて欲しい。

「しょぼいとこだよ」

奈央さんが呟《つぶや》いた。呟きなのに吐き捨てるような険しさがあった。

真子に視線を向け、奈央さんが僅《わず》かに笑む。自分の口調を恥じているかのような笑みだった。

そのときは化粧をしていた。オレンジ色に塗られた唇がてらてらと光る。そこから、細い吐息が漏れる。

「津雲以上にな―んにもないとこさ。一年中、風が吹いてて、海鳴りがどうにもうるさくてやってられないんだ。いまだに耳についてるよ。トラックが走り過ぎる音を聞いても、とっさにあっ海が鳴ってるって思っちまうぐらいでさ。はは、三つ子の魂百までって、こういうのを言うのかな。だったら、やだね。風も……風は海から吹いてくる。海へと吹いていく……ほんと、一日中、一年中、吹いてたねえ。風が強い日は背中を丸めてゆっくり歩かなきゃまともに前に進めない。雪でも混じろうものなら寒くて寒くて、内臓まで凍っちまう。そんなとこさ」

「奈央さん、海の近くで生まれたん？」

「そう、小さな港町。海ったって、冬場はずっと鉛色をしていてね、陰気なもんさ。でもまぁ……夏はきれいかな。信じられないくらい透明度が高いんだ」

奈央さんは唐突にオレンジ色の唇を窄《すぼ》めた。縮緬皺《ちりめんじわ》が寄った。

「どこに行っても干した魚の匂いがしてたっけな。あたしの父親は漁師だったんだ。とっくに死んじまったけどね」

「あれ、奈央、おまえさん東京の生まれやなかったんかい」

カウンターの左端から佐竹さんが口を挟んでくる。薬局のご主人だ。

「東京の日本橋《にほんばし》生まれで、家は三代続いた呉服問屋やったて言うてたやないか。あれ、嘘か」

「うん、嘘、嘘。真っ赤な嘘」

ぺろりと舌を出して、奈央さんは微笑んだ。営業用の唇だけの笑みだった。

奈央さんは、ほぼ毎日『ののや』にやってくる。二日に一度は野菜炒め定食を注文する。お父ちゃんの野菜炒めは、歯応《はごた》えがあって薄味なのに旨味《うまみ》がしっかりしていて絶品なのだそうだ。お腹一杯食べると、幸せな気分になれるのだそうだ。

「あたし、大将の野菜炒めが食べられなくなったら死んじゃうかも」

と、この前、真剣な顔で言っていた。あまりに真剣な顔つきだったから、死を覚悟した人の言葉のように聞こえた。そういう物言いも表情も奈央さんには似合わない。

『ピンク』が営業不振で倒産寸前だという噂が囁《ささや》かれ始めてから、もう随分になる。危うい、危うい、この春までもつまいと囁かれながら、『ピンク』はしぶとく営業を続けていた。でも、以前は十人以上も抱えていた専属のダンサーは一人減り二人減りして、今では三人しかいない。その内の一人が奈央さんだ。もし『ピンク』が倒産したら、奈央さんはどうするのだろう。北の果ての、果ての港町に生まれ、津雲に流れてきた奈央さんは、どこかに帰る場所を持っているのだろうか。行く当てがあるのだろうか。

四月、春の盛りの季節だ。

「ほい、お待たせ」

お父ちゃんが野菜炒めの皿を置いた。続いて、ほかほかのご飯と豆腐の味噌汁《みそしる》、蕨《わらび》の玉子とじの小鉢を並べる。奈央さんの眼が輝いた。

「いただきまーす」

箸《はし》箱から紅色の塗り箸を取り出す。

「マイ箸ですかぁ。エコっすねぇ」

和久くんがおもねるような言い方をした。奈央さんは鷹揚《おうよう》に頷《うなず》いただけで、ろくに返事をしない。野菜炒めを口に運んでは、満足そうに、あるいは幸せそうに、微笑む。営業用の唇だけの笑みではない。全身で笑っている。奈央さんを見ていると、お父ちゃんの野菜炒めが至高の一品のように思える。

真子は口に湧いた生唾《なまつば》を呑《の》み下した。

「ほい、こっちもお待ちどおさん」

カウンターの中、お客さんからは壁の陰になる場所に小さな机がある。お父ちゃんが仕入れ帳や掛け帳を書くための机だが、ときに真子の勉強机や食卓にもなる。
そこにお父ちゃんが厚焼き玉子と野菜炒めを並べてくれた。
あ、幸せだな。真子は思った。ふるりと心が揺れた。

第二章　お母ちゃん

どこか遠くで虫が鳴いている。

リーン、リーン、リーン……。

澄んでいるけれど物悲しい声が耳の奥まで響いてくる。

リーン、リーン、リーン……。

虫の声。いや、違う。

真子は寝返りをうち、仰向《あおむ》けになった。いつの間にか転《うた》た寝をしていたらしい。頭がぼんやりしている。そこに、リーン、リーンと澄んだ音が突き刺さって来たのだ。

ゆっくりと目を開ける。

白い天井が見えた。あちこちに染みが浮き出ているし、黄色っぽく変色した場所も目立つ。でも、真子はこの天井が好きだった。よくよく目を凝らすと、ただ白いだけではなくうっすら薔薇《ばら》の模様がついているのが、わかるのだ。

大輪の薔薇が幾つも幾つも天井の中に咲いている。そう思うのは、ちょっと楽しい。

学校からの帰り道、仲良しの鮎美ちゃんに話したら、嗤《わら》われた。

「そんなん、ただの模様じゃが」と。

鮎美ちゃんは嗤ったあと、瞬きし、急に生真面目な表情になった。そして、ごめんねと謝ってきた。首を突き出すようにして、頭を下げる。

「笑うたりして、ごめんね。真子ちゃん。怒った？」

「ううん、全然」

怒りなど僅かも覚えていなかった。あぁそうかと納得しただけだ。あの薔薇はただの模様に過ぎないのだと。鮎美ちゃんに言われるまでもなく真子にも、それぐらいはちゃんとわかっている。もう四年生なのだ。

だけど、わかっていることと感じることは違う。頭と心はいつも少しずれて、ぴたりと合わさらない。お父ちゃんがこの前捨てた古い醬油差し《しょうゆ》のようだ。蓋《ふた》が歪《ゆが》んで、どうしてもきっちりと嵌《はま》らなくなったガラスの醬油差し。

頭で理解できていても、心が違うと異を唱える。天井には白い薔薇が咲き誇っているんだよと、真子に囁く。

「うちな、思ったことをすぐに言い過ぎるんやと。お母ちゃんに、よう叱られる」

鮎美ちゃんがため息を吐いた。鮎美ちゃんがため息を吐くなんて珍しい。

「お母さんに、怒られたん？」

「うん、怒られた。けっこう怒られたで。おまえは考えが足らんて言われた。ものをちゃんと考えん間に口に出しよるって。そういうの他人を傷つける、気をつけなあかんて」

鮎美ちゃんは前を向き、唇を突き出した。母親の叱咤《しった》を思い出し、舌の先を苦く感じたのだろう。

大人に怒られると舌の先が苦くなる。

真子にも経験があった。お父ちゃんに怒鳴られることはほとんどないけれど、母にはよく叱られた。頬を打たれたことも罵《ののし》られたこともある。そういうとき、舌が苦くなる。耐えられないほど苦くなる。打たれた頬の痛みより母の罵倒《ばとう》の言葉より、その苦さに顔が歪んでしまう。

家を出て行く前の数カ月、母はことさら苛立《いらだ》っていたようだ。真子がコップの水を零《こぼ》した、取り入れたばかりの洗濯物を踏んだ、すぐに返事をしなかった、そんな些細《ささい》なことで容易に声を荒らげたり、手を上げたりする。今、思い返してもなぜ面罵されたのか、なぜ「お仕置き」をされたのかまるで見当がつかないことがたくさんあった。

理不尽。

そんな言葉をあのときも今も、真子は知らない。けれど口に広がる苦味は知っている。

母は真子が津雲小学校に入学した翌日、一人で家を出て行った。真子の入学式にはちゃんと参列して、満開の桜の樹の下で記念写真を撮ったのに、その日の夕食にお赤飯を炊いてくれたのに、「入学式で名前を呼ばれてちゃんと返事ができたんね。真子、恥ずかしがり屋さんなのによくがんばったな。偉かったね」と、微笑みながら抱きしめてくれたのに、翌朝、真子が目覚める前に旅行用のトランク一つ提げて、出て行った。

家のどこを捜しても母がいないと知ったとき、もう二度と帰ってこないのだと悟ったとき、舌に痺《しび》れるほどの苦味を感じた。苦味は水を何杯飲んでも薄まらず、むしろさらに強くなった。耐えきれず、真子は胃の中の物を残らず吐いてしまった。もう三年以上が経つけれど、まだ時折、舌の先にあの苦さがよみがえってくる。

大人に叱られたとき、真夜中にふっと目が覚めてしまったとき、よみがえってくる。

鮎美ちゃんは眉間《みけん》に皺《しわ》を寄せて、口の中の苦さを我慢しているようだ。

「けど、鮎美ちゃんは嘘はつかんやろ」

真子は一歩前に出て、鮎美ちゃんの顔を見上げる。鮎美ちゃんの足が止まった。

夕刻の空にはふわふわ丸い雲が広がって、端のあたりがうっすら茜《あかね》の色に染まっていた。

「鮎美ちゃんは心にあることしか言わんもん。うち、安心してしゃべったり聞いたりできる」

鮎美ちゃんが胸を押さえる。押さえながら、

「そうかな」

と、呟《つぶや》いた。頰が空と同じようにうっすら赤くなる。真子は頷いた。耳の横で髪がさらさらと音をたてた。鮎美ちゃんにおもねるつもりはない。同情したわけでもない。本当にそうなのだ。確かに、鮎美ちゃんはすぱすぱと物を言う。その言葉がときに胸に突き刺さることも、腹立たしく感じることもある。でも、鮎美ちゃんは思ったことしか言わない。心にあるものしか言葉にしない。鮎美ちゃんが嫌いだと言えば本当に嫌いなのだし、嬉《うれ》しいと叫べば本心から喜んでいる。だから、信じられる。

鮎美ちゃんのお母さんは、それに気がついておるんやろか。

鮎美ちゃんがにっと笑った。鼻の孔《あな》が膨らむ。息を吸い込んだのだ。

「えへっ。帰ったらお母ちゃんに教えたろ。真子ちゃんが言うたこと、教えたろ」

両足を揃え、鮎美ちゃんは前に跳んだ。

真子も並んで、両足跳びをする。

ぴょん、ぴょん。

ぴょん、ぴょん。

二人はそのまま、かんかん橋を渡った。渡り終えたら、足裏がじんわりと痺れていた。

鮎美ちゃんが母親に真子の言葉をどう伝えたのか、母親がどう答えたのかわからない。ただ、翌日の夕方、スーパーで鮎美ちゃんが母親と一緒に買い物をしている姿を見た。偶然だ。笑いながら歩いていた。鮎美ちゃんが何か言って母親の顔を覗《のぞ》き込む。母親は何度も頷いていた。とても仲の良い母娘《おやこ》の姿だった。真子はとっさに陳列棚の後ろに身を隠した。自分がなぜ、そんな真似をするのか理解できない。でも、鮎美ちゃんと顔を合わせたくなかった。

インスタント食品を並べた棚の前で真子は身体を縮めて、鮎美ちゃんたちが通り過ぎるのを見ていた。

その夜、母の夢を見た。朝には、どんな夢だったか忘れていた。ただ夢を見たことだけを覚えていた。舌の先が少し苦かった。

お母ちゃんは何で、家を出て行きなはったんやろか。そして……。

苦味の底から一つの想いが頭をもたげる。

そして、母はわたしを連れて行こうとは僅《わず》かも思わなかったのだろうか。

真子は布団の中で目を見開く。

天井に薔薇が浮き出していた。

思い出す。思い出す。不思議なほど鮮やかに、母を思い出す。

「ほーら、真子。この匂い、ええ匂いやで」

母が真子に、小さなガラス瓶の中身を吹き付ける。霧が顔にかかり、同時に甘い花の香りが広がった。

「うん、ええ匂いや」

「薔薇の匂いやで。薔薇の花、知っとるやろ」

「うん、知っとる。えっと……あの、幼稚園の花壇に咲いとるよ。赤いのとピンクのと」

「そうそう、咲いとるね。真子は小さいのによう知ってたねえ。ええ子や」

母はまだ優しく、笑顔が柔らかだった。柔らかく笑みながら真子を抱き寄せ、頬を撫《な》でる。

あのときから薔薇が大好きになった。天井の模様が薔薇だと気がついたのも同じころだったかもしれない。

お母ちゃんは何で、家を出て行きなはったんやろか。

うちを連れて行こうって、ちょっとも思わんかったんやろか。

連れて行って欲しかったわけではない。真子は自分の今が好きだった。お父ちゃんがいて、『ののや』がある。朝、『かんかん橋』を渡って登校し、夕方、帰ってくる。帰りながら鮎美ちゃんとおしゃべりし、遊ぶ約束をする。『ののや』では奈央さんや和久くんや野々村さんや池内のおじさんたち常連のお客さんの話を聞くことができる。時に大人が泣いたり、笑ったり、身を震わせて怒るのを見たりする。そんな日々が好きだった。お父ちゃんの作ってくれた玉子焼きや野菜炒《いた》めを頬張りながら『ののや』の中に居る。その時間をおもしろいと感じる。母は恋しいけれど、淋《さび》しくて堪《たま》らないわけじゃない。なのになぜ、こんな風に濃密に母を思い出すのかと、真子は戸惑う。

なんでやろうか？

染みだらけの変色した、けれど美しく薔薇《ばら》の咲き誇る天井を見つめる。朝の光が窓から差し込み、目に映るもの全てを淡く発光させる。

「あっ」

真子は起き上がった。あんまり急に動いたものだから、首の付け根がぎりっと痛んだ。

光の中で薔薇が花弁を散らした。

そんな風に見えたのだ。白く光沢のある花弁が一枚、音もなく散った、と。

真子は瞬きを繰り返す。天井を見上げる。

薔薇はただの模様に過ぎず、花弁が散るわけもない。ただの錯覚なのか、眩《まばゆ》い光が悪戯《いたずら》に見せた一瞬の幻なのか……。

「真子、朝飯やぞ」

お父ちゃんが呼んでいる。

「おーい、起きてるんか。早うせな、学校に遅刻してまうぞ」

「起きてる。今、行く」

立ち上がると、また、首の付け根が僅かに痛んだ。

「どうしたんや。やけにぐずぐずしとったな。どこぞ、具合でも悪いんか」

『ののや』の店に降りて行くと、お父ちゃんが睨《にら》んできた。いや、睨んだわけではない。お父ちゃんの眼差《まなざ》しはいつも鋭くて、ぴんと張り詰めている。だらりと緩むことは、めったにない。だから、真正面からぶつかると睨まれているように感じるのだ。

「石鎚くんの眼はやっぱりピッチャーの眼やのう。うん、マウンドに立っとったときのまんまやでの」

野々村さんがたまに、そんなことを言う。たいてい、酔っているときで亡くなった奥さんの思い出話をした後だ。

「家内は、石鎚くんの眼がええ、眼がええっていっつも言うとったでな。仕舞いには、あんたももうちょっときりっとしんさいやなんて、はっぱかけられてしもうて。無理に決まっとる」

野々村さんは目尻《めじり》を指で押し上げる。一緒に酒を飲んでいた池内さんが、けたけたと笑い出す。お父ちゃんは笑いもせず、困惑もせず、淋しげでも辛《つら》そうでもなく、淡々と魚を捌《さば》いたり、野菜を刻んだりしている。

真子はお父ちゃんの眼を怖いとは思わない。でも、じっと見詰められると、どうしても嘘はつけない。何もかも見透かされているように感じるのだ。もっとも、お父ちゃんに嘘をつくことなんて、めったにない。あの朝も「どこぞ悪いんか」と尋ねられたから、正直に答えた。

「ううん、どっこも悪うないで」

そう、お父ちゃんに嘘はつかなかった。ただ、黙っていただけだ。

天井の薔薇が散ったことを。母の笑顔や物言いを何故か濃く鮮やかに思い出してしまったことを。真子はお父ちゃんにしゃべらなかった。

しゃべったのは、菊おばあちゃんだけだった。

菊おばあちゃんはいつものように『フォトスタジオ・KOKUMI』の前に座っていた。

「おばあちゃん、帰りました」

声をかけると、いつものように、

「あんた、誰だったかいね？」

と、問うてきた。深い皺《しわ》の中で小さな黒目が左右に揺れた。

「石鎚真子だよ。ま・こ」

「ああ、そうかね、そうかね」

菊おばあちゃんが目を細める。頰の肉がふるふると揺れる。唇の間から、真っ白な義歯が覗いた。笑ったのだろうか。

菊おばあちゃんの笑顔を見た瞬間、ふっと言葉が口をついた。

「おばあちゃん、うちな、今朝、お母ちゃんの夢を見たんよ」

菊おばあちゃんはもぞりと唇を動かした。唇は動いただけで、そこからは声も吐息も漏れてはこなかった。

「お母ちゃんがおらんようになってから、もうだいぶ経つのにな。なんで、うち、そんな夢、見たんやろか」

真子は菊おばあちゃんの前にしゃがみ込み、真っ白なエプロンの上に手を置いた。糊付《のりづ》けしてあるのかエプロンは少し硬い。そして、シャボンの匂いがした。菊おばあちゃんの唇がまた動く。

もぞり、もぞり。

もぞり、もぞり。

今度は声が零《こぼ》れた。しわがれてはいるけれど、くっきりと耳に届いてくる。

「……どんな夢や」

「うん？」

「あんたはどんな夢を見たんや」

「あ……うん、それが、よう覚えてないんよ。お母ちゃんの夢だったことしかわからんの。けどな、うち、夢を見てからお母ちゃんのこと、ずんずん思い出すん。笑うてるとことか、うちのことぎゅって抱き締めてくれたこととか……それにな、おばあちゃん、天井の模様の薔薇がな散ったんで。花弁がぽとって落ちた……落ちたみたいに見えたん。不思議やろ」

菊おばあちゃんがふうっと息を吸った。それから静かに吐き出した。

「真奈美《まなみ》ちゃんは、ええ子やったで。別嬪《べっぴん》さんやったし、いっつもにこにこ笑うとった」

真奈美。母の名前だった。

真子はエプロンに載せた手をひっこめた。まじまじと菊おばあちゃんを見詰める。

「おばあちゃん、お母ちゃんのこと知っとるの？」

「みんな、母さんの夢を見るんや」

菊おばあちゃんの視線が空に向けられた。春が過ぎ、夏に差しかかろうとする空は青く煌《きら》めいていた。激しくぎらつく一歩手前の光は、眩いけれど、どこか優しい。

気持ちの良い空だ。

「誰でも母さんの夢を見る。うちも見る」

「おばあちゃんがお母さんの夢を？」

菊おばあちゃんにもお母さんと呼ぶ人がいた。当たり前だけれど、とても不思議な気持ちになる。天井の薔薇が散るのと同じぐらい不思議な気がする。

菊おばあちゃんの目尻がふにゃりと垂れた。皺がますます深くなる。

「みんな繋《つな》がっとるで。だけん、夢を見る」

「繋がっとるって？」

「うちと母さんと母さんの母さんとその母さんと……ずっとずっと繋がっとる」

「うちとお母ちゃんも繋がっとるの？」

菊おばあちゃんは視線を空に向けたまま、目尻の皺を深くしたまま「かんかん橋」と呟《つぶや》いた。

「うちは『かんかん橋』を渡って嫁に来たで。白無垢《しろむく》の花嫁御寮で『かんかん橋』を渡ったで」

わぁたしゃ十七
花嫁御寮。
馬の背に揺れ
この橋　渡りゃ

菊おばあちゃんは細い声で歌を口ずさみ始めた。真子が今まで耳にしたことのない歌だった。きっと、とても古い、古い、九十二歳の菊おばあちゃんしか知らない古い歌なのだろう。

泣いても帰れぬ
里となる。里となる。

歌い終えると菊おばあちゃんは目を閉じ、頭を前に垂らした。間もなく、微《かす》かな鼾《いびき》が聞こえてきた。立ち上がり、菊おばあちゃんの耳元にささやく。
「おばあちゃん、ありがとな」
鼾が大きくなる。ランドセルを揺すり上げると、真子は駆け出した。ほんの少しだけれど心が軽くなっている。身体も足取りも軽い。

不思議じゃなかった。うちとお母ちゃんはどこかで繋がっとるんや。

母に会いたいとか懐かしいとか、あるいは恨むとか、そんな生々しい感情は湧いてこない。母が家を出て行ったとき、あまりに幼すぎたからかもしれない。お父ちゃんと二人の『ののや』の暮らしがそこそこ満たされているからかもしれない。よくわからない。

でも、菊おばあちゃんの教えてくれたこと、自分と母がどこかで繋がっているという一言は、すとんと胸に落ちた。落ちたところで柔らかく発熱している。陽に温《ぬく》もった石ころみたいに温かい。

わぁたしゃ十七
花嫁御寮。

菊おばあちゃんの歌った歌を口ずさんでみる。

花嫁御寮の先が、どうしても思い出せない。

菊おばあちゃんはこの歌に送られて、花嫁さんとして『かんかん橋』を渡ったのだろうか。

母はどうだったのだろう。津雲の町に生まれ、育ち、結婚して子を産み、その子を置いて津雲から出て行った母は『かんかん橋』をどんな心を抱いて渡ったのだろう。

いつか尋ねられる日が来たらいいな。

真子は思う。

両手をまっすぐに天へと伸ばしてみた。

晴れ上がった空が眩《まぶ》しい。昨日まで耳につかなかった蟬の声が、わんわん響いている。季節を線引きすることなど誰にもできない。だけど、あの日だけは、ここから夏が始まる日だと確かに形容できる一日だった。あれからずっと、母の夢を見ていない。天井紙の中で薔薇《ばら》が花弁を散らすのも見ていない。時間だけが静かに、滞ることなく過ぎていった。


リーン、リーン……。

リーン、リーン……。


虫の声じゃない。

真子は起き上がり、目をこすった。

「電話だ」

ちらりと壁にかかった時計を見やる。三時十五分。お父ちゃんは材料の仕入れに出かけている。後三十分は帰ってこないはずだ。

『ののや』は、午後の二時から五時までは店を閉める。その間にお父ちゃんは仕入れや夜の料理の下拵《したごしら》えを済ますのだ。

電話はまだ鳴っている。

真子は普段、電話には出ない。『ののや』には一台しか電話がないので、たいていはお父ちゃんが受ける。たまに、鮎美ちゃんや桜ちゃんといった友だちから真子にかかってくることもある。そういう時お父ちゃんは「あぁ、いつも、真子がお世話になります」と、大人に対するような挨拶《あいさつ》をした。

鮎美ちゃんは、お父ちゃんのそんな物言いがとても気に入っていて、いつも「真子ちゃんのパパ、見た目もかっこええけど、声もかっこええよね。他の大人みたいにテキトーな言い方せんし。うち、真子ちゃん家《ち》に電話するの、ちょっとどきどきする。こういうの、ときめくって言うんかな」なんて、嬉《うれ》しそうに言う。真子も嬉しい。友だちに父親を褒められるなんて、ちょっぴり恥ずかしいけれど最高に嬉しい。

リーン、リーン……。

リーン、リーン……。

階段を下りる。下りきってしまったとき電話の音が途切れた。

リーン、リーン……。

リーン、リッ。

真子は息を詰め、耳をそばだてた。

静かだ。とても、静かだ。

真子の家は二階建てだけれど、一階は『ののや』しかない。真子の部屋、お父ちゃんの寝室、お風呂《ふろ》、トイレ。全部、二階にある。台所とか居間はない。食事を作るのも食べるのも『ののや』の中で済ませる。

『ののや』にはいつも、音が満ちていた。お客さんたちの話し声（「美味《おい》しい。これ、めっちやはまりそう」とか「大将、おあいそ」とか、贔屓《ひいき》のプロ野球球団の成績についてだとか今年の景気についてだとか近所の噂話だとか、だ。聞いても真子には意味の解せない話もたくさんある。でも、聞いているだけでおもしろい）、食器の触れあう音、お父ちゃんの包丁の音、テレビの音……声と音が融《と》け合って人の声でも何かの音でもないような、誰かの歌のような、動物たち（ライオンや虎のような猛獣ではなくて、草原に棲《す》むちっちゃな生き物）の鳴き声のような、大樹の下に響く風音のような、音。そんな音で満ちている。

でも、今は静かだ。

季節はすでに夏になっていた。もうすぐ、夏休みだ。真子は汗ばんでいた。どこからか、とろりと湿った風が吹き込んでくる。

天井近くの窓が開いていた。そこから、湿気を孕《はら》んだ夏の風が入り込んでいる。

背中をつーっと汗が伝った。

リーン、リーン……。

リーン、リーン……。

電話がまた、鳴いた。さっきより物悲しく聞こえる。初冬の、枯れかけた葉陰で微かに響く忍び音みたいだ。

リーン、リーン……。

リーン、リーン……。

真子はもう躊躇《ためら》わなかった。どうしても、電話に出なければと感じる。

早く、早く、急げ、急げ。また切れてしまわぬうちに、受話器を取れ。

真子の中で誰かが命令する。

クリーム色と言うのだろうか淡い黄色の受話器を真子は握り、いつもより早口で応《こた》えた。

「はい、もしもし、石鎚です」

石鎚ではなくて『ののや』です」の方がよかっただろうか。

ちらりと思いが掠《かす》めたとき、受話器の向こうから柔らかな声が伝わってきた。

「あぁ、真子ちゃんね」

お母ちゃん？

受話器を握りしめる。

この柔らかな、女の人にしては少し低い、滑らかな声は……お母ちゃん、だろうか。胸がざわざわする。お乳の奥が苦しい。

お母ちゃん？

「真子ちゃん？　真子ちゃんよね？　違うの？」

「いえ、わたしは石鎚真子です」

妙に生真面目な返事をしてしまった。「あら」と息を吸う気配がした。気配の後に、ぽんっと笑い声が弾《はじ》ける。

「あははは、ご丁寧にどうも、どうも。こちらはミドウと申します」

「ミドウ？」

あははははとまた陽気な笑いが響いた。

「あ、奈央さん」

「あれ、わかっちゃった？」

「うん、わかった」

奈央さんだ。この、弾んでぷわっと広がる笑声は、奈央さんのものだ。

お母ちゃんじゃなかった。

真子は息を吐いた。落胆も失望もしていない。全然、していない。でも、不思議だとは思う。どうして奈央さんの声を母のものだと感じたのか。不思議だ。こうやって、じっくり聞いていると、奈央さんの声は奈央さんのものでしかない。真子の記憶に残っている母のそれとは、まるで異なっている。

「奈央さん」

「なあに？」

「ミドウって、奈央さんの、奈央さんの……えっと、あの、上の名前なん？」

「うん、そう。苗字《みょうじ》だよ。知らなかった？」

「知らんかった。どんな字、書くん？」

「三つのお堂って書く。公会堂の堂。わかる？」

「わかる。うち、お堂って書けるよ」

電話機の横にメモ用紙とボールペンが置いてある。真子は、メモ用紙の上に大きく「三堂」

と書いてみた。

「そうか。真子ちゃんは賢いな。勉強、好き？」

「国語と図工は好きやけど。算数はちょっとだけ苦手。体育は、嫌いや」

「ほんとに？　あたし、体育だけは得意だったな。小、中、高校、体育だけはずっと一番だったんだ。もっとも、高校は一年経たない間に中退しちゃったけどね」

「学校を辞めてしもうたん」

「そう。つまんなかったからね。あれしちゃいけない、これしちゃいけないって、そんなのばっかでさ。馬鹿馬鹿しくなっちゃったんだよ。でも今、思えば、もうちょい我慢しててもよかったかもね。けっこう好きな友だちとかいたし、体育の授業は楽しかったからね」

奈央さんの話を聞きながら、真子は「三堂」の下に「奈央」と続けて書いてみた。「三堂」を大きくし過ぎたので、とても小さな「奈央」になった。

三堂奈央。これが奈央さんの名前なのだ。

「こんな話、真子ちゃんにするの初めてだね」

「うん、初めて」

「ごめんね」

奈央さんがなぜ謝るのか理解できない。大人は時々、唐突に謝ったり怒ったり嗤《わら》ったりする。

真子には謝る意味も怒りや嗤いの因も思い至れない。

「あたしの昔のことなんかどーでもいいよね。へんな話をしちゃって、ごめんね」

奈央さんは「ごめんね」の意味を説明してくれた。真子の戸惑いにちゃんと感付いてくれたらしい。真子はかぶりを振った。

「へんな話じゃないで」

どうでもいい話でもない。もう少し、今少し、聞いていたい気がする。

どこにいても干した魚の匂いが漂う町で、奈央さんはどんな小学生だったのだろう。中学生だったのだろう。高校生だったのだろう。

空は鉛色、海も鉛色。一年中、海鳴りが響いている。そこはどんな……。

「大将いる？」

奈央さんの口調がふいにそっけなくなる。鋭く尖《とが》りさえしたようだ。

「お父ちゃん、おらんけど……」

「仕入れ？」

「うん」

「そっか、いないか」

ため息。いつもの奈央さんなら、ため息じゃなくて舌打ちをするのに。

奈央さんはめったにため息なんか吐かない。

「辛気臭い顔してため息吐いたって、何にもよくなりゃしないよ。ため息で悩みが解決するんなら百万回でも吐いてやるけどさ」

いつだったか、そんなことを口にしていたぐらいだ。隣の席に座っていた和久くんが、「へえ、キャロラインさんでも悩んだりするんすねえ」と真顔で頷《うなず》き、奈央さんに思いっきり頰をつねられていた。「あたしだって悩みの一つや二つ、十や百、抱えてんだよ。だけどさ、わたしは悩んでますって顔して、わざとらしくため息吐くなんて、虫酸が走るじゃないか。え？そうだろ」

和久くんの頰をつねったまま奈央さんは、いつにも増して威勢よく、まくし立てたのだ。

「奈央さん、あの……お父ちゃん、帰ってきたら電話するように言うとこか」

胸のざわめきを堪え、真子は奈央さんに尋ねた。黙っていてはいけない。そんな気がしてならなかった。なのに、

「いいよ」。奈央さんはあっさり否んだ。

「別にたいした用事じゃないからさ。またで、いいよ。大将には黙ってて」

「でも……」

「黙ってて、ね」

「……うん」

口ごもる。逸《はや》る気持ちを抑えつける。

「真子ちゃん」

呼びかけられた。とても優しい声音だった。背筋がすっと伸びる。

「はい」。まっすぐに返事をした。奈央さんが微笑んでいる。見えはしないけれど、感じる。

「体育、好きになれたらいいね。跳んだり投げたり踊ったり、そういうのおもしろいよ」

「踊るのも体育なん？」

「もちろん。高校の一年の時、体育の先生が創作ダンスってのを教えてくれたんだ。自分たちで音楽を選んで、振付を考えんの」

「うん」

「おもしろかったなぁ。あの体育の先生だけは好きだったんだ。うん、そうだね。あたしが唯一好きな先生だった」

「だから、ダンサーになったん？」

「え？」

「奈央さん、体育の先生が好きでダンスがおもしろかったから、ダンサーになったん？」

「あぁ、そうかもね。踊るっての、こんなにすてきなものなのかって思っちゃったんだよね。まっ、今のあたしのダンス、微妙にずれてるかもしれないけど。でも……夢だったんだよねえ。スポットライト浴びて、舞台の上で踊るの」

また、ため息が聞こえた。

「じゃあね、真子ちゃん、さよなら」

「あっ、あの……」

受話器を置く音。人の声にかわって、低い機械音が流れてくる。

真子はそっと受話器を握りしめた。

それから三十分もしないうちに、お父ちゃんが帰ってきた。真子は何も告げなかった。どうせ、奈央さんは食事にやってくると思ったのだ。奈央さんは相変わらず、ほぼ毎日、夕食を食べに来ていた。でもその夜、奈央さんは来なかった。ずっと待っていたのに、来なかった。

ヌード劇場『ピンク』が倒産したと聞いたのは、奈央さんから電話のあった翌日だった。

池内さんが教えてくれた。

「蜂屋《はちや》の社長、夜逃げしたらしい。借金が相当、あったみたいやからな」

蜂屋の社長というのは『ピンク』を経営していたおじさんの呼び名だ。確か、鈴木とか杉本とかそんな苗字なのに、なぜか蜂屋と呼ばれていた。なぜそう呼ばれるのか、誰も知らない。

蜂屋の社長は、背の低いずんぐりした身体つきで、くぼんでまん丸い目(金壺眼《かなつぼまなこ》と言うのだと、これも池内さんが教えてくれた。町内の噂話から雑学まで、池内さんはけっこういろんなことを知っている。真子が先週の水曜日、同じ組の岩鞍《いわくら》くんと廊下でぶつかり、鼻血を出したことまで知っていた)をしていた。少し前屈《かが》みに歩く癖があった。おじさんではなく、おじいさんと呼んでも差し支えのない年齢だけれど、いつも、派手な身形《みなり》で人目を引いた。例えば、真っ赤なアロハシャツとか紫と黒の渦巻き模様のセーターとか、金色に輝くブルゾンとか。

津雲に最初に映画館を建てた人で、津雲に一館、隣の市に二館の映画館を経営し、たいそう羽振りの良い時期もあったそうだ。

「おれはまだ、洟垂《はなた》れのガキだったけどな、蜂屋の社長が、見たこともねえでっかい車に乗って通りを走ってんだ。当時、こんな田舎じゃ、でっかくてもちっこくても車はまだ珍しかったでな。おれら、わぁわぁ騒ぎながら追いかけたりしてな。そんでどこに行くのかと思うたら、とやけど、ガキの目にはえろうかっこよく映ったもんやで。あぁ、おれも金持ちになりてえ。でっかい車に乗って煙草を買いに行けるようになりてえって、しみじみ思うたなあ」

池内さんが、それこそしみじみとした口調で続ける。何十年も昔、真子の生まれるずっとずっと以前の話だ。

「けど、ええ時期なんてそんなに長うなかったでな。おれが中学生になったときには、もう映画館ちゃ一館も無くなってたしな。それでも、蜂屋の社長、そこそこ上手《うま》く立ち回ってよ、ヌード劇場おっ建てたり、ゴルフ場に関わったり……けど、今度ばかりは、どうにも身動き、とれなくなっちまったんだなあ」

池内さんの隣で野々村さんが、唸《うな》る。

「うーん、あの社長が夜逃げとはねえ」

「あっちこっちにツケ残したまんま、とんずらや。おれんとこも、未払い、十万近くあるんよなあ。十万やぞ、十万。どんだけ痛いか。うーっ、痛い、痛い。うーっ」

野々村さんより低く長く唸ったのは、マキタ生花店の牧田さんだ。『ピンク』の出入り口に飾る花を毎週木曜日に届けていたそうだ。

「『ピンク』が危ねえって噂は、だいぶ前から耳にしとったけどや、社長とは長え付き合いやし、今までずっときれいな払いをしとってくれたし、『あんたとこ倒産するて噂があるけ、これから現金払いにしてくれ』なんぞ言われんやろ。女房は、あんたは商売人として甘すぎるって怒鳴るけど、やっぱ、言われんもんなあ」

お父ちゃんより二つしか年を取っていないのに、牧田さんの髪はずい分薄くなり、地肌が透けて見える。その髪をそっと掻《か》き上げて、牧田さんは口の端を歪《ゆが》めた。

「大将、『ののや』は大丈夫なんか？　蜂屋の社長、時々、飲みに来てたろ。きれいに払うてもろうてたんか」

お父ちゃんは「まあな」と短く答えた。「そうです」とも「ちがいます」ともとれる曖昧《あいまい》な物言いだった。

蜂屋の社長は一月に二度か三度、『ののや』に顔を見せていた。日本酒を銚子《ちょうし》に二本、肴《さかな》に煮やっことか海鼠《なまこ》の酢の物を注文していたのを覚えている。ご飯物はほとんど食べなかった。社長がツケを溜《た》めていたのか、払いを済ませていたのか真子には見当がつかない。お父ちゃんは感情の読み取れない引き締まった表情で、包丁を使っていた。いつもと同じ顔つきだった。何一つ、窺《うかが》い知れない。ただ、真子が今本当に知りたいのは社長さんのことでも『ののや』の被った損害のことでもなかった。

「キャロラインさん、どうしたかなぁ」

和久くんが鰹《かつお》の角煮をつつきながら呟《つぶや》いた。真子はカウンターの隅から、和久くんの俯《うつむ》いた横顔とお父ちゃんを交互に見やった。

真子も知りたい。

奈央さんはどうしただろう。どこに行ってしまったのだろう。今、どこにいるのだろう。あの電話は、お父ちゃんにさよならを告げるためのものだったのだろうか。

知りたい。教えて欲しい。

和久くんは角煮を指で摘《つ》まみ上げると、ゆっくりと口に運んだ。出汁《だし》と醬油《しょうゆ》、砂糖などで甘辛く煮込み生姜《しょうが》を散らした角煮は酒にも白飯にも合うと、人気の一品だった。和久くんも大好物だ。指の先を舐《な》め、和久くんがまた呟く。

「どうしたかなぁ。心配っすよねぇ」

「おまえ、奈央のこと、気になるんか」

牧田さんが身を乗り出した。少し酔ったらしく、目の下がほんのり赤らんでいる。

「そりゃあ、気になりますよ。キャロラインさん、活《い》きが良すぎて怖かったけど、なんつーか、いいかげんじゃないつーか、本気で生きてるつーか、そういうのええなあって思うじゃないすか。思わねえ？　思うっしょ。思うたら、気になるっしょ。当たり前っすよね」

「惚《ほ》れてたんか」

「はぁ？　かんべんしてくれっす。うちの母ちゃんぐらいの年やないですか」

「そこまで行ってねえやろ。それに、恋に年齢は関係ないっすよ」

牧田さんが和久くんの口調をまねる。あまり似ていない。

「そーいうのじゃないつーか、惚れてんじゃなくて、リスペクトっすよ。リスペクト。愚痴言わないし、へこへこしないし。キャロラインさん、かっこいいすよ。おれ、リスペクトっすね、やっぱ。そーとしか、言えねえなぁ」

和久くんも酔っているのか、舌の回りが滑らかだ。しゃべりながら、次々、角煮を口に放り込む。小鉢はすぐに空になった。

「大将、おかわり」

和久くんの声に、牧田さんの一声が被《かぶ》さる。

「売られたんとちがうか」

一瞬、物音が絶えた。誰も何も言わず、つけっ放しのテレビさえ音声が途切れた。お父ちゃんは包丁を握ったまま、和久くんは小鉢を差し出したまま、野々村さんと池内さんはぽかりと口を開けたまま、牧田さんを見詰めた。真子もカウンターの奥から牧田さんの細長い顔を凝視する。知らず知らず、両手を握りしめていた。

売られた？

どういう意味だろう。

三年生の時、岩鞍くんが『売られたガンコ』という作文で金賞をとったことがある。ガンコは牛の名前だった。岩鞍くんの家は畜産農家で牛を育て、売ることを生業《なりわい》にしているのだ。『売られたガンコ』は、子牛の時から育てたガンコが競りにかけられ、売られていく朝を綴《つづ》った作文だった。金賞をとった翌日、岩鞍くんは、クラスのみんなの前で『売られたガンコ』を朗読させられた。

「トラックの荷台にのせられたとき、ずっと静かだったガンコが、初めてなきました。『モーモー』と何回もなきました。横を見ると、お母さんが泣いていました。おばあちゃんもおねえちゃんも泣いていました。ぼくも泣きました。お父さんが『泣くな』と言ったけど、がまんできずに、泣きました。ずっと泣いていました」

三年一組の担任だった林山《はやしやま》先生もクラスのみんなも涙を浮かべていた。「かわいそうに」と啜《すす》り泣く女の子もいた。桜ちゃんも美菜《みな》ちゃんも金子さんも涙ぐんでいた。真子は作文よりも岩鞍くんが気になった。金賞をとったのにちっとも晴れがましそうでなかったのだ。唇を尖《とが》らせて、視線を上履きの先に落としている。

この屈辱から一秒でも早く逃れたいとあがいているように思えた。岩鞍くんが顔を上げる。目が合った。

大人の眼だ。

そう感じた。大人と子どもと、その眼差《まなざ》しがどう違うのか上手く説明できないけれど、岩鞍くんは、確かに大人の眼をしていた。『ののや』のお客さんが時折見せる昏《くら》く陰った色だ。いつもは賑《にぎ》やかで調子乗りで、しょっちゅう先生に怒られている岩鞍くんは、あの時、大人の昏い眼で、かわいそうと涙を零《こぼ》す女の子たちを眺めていた。

真子から視線を外し、岩鞍くんが両手で真っ直ぐに原稿用紙をかかげた。声を一段と張り上げる。

「ガンコはりっぱな牛です。だから、りっぱな肉になりました。ロース、ヒレ、モモ、タン、しっぽやないぞうも食べられます。みんな、りっぱです。いろんな人に、しっかり食べてもらいたいと、ぼくは思いました。おわり」

読み終えて岩鞍くんが席に戻る。みんなの拍手を浴びて、ぺろりと舌を覗《のぞ》かせた。いつもの賑やかで調子乗りの岩鞍くんだった。

ガンコは売られていった。売られてりっぱな肉になった。ロース、ヒレ、モモ、タン。

奈央さんが売られた？

奈央さんは牛ではない。人間だ。

人間が売られる？

牧田さんはみんなから見詰められ、酔いが一時に醒《さ》めたようだ。顔からすうっと血の色が褪《あ》せていく。

「あ、いや、そんな冗談で、冗談。『ピンク』の踊り子はみんな売り飛ばされたって噂する奴がいるもんやから……つい冗談を……」

「冗談やったら、笑えるのにしてくれや。まったく、センス悪過ぎるで」

野々村さんが眉《まゆ》を顰《ひそ》める。牧田さんは身を縮めコップの酒をすすった。

和久くんが浮かしていた腰を下ろす。そして、

「だいじょうぶっすよ」

不自然な笑顔を作った。

「キャロラインさんのことだから、今頃、どっかの舞台で踊ってるはずやで。心配ないっす、ないっす。あっ、もしかしてひょっこり帰って来るなんてのも、ありかも。ねっ」

誰も返事をしなかった。お父ちゃんが鰹の角煮を和久くんの前に置く。和久くんはしばらく、

角煮とにらめっこをしていた。

「惚れてるとかじゃなくて……そういうのじゃなくて、おれ、ほんまに尊敬してたんやけどなぁ。どこに行ってしもうたんかな」

その夜、真子は眠らずにお父ちゃんを待っていた。いつもなら、八時過ぎには二階に上がり、お風呂《ふろ》に入って寝る。『ののや』の閉店時間はお客さん次第なので、十時前に仕舞いになったり、十二時を過ぎても暖簾《のれん》を外せなかったりするのだ。もっとも、このごろ、深夜まで居座るお客はほとんどいない。九時には早々に店仕舞いする日さえあった。

『ののや』は津雲のどの店より安くて美味《うま》いと言われていた。言ったのは池内さんだ。

「大将、お愛想やへつらいで言うとんと、ちがうで。おれは池内鮮魚店のおやじや。あちこちの店に魚、卸してる。そのおれが太鼓判押すで。『ののや』の料理はサイコーッ。な、みんな」

素面《しらふ》のときの池内さんはそんなに笑わない。生真面目な顔つきで周りを見回す。野々村さんや和久くんや、その他の常連のお客さんたちも生真面目な表情で頷《うなず》いてくれた。お父ちゃんだけが苦笑いしていた。真子は嬉《うれ》しかった。岩鞍くんの作文が金賞になったとき、真子の作文も奨励賞を貰《もら》った。『ののや』のことを書いた作文だ。賞が貰えて嬉しかった。でも、その時より、『ののや』が褒められた時の方が嬉しかった。

何倍も嬉しかった。

お客さんたちが、みんな『ののや』を最高だと言ってくれる、愛してくれる。そう思えることは嬉しい。楽しい。誇らしい。だけど……。

そんな安くて美味い『ののや』でも、お客さんの足は徐々に遠のいているようだ。

「外で食べたり飲んだりする余裕が、のうなってるんやの。みんな、財布がへばってしもうて、どうにもならんわ」

そう嘆いたのは、誰だったろう。池内さん？　野々村さん？　牧田さん？　自転車屋の宮口さん？　板金工場に勤めている堀田さん？

誰かが嘆いていた時も、お父ちゃんは黙って魚を捌《さば》いていた。お父ちゃんはいつも黙って、包丁を使っている。

今夜も野々村さんたちが帰った後、お客さんは一人も来なかったらしい。お父ちゃんが店仕舞いをして二階に上がってきたのは、十時を少し回ったころだった。

階段を上った正面の部屋がお父ちゃんの寝場所だ。ベッドと小さな本棚と小さなテレビと東向きの大きな窓がある。

「お父ちゃん」

ドアを開けて、お父ちゃんを呼ぶ。

「どうした？　まだ寝てなかったんか？」

オレンジ色の電灯のせいなのか、お父ちゃんの顔には黒い影がくっきりと刻まれていた。

「あのな、奈央さんから電話、あったん」

「え？」

「昨日、お父ちゃんが仕入れに行っとるとき」

「奈央から……電話が」

お父ちゃんの喉仏《のどぼとけ》がひくりと動いた。

「奈央さん、お父ちゃんに言わんでええって……だから、うち、黙ってた」

お父ちゃんを見上げる。白い上っ張りを脱ぎ、オレンジ色の光の中に佇《たたず》むお父ちゃんは、少し痩《や》せて見えた。

「うち、奈央さんがおらんようになるなんて思わんかった。ちゃんと言うた方がよかった？

そしたら、奈央さん、どこにも行かなんだ？」

目の奥が温かくなる。目玉を裏から押すようにして涙が零れ出た。

何で泣いてるんやろ。

何で涙なんか出るんやろ。

自分で自分を抑制できない。口の中に涙が染み込んでくる。

しょっぱい。

涙ってこんなにしょっぱいものなんだ。

頭が重くなる。そしてじんわり温かくなる。

お父ちゃんの手が頭の上に載っていた。

「奈央が黙っとれて言うたんやろ」

「……うん」

「だったら、それでええんや。真子は約束、守っただけや。何も悪いことしとらんて。泣かんでえ」

約束？　そうだろうか。

大将には黙ってて、ね。

うん。

あのやりとりは約束なのだろうか。もし約束だとしても、破って構わなかったのではないだろうか。『友だちと仲良くできる子、約束を守れる子になりましょう』が四年生の学年目標だ。友だちも約束も大切だ。だけど、時に、背かなければならない約束もある。守り通すことが過ちとなる約束もある……はずだ。

「泣くなって」

お父ちゃんの指が頬に触れた。武骨な太い指は繊細に優しく動き、真子の涙を拭《ぬぐ》う。

「お父ちゃん、奈央さん、売られたりせんよな」

「大丈夫や。奈央は蜂屋の社長にも他のどこにも借金してなかった。自由の身やで。売られたりするもんか」

「借金があったら、売られるん？」

ガンコみたいに？

岩鞍くんの昏い眼が浮かぶ。あの眼差しで、岩鞍くんはガンコを見送ったのだ。

売られる。売られる。何だか怖い。ざわざわざわざわ、また胸が騒ぐ。身体の中を冷たい風が吹き渡り、足元の畳が薄く剝《は》がれていく。そんな感覚に真子は震えた。

この心細さ、この淋《さび》しさ、この寒さは、なに？

お父ちゃんの腕が伸びて、真子の肩を摑《つか》んだ。そのまま引き寄せられる。お父ちゃんの胸の中に小柄な身体がすっぽり収まった。

温かい。

お父ちゃんの温かさと匂いにすっぽり包まれる。炭火の温かさと匂い、日溜《ひだ》まりの温かさと匂い、桜の枯れ枝を焚《た》いた温かさと匂い。

身体の中の風が凪《な》ぎ、足裏に確かな感触が戻る。「大丈夫や」。お父ちゃんが囁《ささや》いた。

「惨《むご》いことは、ようけある。けど、真子をそんな目に遭わせたりせえへん。大丈夫やからな」

「うん」

お父ちゃんの胸に頰を押し当て、真子は安堵《あんど》の吐息を漏らす。

「奈央も大丈夫や。心配すんな」

お父ちゃんの一言に顔を上げる。涙の乾いた頰が強張《こわば》っている。ばりばりと音がしそうだ。

「奈央さんがどこにおるんか、知っとんの」

「いや……知らん」

「携帯の番号、知っとる？」

「知らん」

「お父ちゃんの番号、奈央さんは知っとるの？」

「知らん。言うてない」

電灯を背にしたお父ちゃんに、薄く影が掛かっている。表情が読み取れない。

居場所も携帯電話の番号も知らないとすれば、どうすればいい？　どうやって、もう一度、奈央さんと繋《つな》がれる？

「お父ちゃん……」

「居場所、わからんけど、もしかしたら……」

「もしかしたら？」

「帰ったんかもしれん」

「帰った？」

どこへ？　と続けて尋ねるかわりに、真子は「あっ」と小さく叫んだ。

海鳴り、鉛色の空と海、干した魚の匂い、風に向かって背を丸め歩く人々。

「奈央さんの生まれた町」

お父ちゃんが頷く。

「そうや。よう、わかったな」

口調には紛《まが》いでない感嘆が滲《にじ》んでいた。

「奈央さん、生まれた町に帰ったん」

「はっきりとはわからん。けど、酔うたときに言うてたの思い出したんや。故郷なんてとっくに忘れた思うてたけど、このごろ一度、帰ってみてもええかなって考える、てな。親御さんの墓があるそうや。もしかしたら、もしかしたらやけど、奈央、帰ったんやないかな」

「迎えに行くん？」

真子はお父ちゃんの腕を摑んだ。

「なぁ、奈央さんを迎えに行くん？」

お父ちゃんの目が瞬く。真子を見下ろす。

「行っても……ええか」

「ええよ。行ってきて。うち、待っとる」

指に力をこめる。お父ちゃんの腕を強く、さらに強く摑む。

「『ののや』で待っとるけ。行ってきて。奈央さんを連れて帰って。なっ、お父ちゃん」

お父ちゃんを揺さぶる。真子の力では、お父ちゃんの身体をほんの微《かす》かしか揺すれない。

「そうか。行ってもええか」

お父ちゃんがゆっくりと微笑んだ。

翌日、『ののや』は臨時休業した。

「お客さま各位
　都合により、臨時休業いたします。ご迷惑をおかけします。

　　　　　　　　　　　　　　　　　　　　　店主敬白　」

お父ちゃんが極太の油性ペンで書いたお知らせを、貼り出す。ガラスの格子戸の真ん中にぴったり貼りつけるのだ。

「臨時休業か……。開店以来、初めてやな」

黒々と太い自分の文字に目をやり、お父ちゃんが呟《つぶや》いた。お知らせのビラが眩《まぶ》しいかのように、目を細める。真子は顎《あご》を思いっきり上げる。並んで立つと、お父ちゃんの顔は随分と高く、手を伸ばしても、跳び上がっても、指先すら届かないと思える。短く刈り込んだ頭の上には真夏の空が広がっていた。

「そうなん？」

「そうや」

「毎週、木曜日はお休みやが」

「それは定休日や。臨時休業ちゅうのは、決まった休みやない日に休むことやからな」

「臨時休業……初めて？」

「あぁ、初めてや」

お母ちゃんが出ていきなはった日はどうやったんやろか。

母が去ったその日も、『ののや』は暖簾《のれん》を出し、客を迎え入れたのだろうか。

「真子」

お父ちゃんがしゃがみこむ。

「今日と明日な、池内のおばさんが来てくれる。夜だけやけどな」

「うん」

「留守番、できるか」

「できる」

「なんだったら……一緒に来てもええんやぞ。学校、休んで一緒に来るか」

「学校を臨時休業するん？」

「あ……、まぁそういうことやな」

真子は頭を横に振った。

「うち、学校に行く。『ののや』で待っとる。お父ちゃんだけ行って来て」

学校が特別好きなわけじゃない。臨時休業もいいなと思う。淋しいわけでもない。留守番が淋しいなら鮎美ちゃんに「今夜、お泊りさせて」と頼めばいいだけだ。

鮎美ちゃんは、ちょっと嬉《うれ》しそうに笑んで「いいよ、家にお泊りにおいでよ」と言ってくれるだろう。鮎美ちゃんと並んで寝るのは楽しい。おしゃべりをしながら、くすくす笑いながら、何時の間にか眠りに落ちていく。それはすてきな一時だ。

でも、『ののや』で待つ。

いつも通り『かんかん橋』を渡り学校に行く。そして『かんかん橋』を渡り帰って来る。『ののや』で待つ。お父ちゃんと奈央さんが帰って来るのを待つ。

そう決めたのだ。

「そうか」

お父ちゃんは立ち上がり、ふいっと空を見上げた。

「また、夏が来たな」

独り言のようにそう言った。

その夜、池内のおばさんが来てくれた。池内さんの奥さんだ。とても痩《や》せて背が高い人だ。

「うちの嫁はんの名前、知っとるか。鳩子やで鳩子。ポッポッポ、ハトポッポの鳩やで。ちがうやろ。な、ちがうよな。ありゃあどう見ても鶴だよな、鶴、鶴。おれは、だからいっつも、鶴子、鶴子って呼んでんやで」

かなり酔っ払った池内さんが喉《のど》の奥が見えるほど大笑いし、その合間に「つっつっ鶴子、つるつる鶴子」と歌い、それがおかしいとまた大笑いする。一ヵ月に一度か二度、池内さんは奥さんの歌を歌うのだ。

確かに池内のおばさん、鳩子さんは鶴によく似ている。首も手も足もひょろりと長い。

「真子ちゃん、カレーライス食べるやろ」

「うん、食べる」

「カレーライス、好きか」

「好き。すごい好き」

「そうか、よかった。カレーの嫌いな子とかあんまりいないもんなぁ。うちのなんか、毎週一回は食べな気がすまんのよ」

「うちのって？」

池内さんの家には子どもがいない。

「子どもがおらんの淋しいような、物足らんような心持ちがしとったけど、こう不況で儲《もう》からんようになると、却《かえ》ってよかったかなと女房と話しとるんや。今の『池内鮮魚店』の売上じゃ、子ども、よう養わんでな」

池内さんがため息交じりに言っていた。この時は酔っていなかった。素面《しらふ》のため息は重く深かった。

「うちのってのは、うちの亭主ってことや。毎晩『ののや』に入り浸っとるやろ」

「おじちゃん、カレーが好きなんや」

「『ののや』の料理の次ぐらいにな。カレーの匂い嗅《か》ぐだけで、ほんま嬉しげに笑うで。ま、ゴキブリがひっくり返って足をばたつかせとっても、笑い転げるおっさんやからな」

鳩子さんの言い方があんまり露骨でおもしろかったので、真子の方が笑ってしまった。鳩子さんも笑いながら、『ののや』の中をざっと見回した。そして、

「まっ、ここにはゴキブリはおらんやろね。まこっちゃん、綺麗《きれい》好《ず》きやからね」

と、真子に片目を瞑ってみせる。お父ちゃんのことを鳩子さんはまこっちゃんと呼ぶ。お父ちゃんの名前が真人だからだ。昔からそう呼んでいたのだと鳩子さんは言う。昔というのは、お父ちゃんも鳩子さんも池内さんも、「子ども」と呼ばれていたころのことだ。もっとも、鳩子さんや池内さんは、お父ちゃんよりだいぶ年上だから、共有した子ども時代はほんの束の間だっただろう。

カレーの匂いに刺激され、お腹がぐにゅぐにゅ動いた。慌てて押さえる。いい匂いだ。鳩子さんのカレーは特別製でルーからお手製なのだそうだ。いい匂い。いい匂い。この匂いに触れ

たら、笑い出すほどじゃなくても、にんまりぐらいはしたくなる。池内さんの気持ちがよく理解できた。

鳩子さんはもう一度、視線を巡らせ、

「ほんま、綺麗にしとるねえ。きちんと片付いて、清潔で。料理屋の板場っちゅうのはこうでなきゃいけんわ」

と、何度も頷《うなず》く。心底から感心しているようだ。真子は少し得意になる。板場の掃除は真子も、土、日だけだが手伝っているのだ。食器棚の隅や流しの下を丁寧に拭《ふ》く。簀子《すのこ》を洗い天日に干す。塵《ごみ》を仕分けて、塵箱を消毒する。みんな、真子の仕事だ。真子の仕事を鳩子さんは綺麗だと認めてくれた。誇らしい。鼻先がむずむずするほど、誇らしい。でも、あまり得意顔をひけらかしたくない。鳩子さんに気付かれたくない。真子は横を向いて、話題を変えた。

「ゴキブリはおらんけど、この前、こがね虫が飛び込んできたで」

「おやま、こがね虫が」

「うん、緑色の綺麗なこがね虫」

奈央さんがいなくなる四、五日前のことだ。珍しく一見《いちげん》のお客さんが立て続けに入ってきた。その内の一人が、お通しのしじみ豆腐を気にいって三杯もおかわりしたのだ。

「いやぁ美味《うま》い。お通しだけで酒が進むなあ。大将、すまんけどもう一杯」

旅行者なのか日に焼けた髭面《ひげづら》のお客さんが空になった小鉢をお父ちゃんに差し出した時、狙い澄ましていたようにこがね虫がぶつかってきた。お客さんの、額のど真ん中に。

「そのとき、うちの……おったん？」

「池内のおじちゃん？　うん、おったよ」

「かなり飲んどったよね」

「うん。飲んでたと思う」

「そしたら……むちゃくちゃ笑うたやろ」

「うん。むちゃくちゃ笑うた」

池内さんは椅子から転げ落ちるように床にしゃがみこみ、そのまま笑い続けたのだ。笑い過ぎて息が切れ、顔色が青くなるまで笑っていた。

「やっぱりねえ。そのお客、怒ったやろ」

「ううん。一緒になって笑うとったよ」

「そうか。大らかな人でよかったわ」

鳩子さんが肩を揺すった。

「あの笑い癖、ほんまどうにかならんかしら。困ったもんやわ」

「けど……」

泣くより笑う方がいい。

真子はそう思う。酔って泣く人も怒りっぽくなる人も愚痴が止まらなくなる人も、いる。お酒っておもしろくて、怖い。人を酔わせ、人の被《かぶ》った面を引き剝《は》がす。その人の生《き》を露《あら》わにするのだ。一見きちんとした背広姿のお客がヤクザ紛《まが》いの口調になったり、堂々たる体軀《たいく》の男が愚痴を連ね、さめざめ泣いたりする。

あんな怖ろしい飲み物を大人は好んで口にする。そして、己の正体を露呈する。なぜだろうか？　池内さんも酒飲みだけれど、露わになった生の姿が陽気な笑い上戸であるなら、そこに淫靡《いんび》も陰鬱《いんうつ》もないなら上等だ。

泣くより笑う方が、百倍もいい。

真子は酔って笑う池内さんが好きだった。

ガタッ。

裏口で音がした。人の声と足音が聞こえる。

お父ちゃん？

お父ちゃんが帰って来たのだろうか。とっさに壁にかかった六角時計に目をやる。

午後六時四十五分。

早過ぎる。お父ちゃんが奈央さんの生まれ故郷に行ったのはわかる。けれど、その町がどこにあるのか、知らない。

津雲に海はない。四方を山に囲まれている。津雲の空を区切るのは山の稜線《りょうせん》だ。奈央さんの町では空と海との境界は遥《はる》か彼方《かなた》で融《と》け合うのだろう。

津雲に海はない。潮の香も海鳴りも水平線もない。太陽は山から昇り、山に沈む。海とは遠く隔てられた所だ。お父ちゃんは海の町に奈央さんを迎えに行った。こんなに早く帰って来られるわけがない。帰って来られたとしても深夜になるはずだ。

誰？

「しもうた。裏口に鍵《かぎ》かけるの忘れとった」

鳩子さんが俎板《まないた》を両手で持ち上げる。魚用の檜《ひのき》の俎板だ。厚くて重い。低い男の声と数人の足音がはっきり伝わってきた。

「おばちゃん、あの声は……」

「真子ちゃん、どこぞに隠れとき」

鳩子さんが俎板を構え、目配せする。真子はかぶりを振った。隠れる必要は無い。あの声は。

「まっ、あんた」

池内さんが大皿を抱えて現れた。後ろに野々村さんと和久くんが続いている。

「あんた、何してんの」

「おまえこそ、なんや俎板なんぞ持ち上げて」

「あ……これ、裏口から泥棒が入ってきたかと思うて、とっさに摑《つか》んだんや。うちも魚屋の女房やから俎板や包丁は使い慣れてるでな」

「このアホが。そんな分厚い俎板で亭主の頭、ぶっ叩《たた》くつもりやったんか。完全に使い方、間違うてるぞ」

池内さん夫婦のやり取りに和久くんが噴き出した。

「池内さんて、素面でもミョーにおもしろい人なんすね。ペキカン、天然すよね」

「ペキカンって何や？」

「完璧《かんぺき》ってことっす」

「おまえはどこの国の生まれや。日本語しゃべれ、日本語」

池内さんが大皿をテーブルに置く。どんと重い音がした。刺身がたっぷりと盛られている。

「あんた、それ」

「店の残りもんや。全部、刺身にしたった。今夜はこれで前祝いやで」

「そう前祝い、前祝い」

野々村さんが後ろ手に隠していた一升瓶をテーブルに並べた。二本ある。どちらも『津雲雲竜』だった。津雲の地酒だ。

鳩子さんの黒目がうろついた。ちょっとだけだが、鳩に似ている。

「前祝いって何の？」

「決まっとるで。大将の再婚の祝いやないか」

「再婚？　まこっちゃん、結婚、するの？」

鳩子さんの声音がひゅいっと高くなり、語尾が跳ね上がる。女子高校生の口吻《こうふん》みたいだ。

「するに決まっとるやろ。そのつもりで奈央を迎えに行ったんと違うんか」

「いや、そりゃあそうやけど……」

「男が女を捜しに北の果てまで旅をする。うーん、ええなぁ。演歌の世界や。おまえを追いかけ北の果て〜、風もしばれるこの街で〜」

「あんたが歌うと何でも浪曲にしかならんねえ」

「やかましいわ。ともかく、前祝いや。そこのコップ並べろや」

「ちょっと、あんたたち、まこっちゃんに託《かこつ》けて飲みたいだけやないの。ほんまに、商売物を勝手に刺身にしちゃって」

文句を言いながら鳩子さんは、冷酒用のグラスを取り出した。

「真子ちゃん、ちょっと待ってな。今、カレー装《よそ》ってあげるから」

「おばちゃん」

「うん?」

「お父ちゃんと奈央さん、結婚するの?」

鳩子さんの黒目がまた、忙《せわ》しく動く。

「そうやなぁ。まこっちゃんと奈央さんが……どうなんやろなあ。奈央さんの方がだいぶ年上やと思うし……あの二人が好き合うてたなんて、正直、うちはまったく気がつかんかったわ」

グラスを持ったまま、鳩子さんがしゃがみこんだ。真子の眼を覗《のぞ》きこむ。

「真子ちゃん、もし、もしやで、もし奈央さんがお母さんになるとしたら、どう?」

お母さん?　奈央さんが?

考えてもいなかった。

奈央さんは奈央さんで、お母ちゃんではない。

母ができるとは、どういうものなのか真子には見当がつかない。お父ちゃんとの日々にもう一人、誰かが加わる。それは、どんな生活になるのだろうか。腕を剝《む》き出しにして、豊満な胸を揺らして、ヒールの音を高く響かせて、奈央さんが歩く。その姿が浮かぶ。

「あっ、いや、真子ちゃん、そんなに難しゅう考えんといて、な」

どんな顔をしていたのだろう。鳩子さんが慌てて真子の肩を摑んできた。その拍子にグラスが滑り落ち、簀子の上に転がる。真子が先週の土曜日、ぴかぴかに磨いた簀子だ。

「結婚式とかどうするかねえ」

野々村さんが言った。いつもより幾分、弾んだ口調だった。

「そんなものする気はないで。本人たちはな」

「てことは、やっぱり、有志でやらなあかんてことやなあ。うん、こりゃあ忙しゅうなるぞ」

「写真は国見、料理はうちと万華寿司で賄えるし……問題は会費やなあ」

池内さんと野々村さんの会話に和久くんの若い艶《つや》のある声が割って入る。

「あのう二人ともちょっと、気が早過ぎるんとちがいます。まだ、キャロラインさんが帰って来るかどうかもわからんのに」

野々村さんが一升瓶に手を掛けたまま、和久くんを見上げる。

「帰るに決まっとる。石鎚くんみたいなかっこええ男に迎えに来られて、帰らん女はおらんて。うちの女房なんか、マウンドの石鎚くんを見てるだけで胸がきゅんきゅんして涙が出てくるて言うてたぐらいや」

「何年前の話っすか。今の石鎚さんは高校野球のエースやのうて『ののや』の大将っすよ」

「それでも、かっこええのに変わりは無い」

「まぁかっこええとして、そこんとこはこっちに置いといても、キャロラインさんが、その故郷の町におるかどうかも確かやないわけでしょ」

野々村さんが「まぁな」とも「むむむ」とも聞こえるくぐもった声を出した。

「あんまり先走らんと、冷静に事態の成り行きを見守っていた方がええと思いますけど」

「和久、おまえどこぞの政治家みたいな口をききよるな。あははははは」

池内さんが頓狂《とんきょう》な笑い声をあげる。酔いが回ってきたらしい。

お母ちゃん、お母ちゃん。

真子は心の中で繰り返す。

お母ちゃん、お母ちゃん。

薔薇《ばら》の香りが鼻孔の奥を撫《な》でる。母は戯れに香水を振りかけた。「ほーら、ええ匂いやで」。

お母ちゃん、お母ちゃん。

泣いてしまいそうだ。どうしてだろう。


リーン、リーン。

リーン、リーン。

電話が鳴った。

真子は目を開け、とっさに時計を見やる。

六角時計の針は一直線になっている。

午前六時、ちょうど。

「もしもし」

「真子、もう起きてたんか」

お父ちゃんの声が少し揺れた。驚いている。

「ううん、寝てた。電話の傍に布団を敷いて寝てた」

お父ちゃんの電話を待っとったんよ。そしたら、何時の間にか寝てしもうてた。

「池内のおばちゃん、来てくれたか」

「来てくれた。カレー食べさせてくれた。池内のおじさんも野々村さんも和久くんも、みんな来てくれたで。みんな、まだ、寝てる」

男三人は板場と板場に繋《つな》がる三畳ほどの納戸でごろ寝をしている。鳩子さんは真子の部屋の床にやはり寝支度もしないまま寝転んでいた。

「そうか。やっぱり、そういうことになったか」

お父ちゃんが苦笑した。見えはしない。気配が伝わって来るだけだ。

あっ。

真子は受話器に耳を押し当てた。

聞こえる。微《かす》かに微かに伝《つた》わって来る。

哀しげな、淋《さび》しげな、でも煌《きら》めいて美しい音。

海鳴り？　ううん、違う。鳴いているんじゃない、歌っている。誰かに負ぶわれて聞いた子守唄《うた》を思い出す。優しい旋律だ。

海が歌っている。

「お父ちゃん、海の声がする」

「え、声？　あぁ……そうやな。潮騒《しおさい》や」

「潮騒」

「朝日の昇る海が見とうてな。今、海岸におる」

「綺麗《きれい》？」

「あぁ綺麗や。海も空も同じ色して光っとる。こんな綺麗な景色が世の中にはあったんやな。真子、今度は一緒に見に行こうな」

「お父ちゃん」

奈央さんはどうしたんと問い掛けの言葉が出てこない。舌の先で淡々と消えてしまう。苦くはないけれど苦しい。喉《のど》が痞《つか》える。

「真子、連れて帰るで」

お父ちゃんが海の空気を吸い込む。そして、吐きだす。

「これから、奈央、連れて帰るで」

「奈央さん、そこにおるの」

お父ちゃんは返事をしなかった。潮騒が大きくなる。

ざざーん、ざざーん。

ざざーん、ざざーん。

あぁやっぱり子守唄だ。

「真子ちゃん」

ふいに呼ばれた。強く強く受話器を握る。

「奈央さん？」

奈央さんだろうか？　活《い》きのいい、ちょっとはすっぱな奈央さんの物言いとは、違う。弱々しくてどこか心細げで。

真子の中に甘い芳香が広がった。薔薇の香水ではない。むろん、潮の香りでもない。奈央さんの匂いだ。安っぽい化粧の匂いだ。でも、大好きな匂いだ。

懐かしさが満ちてくる。逢《あ》いたいと感じる。

奈央さんに逢いたい。

奈央さんの顔を見たい。生の声を聞きたい。白い滑らかな肌に、触りたい。

「真子ちゃん、あの、あたしさ……」

「何時に帰って来る？」

「え？」

「今日の何時ぐらいに帰って来るん」

「あ……それは……真子ちゃん、あたし、一緒に帰ってもいいの。あたし……」

奈央さんの泣き声を潮騒が消していく。

ざざーん、ざざーん。

ざざーん、ざざーん。

夕方には帰る。お父ちゃんが言った。うん、わかった。真子は頷《うなず》き、電話を切った。

そっと起き上がる。布団を畳む。

金色の光が窓から差し込んで、『ののや』の中を照らし出す。テーブルの上も流しもきちんと片づけられていた。空になった一升瓶が板場の隅で朝の光を浴びている。

野々村さんと池内さんの鼾《いびき》がぴたりと合わさって奇妙な音楽を奏でる。

「あ、今、何時すか。何時すか」

和久くんがぼやけた声で問うている。それっきり、また静かになってしまった。

真子は鍵《かぎ》を開け、格子戸を引いた。一歩、足を踏み出す。

眩《まぶ》しい。夏の光がどうっとぶつかって来て、目が眩《くら》む。肌を焼く熱を感じる。

夏が来た。真子にとって十度目の夏だ。

潮騒が耳の奥でまだ響いている。その音に身をゆだね、真子は津雲の空を仰いだ。

第三章　遠い人

風が吹いている。

ごうごうと吼《ほ》えている。

雨も降っている。

風にさらわれ、斜めに傾いだまま降り続いている。風と雨の音が混ざり合い、獣の遠吠《とおぼ》えのように聞こえてくる。猛々《たけだけ》しく、怖ろしく、けれどどこか哀しげな音だ。

菊は顔を上げ、窓の外に視線を向けた。隣家の屋根と空が見える。薄暗いなと思う。まだ昼を少し過ぎたばかりだというのに、やけに暗い。

それに不気味だ。びっしりと空を覆った濃灰色の雲のあちらこちらが瘤《こぶ》のように盛り上がり、不気味で禍々《まがまが》しい。

嫌な天気だ。

窓の右上に半分千切れた木の葉がへばりついている。

樫《かし》の葉だ。

菊はもぞもぞと一人、呟《つぶや》いた。

「あれは、樫の葉やのう」

それにしても、暗い。まだ昼を少し過ぎたばかりだと……昼過ぎ？　そうだろうか？　ほんとうに、そんな時刻なのだろうか？

もしかしたら、昼などとっくに過ぎて、すでに夜半なのではないだろうか。それとも、明け方なのかもしれない。

このところ、時間がとても曖昧《あいまい》になってしまった。朝も昼も夜も区切りがつかない。時間だけではない。人も風景もぼわぼわと朧《おぼろ》に融《と》けて、輪郭が定かでなくなる。

今は昔、過去は現在。野獣の咆哮《ほうこう》のような雨風の音を聞いたのは、つい、今しがただろうか。もう何十年も前のことだろうか。

もう一度、窓ガラスに目をやる。樫の葉っぱはもう、ない。どこにいったのだろう。半分に千切れた葉の行方が妙に気になってしまう。

それに、隣の家。

だいぶ前から、屋根の瓦《かわら》が外れかけている。あれでは、雨漏りがひどいだろう。修繕しようとは思わないのだろうか。

隣は……隣は、確か本屋だった。

「岩井さんじゃ」

菊はまた、一人呟いた。岩井さんの名前を思い出せたことが、嬉《うれ》しい。

そうそう、隣は、『岩井書店』だ。本の他に文房具も売っている。曾孫《ひまご》の明菜と陽菜が小学校にあがるとき、『岩井書店』でランドセルを買ってやった。

桜色のランドセルだった。

淡々とした可憐《かれん》な色だった。

ランドセルは赤と黒しかないと思い込んでいたから、菊は驚いた。

「このごろ、こんな色もあるんよ。まだ珍しいけどね。ほら、可愛いでしょ。すごう目立つと思うよ」

岩井さんにもそう薦められたけれど、躊躇《ちゅうちょ》した。

「やっぱり、ランドセルは赤やないかの」

と。躊躇したすえに、結局、桜色のランドセルを買ったのは、曾孫の二人がその色を気にいったからだ。

「ピンクだ、ピンクだ」

「大きいばあちゃん、うちら、これがええよ。このランドセルが好き」

明菜も陽菜も頬を紅潮させて、ランドセルを抱きしめ笑った。

幼い少女たちの笑顔の何と愛らしいことか。くでくでと心が蕩《とろ》けていく。

可愛い、可愛い、何と可愛い子たちじゃろ。

菊には四人の子がいた。

長一、清次、光信、久美子。

三人の男の子と一人の女の子。

みんな死んだ。

長一はあの戦争が終わるちょうど一年前に、風邪をこじらせて亡くなった。生まれ落ちたときから病弱で、大半を床に臥《ふ》したままで過ごした一生だった。

「長一ちゃんみたけ弱ぇ子は、兵隊さんにはなれん。お国のためには働けんで。早うに亡《の》うなってよかったやないか」

長一の亡骸《なきがら》の前で女がそう言い放った時、菊は掴《つか》みかかって行った。悲鳴を上げ横転した女に馬乗りになり、こぶしを振り下ろす。

「もう一度言うてみい。もう一度言うてみい。もう一度、同じことを言うてみい」

許さんぞ。長一を、うちの子を蔑《ないがし》ろにするやつは、絶対に許さんぞ。

「許さんぞ、許さんぞ」

「止めて、止めて、かんにんして」

女が泣き叫ぶ。菊はその悲鳴に煽《あお》られるように、女を殴った。息子を失い呆然《ぼうぜん》としていた心が一転、激しく猛る。滾《たぎ》る。いきり立つ。

誰かに後ろから抱きとめられ、女から引きずり下ろされる。女の顔は下半分が鼻血で赤く染まっていた。上半分は血の気が引いて、青白かった。二色の顔で、はふはふと喘《あえ》いでいる。

女は本家の総領の嫁で、菊より一回り年上だった。普段なら、手を上げるどころかぞんざいな口さえ利けない相手だ。

「菊、何をしとる。ええかげんにせんか」

誰かに怒鳴りつけられ、頰を張られた。

その誰かが本家の者だったのか、義父だったのか、縁者の男だったのか、もう覚えていない。

死んでよかったのだと長一を愚弄《ぐろう》した女への憤りだけを覚えている。

刹那《せつな》に燃え上がった焰《ほむら》のようだ。紅蓮《ぐれん》に燃え盛り、自分も相手も焼き尽くす。

死んでよかった人間など、どこにもいるものか。ましてや長一はまだ七つだった。病弱であっても、兵士にはなれなくても、国の役にはたたなくても、死んでよいわけがない。

「お母ちゃん……助けて」

熱にうかされ、水も嚥下《えんげ》できないほど弱り、もともと瘦《や》せていた身体がさらに瘦せさらばえて……長一は頭蓋《ずがい》の骨の形がなぞれる程になっていた。肌も唇も乾いて白く粉をふき、節々の痛みを盛んに訴えた。

痛い、痛い。お母ちゃん、痛いよう。

苦しかったろう。辛《つら》かったろう。痛かったろう。けれど、長一は生きたかったのだ。この苦しみ、この辛さ、この痛みを凌《しの》ぎきって生き延びたかったのだ。

母ならわかる。

「お母ちゃん……助けて」

病と闘い、闘い、闘い続け、力尽きようとしたとき、長一は母に助けを求めた。

おれ、死にとうないよ。助けてよ、お母ちゃん。おれ、死にとうない。もう少し、生きておりたいんや。助けて……。

お母ちゃん！

手を握ってやることしかできなかった。手を握って「お母ちゃんがここにおるでな」と告げること、唇を湿らすこと、身体をさすってやることしかできなかった。

助けてやれなかった。救えなかった。あんなに必死で求められたのに、みすみす、逝かせてしまった。

長一、ごめんねぇ。お母ちゃん、おまえを助けてやれなんだ。ほんまに、ごめんねぇ。

小さな棺《ひつぎ》の中の息子に詫《わ》びる。

寝たきりでもいい。動けなくてもいい。生きていてほしかった。目を開けて、息をして、水を飲んで、時々笑って、それで十分だった。

菊は女を許せなかった。

死んでよかったなどと、二度と言わせるものか。その一念で、殴りかかった。

葬儀はめちゃめちゃになった。

もともと、葬儀とも呼べない、ささやかと言うより貧弱な弔いに過ぎなかった。

戦争が末期に入り、敗色が濃厚となるにつれ（菊たちは日本が負けるとは僅《わず》かも考えていなかったが）、津雲村の中でも、戦死者を弔うことが日に日に増えていた。

先週は梶浦《かじうら》呉服店と炭屋の倅《せがれ》の、その前は散髪屋のご主人の、さらに前には倉田酒造の長男の葬儀があった。みんな、南方や大陸での、あるいは遠い異国の海での戦死だったから、遺体は帰ってこない。散髪屋の奥さんは出征するとき刈り込んだご主人の髪を大切に持っていて、それを骨壺《つぼ》に納めたそうだ。炭屋は倅の描いた自画像を、梶浦呉服店は写真をそれぞれ遺骨の代わりにしたのだと、聞いた。

そんなふうに、津雲のあちこちで名誉の戦死者たちの葬儀が執り行われていた。髪や絵を弔う。悲しいけれど、どこか滑稽《こっけい》でもあると菊は思った。思っただけで、口にはしない。お国のために散った英霊たちの葬儀を滑稽などと形容してはならない。誉れ高いと称《たた》え、祝わなければならない。そう、嘆くのでも悼むのでもなく、祝うのだ。

時代の戒めだった。

英霊でも、兵士でもない少年の野辺送りなど、密《ひそ》やかな上にも密やかに目立たぬように為《な》さねばならない。それもまた、時代の戒めだ。

葬儀などどうでもいい。どのように派手やかにしようと死者がよみがえるわけではない。線香一本手向け、よう生きた、よう頑張ったと頭を垂れ、手を合わせてやればいいのだ。

菊は生きて闘い抜いた長一を惜しんでやりたかったし、褒めてやりたかった。

長一、よう生きた。よう頑張った。

お母ちゃんはおまえを誇りに思うで。

そう伝え、見送ってやりたかった。

それを死んでよかったとは……あまりに惨《むご》い、あまりに心無い物言いではないか。

親として、長一の母として許せなかった。

菊は引きずられ尻《しり》もちをつき、それでも、本家の嫁を睨《にら》み続けた。睨みながら、その嫁が津《つ》由子《ゆこ》という名だったと、ふいに思い出した。それから、干菓子を思い出した。白と薄紅の美しい落雁《らくがん》を。

「これ、あげるで。食べなせ」

津由子はそう言って長一に紙包みを渡した。

中には落雁が入っていた。白と薄紅の小さな菓子は花の形をしていて、本物の花よりも美しく咲いていた。

めったに大声をださない長一が歓声をあげる。頬がみるみる紅潮した。

「お母ちゃん、お母ちゃん、お菓子やど」

「よかったの。奥さんにちゃんとお礼を言いや」

長一は紙包みを押し頂いて、「ありがとうございます」と頭を下げた。喜色に顔中が照り映えていた。菊も深々と低頭する。

津由子が微笑む。

「名前は……長一ちゃんだったよの」

「はい。国見長一です」

「ほんまええ子やね。お菓子が手に入ったら、また、分けてあげるでな。いつまでも、ええ子でおるんよ。お母さんの手伝いもしてな」

「はい」

長一の頬がさらに染まる。

あれはいつのことだったか。すでに戦局が悪化し、甘い菓子などめったに手に入らなくなったころだったのだろう。

菊は長一を連れて本家の手伝いに来ていた。農繁期、広い田畑を所有する本家に分家から手伝いにあがるのは、昔からの習いだった。

長一は貰《もら》った菓子を独り占めしなかった。弟に一つ分けてやった。

「お母ちゃんとお父ちゃんの分もあるで」

「お母ちゃんはええから、おまえがお食べな」

「お母ちゃん、食べ。甘いで」

長一の指が落雁をつまみ、菊の口に運んだ。

甘かった。

美味《おい》しかった。

この世にこんな美味しい物があるなんて信じられなかった。

「お母ちゃん、美味《うま》いか」

「うん、美味い。長一が食べさせてくれた菓子は天下一品の味じゃの」

長一が嬉《うれ》しげに笑んだ。

優しい子だった。他人の幸せも痛苦も、自分のことと感じてしまう、それほどに優しい子だった。優し過ぎたから神にも仏にも愛されて、あまりに早く召されたのかもしれない。

津由子も優しかったではないか。菩薩《ぼさつ》のように微笑みながら菓子をくれたではないか。長一を心底喜ばせてくれたではないか。

それなのに……。

菊は津由子を睨み続ける。

それなのに、なぜ、死んでよかったなどと言うた。長一を軽んじた。

津由子は手拭《てぬぐ》いを鼻に当て、どこかあらぬ方向に目を向けていた。何が起こったか、まだ、理解できない。そんな風情だった。指の先だけがわなわなと震えている。

手拭いも指先も血で汚れていた。

「取り乱しおって。馬鹿者が」

背後で男が怒鳴った。夫、清蔵《せいぞう》の伯父《おじ》だった。

「なんという女子《おなご》じゃ。本家の奥さんを殴るとはの。呆《あき》れ果てるぞ」

「ほんまじゃ。わざわざ葬式に顔を出してくださったのにな」

「菊さん、早う、早う、謝りんさいや」

さまざまな声が頭上から降って来る。どれも尖《とが》り、非難と苛立《いらだ》ちを含んでいた。

菊は視線を津由子から部屋の隅に移した。

夫が座っている。

清蔵は自分自身が面罵《めんば》されているかのように、身体を強張《こわば》らせうつむいていた。周りに同調して妻を詰《なじ》ることも、周りに抗して妻を庇《かば》うこともしなかった。

ただ黙って座っている。

熱も心も持たない陶製の置物みたいだった。人ではなくただの作り物だ。

「菊さん、何で謝らんのです」

津由子を背後から支えていた女が甲高く叫んだ。津由子付の女中だった。おシゲさんと呼ばれていたから、シゲコかシゲヨか、そんな名前なのだろう。

「奥さまに手を上げたばかりか、素直に謝りもせんとは、あんた、少しここが」

おシゲが自分の頭を指差す。

「おかしゅうなったのとちがうか」

差した指をくるくると三度、回した。

「あんたのその剛情を半分、ご亭主に分けてあげたらどうや。そしたら少しはご亭主もお国の役に立つんでないか」

清蔵の全身が震えた。膝《ひざ》の上のこぶしがさらに強く握り込まれる。

清蔵は子どものころ屋根から転落し大怪我を負った。生命は取り留めたが、折れた右脚の骨がうまく繋《つな》がらず、歩くのがやや不自由になっている。走ることや、長時間重い荷物を背負うことは、むろんできない。

その右脚のせいで清蔵は兵士として出征することが叶《かな》わなかった。

妻の菊からすれば、右脚のおかげで戦地に行かずに済んだと思えるのだが、そんな思いは口が裂けても漏らしてはいけない。お国のために戦い、潔く散るのが日本男子の本懐だと教えられていた。

兵士になれない男は半端者でしかない。

兵士になれない清蔵は半端者でしかない。

清蔵の弟二人が自ら志願して軍に入隊したのは、半端者を抱えた国見の家の立場を慮《おもんぱか》ってのことだろうと、菊は思っている。

清蔵のすぐ下の弟勝利《かつとし》は、南方戦線に送られた。戦死の報が届いたのはちょうど一年前の晩秋だった。どのように死んだのかも、どのように弔われたのかも定かではなかった。弔われぬまま密林の中で野ざらしになっているのかもしれない。海の水際に打ち捨てられたままかもしれない。次の弟光義《みつよし》も音信が絶えて半年近くになる。津雲に残った者にできるのは、仏壇に手を合わせ祈ることだけだった。

「菊や」

仏壇に並んで手を合わせながら義母が囁《ささや》いた。

「おまえは、何と拝む」

「うちですけ？　そりゃあ……」

菊は口ごもり、握った数珠《じゅず》に視線を落とした。

お国のために、光義さんがりっぱに手柄をたてられますように。

そう願うのが銃後を守る者の務めだろう。それも、しっかり教えられていた。

でも……。

義母がすっと身を寄せる。次男を失ってからめっきり増えた白髪が一本、はらりと散った。

義母からは、乾いた風の匂いが漂ってきた。

声がますます低く、密やかになる。

「無事にと、拝んでくれや」

「え？」

「せめて光義だけは無事に帰ってくるようにと、拝んでくれや」

「お義母《かあ》さん……」

「頼むでな、菊。毎朝、毎夕、あれの無事をご先祖さまに拝んでくれや、な」

白髪が灯明の光を受けてきらきらと輝いた。

美しい。

華美な服装も装飾品もことごとく禁止されてから、随分になる。義母は絣《かすり》のモンペと筒袖《つつそで》の上着を身に着けていた。質素な格好だ。とっくに五十を越えた年齢でもある。津雲で生まれて育って、都会など一目も知らず老いた人だ。それでも、美しい髪を持つ。灯明に輝く一本の白髪を持つ。

人というのは、どんなときでも誰でも、美しい物をただ一つ、持っているものだ。

白髪を煌《きら》めかせながら、義母がさらにすり寄ってきた。

「頼むでな、頼むでな。あの子の無事だけを拝んでくれや。その他はなんも、望まんで」

菊は頷《うなず》いた。

「わかりました。お義母さん、よう、わかりましたけ」

両手を合わせ、目を閉じる。

どうか、光義さんが無事に帰ってきなさりますように。お守りください。お願い致します。

心から、そう願う。

傍らで義母が小さく唸《うな》る。

「うちはの、菊」

「はい」

「清蔵の脚が元に戻らんとわかったとき、辛うて辛うて、ずっと泣いておった。もう少し金があれば、金があってちゃんとした医者に診せられたら、清蔵の脚は不自由にはならなんだ。清蔵に申し訳のうて、ずっと泣いておった」

「……はい」

いつもは屈託のない明朗な義母が眸《ひとみ》に影を走らせる。菊は居住まいを正した。

「けどの、今はよかったと思うとる。あの脚やから、清蔵を戦争に取られんですんだんや。息子三人、みんな取られてしもうたら、それは、あんまり詮無《せんな》いやでの」

さほど間をおかず、菊は答えた。自分でも意外なほど、くっきりとした声が出た。

「はい。うちも、そう思います」

義母の手の中で数珠がじゃらりと音をたてる。

「そうか、菊も思うたか」

「はい。お義母さん……ほんまのこと言うて、うちは、清蔵さんの右脚に感謝しとります。清蔵さんは辛《つら》かろうけど、うちはよかったと、ほんまのほんまに思うとりますで」

「そうか……けど、菊、ないしょや。これは、ここだけの話やで。誰にも言うたらあかんで」

義母は数珠ごと手を振った。さらに声を低くする。ほとんど吐息のようだ。菊はこくこくと何度も首肯した。自分たちがどれほど、大それた話をしているかよくわかっている。

「清蔵さんにも、お義父《とう》さんにも黙っとります。こんな話が他所《よそ》に漏れたらうちら……」

「そうや、捕まってしまうで。国民はみんな火の玉になって戦わなあかんのに」

「非国民て、言われますのう」

「ほんまや、非国民や。けど、どうしても思うてしまう。しょうがないやでねえ」

「はい。しょうがありません。思うことは、どうにもできませんけ」

菊と義母は顔を見合わし、ほんの少し笑った。

兵士として失格だと烙印《らくいん》を押された男にとって、生きることがそのまま辛苦に繋がる。そんな時代だった。

清蔵のように兵役につけない男が自死をした記事が時折、新聞紙上に載った。目にするたびに、菊はやりきれない気持ちになり、新聞をくしゃくしゃと丸めて捨てた。清蔵の目に触れないように、細かく破いたこともある。当時、すでに新聞紙は貴重な物資になっていたけれど、義母は一言も菊を咎《とが》めなかった。

菊は夫を守ろうとした。

清蔵が誰にも傷付けられないように、楯《たて》になろうとした。

菊はそういう性質《たち》であった。

庇護《ひご》欲が強く、情が厚い。

けれど、菊がむきになるほど、清蔵は疎んじられたわけでも、誹謗《ひぼう》されたわけでもなかった。

清蔵自身が肩身の狭い思いに鬱々《うつうつ》とはしたけれど、自死に追い込まれるほどの状況ではなかったのだ。

津雲の人々は、もともと、緩やかに生きている。温泉地として早くから開け、四季折々の自然の恩恵をたっぷり受け、穏やかな天候と肥えた地味に恵まれている。そんな豊かな地域性のせいなのか、並《な》べて人々は寛容で瑣末《さまつ》なことに拘《こだわ》らず、大雑把で朗らかだった。

弟二人が出征し、一人が名誉の戦死を遂げたこともあって、清蔵を悪し様に罵《ののし》る者はほとんどいなかった。その大らかな視線が尖《とが》り始めたのは、戦局が悪化し、津雲でも戦死者が増え始めたころだ。

うちの息子はお国のために見事に命を捨てたのに、同じ年の清蔵はどうじゃ。のうのうと生きておる。

うちの息子も散華した。日本男児として、当たり前のことじゃ。それを……。

恥を知れと言いたいのう。

棘《とげ》を含んだ陰口が菊の耳にも入るようになっていた。

国も時代も人々も追い詰められていた。追い詰められ、怯《おび》えていた。だから、牙《きば》を剝《む》く。自分たちとは少しでも異質なものに牙を剝くことで、己の怯えをごまかそうとする。

長一の葬儀の場で、おシゲは清蔵を皮肉った。お国の役にたたない、半端者だと嘲《あざけ》った。心の内にある小さな牙で嚙《か》みついてきたのだ。小さいけれど鋭い牙だった。清蔵の、いや、国見の家の者の最もこたえる部分に牙を立てた。

きっかけを作ったのは菊だ。おシゲにしてみれば、清蔵ではなく菊を痛い目に遭わせたかったのだろう。主人である津由子に殴りかかった身の程知らずの女を懲らしめたかった。

菊はぎりぎりと奥歯を嚙みしめた。

津由子を殴った。

他人さまに手を上げた。

それは罪だ。けれど、罪は津由子にもある。病と闘い、力尽きた長一を「死んでよかった」と言い放った津由子もまた、咎人であるはずだ。

「菊、奥さまに謝りい。早う。ほれ」

義母が頭を押さえつけてきた。撥《は》ねつける。「あっ」と小さな叫びをあげて、義母がたたらを踏んだ。足を滑らせ、尻《しり》もちをつく。

菊はさらに歯を食い縛った。

ぎりぎりぎり。

ぎりぎりぎり。

奥歯が軋《きし》る。その音が体内に響く。

ぎりぎりぎり。

ぎりぎりぎり。

軋む音の向こうから、長一が呼んだ。

お母ちゃん。

お母ちゃん、助けて。

か細い声はすぐに掻《か》き消えてしまう。耳の奥がじわりと疼《うず》いた。

謝るものか。

唇を一文字に結ぶ。

絶対に謝らない。

「まぁ、ほんまに剛情やねぇ。怖いほどや。菊さん、あんた、このままで済むと思うてないやろね。奥さまがわざわざ、顔を出して下さったというのに、ありがたがるどころか殴りかかったんや、どうなるか覚悟を」

「もうええ」

おシゲを遮って、津由子が立ち上がった。手拭《てぬぐ》いで鼻を押さえたまま弔いの部屋を出て行く。一度も振り返らなかった。菊に詫《わ》びることも、菊を誹《そし》ることもしなかった。

義父と義母が、平身する。菊はただ坐《ざ》していた。膝《ひざ》の上でこぶしを握り、唇を噛み、全身を強張《こわば》らせていた。

津由子に追従するつもりなのか、何人かが腰を上げ去っていったから、長一の葬儀はさらに寒々と淋《さび》しいものになった。

構いはしない。

死者を弔うのに要るものは、人の頭数ではない。人の心だ。

惜しむ、悼む、嘆く、悲しむ。

そんな心が一つか二つ、亡骸《なきがら》の傍らにあればいい。それで十分だ。

読経《どきょう》が流れ、忍びやかなすすり泣きがおこる。長一の弟、清次がすり寄ってきた。膝の上に抱きかかえる。

「かぁちゃん」

今年、四つになった清次はまだ、事の大半が理解できない。黒目がちの大きな目で、母を見詰める。

「かぁちゃん、どちた」

何で泣いておる？

何でみんな、泣いておる？

何で兄《あに》さんは、起きてこんの？

なぁ、かぁちゃん。

菊は清次を抱きしめる。胸に深く包みこむ。日向《ひなた》の匂いがした。幼い者の匂いだ。幼い者は、いつも陽光の匂いを漂わせる。

温かい。

母の抱擁が嬉《うれ》しかったのか、苦しかったのか、清次はばたばたと足を動かし、身をよじった。菊は腕に力を込め、深く深く幼児を抱きしめる。


「すまんかったな」

ふいに、清蔵が詫びた。

長一の弔いの夜だった。

胸に穴が開いて風が吹き通る。身体は紙よりも薄くなりその風にさらわれそうな心持ちがしていた。自分の半分が彼方《かなた》へ、消えてしまったようでもある。

喪失という言葉などめったに使わなかったし、耳にしたこともない。けれど、わかる。

これが喪失なのだ。

長一といっしょに、身と心の半分が葬られたとも感じるのに、身体そのものは重く、気だるく、指一本動かすのさえ億劫《おっくう》だった。

疲れ切っていた。

でも、眠れない。

夜具に入ってどれほどの時が経っても、眠りは訪れてこなかった。

冴《さ》えた目は闇に沈んだ天井に向けられ、冴えた耳は柱時計の振子の音と清次の寝息を捉《とら》えていた。津雲の夜は静かだ。闇があらゆる音を吸いこんでしまう。

虫の音も、時計の音も、鹿の啼声《ていせい》も、風に揺れる木々の葉音も昼間とはまるで違う。音は空に響くのではなく、地に溜《た》まる闇に吸い込まれていくのだ。

夜の音が染みてくる。

目尻から涙が一粒零《こぼ》れ、頬を伝った。葬儀の間、菊は泣かなかった。奥歯をかみしめ、前を見ていた。だから、この一粒が今日初めて流す涙だった。涙は驚くほど熱くて、菊は思わず指先を頬に当てた。

「起きとるのか」

と、清蔵が問うてきた。清蔵も眠っていなかったのだ。

「起きとります」

菊が答える。身じろぎし軽く咳《せ》き込み、その咳《せき》が治まったとき、清蔵は、「すまんかったな」と詫びたのだ。

「は？　なんです？」

スマンカッタナ。その一言の意味がとっさに解せなかった。夫から詫びられるどんな理由も思い浮かばなかったのだ。

清蔵がゆっくりと起き上がった。

「おまえを……よう庇《かば》えなんだ」

やはり、ゆっくりとそう言う。夜の中で聞く夫の声音は、やはり昼間とは異なって、とても淡くも脆《もろ》くも思える。

「おシゲさんに責められとったとき、庇うてやれなんだ」

菊も起き上がる。

ボーン、ボーン、ボーン。

柱時計が三回、鳴った。

「おまえが奥さまに手ぇ上げたの、よう、わかるで。おれも、胸ん中で『あんまりだ』て、叫んでおったでな」

「あんた……」

「けど、おれは動けんかった。お国のためにまともに戦えん男やて、面と向かって言われるのが怖かった」

風の音が響く。

松籟《しょうらい》だ。

清蔵の声音は松の梢《こずえ》を揺らす風に掻き消されそうだった。菊は夫ににじり寄り、膝に手を置いた。

「あんた……」

「おれは、怖かった。だけん、黙っとった。おれは女房一人、庇えんかった。ほんまに情けない……弱い男やで……」

「そんなこたぁ、ないです」

叫んでいた。叫ばずにはいられなかった。

膝の上の手に力を込める。薄い寝間着を通して、清蔵の体温が伝わってくる。

「そんなこたぁ一つもないです。うちはもっと責められるかて思うておりました。わけはどうでも、本家の奥さんに狼藉《ろうぜき》を働いたんは事実ですけ、あんたにもお義父《とう》さんにもお義母《かあ》さんにも、どのように責められてもしょうがないと覚悟しておりました。けど、誰も責めたりせんかった。あんたが止めてくれたんでしょう。お義母さんはともかく、お義父さんは怒っとられましたもんな。本家に顔が立たんと怒っとらした」

風の音が強くなる。

夜の松籟は何かの含み笑いに似ている。人ではない何かの……。

「あんたが止めてくれたんでしょ。お義父さんを宥《なだ》めてくれたんでしょう。うちには、わかっとります。あんたが庇うてくれたこと、よう、わかっとります。あんたは弱くも、情けなくもないです。わかっとります。わかっとります。誰がわからんかて、うちだけは、あんたのこと、ようわかっとりますで」

胸が詰まる。

涙が湧き出る。

さっき一粒零れた涙より、熱い。

「あんた、お願いやから……」

涙が口の中に染みてくる。

何てしょっぱくて、熱いのだろう。人の体内には、こんなにも塩辛く熱いものが潜んでいるのだ。

あんた、お願いだから……。

自分を恥じないでください。卑しめないでください。わたしに謝ったりしないでください。

そう伝えたい。

けれど、言葉が出てこない。あまりに涙が流れるものだから、その涙がしょっぱくて熱いものだから、舌の先が痺《しび》れてしまう。

清蔵が項垂《うなだ》れる。

「すまん。おれがこんなやけ、おまえにも肩身の狭い思いをさせてしもうて……」

「うちは何も……何も肩身が狭いなどと思うたことは、ありません。ほんまです。あんたのことで肩身が狭いなどと、一度も思うたことありませんで」

清蔵の顔がゆっくりと上がる。闇に慣れた目がその表情を辛うじて捉える。

清蔵は微笑んでいた。微笑んでいたけれど、歪《ゆが》んで見えた。目元も口の端も歪《いびつ》に曲がり、怖ろしげに見えた。

「菊は強いのう」

歪な笑顔のまま、清蔵が言う。

「おれと代わっとればよかった。おまえなら、りっぱにお国の役にたったかもしれん」

「あんた……」

涙が乾いていく。

菊は気がついた。

暗いのは闇のせいではない。

昏いのは、清蔵の眼だ。

清蔵から暗い、昏い、冥《くら》い闇が滴り落ちている。それが夜の底に溜まり、闇をさらに暗く、昏《くら》く、冥くしているのだ。

舌の痺れは、涙の乾きと共に消えていた。それなのに、しゃべれない。言葉が出てこない。痺れの消えた舌が、今度は強張《こわば》っていく。ぼてりと重さを増していく。

「あんたは……ほんまに優しい人で……」

強張り重い舌を無理に動かす。

「優しい人で……うちは、それで十分で……他に何も……望んじゃおりませんけ」

動かす度に舌はばりばりと不快な音をたてた。微《かす》かな痛みさえ覚える。それでもしゃべらなければと、菊は焦った。

しゃべらなければ清蔵が闇に包まれ、沈み込み、二度と這《は》い上がれなくなる。

そんな気がしてならなかった。

清蔵が揺れた。

闇が揺れる。

「望んじゃおらんと？」

「そうです。うちは、もう……ほんまに、何にも望んじゃおらんのんです。あんたが生きておってくれたら、それで」

頬が鳴った。
肉を打つ鈍い音が耳の奥に響く。菊は夜具の上に倒れ目を見張った。
口の中に痛みと血の味が広がる。
何が起こった？
清蔵の荒い息が聞こえる。
はうっ。はうっ、はうっ。
夫の息遣いと松籟は重なり、縺《もつ》れ合い、菊にぶつかってきた。
はうっ、はうっ、はうっ。
ざあっ、ざあっ、ざあっ。
頬を打たれたのだと気がついた。血の味のする唾《つば》を飲み込む。
吐き気がした。
打たれたのだと気がついたけれど、なぜ打たれたのか見当がつかない。
頬に手のひらを押し当てる。
どうした、どうした、何が起こったんや？
混乱した頭の中に、
闇の中っちゃあ、何がおるのかわからんでな。用心せな、あかんのや。
そんな一言が唐突に、煌《きら》めいた。
遥《はる》か昔、菊がまだおさげ髪の少女だったころ、亡くなった祖母の言葉だ。

闇には妖《あやか》しが蹲《うずくま》っている。だから、人は闇を照らそうとするのだ。

祖母は言った。

昔語りの上手《うま》い人で、菊や菊の弟妹たちに様々な昔話を語ってくれたものだ。菊たちは囲炉裏の傍で身を寄せ合って、皺《しわ》だらけの口元から生まれ出てくるお話を夢中で聞いた。津雲にはまだ電灯はどこにも通じていない時代だったし、貧しい農家ではランプなど買えなかったから、家の中は暗く囲炉裏の焰《ほむら》だけが光源となる。臙脂《えんじ》の焰が燃え上がる。焰と同じ色に染まった祖母の顔を菊は怖ろしいような、美しいような、おもしろいような心持ちで眺めていた。そして、その絶妙の語りに耳を傾けていた。囲炉裏の燻《くすぶ》った匂い、薪の爆《は》ぜる音、鉄鍋《てつなべ》から上がる湯気、低く高く、大きく小さく、叫びになり囁《ささや》きになり、広がり狭まり耳に届いてくる祖母の語り……時折、思い出す。思い出せば、懐かしかった。懐かしく温かい。

なぁ菊、教えてやろう。闇にはの、妖しがおるんじゃ。こうやって膝《ひざ》を抱えて蹲っておるんじゃ。どんな妖しかと言うと……。

うんうん、教えてな、おばあちゃん。うち、お話が聞きたいで。

懐かしい。けれど……今は怖い。

闇に蹲った妖しが突然、跳ね起き襲いかかって来た。そんな恐怖が全身を貫いた。

人の目には捉《とら》えられないモノがいる。

怖い。

怖いで、あんた。

清蔵に手を伸ばそうとしたとき、

「望まんちゃ、どういうことや」

清蔵の震える声が耳朶《じだ》に触れた。

「へ？」

「おれに何も望まんて……そりゃあ、どういう意味なんじゃ、菊」

「どういう意味って……」

「おまえもおれを虚仮にしとるんか」

「あんた、何を言うとるの。うちは、そんなこと何も言うとらんが」

また、頰が鳴った。今度は悲鳴を上げていた。

妖しではない。正体の知れない幻妖《げんよう》ではなく生身の人間だ。

清蔵が自分を打ちすえている。

菊の混乱はさらに深まる。口の中がまた切れたのか、さっきよりずっと濃い血の味がした。

鼻の奥が疼《うず》く。疼きが、とろりと粘い感触になり這い出てくる。

鼻血だ。

「おまえはおれを虚仮にしとるんや。役に立たない男やと嗤《わろ》うとるんや。そういうことやろが、菊。そういうことだな」

「なんで、なんで、あんた、そんなことあるものかよ。なんで、うちが嗤うたりするの」

「望まんて、言うた。おれに何も望まんて、はっきり言うたな」

「だって、それは……」

「おれを役立たずやと思うてる証《あかし》やろが。役立たずには何も期待でけんて、おまえは言うた。亭主のおれを虚仮にした」

背後で泣き声がした。清次の声だ。

怖い、怖い、うえっうえっうえっ。

止めて、止めて、うえっうえっうえっ。

「清次！」

菊は清次を両腕に抱きしめる。

「かぁちゃん」

清次がむしゃぶりついてきた。はだけた寝巻の胸に顔を埋める。涙に濡《ぬ》れた頬を乳房に押し付ける。

「かぁちゃん、怖い、怖い」

幼児が恐怖を訴える。身体を震わせて訴える。

怖い、怖い、怖い。

清次が乳房をまさぐる。

小さな指が懸命に母の胸を求めている。

長一の看護に手をとられることが多くかまってやれなかったせいなのか、清次は乳離れの早い子だった。あっさりと乳を諦《あきら》めて、ぐずることなく一人寝をする。そんな子だったのだ。その清次が怯《おび》え、乳をまさぐることで心を落ち着かせようとしている。目が覚めて耳にした諍《いさか》いの声は、幼い児には化け物の呻《うめ》きとも、獣の唸《うな》りとも思えたのだろうか。

「かぁちゃん、かぁちゃん」

「だいじょうぶや。何も怖いことなんぞ、ありゃあせんとね。お母ちゃんがここにおるでな」

清次の身体は汗ばんでいた。

ほこりほこりと温かい。

長一は冷たかった。底なしに冷えていた。

息を引き取る数日前から、徐々に徐々に温《ぬく》みを失い、ことりと息が切れてしまえば、もう後は止めどなく冷えて行く。

それが人の死というものだった。誰もどうしようもない。

生きた者でない証のように冷え切った長一の身体は、掻《か》き抱いても、撫《な》でても、息を吹きかけても、温もることはなかった。

逝ってしもうたのだ。

触れた者の指先からも熱を奪い去る長一の凍《い》てつきが菊に告げる。

この子は逝ってしもうた。もう、帰ってきはせん、と。

清次は温かい。

清次は涙を零《こぼ》すことができる。怯えながらであっても、声を上げて泣くことができる。

清次は「かぁちゃん」と呼んでくれる。

清次は生きている。

こんなにも、こんなにも、温かい。

そうだ、この子は生きてうちの手の中におる。

胸の内にむくむくと湧いてくる。夏の盛り、山の端に湧き立つ雷雲のように盛り上がり、渦巻き、膨れ上がる。

これは何だ？

これを何と呼ぶのか、菊は知らない。

この感情に名前はついているのだろうか。

憤怒、悲嘆、興奮、勇気……。

どれも当てはまるようで、どれも外れている。

何でもいい。

人の内側でうねり蠢《うごめ》く情動に、名前など無用ではないか。

菊は大きく息を吸い込む。

胸が膨らむ。

力が満ちてくる。

叩《たた》かれようと、足蹴《あしげ》にされようと、平気だと思った。そんなものは些細《ささい》なことだ。

むくり、むくり、むくり。

身の内に雲が湧き上がる。

子を守れと雲が言う。菊の内側から菊に命じる。菊は膨らんだ胸を反らし、答える。

おお守るとも。

飢えからも、寒さからも、殴りかかる手からも足からも、戦からも、死からも、守り通して見せるでな。

清次が泣きやんだ。

母を見上げる。

その拍子に目尻《めじり》から零れた涙を、菊はそっと拭《ぬぐ》ってやった。そして、微笑みかける。

「なっ、だいじょうぶやろ。何も怖いものなど、おらんやろ」

清次が見詰めている。黒い眸《ひとみ》なのに闇に紛れてしまわない。黒の闇に眸の黒が浮き上がる。

「もう、おらんようになったか？」

「そうとも。お母ちゃんが追っ払ってやったけ。どんな怖い化け物が来たかて、お母ちゃんがおればだいじょうぶや。みんな、みんな、追っ払《ぱろ》うてやるでな。清次に悪さをしようとしたら、すぐにやっつけてやるで」

「かぁちゃんが、やっつけてくれる？」

頷《うなず》く。ゆっくりと大きく頷いて見せる。清次の口元が緩んだ。

「かぁちゃんは、強いんやの」

「そうや。うちだけやないで。どこの家かて、お母ちゃんは強いのや。子どもを守れるように、強い強い力を神さまから貰《もら》い受けておるんや」

「ほなら、化け物にも負けんか」

「負けるものかよ」

負けるものか。

長一は逝った。見送るしかなかった。だが、今度は負けない。どんなものにも負けない。この子を守り通すのだ。そのためなら、怖れるものなど何もない。

清次の背中をとんとんと叩く。

「寝れ。安心して寝れ」

「うん」

菊は小さな背中をさすり、歌を歌った。

ねんねこ、ねんねこ
ねんねこ、負ぶって
山の畑
柿の実とろうかぁ、菜を摘《つ》もかぁ
山の烏《からす》に聞いてみよう
ねんねこ　良い子は
いつ、寝てしまう

いつ、寝てしまう　ねんころり

腕の中の身体が重くなる。

清次の寝息がまた、聞こえ始めた。規則正しい安らかな寝息だ。安堵《あんど》する。荷を下ろしたときのように、肩で息がつけた。

ほっ。

清次を抱きかかえたまま、清蔵に向き直る。

鼻血が乾いてかたまりかけていた。息が少し苦しい。手の甲で強く拭うと、また新たな血が滲《にじ》み出て来た。

明日《あした》は寝巻も手拭いも洗わねばならないだろう。晴れてくれるといいのだが。

あんた。

清蔵に呼び掛けようと口を開く。少し、息を吸い込む。

啜《すす》り泣きが伝わってきた。死にかけた虫のような、幽《かそ》けき声だ。

「あんた……泣いておられるのかね」

「菊……おれは、ほんま辛《つら》いんや。辛うて辛うて……身が炙《あぶ》られておるようなんや」

清蔵が洟《はな》を啜りあげる。菊は清次を傍らに寝かせた。寝巻の裾《すそ》を直して、布団を掛けてやる。

「おれは写真屋やで。おれの代でついに写真館を建てたで。津雲で最初の本格的な写真館や」

「へぇ……そうですの」

今さら何を言いたいのかと首を傾げていた。

その通りだ。国見写真館は津雲で最初の、そして、今でも唯一の写真館だ。国見は先々代からの写真屋ではあったが、本来は農家でかなりの田畑を耕作していた。写真は副業に過ぎなかったのだ。しかし、不自由な足では農家の重労働には耐えられない。

清蔵は生きる術《すべ》を本格的に写真に求めた。二年間、隣の市で写真技術を学び、津雲に帰ってきた。そして、この写真館を開いたのだ。

菊と清蔵が祝言をあげたのは、写真館が建った二年後のことだ。

菊は自作農ではあるけれど、貧しい家の娘だった。菊の下に二人の弟と妹が一人いたし、祖母は長患いの果てに亡くなっていた。親子六人がぎりぎり食べていけるだけの暮らしを生きていたのだ。だから、写真などまるで縁がなかった。

十五で奉公に出た味噌《みそ》問屋の主人に、陰日向《かげひなた》なく働く律儀さと頑強な身体を見込まれ、清蔵との縁談がまとまった。

「ちっと、身体の方が不自由なお人ではあるけんど、何と言うても写真館のご主人やからな。ほんまのこと言うとな、身分不相応というか、おまえとは釣り合いがとれんのやないかと、わしは心配したのやけどな。まぁ……あちらさんが、嫁は家柄とか出自より、よう働く丈夫な女子《おなご》が一番やて、言いなはるんでの、この話、まとめてみよかて思うたわけよ。骨身惜しまず働くことにかけちゃ、菊、おまえに勝る者はおらんでな」

味噌問屋の主人がそう言ったあと、奥さんが身を乗り出して、菊を諭した。

「こんな良縁、またとないでな。うまくまとまったら、みんな、旦那《だんな》さまのおかげやで。感謝せなあかんよ。わかっとるな、菊」

「はい。ありがとうございます」

「おまえは果報者や。実に、運がええ。まぁ、それもおまえの働きぶりが呼んだ吉ではあるがの。いやいや。天は人をちゃんと見ておるもんじゃ。よかった、よかった」

「ありがとうございます。心から、御礼申し上げます。旦那さま、奥さま、本当にありがとうございます」

両手を畳につき、額が擦れるほど低頭する。

主人も奥さんも「良縁だ」「菊は果報者だ」と恩を押し付けはするけれど、相手の、国見清蔵がどんな男なのかも、国見の家がどんな家なのかも、菊の気持ちの有り様も教えてくれなかったし、尋ねてくれなかった。その当時、菊は生まれて初めての恋に破れたばかりだった。破れたとはいっても、別に何があったわけではない。菊が一方的に仄《ほの》かな想いをよせ、その想いを一言も告げぬまま、終わってしまった。それだけの恋。ほとんど幻のようなものだ。

相手は味噌の行商を生業《なりわい》として、時折問屋に出入りしていた若い男だった。津雲よりさらに北に入った山間の村落の出だと聞いた。

津雲の一帯は上質の大豆の生産地であり、この地方で『造り屋』と呼ばれる味噌や醤油《しょうゆ》の醸造所が幾つもあった。男は上物の味噌と醤油を背負って、県内をくまなく、時には他県にまで売り歩いていたのだ。津雲は古くから開けた温泉郷でもあったから、ここで、湯治客相手の味噌料理の店を持つのが夢だとも聞いた。

菊に直接、話してくれたわけではない。味噌問屋の薄暗い店内で数種類の味噌を計り買いしながら、男が奉公人たちに語るのをそっと盗み聞きしただけだ。

背の高い、役者と言っても通るほど整った顔立ちの男であったから、菊の他にも心を寄せている女たちが何人かいた。菊は自分の器量がさほどよくないのも、肩幅も上背も人並み以上にあるくせに、がりがりに瘦《や》せた体軀《たいく》が少しも女らしくないのも、十分に承知しているつもりだった。

うちのような女をあの人が、相手にしてくれるわけがないもの。

若い娘特有の自分を無下に貶《おとし》める意識も働いて、美しい男に挨拶《あいさつ》することさえ憚《はばか》られたのだ。

菊はそれほど醜くはなかった。肌は黒かったけれど艶《つや》があり、二重の睫毛《まつげ》の長い目が愛らしい少女であったのだ。誰も菊に、おまえは愛らしいぞと教えてくれなかった。だから、知らなかった。知らないまま、菊は年をとり、母になり、祖母になり、曾《そう》祖母となった。

もっとも、長一、清次、そして数年離れて光信、久美子と四人の子を産んだ立場からすれば、愛らしさなど何の役にも立たない、ただの宝の持ち腐れだと言い切りもできるのだが。

男は突然に消えた。

佐智子という、菊より一つ年嵩《としかさ》の奉公人と共に津雲から消えてしまった。消えたのは人間だけではなく、店の金庫からその月の売上金のことごとくもまた、消えていたそうだ。売上金がどれほどなのか、菊には、むろん、見当もつかない。

味噌問屋の中は一時、たいそうな騒ぎになった。男や佐智子に金を貸したままの者がかなりいたことが、明らかになったのだ。味噌の掛け金も踏み倒していた。全てをひっくるめると味噌問屋が被った被害金は、相当な額に上る。菊が一生働き続けても手にすることの叶《かな》わぬ金額だろう。

必ず見つけ出して殺してやると、息巻く奉公人たちもいた。裏切られ、騙《だま》された人々の怒りは深く猛々《たけだけ》しい。しかし、味噌問屋の主人夫婦はどのように促されても、警察に訴え出ようとしなかった。全てを不問にしたのだ。

だれもが呆《あき》れた。呆れたけれど、主人が決めたことに異を唱えるわけにはいかない。不満を燻《くすぶ》らせながら、我慢するしかなかった。だからだろうか、主人が佐智子に手をつけていて、その手切れ金がわりに売上を渡したのだという噂がまことしやかに流れたりもした。

いや、それは違う。男と味噌問屋のお内儀《かみ》ができていたんや。男の口に騙されて金庫の鍵《かぎ》を渡してしもうたんや。

そんな噂話も一時、津雲の中を賑《にぎ》わせた。さらに、男と佐智子らしい心中死体が夢結川の河口あたりに浮いたとか、男と佐智子らしい二人連れが大陸行きの船に乗りこむのを見たとか、様々な巷談《こうだん》や憶測が飛び交ったりもした。

真実はわからない。

男が消えた。佐智子が消えた。金庫の金が消えた。それだけが事実だ。

菊の初恋もあっけなく消えてしまった。

菊の胸の中に、初恋の想いがまだ淡く残っているころ、写真館の主との縁談を告げられた。願ってもない良縁だ。

主人からそう言われれば断るなどできない。断れば、仕事を失うことになる。それに、話を聞けば聞くほど、確かに良縁だとは思われた。自分には過ぎた縁だと感じられた。実家の両親に異存などあるわけもなく、話はとんとん拍子に進んでいく。

菊は秋が深まり、長《た》け、間もなく冬に移ろおうかという時季、清蔵の許《もと》に嫁いだ。

「ほんまは佐智子を嫁がすつもりやったけど、まぁしゃあないわな……」

主人の本音を聞いたのは、祝言が無事に終わったお礼の挨拶に、味噌問屋へと出向いたときだ。清蔵も一緒だった。商売仲間での寄り合いがあったとかで、しこたま飲んで酔っていた主人が口を滑らせた。

本心は佐智子を嫁がすつもりだったのだ、と。

「は?」

清蔵が首を傾げる。それから無邪気とも聞こえる口吻《こうふん》で、尋ねた。

「サチコて、どなたです?」

菊は頬から血の気の引く音を聞いた。同時に、あぁそうだったのかと納得した。

ご主人たちは最初、佐智子さんを……。

奥さんが慌てて身を乗り出す。主人の膝《ひざ》をぴしゃりと音が響くほど叩《たた》いた。

「まぁ、あんた、何のことを言うてるの。ここにおるのは菊やで。ほら、ええ新妻ぶりやないの。あんたが菊を気にいって、是非、ええ縁を結んでやりたいて思うたんでしょうが。佐智子なんて何の関係もないわ。あのな、清蔵さん、佐智子ってのはうちにおった奉公人でな。うちの人ったら、酔うと若い女の見分けがつかんことになるんよ。菊も佐智子も貞世も梅子も、みんな、ごっちゃになってしもうてな。ほほほ。おかしいやろ」

「はぁ……」

「うん？　菊？　そうか、菊か」

主人は酔いの回った赤い目で、菊を睨《にら》むように凝視した。奥さんの眉間《みけん》に皺《しわ》が刻まれる。

「もう、ほんまにこの人の酒は、惚《ぼ》け酒やからね、難儀やわあ。あんた、菊ですよ。き・く。ほら、祝言の席で、初々しい花嫁やって、あんたも喜んでたやないの」

「そうか？　そうやったかの？　ああ……祝言では白無垢《しろむく》やったなあ。あれは、よかったぞ。馬子にも衣装とは、ほんま、昔の人はよう言うたもんやでのう」

「まっ、あんた。馬子にも衣装って。それもまた、菊には失敬やないの」

奥さんの手がもう一度、亭主の膝を打つ。

「それに、あの白無垢はうちのやで」

奥さんがちらりと菊に目をやり、胸を張った。

その通りだった。

白無垢の花嫁衣装を奥さんは惜しげもなく、菊に貸してくれたのだ。そうでなければ、あんな衣装を身につけることは叶わなかった。妹の汀子《ていこ》は、菊より数年遅れて隣村の商家に嫁いだけれど、白無垢どころか長い袂《たもと》の着物にすら、手を通すことができなかったのだ。

菊は白無垢をまとい、かんかん橋を渡った。喉《のど》自慢の年寄りが唄《うた》う高砂《たかさご》に送られ、嫁入り歌に迎えられて渡った。

下駄《げた》を履いて走れば、かんかんと小気味よい音を奏でる石橋は、その日、花嫁草履の下で息を潜めて黙りこくっていた。

綿帽子の中で俯《うつむ》いていた菊の目に、かんかん橋の苔《こけ》が翡翠《ひすい》色に輝いて映る。

頭上を舞う鳶《とび》の声さえ、言祝《ことほ》ぎと思える。

空は碧《あお》く晴れ渡り、風は凪《な》いでいた。

これ以上ないほど満ち足りた日だった。

かんかん橋を渡り終え、ふと見上げた碧空《あおぞら》の美しさに菊は、胸を突かれ涙ぐんでしまう。誰かがそっと懐紙を差し出してくれた。

満ち足りた日だった。

佳《よ》い日だった。

菊は元の主人夫婦に向かい、

「いろいろと、ほんまに、ありがとうございました。みんな、旦那《だんな》さま、奥さまのおかげでございます。このご恩は一生、忘れませんで」

深く頭を下げる。清蔵も同じように、頭を垂れた。

恩を感じている。感謝している。嘘でも儀礼の言葉でもない。

本音だった。

主人夫婦の真意がどこにあったかなど、今さらもう、どうでもいい。

頭を下げながら、菊は胸の内で呟《つぶや》いていた。

どうでもええ。佐智子さんもあの男もどうでも、ええ。うちは。

傍らでかしこまる清蔵をそっと見やる。

うちは、この人の女房になったんやで。

頰が染まる。身体の芯《しん》が熱くなる。

味噌《みそ》問屋の主人夫婦の言葉に偽りはなかった。

国見清蔵との縁はまさに良縁そのものだったと言い切れる。

ただ、暮らしは楽ではなかった。菊の実家ほどの困窮ではなかったが、国見の家の内情も相当に苦しいものだった。余裕があるとは、冗談にも口にできない状態だったのだ。

清蔵が写真を学ぶために費やした金も写真館を建てるための費用も、大半は本家からの借り入れ金で賄われていた。菊は嫁ぐと同時に、多額の借金を背負ったことになる。寝耳に水、全く知らなかった事実をつきつけられ、

「どうも話がうま過ぎると思うたでな。こんなからくりがあろうとは、の。菊、おまえは騙されたんと違うのか」

実家の母はそう口惜しがった。

「そんなことがあるものか」

と、菊は笑ってかぶりを振る。

「騙すんやったら、もっと金のある家の娘を騙しとるで。うちを騙したかて、何の得にもならんて。持参金など一文もないのやし」

碌《ろく》な花嫁道具を持たせてやれなかった母親は、娘の一言に唇を嚙《か》み、黙した。

「清蔵さんは、一生懸命働いて、借金など直に返してみせるて言いなはった。うちも働いて、働いて、清蔵さんを後押しするのや。働くことに骨身は惜しまん」

母の心内に想いを馳《は》せるより、これから夫婦として清蔵と生きる方に菊の心は向いていた。

そうかと、母は微笑む。

「おまえにそこまで覚悟があるなら、どんな難儀も越えていけるやろ。頑張りやな」

優しげな、淋《さび》しげな笑顔だった。

妹の汀子が嫁入りした翌年、母と父は相次いで亡くなる。そして、世の中は戦時の色に濃く染まり始めるのだった。

いつの間にか嫁いでから十年近い年月が経っていた。

生活は苦しい。

それでも、借金は少しずつ減っていった。清蔵も義母も義父も優しく、長一、清次と男の子を続けて授かった。

長一を失ったのは狂うほどの痛手ではあるが、耐えてはいける。耐えて生きて、また、子を産むのだ。まだ、誰にも告げていないが、菊は自分の内に新たな命が宿ったのを感じていた。

また、子を産む。

長一の代わりのように、慈しむ。もう死なせはしない。必ず、育て上げてみせる。

長一の初七日が済んだら、腹の子のことを清蔵に告げよう。

そう決めていた。

まさか長一の葬儀の夜に、清蔵から殴られるとは思ってもいなかった。

「おれは、写真屋や……」

清蔵がまた、洟《はな》をすする。涙で声が詰まっている。菊は着物の胸元を合わせ、闇に目を凝らした。夫の言葉を一言も聞き逃すまいと、耳を精一杯、そばだてる。

この人はなぜ、泣いているのだ。

なぜ、ふいに猛り、ふいに嘆くのだ。

「出征する者は、ほとんどみんな、うちに……写真を撮りにくるで。これまで写真など撮ったことのないお人まで……やってくる。家族に遺《のこ》せる写真が一枚、欲しいて……一人で写る者も、家族全員で写る者もおる」

「はい。そうですの」

「この前は、義隆《よしたか》が来た。おれの幼馴染《おさななじ》みやで。その前は、尋常小学校の後輩が来た。おれが読み書きを教えてやった男や」

「槙石《まきいし》さんのことですか？」

「そうや……槇石の吾朗や」

国民服姿の若い男だった。母親らしい年配の女性と一緒に店に入って来た。

「国見のあんちゃんに、おふくろと二人の写真、撮ってもらいとうてなあ」

そう言って、はにかんだ笑いを浮かべた。

母親と息子は並んでカメラの前に立った。母親は終始無言で、一度も笑おうとしなかった。笑うことを捨てたかのような母親の硬い顔つきが心に残り、菊は槇石親子のことをしっかりと記憶していた。

「義隆も吾朗も生きて帰ってはこんやろ」

「あんた、そんなこと」

思わず腰を浮かせていた。

「そんな縁起でもないこと、言うてはいけませんで」

「ほんまのことや。一度、戦場に出てしもうたら、生きて帰れることなど万に一つもありはせんのやで。そんなこたぁ、みんな、わかっとる。義隆も吾朗もわかっとる。だから、写真を撮りに来たんやないか。せめて写真一枚ぐらいは、家族のために遺しときたいて……」

松風の音が響く。

闇が風音に揺れている。

揺らぐはずの無い闇が菊の目の前で揺れ動く。

「義隆には清次と同い年の娘がおる。吾朗は母親と二人きりの家族や。子がおる。母親がおる。

なのに……二人とも死んでしまうんや。二人だけやない。うちに写真を撮りにくる男は、みんな、死んでしまう定めなんや。おれだけが……おれだけが……」

生き残っとる。

清蔵が呻《うめ》いた。うぅうぅと呻く。

「生き残って……津雲で生き残って……のうのうと生きて……恥をさらしとる」

「あんた、恥やなんて、そんなこと……そんなことあるわけないが」

うぅうぅ。

うぅうぅ。

呻きは止まらない。清蔵が呻く度に闇が揺れ、闇が揺れれば松籟《しょうらい》は、さらに鋭く響いてくる。

「長一もおれが殺した」

呻きながら、清蔵が言った。

また、手ひどく頰を打たれた。

そんな感覚がした。

しかし、清蔵はひくりとも動かない。夜に沈んだ石仏のようだ。

清蔵の手ではなく言葉が、菊を打ちすえた。

「長一は……病でした。病で亡《の》うなりました。そんなこと、ようわかっとるやないですか」

「いや、おれが殺したんや」

菊は口の中の唾《つば》を飲み込んだ。まだ、血の味がする。ぬるりと粘い感触がする。

「おれがあまりに不甲斐《ふがい》ないで。それで、長一がかわりに命を捧《ささ》げたんや。長一はおれの身代わりになってくれたで。きっと、そうや。あいつは、こんな情けない父親を持ったばっかりに、あんなに小さいのに死なな、あかんかった」

おれが悪いのや。

おれが罪なんや。

清蔵は再び啜《すす》り泣き始めた。

おれが悪いんや。

おれが罪なんや。

繰り返し、繰り返し呟き、泣き続ける。

菊は口を開き、浅い呼吸を繰り返した。身体にじっとりと汗が滲《にじ》む。

津雲の夏は短く、秋は早い。夜気は冷えて肌寒いほどであるのに、菊は汗に濡《ぬ》れていた。

うかつだったと思う。

清蔵がここまで追い詰められていることに、今の今まで気が付かなかった。

兵士になれない男。

お国のために戦えない男。

情けない。役立たず。非国民。恥さらし……陰に陽にぶつけられる悪意と非難の礫《つぶて》に、清蔵の心は弱り切っていたのだ。長一の死が、その衰弱に追い打ちをかけた。

清蔵は疲れ果て、弱り果てて、啜り泣いている。情動のままに女房を打ちすえ、己を責めて泣き崩れている。

ここまで追い詰められていたのか。

自分のうかつさに歯噛みする心の片隅で、もう一人の菊が失望の声を上げていた。

なんちゅう、情けないお人やろ。

他人の眼差《まなざ》しがどうあろうと、言葉がどうあろうと、気にすることはない。弾《はじ》き返せばいいではないか。堂々と胸を張っていればいいではないか。お国のために散ることだけが御奉公ではないと、示してやればいいではないか。

なぜ、そうやって生きて行こうとしないのだ。

菊の心に芽生えた初めての、清蔵への軽侮の念だった。

傍らでは清次が眠る。

子の寝息と、夫の啜り泣きと、松の梢《こずえ》を渡る風音に包まれ、菊は坐《ざ》していた。闇を見据えたまま、いつまでも坐していた。

翌日、清次の手を引いて、菊はかんかん橋まで歩いた。別に何の目的も用事もなかった。かんかん橋の上から川面《かわも》を覗《のぞ》きこみたかった。それだけのことだ。

川は流れていた。

澄んだ水が音を立てて流れていた。

群れとなり遡上《そじょう》する魚たちが見えた。銀鱗《ぎんりん》を煌《きら》めかせ、煌めかせ、流れに逆らい上っていく。

浅瀬に降り立った白鷺《しらさぎ》が嘴《くちばし》の先で小魚を捕らえた。鶺鴒《せきれい》の澄んだ囀《さえず》りが耳に心地よい。

清次は下駄《げた》を履いていた。わざと高く足を上げて、かんかん橋を何度も渡る。
かんかんかん。
かんかんかん。
石の橋が声を出す。
歌を歌う。
「かぁちゃん、ほんまに、かんかん言うねえ」
清次が笑う。
菊も笑う。
生きろ、生きろ。かんかんかん。
津雲のこの風景が、かんかん橋のこの音が、菊に生きろ生きろと語りかけてくる。
生きろ、生きろ。かんかんかん。
何があっても力の限り、生きていけ。
おぉ、生きてやるさ。
菊は答える。昨夜と同じように、むくむくと力が湧いてくる。身体を満たしてくる。
石にかじりついても、生きてやるさ。
「かぁちゃん、もう帰ろう」
清次がしがみ付いてきた。
抱き上げる。

「そうやな、帰ろうな」

清次を抱いたまま、菊は国見写真館に向かって歩き出した。


翌年、菊は光信を、さらに二年後には長女となる久美子を産んだ。

戦は光信が生まれた三月後に終わった。

義父に呼ばれ、ラジオの前に家族全員が正座して玉音放送を聞いた。

暑さにぐずる光信の声に邪魔をされ、雑音混じりの放送に集中できない。だから、義父が声をあげて泣き出したときには、心底、驚いた。清蔵も俯《うつむ》いたまま、顔を上げようとしない。義母だけがそっと菊の耳元に囁《ささや》いた。

「菊、終わったで」

「終わった？」

「戦や。やっと終わった」

にっと笑い光信の頰を指で突く。砂糖も塩も肉も卵も、ろくに手に入らない時代であったのに、乳は溢《あふ》れるほどに出た。そのおかげで、光信の頰は丸く盛り上がっている。義母の指はその頰をちょんちょんとつついた。

「これで、この子も清次も兵隊さんにならんですむえ」

そしてまた、笑う。

にっ。

菊は息を飲み、義母の笑顔を見詰めた。笑顔の向こうでは、義父がおいおいと泣き続けている。清次もつられて泣いている。清蔵はまだ、俯いたままだ。

「ほんまに終わったんですか」

「そうやろ。たぶんな」

身体がふわりと持ち上がった。そんな感覚がした。風が身体の中を吹き通って行く。

光信が本格的にぐずり始めた。

「あっちで乳を飲ませたれ」

義母が顎《あご》をしゃくった。

隣室に行き、赤子に乳を含ませる。含ませた反対側の乳首がじわりと熱くなり、乳が滴り始める。光信は音を立て、懸命に乳房に食らいついている。

部屋はひんやりと涼しい。

風が通り過ぎる。

戦が終わった。

その意味を乳をやりながら考える。

数日前に広島と長崎に新型爆弾が落とされたことも、東京が焦土と化したことも、沖縄で住民を巻き添えにした激しい戦いがあったことも、菊はまだ知らなかった。そして、ぼんやりと自分は何も知らないのだと悟っていた。

だから、知りたい。

本当のことが知りたい。

もうごまかされたくはない。

そう思った。

戦が終わったとは、そういうことではないのか。本当のことをちゃんと知ることができる。そんな世の中になるということではないのか。

戦が終わっても、帰って来ない人たちが大勢いた。

清蔵の言葉通り、義隆さんも槇石の吾朗さんも帰って来なかった。吾朗さんの母親は息子を十年待ち続け亡くなった。

清蔵の弟光義も、帰って来なかった。

本家の嫁、津由子も帰って来なかった。

菊が玉音放送を耳にする一週間前、田んぼの様子を見に行ったきり、生きた姿では帰って来なかった。

その日の正午、アメリカの爆撃機が数機、津雲の空に現れたのだ。

突然のことだった。初めてのことだった。

津雲には軍事施設も基地もない。あるのは、温泉と湯治宿ぐらいだ。アメリカ軍の攻撃対象となるものなど一つもないのだから、爆撃機が飛来するなど誰も思っていなかった。

爆撃機は定められた空路を外れ、自由に飛び回っていたのだろうか。日本の制空権などとっくに失われていたのだ。菊だけでなく、津由子も津雲の大半の人々も知らなかったけれど。

爆撃機は、津雲の上空を旋回し、そのまま飛び過ぎていった。人々は安堵《あんど》する。そして、目の当たりにした爆撃機の威容に身を震わせた。

胸と額を撃ち抜かれた津由子が発見されたのは、その日の夕方、水の入った田んぼの真ん中でだった。穂の伸びた稲を下敷きにしてうつ伏せに倒れていたのだと、菊は伝え聞いた。

なぜ、津由子が爆撃機に攻撃されたのか、答えられる者は誰もいない。田んぼの真ん中に立っていた初老の女を撃ち殺す理由など、誰に説明できるだろう。

戯れとしか、思えなかった。戯れに撃ち殺した、としか。

味噌《みそ》問屋の夫婦は、たまたま出向いていた近隣の都市で空襲に遭い、行方知れずとなった。

誰も彼も、行ったきり帰って来ない。

戦とはそういうものだ。

人の命を食らって肥え太る。

菊は命を永らえた。

戦に食われはしなかった。

生きて、子を産んだ。

清蔵は食われた。一気にではない。徐々に心を食われてしまった。戦が終わった後も、国見写真館を続けていたけれど、しだいに笑うことが少なくなり、気鬱《きうつ》に黙りこむことが多くなったのだ。「おれは不甲斐《ふがい》ない男や」が口癖になり、ため息を何度も何度も吐いた。

戦とは、つくづく怖ろしいものだ。

菊は思う。

とてつもなく怖ろしい。

この世の何よりも怖ろしい。

その最中《さなか》にも人の命を貪《むさぼ》り、暮らしを砕き、全てを破壊してしまうけれど、終わった後もやはり、人の命や暮らしや心を蝕《むしば》み続ける。

終戦から二年が経った夏と冬、津雲で二つの事件が起こった。一つはかなりの騒ぎとなった。夏祭りの夜、酒に酔った豆腐屋の息子が小刀を手に盆踊りの輪に飛び込んできたのだ。

戦時の間中止になっていた夏祭りが復活したことで、津雲中が浮き立っていた夜だ。女たちは浴衣《ゆかた》を身につけ、髪を結い、競うように踊りに加わった。男たちも踊った。櫓《やぐら》の上で太鼓を叩《たた》き、歌い、大声で笑い合った。

「平和や、平和や、ありがたいのぅ」

「祭りが津雲に帰ってきたで」

「もう戦争などごめんやでの」

祭囃子《まつりばやし》に包まれて踊り、歌い、笑う。それこそが平和が訪れた何よりの証《あかし》ではないか。酒を飲む者も、飲まない者も、これから訪れる時代の眩《まぶ》しさに夢中になっていた。浮かれていた。幸せに酔いしれていた。

よいよいや
津雲よいよいや
お湯に人情に花の色
はぁそれそれ　花の色

踊りの輪はさらに広がり、櫓の周りを二重にも三重にも人が囲む。

よいよいよいや
よいよいよいや

豆腐屋の息子が白刃をかざし喚《わめ》きながら飛び込んできたのは、祭りが最高潮に達したころだった。ものすごい悲鳴が起こる。人々は逃げ惑い、叫び、転び、血を流し、また叫び、転んだ。祭りの場が一瞬で修羅場に変わる。

豆腐屋の息子は軍服を着ていた。ゲートルを巻き軍靴を履いていた。野獣のように吼《ほ》え、猛《たけ》っていた。充血した両眼を見開き、唸《うな》りながら小刀を振り回した。

息子は大陸からの帰還兵だった。出兵して無事津雲に戻って来た数少ない男の内の一人だ。まったくの下戸だった息子が、浴びるように酒を飲み始めたのは、帰還した直後からだ。

昼も夜も、夏も冬も、豆腐屋の息子は酒を飲んでいた。飲んでは誰彼かまわず絡み、ときに殴りかかってきた。田んぼの畦道《あぜみち》や他人の玄関先で寝込み、起こせば激しい脅し文句を口にして、起こした者を威嚇した。

あれは酒乱だ。

まるで狂犬や。近寄らんがええ。

帰還して一年もしない間に、息子をまともに相手にする者は津雲にはほとんどいなくなった。豆腐屋も店を閉めた。菊は、この店の作りたての厚揚げが何よりの好物だったから、閉店を知ってひどくがっかりしたものだ。

豆腐屋が店を閉めてちょうど一月経った夜、息子は凶器を手に夏祭りに乱入し、五人に斬りつけ二人に深い傷を負わせたのだ。

菊はその場にいなかった。

長女の久美子を産んだばかりだったし、このところ俄《にわ》かに身体が衰え、床に就くことが多くなった義父の面倒もみなければならなかったからだ。だから、豆腐屋の息子が取り押さえられる直前まで、ちくしょう、ちくしょうと叫んでいたことも、津雲の人々に向かい、

「おまえたちこそ地獄に堕《お》ちろ。おれをあんな地獄に送り出しやがって。送り出すだけ送り出して、帰ってきたら知らぬ振りするんかや。酒を飲んで何が悪い。地獄っちゃあ忘れるのに酒を飲んで何が悪い。おまえらがおれを戦地に送ったっちゃあちがうんか。ばんざい、ばんざいて、送り出したんちゃ、ちがうんかよ」

と、叫び続けていたこともずっと後になって、人伝《ひとづて》に聞いただけだ。

菊は何も知らない。

人伝のうわさ話がどこまで真実なのか、どこから虚妄なのか、知らない。息子の胸中に渦巻いていたものの正体を知らない。捕らえられた息子がその後どうなったのかも、いつの間にか津雲から姿を消した豆腐屋の夫婦がどこに行ったのかも知らない。

何も知らない。

知っているのは、自分も旗を振ったことだけだ。旗を振って、豆腐屋の息子を見送った。ばんざい、ばんざいと見送った。見送った先に地獄があろうとは考えもしなかった。考えようともしなかった。

雨戸の閉まった豆腐屋の前を通る度に菊は、自分の声を聞いた。

少し上ずった甲高い声だ。

ばんざい、ばんざい。

野中忠誠くん（豆腐屋の息子はそういう名前だった。お国のために忠誠を尽くすようにと、豆腐屋の主人が付けた名前だった）、ばんざい、ばんざい。ばんざい、ばんざい。

町内会長が音頭をとった。中村乾物屋の奥さんが、芳田薬局のお爺《じい》さんが、森田さんが、山口さんが、三田さんが、石井さんが、田中さんが、小川さんが、前川さんが、菊が、義母が、義父が、清蔵が、ばんざい、ばんざいと唱えた。

何度も、何度も。

ばんざい、ばんざい。

ばんざい、ばんざい。

菊の耳底でばんざいの声がうねる。潮騒《しおさい》のようであり、山嵐のようでもある。けれど、潮騒でも山嵐でもなく、人の声だった。そこに菊の声も混ざり合っていた。

豆腐屋は間もなく取り壊され、湯治客相手の土産物屋が新たにできた。翌年、夏祭りは中止され、翌々年再開されたけれど、さほど盛り上がりもせず、あの熱に浮かされたような祭りの夜は二度と津雲に戻ってこなかった。

豆腐屋の息子は刑務所に入れられた。いつ出所したのか、出所したあとどうなったのか、生きて出所できたのか、答えられる者はどこにもいなかった。やがて、津雲の戦後三大事件の一つとして、野中忠誠の凶行を語る者はあっても、豆腐屋の息子の叫びを思い起こし、あれは何だったのだろうと考え込む者はいなくなった。

菊はそれでも声を聞いた。

豆腐屋が取り壊されても、そこに二階建ての一階が土産物屋、二階が喫茶店のあのころの津雲にしては洒落《しゃれ》た建物ができても、その前を通ると必ず潮騒に似た山嵐に似た人の声を聞いた。

ばんざい、ばんざい。

ばんざい、ばんざい。

菊は俯《うつむ》いて、連れている子どもの手を強く握りしめて、豆腐屋があった場所を通り過ぎた。稀《まれ》に、紺染めの前掛けをつけて商いをしていた息子の顔を思い出すこともあった。「はいよ。

厚揚げと豆腐二丁。いつもごひいき、ありがとさんです」。若々しい愛想の声音を思い出すことがあった。どうしても、忘れ去ってしまえなかった。

二つ目の事件は、夏祭りから半年ほど後に起こった。

その当時、かんかん橋の近くに広がっていた雑木林の中で起こったのだ。

三十年以上前、菊が還暦を迎えるころまで、かんかん橋を渡ると、鬱蒼《うっそう》と雑木の茂った林が広がっていた。

道は雑木林をぐるりと迂回《うかい》して、津雲の温泉郷に繋《つな》がっていたのだ。雑木林だから茸《きのこ》や山菜が採れるわけではなく、柴《しば》を刈るのがせいぜいといった場所だった。しかし、秋は美しい。茂った葉が紅に、黄色に、臙脂《えんじ》に、朱にと、思い思いに色を変え、陽光でも差し込もうものなら金色の粉を塗《まぶ》したかのように煌《きら》めき、煌めき、煌めきわたった。

菊と同い年の女が林の中で、死体で見つかったのはそんな美しい季節がとっくに過ぎ、林の木々がほぼ、葉を散らせた裸木となって風に揺れる時季だった。

遺書を傍らにおき、乱れぬように着物の裾《すそ》を縛っていたと、菊はこれも人伝に知った。

女は町本中子といい、津雲の外れに母親と二人で暮らしていた。その母親を残しての覚悟の服毒自殺であったとか。

「なんや、中子さんの気持ち、わかるような気ぃがするわ」

菊に事件のあらましを伝えてくれた石井さんが重い口調で言う。国見写真館の店内だった。写真の現像を頼みに来た石井さんは、店番をしていた菊を見るなり用件はそっちのけで、中子

について しゃべり始めたのだ。

菊も石井さんも中子も、ほぼ同年代、三十歳前後になる。婦人会の集いや地域の奉仕作業で顔を合わせる機会は何度もあった。中子は顔つきも身体つきもほっそりした寡黙な女性で、影の薄さのようなものを確かに感じさせた。もっとも、それは中子の自死を知ってから後付けで膨らんだ印象かもしれない。

「わかるって？」

菊は瞬きし、石井さんの角ばった顔を見詰める。

「だから中子さんの気持ちやがね」

菊をちらりと見やり、石井さんは声を潜めた。

「中子さん独り身じゃったし、お母さん長患いで来年の夏までもつかわからんて言われとるらしいし……。やっぱ、将来のこと悲観したんとちがうの。お母さん亡《の》うなったら、たった一人になるんやで。そういうの、淋《さび》しいちゅうか、しんどいやろ。ね？」

「うん、まぁ……」

菊は曖昧《あいまい》に頷《うなず》く。石井さんは菊に向かって身を屈《かが》め、さらに声を潜めた。耳元に囁《ささや》く。

「国見さんやから、教えてあげるわな」

石井さんの息が耳朶《みみたぶ》にかかる。生暖かい。少しくすぐったかったし、気持ち悪かった。

「中子さん、若いころ……ていうても、三、四年前やけど。好きな男の人がおったんよな。農協の出納係やってた黒瀬って人。国見さん、覚えとるな。黒瀬淳蔵《じゅんぞう》って言うんやけど」

「黒瀬さん……」

覚えがなかった。かぶりを振る。

「よう、知らんわ」

「そう……。まぁええけど、その黒瀬さんと中子さん、相思相愛だったらしいで。中子さんが病気のお母さん抱えてるで、黒瀬さん家《ち》の方がええ顔せんかったで、結婚できんかったらしいけどなあ」

「その黒瀬さん、どうしなはったの」

「戦死しなはったで」

石井さんは、あっさりと言った。

「赤紙が来て大陸に配属されて、そのまま、帰ってきなはらんかった。壮行会のとき、国見さん、おらんかったかなあ。あぁ、ちょうど、長一ちゃんの葬儀の日だったんかもしれんねえ」

そこまで言って、石井さんは口をつぐんだ。

「あ、ごめんな。考えなしに長一ちゃんの名前出したりして……」

石井さんの大雑把だけれど優しい心根に菊は、少し微笑んでしまった。

「ええよ。別に……」

長一の葬儀の日、黒瀬淳蔵という若者が一人、津雲の町から地獄へと発《た》って行ったのか。

「中子さん、戦争が終わってからも嫁にいかんと、お母さんと二人っきりでずっと暮らしとった。淋しかったんちがうやろか。このごろ、ふさぎこんで一人でぼんやりしとること多かったって役場の人が言うてなはったわ。あ、中子さんな、役場の売店に勤めてたんやわ」

「そう……」

菊は目を伏せる。背中におぶっていた久美子が身じろぎする。幼子の温《ぬく》もりが心地よい。

たった一人の肉親である母が逝こうとしている。恋人は既に亡くなった。

この世に自分だけが取り残される。

その思いを孤独と呼ぶのだろうか。孤独が中子を死へと誘《いざな》ったのだろうか。

そうではないだろう。菊は中子のことをどれほども知らなかったが、孤独がゆえの自死だとはどうしても思えなかった。それなら母親の最期を看取《みと》り、本当に一人ぼっちになったときに、命を絶つのではないか。

中子さんも聞いたんじゃないやろか。

呟《つぶや》く。

「え？　国見さん、何て言うた？」

石井さんが首を傾げた。それから、壁の時計に目をやり、小さな声をあげる。

「もう、こんな時間やったわ。帰らな。じゃあ、写真の現像、頼んだで」

「はい。まいど、ありがとさんです」

ドアが閉まる。ドアの外で、石井さんが「寒いわぁ」と声を震わせた。

外はもう真冬の夕暮れどきなのだ。

店の隅の石炭ストーブに石炭を焼《く》べる。ごぉごぉと炎が音をたてた。

中子も聞いたのではないか。

ばんざい、ばんざいと唱える自分の声を。

ばんざい、ばんざいと唱えながら、恋人を戦地に送り出してしまった自分を許せなかったのではないか。どうしても許せなくて、死ぬより他に贖罪《しょくざい》の方法を見つけられなかったのではないか。

菊は考える。

あの夏祭りの夜、中子はどうしていたのだろう。踊りの輪の中にいたのかもしれない。そこで、豆腐屋の息子の、父親から忠誠と名付けられた男の喚《わめ》きを聞いたのかもしれない。

おまえらがおれを戦地に送り出したっちゃあちがうんか。ばんざい、ばんざいて、送り出したんちゃ、ちがうんかよ。

中子は悲鳴をあげただろうか。それとも声さえ出せず立ち尽くしただろうか。

目の前で喚いているのは、豆腐屋の息子ではない。黒瀬淳蔵、かけがえのない恋人だ。恋人が叫んでいる。

中子、おまえがおれを戦地に送り出したんちゃあ、ちがうんか。ばんざい、ばんざいて、送り出したんちゃあ、ちがうんか。

そうか。わたしもあの人を地獄へ送り出した一人なんだ。大切な、大切な男を……。

ばんざい、ばんざいと諸手《もろて》を挙げるのではなく、必ず生きて帰ってきてくれと縋《すが》りつくべきだったのだ。生き延びて、わたしの許《もと》に帰ってきて、それだけを待っていますと伝えるべきだったのだ。それなのに……。

それなのに、それなのに、それなのに。あぁ、それなのにわたしは、あの人に何をした。

中子は耐えられなかったのだ。生きて背負うにはあまりに重すぎた。重すぎる荷に押し潰《つぶ》された。心の梁《はり》が裂けてしまった。

菊には、そうとしか思えない。思えば、涙が零《こぼ》れた。ほろほろと零れて、落ちた。

中子の自死の真相も豆腐屋の息子の胸中も行く末も、明白にならないまま時が経ち、季節が移ろう。いつの間にか、津雲の人々の口の端に、中子や豆腐屋の息子の名が上ることは、めったになくなっていた。

何もかもが曖昧なまま、流れて行ってしまう。菊はときどき、自分がとてつもなくあほうに感じられた。頭の中には、かすかすの軽石でも詰まっているように感じられた。

わからないこと、知らないことが多すぎる。情けないほど多すぎる。けれど、確かにわかっていることも、あるにはある。数は少ないけれど、皆無ではない。

戦は人を蝕《むしば》む。

戦いの最中はもとより、終わった後も、終わって長い時間が過ぎた後も、蝕む。じわりじわりと人を冒していく。

清蔵もそうだった。

戦地には送られなかったけれど、戦に蝕まれ、戦に食われてしまった。

「おれは不甲斐《ふがい》ない男や」が口癖になったまま、背中を丸め、俯《うつむ》き、驚くほど急速に老いていった。豆腐屋の息子の事件から丁度一年後の夏、心臓の病で亡くなった義父の最晩年の姿よりも、老けこんで見えたほどだ。菊は年相応の老け方をしてきたが、二人並ぶと父娘と言っても通るような、清蔵の老いだった。

白髪頭になり、眸《ひとみ》から生気が失《う》せ、生返事しかしなくなった清蔵に一度だけ、声を荒らげたことがある。

「あんた、もういいかげんにしんさいや。あの戦争はとっくに終わったんやないですか。今は平和と民主主義とやらの時代なんやで。兵隊さんなんか、どこにもおらんようになったんです。あんたのことを不甲斐ないなんて思うてる人、どこにもおらんでしょうが」

清蔵は暗みの深い目で菊を見やり、微《かす》かに首を振った。

「そんなこたぁねえ、おるよ。おれを甲斐性なしやと責めるやつが……おるんや」

菊は顎《あご》を引き、亭主をまじまじと見詰めた。頭の中に、幾つかの顔が浮かぶ。

「誰のことです」

誰や。誰がこの人を苛《さいな》んでいる？

清蔵はこぶしで自分の胸を二度、叩《たた》いた。かなりの強さだったのか、こぶしと胸骨がぶつかる音が聞こえた。乾いた硬い音だった。

「おれだ」

「へ？」

「おれが責めるんやで。おまえは兵隊にもなれなんだ甲斐性なしやと責めるんや」

「あんた、だから戦争はもうとっくに終わって」

「わかっとる」

清蔵の声音が俄《にわ》かに険しくなる。あの夜、わけもわからず頰を打たれた夜を思い出し、菊は無意識に半歩、退いていた。しかし、清蔵は手を上げなかった。肩をほんの少し上下させただけだった。

「そんなこたぁ、おまえに言われんでも、よぉくわかっとる」

「それなら……」

清蔵がため息を吐いた。身体中の息を全部吐き出してしまうような、長い吐息だった。

「戦争は終わった。けど、義隆は帰ってきたか。吾朗は生きて戻ってきたか。帰ってこんかったやろ。戻ってこんかったやろ。みんな死んでしもうた。生きて帰った者だって……豆腐屋の忠誠みたいになってしもうたやつもおって……」

「けど、それはあんたのせいじゃないでしょうが、あんたが戦争を仕掛けたわけやなし。あんたには、何の責任もないことでしょう」

「おれだけが生き残っとる。戦地にも行かんと地獄も知らんと、生き残っとる」

清蔵は白髪交じりの髪に手をつっこみ、がりがりと搔《か》き毟《むし》った。千切れた髪が床に落ち、隙間風にさらわれてどこかに消えて行く。

あの夜と同じだった。

あれから、戦争が終わり、平和が訪れ、光信と久美子が生まれたのに、清蔵は変わっていなかった。身の内に戦争を抱え、そこから滲《にじ》み出る毒液にじわりじわりと冒されていたのだ。

菊の頬を打ち、長一はおれの身代わりで死んだのだと嘆いた夜と同じだった。

菊は全身の力が抜けるのを覚えた。この場にしゃがみこみ、声をあげて泣きたい。

清蔵が哀れで、ならなかった。哀れとは思うけれど、苛立《いらだ》ちもする。みすみす戦に食われようとする亭主が歯がゆい。

ちくしょう、ちくしょう。

胸の中が熱く滾《たぎ》る。

「お母ちゃん」

忙しい足音がして清次と光信が走り込んできた。清次はしっかりと光信の手を握っている。

「お母ちゃん、お腹が空《す》いた。みっちゃんもおれも腹ペコじゃ」

「腹ペコじゃ」

兄の真似をして、光信が声を張り上げる。菊は全身に力を込めた。

しゃがみこんで堪《たま》るかよ。

うちには、この子たちがおるんやけ。しゃがみこむわけには、いかんのや。

「ちょっと、待っとれ。今、お母ちゃんが芋の天ぷらを作っちゃるからな」

「芋の天ぷら」

清次の眼が輝いた。

「今すぐ作ってくれるんか」

「今すぐ作っちゃる。甘い芋をたんと貰《もろ》うたで。いっぱい、いっぱい作っちゃるからよ」

清次が歓声をあげる。光信もわからぬままに、きゃあきゃあと声を張り上げた。

負けるもんかや。

何があっても、うちは負けたりはせん。

菊は唇を結び、空を睨《にら》んだ。


清蔵が亡くなったのは、それから二十数年後の夏の盛りだった。祭囃子《まつりばやし》が遠く響いてくる部屋で、家族に看取られて息をひきとった。死病を患っての臨終で頭蓋《ずがい》の形が見て取れるほど痩《や》せこけてはいたが、表情は安らかだった。生きている間はめったに見せなかった穏やかな笑みを浮かべていた。

「親父、ええ顔しとるな」

光信が水を含ませた脱脂綿で唇をそっと拭《ふ》いた。拭きながら、泣いていた。

「お兄ちゃんたちも、あっちにおるものね。お父さん、淋しゅうないわな」

久美子がそう言った。やはり、泣いている。清次はいない。父親より一足早く、父親と同じ病で、兄の許へと旅立っていた。

清次のときは腸が裂け千切れるほどに泣いたけれど、清蔵の死に顔を前にした今は、不思議なほど心が凪《な》いでいた。髪が抜け落ち、随分と広くなった亭主の額に触れてみる。

指の先が凍えるほどに冷たい。人は命を失うと、どうしてこんなに冷えてしまうのだろう。

もう絶対に生き返らない、笑いも泣きもしない、喜びも苦しみもしない、その証《あかし》として底なしに冷えて行くのだろうか。

「あんた、よかったな。これでもう、苦しまんですむな。やっと楽になれたな」

冷たい清蔵の耳元に囁《ささや》きかける。そっと、耳朶《みみたぶ》に息を吹きかける。

「ほんとやで。お父さん……しんどかったやろ。こんなに痩せてしもうて……けど、もう、これで楽になったな。お父さん、よう、がんばったよねえ」

久美子が声を詰まらせ、ハンカチで目頭を押さえる。

「……違うんや」

「え？　お母さん、違うって、何が？」

「うちは、病気のことを言うたんやない」

「は？　何のこと？」

「病気やない。あんたらのお父さんはな、そんなものに苦しめられてたわけやないで」

菊は首を横に振り、清蔵の髪をそっと手で梳《す》いた。光信と久美子が顔を見合わせる。息子と夫を相次いで失った衝撃で、母が少し錯乱している……とでも思ったのだろう。

「な、おふくろ。後はおれらに任せて、少しゆっくり寝たらどうや。看病でこのところ碌《ろく》に寝てなかったんやろ」

普段は、どちらかと言うと口下手で無愛想な光信が、やけに優しい物言いをした。

「そうやね。そうさせてもらおうか」

身体を起こすと天井がくるりと回った。目を閉じる。目眩《めまい》が去るのを静かに待つ。

「おふくろ、だいじょうぶか」

「だいじょうぶや。心配せんかてええ」

目を閉じたままゆっくりと深呼吸する。耳鳴りがする。耳鳴りの奥から、潮騒《しおさい》のような山嵐に似た雑音が湧きあがってくる。

ばんざい、ばんざい。

ばんざい、ばんざい。

野中忠誠くん、ばんざい。

ばんざい、ばんざい。

ばんざい、ばんざい。

黒瀬淳蔵くん、ばんざい。

そんな風に、聞こえてくる。

菊は瞼《まぶた》を上げ、ベッドに横たわる清蔵の顔に目を凝らした。目を凝らし続けた。

あんた、どうやね。

菊は、声に出さないまま語りかける。

ほんまに楽になったかね。死んでしもうたら、自分のこと不甲斐《ふがい》ないとか役立たずとか嘆かんでもようなったかね。

あんた、今、ほっとしとるの。これで楽になったとほっとしとるの。それとも、後悔しとるの。もう少し強う生きればよかったと後悔しとるの。それとも、それとも……あんたなりに精一杯生きた一生やったの。これでええんやと満足しとんの。あんた、どうやの。あんた。

光信がそっと背中を押す。

「母さん、休めって」

珍しく「母さん」と呼ぶ。

首筋のあたりがくすぐったい気がして、菊はくすくすと小さな笑いを漏らしてしまった。

光信が瞬きし、首を傾げた。

「笑うとるのか？」

「笑うとる」

「何がおかしいんや？」

「さて、なんやろの……光信」

「うん？」

「国見写真館はどうしようの」

「どうするって？」

「もう閉めてしまうかの」

「なんで」

光信の眉《まゆ》が大きく吊《つ》り上がった。

「おふくろ、なんで、そんなことを……」

「そうやで。お母さん、そんなこと心配せんでええんよ。光信兄ちゃんがおるんやで」

耳聡《みみざと》く母と兄との会話を捉《とら》え、久美子が口を挟む。久美子は隣市の銀行員に嫁ぎ、今年の暮れには初めての子を出産する予定だった。目立ち始めた腹部に手を当て、菊の顔を覗《のぞ》き込む。

「お母さん、お父さんが亡《の》うなったばっかやで、あんまりいろいろ考えんでええから。写真館はお兄ちゃんがちゃんと継いでくれるんやから。お母さんが心配することなんて、なんもないんやで。ほんまにな、ないんやで」

嚙《か》んで含めるように、そう言った。

この娘は、小さいときからそうやった。

末っ子のくせに、面倒見がよくて気風がいい。姐御肌《あねごはだ》の気性をしていた。いささか早とちりで軽率な面もあったけれど。

そういう性質は子を産むような歳になっても変わらぬものらしい。

「うちは、閉めてもええと思うとる。もう、ずっと前から……お父さんが生きてたときから、思うてたんや。国見写真館を閉めてしまうのもええかな、て」

「え？」

光信と久美子はほとんど同時に息を飲み、表情を強張《こわば》らせた。どことといってほとんど似たところのない兄妹が、おかしいほど同じ表情を作る。戸惑っているような、驚いているような、慌てているような。

これが血の繋《つな》がりというものなのだろうか。

そうや、うちと汀子もちっとも似とらんかったのに、泣いた顔だけはそっくりやて言われてたなあ。

嫁にいって三年もしない間に胸の病で早世した妹を思い出す。

身近な者が逝った日は、先に亡くなった者たちを思い出す日でもあるのだろうか。

妹、父、母、義父、義母、味噌《みそ》屋の主人夫婦、そして長一と清次。

菊を残して去って行った者たち一人一人の姿が回る。風を受けた風車のようにからからと軽快に回っている。今度はそこに、清蔵も加わるのだ。

からから、からから。

からから、からから。

思い出せば不思議なことに、誰もが楽しげに笑っている。貧窮の底を這《は》いずり這いずり生きて死んだ汀子さえも、短い一生を病苦と共にすごした長一さえも、妻と息子と両親をおいて死なねばならなかった清次さえも、清蔵の気鬱《きうつ》を息の切れる間際まで案じ通していた義母さえも笑っている。みんな、みんな笑っている。耳を澄ませば、賑《にぎ》やかな笑い声が聞こえてきそうだ。何と楽しげな、晴れやかな笑声だろう。

笑え、笑え。

菊は一人一人に声をかける。

笑え、汀子。笑え、長一。笑え、清次。笑え、お義母《かあ》さん、お義父《とう》さん……。今生が辛苦に満ちているならば、満ちているからこそ、後世こそは笑っていよう。何にも誰にも憚《はばか》ることなく、笑って、笑って、笑ってやろう。

なぁ、みんな、そう思うやろ。

「お母さん」

久美子が腕を摑《つか》んできた。指にそっと力を入れて、摑んできた。涙の乾いた頰が青白く強張っている。

「どういうこと？　店を閉めるって、ほんまにそんなことを考えてたん？」

「あぁ。考えてた。閉めたらええやないかてな」

「お母さん、なんで！」

久美子の声が裏返る。清蔵から譲り受けた形の良い唇が半開きになる。そこから、はぁはぁと短い息が漏れてくる。

「なんで、そんなこと考えるの。ここはお父さんが建てなはった写真館やで。たくさん借金して、返すのにえらい苦労して建てたんやって、けど国見写真館は津雲で最初の写真館なんやって、いつも自慢してたやないの」

久美子の双眸《そうぼう》がうっすらと潤む。

「お兄ちゃんかて、写真の学校出たの、ここを継ぐためやなかったの。国見写真館をお父さんの代で終わらせとうないからやなかったの。それなのに何で今さら……」

久美子は声を詰まらせ、顔を伏せた。足元に大粒の涙が落ち、絨毯《じゅうたん》に染みを作る。

「なんで、あんたが泣くんね」

「だって……うち、ここが好きやったんやもの。国見写真館がなくなるなんて、いややや。そんなこと、考えられんもの」

「まぁ、そうやったん。あんた、写真屋じゃのうて、ケーキ屋か花屋の娘がええて、いっつも言うてたやないの」

「それは、小さいとき……小学校の一年とか二年のときやないの。ケーキ屋さんやったら、おやつはいつもケーキやし、花屋さんやったら、お花に囲まれて暮らせるて、思うてたんよ。それに比べたら写真屋はつまらんて……」

「まあ、久美子ったら、そんなことを考えてたんかいな」

「だから、子どもの時分やて。今はそんなこと思うてないよ。うち、ケーキより饅頭《まんじゅう》の方がなんぼか好きやしな」

久美子が唇を尖《とが》らせる。ケーキ屋や花屋の娘に憧《あこが》れた子ども時分の面ざしになる。

菊は思わず笑ってしまった。

清蔵の骸《むくろ》の前で笑ってしまった。

決して大声ではないけれど、軽やかに笑えば、自分の声に重なる笑い声が聞こえてくる。

おやと耳をそばだてる。

それは確かに清蔵の笑い声だった。天を仰ぎ、空を突くように笑った声だ。

菊、これがおれたちの写真館やぞ。

まぁ、ほんまりっぱですねえ。目が眩《くら》むわ。

目が眩むは、ちょっと大げさやな。

ほんまですが。あんまりりっぱなんで、ほんまに目が眩むようですが。

そうか。菊の目が眩んでしまうか。

はい。

顎《あご》を上げ、天を仰ぎ、空を突き、清蔵が笑う。

あはははは、そうか。眩んでしまうか。あはははは、あはははは。

高らかに笑った後、清蔵はそれこそ眩《まぶ》しいものでもあるかのように目を細め、新妻を見た。

菊。

はい。

がんばろうの。これから二人でがんばっていこうの。

はい。

あははは。あはははは。

あぁ、聞こえる。聞こえる。あの人の笑った声が鮮やかに聞こえてくる。そうだ、あの人はあんなにも朗らかに、真っ直ぐに笑うことのできる人だったのだ。

あんた、笑うとられますか。どうか、あのときみたいに、堂々と笑うていてくだされな。

「うち、ほんまに嫌やからな。国見写真館を閉めてしまうなんて、絶対、反対やからな」

久美子が顎を震わせた。一度乾いた涙がまた、目の縁に盛り上がる。

この娘は、こんなに感情的やったかいの。

冷静沈着とは言い難いが、深く物事に拘泥しない、あっさりと淡白な性質ではなかったか。いや、確かにそうだった。だとすれば、子を孕《はら》んだことで気質もやや変化したのかもしれない。娘の背中を軽くなでる。子を宿し、柔らかさと丸味をさらに増した身体が、心地よい。手のひらに伝わる感触に、菊は束の間、魅せられた。

女の肉体とは、見事なものだ。腹の中に命を抱えることができる。産むことができる。乳を出すことができる。そして、子を産んでも産まなくても、潔く老い枯れていくことができる。見事なものだ。実に見事なものだ。久美子はどんな子を産むだろう。どんな母親になり、どんなふうに老いていくのか。

生きていればこそ見届けられる。死んだ人間にはできないけれど、菊にはできる。まだ、できる。

だからこそ、生きていたい。

生きて見届けられるもの全てを、見届けたい。

この蠢《うごめ》く情動を人は欲念と呼ぶのだろうか。それとも、叶《かな》わぬ願望だと嗤《わら》うだろうか。もし、これが欲であるのなら……。

うちは、どこまで欲深い女子《おなご》なんやろか。

強欲で強靭《きょうじん》でしぶとい女だ。そう思えば、なぜか背筋が伸びる思いがした。骨一本、一本が太く硬くなり菊を支えるような気がした。肉が盛り上がり菊を守ろうとしている気がした。菊は己を逞《たくま》しいと感じた。

「おふくろ」

光信が呼んだ。

「久美子の言うとおりやで。何も急《せ》いて……そんなに忙《せわ》しゅうに、写真館を閉めるて決めてしまうこと……ないやろ」

妹の後ろから、ぼそぼそと語りかけてくる。一言一言を探るようにしゃべる緩やかな話し方は清蔵とよく似ている。菊は亭主のそんな物言いが誠実だと好ましかったり、何と間だるいと癇《かん》に障ったりしたものだ。

今は懐かしい。

さっき目を瞑《つむ》ったばかりの清蔵が、もう懐かしい者となる。

父親に似た口調で光信が語り続ける。

「あの……、それとも、おふくろ……おれやと、おふくろは不安なんか」

「不安て？」

「つまり……おれには国見写真館は継がせられんて思うとるとか……」

「なして、なして。おまえの腕前はお父さんより上やないか。それぐらいは、うちにだって、ようわかっとるでな」

「それやったら……」

菊は息を吸う。

長男も次男も死んだ。生き残って、目の前にいる三男に伝える。

「継ぐ、継がんはおまえの好きにしたらええて、言うとるのや。こんな田舎の写真館の親父で終わりとうないと思うなら津雲を出て行けばええし、後を継いで写真館をやりたいなら、やればええ。おまえの心しだいや」

「おれが出て行ったら、おふくろはどうするつもりや。一人で暮らすんか」


光信は父親と同じ写真の専門学校を出て数年、他県のカメラ屋で働いていた。津雲に帰ってきたのは、清次が亡くなり清蔵の体調が目に見えて悪化し始めた一年前のことだ。

光信が国見写真館を継ぐと決めて帰って来たことは明らかで、本人もその意志をはっきりと口にしていた。「おれが国見写真館の二代目になったるで。まかせとけ、な」と。

息子からそう伝えられたとき、清蔵は既に一日の大半を床に臥《ふ》して過ごしていた。入退院を繰り返し、もう病院は嫌だ。家で死にたいと言い張り、国見写真館の二階、自分の居室に戻って来たころだった。

「おれが国見写真館の二代目になったるで。まかせとけ、な」

息子の一言に清蔵は微笑んだ。微笑んで頷《うなず》いた。頷きながら手を伸ばし、光信の頭を撫《な》でた。

「あら、お兄ちゃん、お父さんに褒められたやないの。ええ子やええ子やって。よかったな」

久美子がわざとだろう頓狂《とんきょう》な声をあげる。

「ほんまやな。子どものころは、親父に褒められるっちゃあ、めったになかったで、この歳になって、ええ子ええ子されるとはな。今日は頭、洗わんとこか」

光信が珍しく冗談を言い、ベッドの置かれた六畳間は笑いに包まれた。

清蔵が枯れ枝に似た細い指を四本立てる。光信は眉根《まゆね》に皺《しわ》を寄せ、四本の指に顔を寄せた。

「うん？　親父、なんて？」

「四代目やて言うとるのや」

菊が代弁する。

「二代目やのうて四代目。写真館を建てたのはお父さんやけど、国見の家は先々代から写真屋だったさけな」

「へぇ、うちらの家、そんな名門だったん。知らんかったわ。もしかしたら、うち、ええとこのお嬢さまなん？」

久美子が大仰な身振りで肩を竦《すく》めた。

「そうやで。なんといっても三代続いた写真屋の家柄や。もっとも二代目まではどこぞの倉庫に間借りして商売してたらしいけどな」

「倉庫に間借り？　いやぁ、もうがっかりやないの。そんなん、全然お嬢さまとちがうわ」

「おまえのどこを探したら、お嬢さまが出てくるんや。どうにも無理やろ」

菊のつっこみに、つっこまれた久美子が噴き出した。久美子の光信の菊の笑い声が再び、重なり縺《もつ》れ合い、天井や壁にぶつかった。

清蔵も笑っていた。

その笑顔は菊の内にくっきりと刻み込まれた。

清蔵の笑んだ顔。

声も立てず、唇の間から僅《わず》かに歯を覗《のぞ》かせただけの笑みだったが、あの戦の後、無表情が張り付いてしまった清蔵の面に浮かんだ笑みは、菊が胸を詰まらせるほど初々しく、痛々しかった。久美子も同じように感じたのか、横を向き涙をこらえる。

十代の初め、思春期と呼ばれる時期に足を踏み入れたころから、久美子は露骨に父親を厭《いと》うようになっていた。

「年がら年中、くらーい顔して。お父ちゃんみたいな辛気臭い人、うち、好かんわ」

と。その嫌悪感が薄れたのは、つい最近、清次が逝ってからではないだろうか。

「おまえ……親父と仲良う……してくれや。やっぱり……家族なんやから」

死期の迫った苦しい息の下で、清次は妹に言い残した。仲良くしろではなく、してくれと懇願の言葉を置いていったのだ。久美子は父を厭うた穴埋めをするかのように、あるいは、父に向けるべき愛情のその欠落を補うかのように、明朗で闊達《かったつ》な次兄を慕った。「清兄ちゃんみたいな男《ひと》のお嫁さんになりたい」と公言して憚《はばか》らなかったほどだ。敬愛する兄の遺言と思《おぼ》しき願いに、心を打たれないわけがない。

菊は久美子に清蔵のあれこれをほとんど伝えなかった。

清蔵の内にある絶望や深傷を全て理解できているとは思えなかったし、いや、むしろ、そのほとんどを解していないのだとわかっていた。理解できないことを娘とはいえ他者に伝えるなど、できはしない。

万が一、できたとしてもそれで久美子が納得し父親を慕うようになるはずもなかった。好き、嫌い、愛する、厭う。そんな感情は理屈で制御できるものではないのだ。ただ、菊は久美子に大人になって欲しかった。自分の感情のままに、相手を好き嫌い、善い悪い、合う合わないと選別取捨するのではなく、丸ごと受け入れる。欠点も短所も忌むべき点も包み込んで受容する。それが大人の器というものだ。菊自身、それほどの度量を持ち得たと胸を張ることはできない。家族の中で清蔵を一番厭い倦《う》んでいたのは、久美子でなく己自身ではあるまいかと自問すれば、確かにそうだと自答が返ってくる。

だからこそ、娘は大人であって欲しかった。父親の全てを受け入れられる器量を備えて欲しかった。

母親の一途な、そして、身勝手な思いだ。

久美子は十代を終え、愛を乞《こ》うことを知り、挫折《ざせつ》し、失恋もし、恋を成就もさせた。想いのままに振舞う若者ではなく、他者との関わりの中で生きる術《すべ》を身に付けた大人の女に少しずつ変わっていった。

清蔵の最期が迫ったとき、久美子は身重の身体で、菊に勝る手厚い看護を続けてくれた。それは長く疎んじてしまった父への償いであったろうし、久美子の芯《しん》にある優しさの表れでもあった。

あんた、あんたの人生、そう捨てたもんでもなかったんやないの。

久美子に身体を拭《ふ》いてもらう清蔵に菊は、眼差《まなざ》しだけで語りかけてみた。眼差しの先で、清蔵は頷くともかぶりを振るともとれる動きをした。

ほんまや、捨てたもんやなかったな。

菊、おれはとうとう、楽になれんかった。

今わの際に、清蔵の胸に去来したのは、どんな思いであったのか。

そこに心を馳《は》せる度に、菊はそっと頰を押さえてみる。あの夜、唐突に激した清蔵に打たれた頰を指先でなぞる。

他者の胸中はわからない。

人の幸、不幸もわからない。

わからないことだらけだ。

うちは、ほんまに迷うてばかりやな。

嘆息してしまう。息を吐き出し、僅かに心が軽くなれば、迷うてばかりなのはうちだけではないやろなと思い返す。

人として生きるとは、何と危ういものだろう。標《しるべ》のない岨道《そばみち》を一人、登るようなものだ。行っても、行っても頂は見えず、自分がどこに向かっているのかも、何のために歩いているのかも、ときとして見失ってしまう。

危ういものだ。

脆《もろ》くて哀れなものだ。

それでも、だからこそ、菊は強靭《きょうじん》でありたいと望む。力を溜《た》め、骨を太らせ、剛な肉を付けたいと願う。剛力な根を張って生きて行きたい。そうしなければ、また、時代に翻弄《ほんろう》される。ふわふわと漂いどこかに連れて行かれる。

ばんざい、ばんざい。ばんざい、ばんざい。

諸手《もろて》を挙げて男たちを地獄へと送り出してしまう。女たちに地獄を見せてしまう。義隆を、吾朗を、光義を、勝利を、炭屋の倅《せがれ》を、梶浦呉服店の倅を、散髪屋の主人を、豆腐屋の息子を、中子を、義母を、本家の奥さんを、菊は覚えている。忘れたことなどない。一生、忘れてなるものかと思う。老いて、惚《ぼ》けたとしても忘れない。

忘れないためにも強くなりたい。

「おまえは、おまえの好きに生きれや」

光信に告げる。

「おふくろ……」

「写真屋に生まれたかて写真屋にならないかんてこと、あろうかい」

強い者は他人を束縛しない。支配しない。思うがままに動かしたいと欲しない。一人で岨道を登る。覚束ない足取りであろうとも、たった一人で前に進んでいく。

決して、決して、人を繋《つな》ぎ止めない。無理やり引きずったりしない。

「おまえも久美子も十分に孝行した。ありがたいて思うてる。だから、もうええのや。おまえらの好きにしたらええのや」

久美子が息を飲み込む。

光信の顔がくしゃりと歪《ゆが》む。

「けど、おれは……写真をやりたいのや」

「写真をやるのと写真館を継ぐのとは、また、別物やろが」

菊はややぞんざいな口吻《こうふん》で言った。

「二代目でも四代目でも関係ないで。おまえはおまえで、やりたいことがあるのやったら、何も気に掛けんでええ」

菊の一言に光信は顎《あご》を引いて、僅かに眉を顰《ひそ》めた。

「おれは別に……やりたいことなんか、ないで。何でそんなこと、急に言いだしたんや」

「そうか。なら、ええけどな」

菊も顎を引いてみる。

亭主の胸中をついに察せられないままだったと同様に、息子の心内も見通せない。

二日前、清蔵の看護を子どもたちに任せ、菊は家の整理を始めた。通夜と葬式の準備だった。清蔵が息を引き取れば、近所や檀方《だんかた》の人々が手伝いに来てくれる。その前にある程度、家中を片づけておくのが主婦の仕事だ。おそらく、清蔵の妻としての最後の仕事になる。

葬儀の会場は二階にある撮影室を使えばいい。親類縁者の控室は客間一室で足りるだろう。家具を取り敢《あ》えず光信の部屋に移して、客間をできるだけ広くして……。

あれこれと忙しく考えながら動く。単純で煩雑な仕事は思考を鈍化させる。くるくると動き回ることで、何十年もを共に生きた連れ合いを失おうとしている現実を、忘れることができた。葬儀前後の慌ただしさは死者ではなく、遺《のこ》った者のためにあるのだろう。ずっと後になって菊は、そんなことをしみじみと考えた。

光信の部屋の押し入れに余計な荷物を押しこもうとしたとき、その包みに気がついた。黄色く変色した新聞紙に包まれていた。梱包《こんぽう》していた紐《ひも》が解け一部が覗いている。

「花嫁？」

床に広がった白い裾《すそ》が見えた。厚みのある花嫁の掻取《かいどり》の裾だ。

菊は、古新聞を損なわないように用心しながら包みを開けた。

花嫁だった。

白無垢《しろむく》の花嫁を写した全紙のパネルだ。

束の間、菊は自分の花嫁姿を思い出す。味噌《みそ》問屋の奥さんから借りた白無垢を着て、かんかん橋を渡った姿だ。

写真に目を凝らす。

菊ではなかった。

菊よりもずっと美しい女性だった。唇を固く閉じ、どこか遠くを見詰めている。その口元も表情も花嫁には似つかわしくない憂いを漂わせていた。けれど、その憂いが花嫁姿の女性をこの上なく美しく優雅に彩っている。

「誰やろ」

独り言が漏れた。

これは誰だろうか。

菊にはまったく見覚えのない花嫁だ。津雲の人ではないだろう。立っている場所も津雲ではないような気がした。パネルを裏返す。

Mitsunobu.K

光信のサインが片隅に小さく入っていた。

窓から差し込む夏の光に写真を翳《かざ》してみる。見事な写真だ。陰影の具合といい、構図といい、憂いを含みながら照り輝く花嫁の美しさといい、申し分ない写真だ。見る者の胸を疼《うず》かせる写真だ。疼かせて、泣かせる。

菊はいつの間にか滲《にじ》んでいた目尻《めじり》の涙を指先で押さえた。

これを光信が撮ったのなら、並々ならぬ才能ではないか。

「誰なんやろか」

もう一度、呟《つぶや》いていた。

菊は写真を元通りに梱包し、元通りに仕舞い込んだ。

「あんたの押し入れにあった花嫁御寮の写真な、あの写真のモデルは誰ね」

光信にそう問うのは容易《たやす》いけれど、問いたい気持ちは何故か湧いてこなかった。触れてはいけないように感じたのだ。そして、光信は本格的に写真をやりたいのではないかとも、感じた。

写真館の主人ではなく、カメラを手に自分の欲した被写体に向かい合う写真家を夢見ていたのではないかと。

白無垢の花嫁。意志と憂いを秘めた横顔。きりりと引き締まった立ち姿の艶《えん》。

モデル自身の美貌《びぼう》もさることながら、光信の作品はその美しさをさらに昇華させている。決して、親の欲目ではないだろう。

この才能を翼として広い世界に飛び立ちたい。

光信がそう考えているのなら、喜んで見送ろう。力及ばず、夢破れ、津雲に帰って来たなら、喜々として迎え入れよう。むろん、国見写真館の主として津雲に留《とど》まるのなら、それもまた良いではないか。

窓の外で油蟬が鳴いていた。ジィジィと焦がれるように鳴いている。

蟬の声に耳を傾け、菊はしばらく押し入れの前に座り込んでいた。

清蔵が永遠に目を瞑《つぶ》った日、その遺体の前で、菊は光信に告げた。

おまえの好きに生きろ。

光信はいささかの狼狽《ろうばい》を見せて、言葉を詰まらせた。

「おれが出て行ったら、おふくろはどうするつもりや。一人で暮らすんか」

「当たり前やないか。うちを幾つやと思うてるの。まだまだ、若いんやで。足も腰もしゃんとしとる。目も耳もええ。持病もない。何でも一人でできる。台所仕事なんか久美子より、ずっと手際ようやれるでな」

「なんで、そんなところで、うちを引き合いに出すかな。失礼やわ、お母さん」

久美子がまた唇を尖《とが》らせ、むくれ顔になる。

「あんたの料理下手なのには、親としてはらはらし通しやからな。この前の酢の物なんて、やたら酸っぱくて、よう食べなんだで」

「あれは、ちょっと失敗しただけやないの」

「失敗したもんを食べさせなや」

母と妹のやり取りの傍らで、光信は黙り込み所在無げに立ち尽くしていた。

翌々日、清蔵の葬儀が国見写真館で執り行われた。撮影スタジオに黒白の幕が掛けられ、白菊の祭壇が設けられる。

読経《どきょう》と啜《すす》り泣きと線香の煙が満ちる中で、清蔵の遺影が静かに笑んでいた。

いい写真だ。これも光信が撮ったものだった。

「あれは、いつの間に撮ったんや」

尋ねてみる。菊には覚えのない清蔵の笑顔だったのだ。

「去年、病院から帰ったときや。退院して、もう二度と入院しとうないって、親父が言うたやろ。あのころのやで。葬式用に撮ってくれって、親父から言い出したんや。それで、このスタジオでおれが撮ってやったんやけど」

「そうか……」

「おふくろ」

「なんや」

「親父、おふくろのこと、ほんま好きやったんやなあ」

「は？　何を言うとるの。この歳になって、好きも嫌いもあるもんかね」

「けど……言うとったで。菊のおかげでこの写真館で死ねる。ありがたいって。菊には最期まで支えてもろうたって」

光信の物言いが清蔵のそれに重なる。清蔵が訥々《とつとつ》と語りかけてくれるような錯覚に囚《とら》われる。

菊は俯《うつむ》き、白足袋《たび》の足元に目をやった。

「それにな、撮影のとき、親父があんまりむっつりしとるもんやから、もうちょっと楽しげにせいやて言うたんや。自然に笑うてみ、てな。そしたら、親父のやつ、よう笑わんて言いよった。笑い方、忘れてしもうたて、よ」

「そうか」

本当に心から笑うことを忘れてしもうたのか。長い、長い間、忘れて生きておったのか。

「けど、ええ写真やないか」

嘘ではなかった。白菊に囲まれた清蔵は面窶《おもやつ》れはしているけれど、満ち足りた優しげな笑みを浮かべている。それはどう見ても、幸福な一生を終えた男の顔だった。遺影として飾るには、これ以上のものはあるまい。

「ええ写真やで」

「あぁ、おれ、親父に言うたからな」

光信が口角をあげ、にやりと笑む。

「言うた？　何を言うたのや？」

「何を言うたと思う？」

「光信、葬式の日に親を焦《じ》らせて喜ぶアホがおるかいね。さっさと言いや」

数珠《じゅず》を握った手で光信の肩口を軽く打つ。光信は笑みを消し、ふっと視線を漂わせた。

「あのな……親父があんまり笑わんで、おれ……今までで一番、嬉《うれ》しかったこと思い出してみいやって、そう言うたんや。そしたら、親父、しばらく考えてて……黒目をこうあちこちに動かして、嬉しかったことか嬉しかったことかて、ぶつぶつ言うてな……それで」

「それで？」

「あの笑顔になった」

光信が首を回し、視線を斜めに投げる。その先に清蔵の遺影があった。自分の手で撮った父親の最晩年の笑顔だ。

「ええ顔や」

「うん、ええ顔や。最高だな」

視線を菊に戻し、光信は一つ二つ空咳《からせき》をしてみせた。

「おふくろ、親父の一番、嬉しかったことて、何やと思う？」

清蔵が一生の中で最も嬉しかったこと。

何だろうか。

改めて問われ、菊はしばらく思案する。

何だろうか。

何だろうか。

あの戦争以前であることは確かだ。まだ心に重荷を背負うていなかったとき、朗らかに笑い声をたてられていたころだ。

「ここが出来たときじゃないかの」

言葉にすれば、確かにそうだ、そのときしかないと思われた。

新築の国見写真館を前にして、清蔵は喜びに震えたはずだ。この館の主人になるのだと胸を熱くしたはずだ。もしかして、うっすらと目に涙を浮かべていたかもしれない。

清蔵は若かった。国見写真館は生まれたばかりだった。時代は徐々に徐々に、破滅へと進んでいたけれど、大半の者が先にうずくまる無残な終焉《しゅうえん》に気付いていなかった。国も人々も坂を駆け上がるように繁栄していく。そう信じて疑わなかった。菊は、信じていた。清蔵も信じていた。大勢の者が信じていた。信じない者は変人であり、逆賊であり、非国民だった。嗤《わら》われ、罵《のの》られ、罰せられた。

信じていたものが幻影だと、騙《かた》りであったと思い知るのは、もう少し後になってからだ。だから、あの当時、青年だった清蔵の眼前には、希望と呼ぶに相応《ふさわ》しい世界が広がっていたのではないだろうか。

菊はうんうんと二度、頷《うなず》いてみせた。

「そうや、そうや、国見写真館が津雲に出来たときや。お父さん、この写真館を建てられたこと、何より嬉しかったはずやけの」

光信が、かぶりを振った。幼い子が不貞腐《ふてくさ》れていやいやをする、そんな仕草だった。

「違う」

妙に力を込めて、菊の答えを否んだ。

「違うんか」

「違う」

意外だった。

国見写真館誕生が清蔵の生涯一の満悦でないのなら……ないのなら、何が……。

「では……、子が生まれたときかの」

長一が生まれた日は、夕方から朝方にかけてひどい嵐になった。菊が産気づき、陣痛の間が二、三分間隔となっても産婆は現れず、いつ到着するかも知れなかった。

「いざとなったら、うちが産ませてやるで」

義母の一言は初産の菊に、安堵《あんど》より不安を与えた。

怖い、痛い、苦しい。

ふっと気が遠くなる。

身体を引き裂かれるような陣痛に現《うつつ》に引き戻されると、清蔵が傍らにいた。菊の手を握り、

「菊、菊、しっかりせいや」

そう語りかけていた。その顔がひどく歪《ゆが》んでいる。清蔵自身が陣痛に呻《うめ》いているようだった。額に汗まで浮かんでいる。

おかしくて、菊は噴き出してしまった。身体の力が抜けて、少し楽になる。

「そこで百面相しててや。笑うたら、ちょっとは痛いの忘れられるで」

「ほんまか。それなら、何ぼでもしたるで」

陣痛の合間に、夫婦でそんな会話を交わした。その直後、ずぶ濡《ぬ》れの産婆が部屋に駆け込んできてくれた。それを待っていたかのように痛みがいっそう激しくなる。菊は呻きをあげ、産婆は濡れた身体のまま菊の盛り上がった腹に触り、清蔵に部屋から出て行くように命じた。

「お産は女だけの戦や。男の出る幕などないで」

産婆のきりりと強い声音が響く。

そうか、子を産むのは女だけの戦か。男の出る幕はないのか。

汗が染みる目で、痩《や》せて顎《あご》が尖りどことなく狐を連想させる産婆の顔を見詰める。

「おーし、おしおし。そろそろ、いきみが来るで。そしたら、間もなくや。頭、出かかっとるでな。よーし、大きゅうに息を吸うて、吐いて」

身体中の力でいきむ。何度もいきむ。股《また》の間を生温《なまぬる》い塊が滑り出た。

「若さまやぞ」

産婆が告げる。ほとんど同時に襖《ふすま》が開いて、清蔵が顔を出した。

「男の子か。ほんまか、菊、ようやった」

「こらっ。誰が入ってええと言うた。まだ後産があるんや。男は引っ込んどれ」

狐顔の産婆に一喝され、清蔵は慌てて顔を引いた。そのはずみに、不自由な足がどこかに引っ掛かったらしい。派手な音をたてて、転がる。

「まあまあ、あんたのお父ちゃんはえらい粗忽《そこつ》者やなあ」

嬰児《えいじ》に産婆が語りかける。

菊はまた、笑ってしまった。おかしくて、幸せで、誇らしくて、笑ってしまった。

長一と名づけられたわが子を抱いたとき、清蔵もまた、幸せそうで誇らしい笑みを浮かべはしなかったか。

「長一が……初めての子が生まれたときやないか。そのときが一番、嬉しかったんやないか」

「それも、違うな」

光信がかぶりを振る。

「違うか、ほんなら……」

言葉が詰まる。頭の中にはもう、何も浮かんでこなかった。

「わからんか？」

「わからん」

光信が身を屈《かが》めてくる。菊は喪服に合わせ白髪交じりの髪を耳元で結いあげていた。剝《む》き出しになった耳に光信は囁《ささや》いた。

「かんかん橋の袂《たもと》に立っとったときやと」

囁いて、すっと身を起こす。

「は？」

「おふくろとの婚礼の朝のことや。白無垢《しろむく》着たおふくろがかんかん橋を渡って来るのを橋の袂で待っとったんやろ。それが、親父の一等、嬉しい思い出やと」

菊は目を見開き、光信を見上げた。

「お父さんが……そう言うたんか」

光信が頷く。

「うん。そう言うた。そう言うて親父、ほんま嬉しそうに笑うたで」

菊は白無垢の花嫁姿でかんかん橋を渡った。他所《よそ》から津雲に嫁いでくる者は、みんな、かんかん橋を渡る。花婿は紋付き袴《はかま》の正装で、かんかん橋を渡って嫁いでくる花嫁を迎え入れる。分限者や旧家、名士の家では、ここで花嫁の掻取《かいどり》と草履を里の物から婚家の用意した物に着替え、里から履いてきた草履の鼻緒を花嫁自らが断ち切った。この橋を逆さに渡って戻ることはありません。一生をあなたと添い遂げますという女からの意思表示だった。

今ではもう、すっかり廃れてしまったが、津雲にはそういう習わしがあった。

かんかん橋がかんかん橋でなく、ただの木橋で、架設の場所も少し上流だったころからの、おそらく菊が生まれるずっと以前からの習いだったのだろう。

菊の里はもとより、国見の家もさほどの格式はなかったから、掻取も草履もそのままに菊はかんかん橋を渡り、花婿の前に立ったのだ。もっとも、菊はずっと俯《うつむ》いていたから、ろくに清蔵の顔を見なかった。見詰める心の余裕などなかった。そのくせ、空と林の美しさだけははっきりと覚えている。

碧空《あおぞら》だった。

碧く、青く、晴れ渡り、一朶《いちだ》の雲さえ浮かんでいなかった。

橋の近くには雑木林が広がっていた。既に紅葉の季節は盛りを過ぎていたけれど、散り残った葉が晩秋の光を浴びて、黄金に深紅に緑黄に照り輝いて、眩《まばゆ》かった。

美しい林、中子という女がひっそりと命を絶つ場所でもあった。

やがて、林は消えてしまう。

木々は伐採され、根ごと引き抜かれ、トラックでどこかに運ばれた。跡地は整地され、数軒の住宅が建った。どの家も赤い屋根と白い壁の寸分違《たが》わぬ造りで、玩具《おもちゃ》のようだった。

今はもう、雑木林もかんかん橋を渡る花嫁もいない。婚礼はみな、隣の市にあるホテルか結婚式場で行う。

うちは渡ったのや。白無垢を着て、かんかん橋を渡ったのや。

橋の袂には花婿が待っていた。涙ぐんだ菊にそっと懐紙を渡してくれたのは、清蔵だったかもしれない。

「ほんまにきれいな花嫁やったって、こんなきれいな花嫁が自分のとこに来てくれたんやって、嬉《うれ》しくて、苦しいほど動悸《どうき》がしたて……親父、言うたんやで」

光信はまた身を屈め、菊の顔を覗《のぞ》き込む。

「わかったて。そんなに念を押すこたぁない。おまえは、ほんにしつこいの」

「けど……。親父のことやから、そういうのちゃんと言うとらん思うて。おれ、知っとるわけやから、やっぱ、親父の代わりにちゃんと伝えとこかて……、親父の気持ちは」

「わかったて言うとるやろ」

光信を邪険に遮る。手の中の数珠《じゅず》を握りしめる。小さな珠《たま》が手のひらに食いこんできた。

「亡《の》うなった者の気持ち、今さら聞いてもしょうがないで」

「おふくろ……」

光信の口元が歪む。

悲しげな顔つきをすればするほど、この子は父親に似てくる。

悲しげな息子も、悲しげな亭主の幻も見たくなかった。菊は視線を逸《そ》らし、横を向く。

線香の煙が目に染みてきた。


葬儀の後喪服を脱ぐと、菊は普段着に着替え外に出た。

津雲の夏は短い。

夏祭りが終われば、空も地も風もどこか秋めいた風情になる。

カナカナカナ、カナカナカナカナ。

蜩《ひぐらし》が鳴いている。つい数日前は、油蟬の声ばかりが響いていたのに。

カナカナカナ、カナカナカナ。

カナカナカナ、カナカナカナ。

蜩の鳴き声に背をおされ、菊は歩く。一人で歩く。商店街を抜け、旅館街を抜けて歩く。途中で幾人もの人に挨拶《あいさつ》された。

まぁ菊さん、この度は、ご愁傷さまでしたの。

力を落とされんようにな。疲れには気をつけんさいや。

悔やみの挨拶に頭を下げ、菊はまた、歩く。

かんかん橋まで歩き通す。

若いころは何ほどのこともなく歩けた距離なのに、かんかん橋に着いたころ菊の息は切れ、心臓はどくどくと鼓動を打っていた。

欄干にもたれ、しばらく気息を整える。

目の前をすいっと一匹、蜻蛉《とんぼ》が過《よぎ》った。

カナカナカナ、カナカナカナ。

カナカナカナ、カナカナカナ。

ここでも蜩が鳴いていた。

動悸と息切れが治まると、菊はゆっくりとかんかん橋を渡る。向きを変え、今度は津雲に向かってさらにゆっくりと渡って行く。

葬儀が終わって家を出る直前、光信に喪服の娘を紹介された。見覚えのある顔だった。

「もしかして、文枝ちゃんかいの」

光信の中学時代の同級生で、津雲のはずれにある製材所の娘だった。

「はい、文枝です。この度は本当に……ご愁傷さまです」

文枝が深々と頭を下げる。頰の赤いセーラー服の少女ではなく、喪服をきちんと着こなした大人の女だった。

あぁと、菊は声をあげそうになった。

あぁ、そういうことやったんか。

四十九日の法要が過ぎたら、なるべく早く籍を入れたい。親父にちゃんと紹介できなかったのが残念で、後悔している。結婚式は親族だけのささやかなものにしたい。二人の共通の友人が隣市でレストランをやっているので、会場にはそこを借りようと思う。もちろん、花嫁の写真はおれが撮るつもりだ。

照れているときの癖で、光信の口調は無愛想でそっけなかった。菊に対して腹を立てているようにさえ思えた。

文枝は時折、心配気な、諫《いさ》めるような視線を光信に送るだけで、黙って立っていた。

「えらく急いで籍を入れるんやな。婚礼を済ましてからでもええやないか」

菊がそう口にしたとたん、光信の頰が紅潮する。文枝が身じろぎした。

「それが、あの、来年の春の終わりごろに……子が生まれるんで……」

「まっ」

絶句したまま、息子と息子の妻になる人を見やる。二人とも真っ赤に上気した顔を俯けている。菊はふいに、大声で笑い出したくなった。

「まぁ、そうね。子が生まれるんね。それはめでたいわ。お父さんへの何よりの餞《はなむけ》やないの」

光信と文枝が顔を見合わせ、どちらからともなく息を吐いた。文枝の滑らかな頬と小ぶりの口元を菊は愛らしいと感じる。あの写真の花嫁の幻想にも似た美しさではなく、現《うつつ》を生きる者の確かな愛らしさだ。それが好ましい。

「……そういうことなんで、おれ、国見写真館を継いでもええか」

光信の顔つきが引き締まった。

「二人で……文枝と二人で写真館、やっていきたいて思うて……。そう決めてるんやけど」

「そうか。なら、うちが言うことは何もないで」

そうか、そうか。この子はとっくに心を定めておったのか。自分の生きる道に一歩、踏み出しておったのか。まぁ、それもわからんと、好きに生きろなどと、えらく頓珍漢《とんちんかん》なことを言うてしもうたのやなあ。ほんまに、うちはいつでも頓珍漢で、物事知らずやで。

自分で自分を嗤《わら》ってしまう。けれど、菊はそんな自分が愛《いと》しくもあった。

「文枝さん」

「あ、はい」

「光信のこと、末長う頼みます」

「あ、いえ、こちらこそ。不束者《ふつつかもの》ですがよろしゅうお願いします」

文枝がさっきよりさらに深く辞儀をした。

カナカナカナ、カナカナカナ。

カナカナカナ、カナカナカナ。

蜩の声に包まれる。

橋の途中で足踏みをしてみたけれど、ゴム底のサンダルでは石橋は鳴かない。それでも、この橋はかんかん橋だ。鳴いても鳴かなくても、かんかん橋だ。

わぁたしゃ十七
花嫁御寮。
馬の背に揺れ
この橋　渡りや

津雲に伝わる俗謡を、そっと口ずさんでみる。清蔵の許《もと》に嫁いだ朝、かんかん橋を渡りながら、付き添い役の老女が唄《うた》ってくれた。

泣いても帰れぬ

里となる。里となる。

橋の袂《たもと》に紋付き袴《はかま》の花婿が待っている。

あんた。

呼び掛けてみる。

花婿の後ろで雑木林が風に揺れる。ざわざわと音をたてる。白無垢《しろむく》の花嫁を一目見ようと集まった人たちの中に、中子がいた。義隆が吾朗がいた。清蔵の二人の弟もいた。

生涯で一番、嬉《うれ》しかった日やなあ。

清蔵の呟《つぶや》きを聞く。もう一度、呼んでみる。

あんた。

風が吹いている。

ごうごうと吼《ほ》えている。

さっき、窓ガラスに、半分千切れた樫《かし》の葉っぱがへばりついていた。

菊は隣の岩井書店の屋根を見ていた。瓦《かわら》が外れかけた屋根だ。見る度に荒れが酷《ひど》くなる。

岩井さんはどうして、直そうとしないのだろう。そう思い、しばらくして気が付いた。

岩井さんはもう、いないのだ。

店を閉めて、どこかに行ってしまった。

津雲からいなくなってしまった。

岩井さんだけではない。菊の周りから、たくさんの人が消えてしまった。

光信も久美子も、親より先に逝ってしまった。久美子の夫も文枝も亡くなった。みんなみんな、いなくなる。

いやいやと菊は首を振った。

そうではない。

みんなみんな、いなくなるのではない。新たに出逢《であ》う者たちもいる。

久美子は五人の、光信と文枝は三人の、三十になるかならずで病死した清次でさえ、二人の孫を遺《のこ》してくれた。曾孫《ひまご》も確か……確か……何人いるだろう。ともかく、たくさんいる。男の子も女の子もいる。みんな、達者だ。死病に罹《かか》ることもなく、戦に命を奪われることもなく、生きている。ばんざい、ばんざいと地獄に送り出されることも、地獄へ送り出すこともなく生きている。

そうだ、消えて行くばかりじゃない。

「おばあちゃん」

ドアが開いて、一恵が入って来た。孫の清志の嫁だ。光信は長男の名に、亡父と亡兄の一文字を与えたのだ。

「おばあちゃん、お昼に温かいおうどん作るから、食べようね」

「おうどんかね……」

「そうよ、おばあちゃん、好物でしょ」

「そうやねえ、好きやねえ。一恵さんのおうどんは、美味《おい》しいから特に好きやな」

「あら」

一恵の目が瞬く。

「おばあちゃん、わたしのことわかるの？」

「わかるで。一恵さんやろ。清志のお嫁さんや」

「あはっ、もうお嫁さんなんて歳じゃないけどね。けど、嬉しいな。今日はおばあちゃん、頭がはっきりしてるのねえ」

「一恵さん」

「うん？」

「ランドセルはどうしたかいの」

「ランドセル？」

「うちが陽菜や明菜に買うてやったランドセル。桃色の珍しいやつで。あれ、隣の岩井さんとこで買うたんやったよのう」

「あぁ……あれね。結局、赤いのに換えてもらったでしょ。みんなと同じにした方がいいって、わたしが換えてもらったの」

一恵の視線が、一瞬、空を泳いだ。

「陽菜はピンクのランドセルがすごく気に入っていたから、泣いて泣いて……『ママなんか大嫌い』って言われちゃった。だけど、周りと違うこととして、いじめの対象になったらって考えるとね……。今なら、いろんな色のランドセルがあるの当たり前なんだけど、当時はね」

一恵は眼差《まなざ》しを少し暗くする。

「わたし、周りに合わせることばっかり考え過ぎたのかなあ。それで、陽菜はわたしを嫌うのかしらねえ。けど今さら、取り返しがつかないものねえ」

「そんなこと、あろうかい」

「え？」

「取り返しなんぞ、いつでもつく。それが、家族ちゅうもんや」

一恵は菊に視線を向けたまま、何度も何度も瞬きを繰り返す。

「おばあちゃん……ほんとに、そう思う」

「思うとも。当たり前のことや。取り返しなんぞ、生きている間ならいつでもつくもんや」

「うん、そうだね。ほんとだね」

一恵が菊の肩に腕を回し、力を込めた。

「それで一恵さん。うちは今、幾つやったかの」

「歳？　おばあちゃんは九十二でしょ。もうすぐ九十三になるんでしょ」

「そうかい、そんなになるかいね」

束の間、瞼《まぶた》を閉じる。一恵の身体が温かい。

菊はその日も、座っていた。陽だまりの中で白いエプロン姿で座っていた。

「おばあちゃん、こんにちは」

少女が挨拶《あいさつ》してくれる。いつも、声を掛けてくれる少女だ。名前を思い出せない。

「あんた、誰だったかいね」

「石鎚真子、だよ」

よく聞き取れない。

耳に手を当て、「はぁ？」と聞き直す。

少女は身を乗り出し、菊の耳元に囁《ささや》いてくれる。一語、一語区切るように囁いてくれる。

「い・つ・い・ま・こ」

「はぁ？」

「それがうちの名前やが」

「ああ、そうかね。真子ちゃんかね」

「うん」

「そうかね。ご飯、いっぱい食べとるかい」

「うん。食べとるよ」

真子は両手を口に当てて、くすくすと笑った。少女特有の、澄んで柔らかい笑い声だった。

あぁ、この子は幸せなんやな。

菊は思う。

幸せでないとこんな笑い方はできない。

「あんた、ばんざいてしたか？」

「ばんざい？」

真子はしばらく考え、両手を挙げた。

「ばんざいって、こんなやつ」

「そうや」

「あんまり、せんよ。こんなん、なんかはずかしい気がする」

「そうか。ならええ。やりとうないのに、ばんざい、ばんざいてせんこっちゃ。そうでないと」

「そうでないと……どうなるん」

「そうでないと、また、地獄が来るでな」

「地獄？」

真子の顔に怯《おび》えの影が走った。地獄の一言は幸せな少女には、禍々《まがまが》しすぎただろうか。でも、伝えたい。目の前の少女に、伝えたい。ずっとずっと幸せでおりぃよ。自分の幸せを自分で守りぃよ。そう伝えたい。

もごもご、もごもご。

口は動くのに、言葉が出てこない。そのうち、何が言いたかったのか、曖昧《あいまい》になる。

「おばあちゃん」

真子が膝《ひざ》に手を置いた。シミも皺《しわ》もない滑々した可憐《かれん》な手だ。

「うちな、かんかん橋渡って、学校から帰ってきたんで」

膝から手を離し、真子は「じゃあね」と言った。そのまま、駆けだす。背中でランドセルが揺れていた。

かんかん橋か。あの橋はなくならんな。ずっとずっとなくならんな。

眠くなる。とても、眠くなる。

陽だまりの中で、菊は眠りに落ちて行った。

第四章　雨が止んだら

雨が降っている。

風も吹いている。

かんかん橋は雨に濡《ぬ》れて、いつもよりずっと黒っぽく目に映る。日の光の下で明るい灰色に輝いているときは、あぁ、石の橋だなと確かに思えるのに、雨に黒く濡れそぼっていると、奇怪な鉄の塊としか見えない。

珠美《たまみ》は窓のカーテンを引いた。

いつまでも、かんかん橋を眺めていてもしかたがない。かんかん橋は珠美を救ってはくれないのだ。助けてくれない。力になってくれない。

誰も助けてくれない。

「ママ、ママ」

達人《たつと》が呼んでいる。

か細い声だ。

「ママ、ママ」

古びた襖《ふすま》の向こうから珠美を呼ぶ声は高まり、悲鳴に近くなる。

「ママ、ママ、ママーッ」

珠美の返事がないので、不安になっているのだ。わかっている。

達人はまだ二つで、昨日から三十九度近い熱が続いて、苦しんでいる。苦しいから母親を必死に求めている。呼んでいる。

それもわかっている。

「ママ、ママ、ママ」

よくわかっているのに、珠美は「はい」と答えてやることができなかった。

「たっちゃん、だいじょうぶだよ。ママ、ここにおるよ。何も心配せんでええからね」と、抱きしめてやることができなかった。

珠美はカーテンに手をかけたまま、黙って立っていた。青色の濃淡の美しいカーテンだ。

この部屋、『コーポTSUKUMO』204号室に越して来たときに買った。かなりの値段だった。

「カーテンなんかに、そんなに金、使うことねえだろう。もっと安いの、幾らでもあるんだから。無駄金、使うなよ」

泰彦《やすひこ》は露骨に顔を顰《しか》め、舌打ちまでしたけれど、強引に買ってしまった。どうしても、この青いカーテンが欲しかったのだ。

一目で気に入ってしまった。

このカーテンを窓に掛ける。そうすれば、光が当たる度に、部屋の中はうっすらと青く染まるだろう。

これから泰彦と暮らす部屋『コーポTSUKUMO』204号室は、壁も床も白く、天井だけが淡いクリーム色をしている。

だから、カーテン越しの光に淡く青く変わるはずなのだ。

それはきっと、すてきなことに違いない。

珠美は思った。

海の底にしゃがんでいるような、雲一つない碧空《あおぞら》を漂っているような、そんな錯覚を味わえるんじゃないか。

「あほらしい」

泰彦は突き放すような口調で言った。

「おまえ、どこまでガキなんや。海の底？　そんなこと、あるわけねえだろう」

「ガキで悪かったね。泰彦の方こそ、意地悪な子どもみたいな言い方しよるよ。ええやん。カーテンぐらい好きなもん買うても」

言い返しているうちに、涙が滲《にじ》んできた。カーテン一枚で諍《いさか》いをしている自分たちを情けなくも惨めにも感じてしまったのだ。

そのとき、達人はまだお腹の中にいた。そろそろ臨月に入ろうかというころだった。

前にせり出したおおきな腹のせいなのか、将来に対する曖昧な、でも、執拗《しつよう》な不安のせいなのか、珠美の感情は不安定で、ささいな言葉や眼つきや仕草に敏感に反応し涙が滲んでしまう。止まらないブランコのように揺れ続ける感情に、すぐに滲む涙に、意味もなく苛立《いらだ》つ心に、珠美自身も戸惑っていた。

冗談が好きで、よく笑って、その笑い顔がきらきらして可愛かったあたしはどこにいったの？

泰彦の方は、変わってしまった妻に戸惑うよりも辟易《へきえき》していたようだ。

「わかったって。好きなだけ買やぁええだろう。ったくよ、めんどうくせえ」

舌打ちし、背を向けた。

「どこに行くんよ」

「帰る」

「帰るって……まだ、買わないけんものがいろいろ、あるんよ。バスマットも、食器も、食器棚もいるし……」

「勝手に買っとけばええやろ。思い通りにならんとすぐ泣くんだから。珠美一人で買い物した方がええやろが」

そう吐き捨てると、泰彦は振り返りもせず行ってしまった。

珠美は一人残されて、遠ざかって行く泰彦の背中を見詰めていた。お腹の中で、間もなく生まれてくる胎児が僅《わず》かに動いた。一週間ほど前までは盛んに動き回り、珠美が思わず「痛っ」と声を上げるほど強く腹の内を蹴《け》り上げてもいたのに、このところ、ずいぶんおとなしくなっている。あまり動かなくなったし、動いても今のように、とても遠慮がちなものだった。それが臨月に入り、胎児自身も生まれ出てくる準備をしている証《あかし》だと、買い込んだ出産、育児関連の本には書いてあった。

間もなくなのだ。

珠美はお腹の上をそっと撫《な》でる。

間もなく、泰彦と珠美の子が生まれてくる。

それなのに……。

泰彦の姿はもうどこにも見えない。家具だけでなく、生まれてくる子のために様々に取りそろえなければならない物がある。そのために、津雲から車で一時間ほど離れたショッピングセンターにやってきたのだ。買い物をすませたら、久しぶりにファミレスにでも寄って食事をしよう。

そんな約束をしていた。

それなのに……。

珠美は一人で買い物をすませ、泰彦が職場の先輩から貰《もら》いうけたかなり年代ものの中古車を運転して『コーポTSUKUMO』に帰って来た。

夕食も一人ですませた。泰彦の好きなシチューとポテトサラダを作って待っていたのに、七時になっても八時が過ぎても、当の泰彦が帰ってこなかったのだ。結局、帰宅したのは深夜、日付が変わろうかという時刻だった。珠美が悪心を覚えたほどの酒の臭いを放っていた。高校時代の仲間と飲んできたと、言う。

「まだ、あの人たちと付き合うとるの」

珠美の一言に、泰彦は充血した目を細め、眉《まゆ》を吊《つ》り上げた。

「なんだ、その言い方は。おれの仲間や。ずっと付き合うて、どこが悪い」

「悪くはないけど……」

言い淀《よど》む。

悪いと思う。付き合って欲しくないと思う。

泰彦はそうでもないけれど、泰彦が仲間と呼ぶグループは遊び人が多い。高校を卒業しても地元に残り就職したものの短期間で辞めて、次の仕事にもつかず、どこから金を調達してくるのか昼も夜もなく遊び回っている。

〝困ったやつら〟、〝厄介者〟、〝危ない連中〟。

泰彦が仲間だと言うグループは、津雲の人たちからはそう呼ばれている。

珠美の知り合いの中にも、このグループのメンバーにナンパされたり、脅されたり、取り囲まれてからかわれたりした者が何人もいた。

そんな人たちと付き合って欲しくない。

正直な思いだった。

泰彦は珠美の夫だったし、間もなく父親になる。もっと根の張った確かな生き方を選んでもらいたい。さらに言うなら、資格でも技術でも何か一つ習得して、それを仕事に活《い》かし、活かすことで、もう少し給料の増える算段をしてもらいたい。

正直な、正直な、正直な気持ちだ。

贅沢《ぜいたく》をしたいなんて思っていない。もともと派手な遊びや買い物にそれほどの関心はなかったし、地道に生きる術《すべ》も知っている。そう、贅沢なんて望んではいないのだ。珠美と泰彦と間もなく生まれてくる赤ん坊と、親子三人で暮らしていけたら、それでいいのだ。

ささやか過ぎるほどささやかな望み、いじましいほど小さな願いではないか。しかし、泰彦が〝仲間たち〟と高校時代と変わらず、ふらふら遊び回る姿を目の当たりにすると、その望みや願いさえも指の間からするりと滑り落ちていく気がして、いたたまれない。

泰彦がペットボトルの水を一気飲みする。

珠美が今日、買ってきた水だ。泰彦が一人勝手にどこかに消えてしまったから、一人で買い物をし、一人で重い荷物を抱えねばならなかった。足の付け根が突っ張り、下腹部が鈍く痛むのは、そのせいだと思う。身重な妻を労《いたわ》ることもできないのかと、微《かす》かだけれど怒りを覚えていた。それでも、泰彦の好物をこしらえて、帰ってくるのを待っていたのだ。「今日は言い過ぎてごめんね」と謝ろうとも思っていた。怒りも苛立ちも不満も抑え込んで、謝ろうと。

喧嘩《けんか》はしたくなかった。

仲良く暮らしたかった。

貧しくても笑って生きていきたかった。

珠美の両親はいがみ合ってばかりだった。母は気が強く、支配欲が強く、父は封建的で保守的で、「女、子どもに何ができる」が口癖のような男だった。そんな夫婦が上手《うま》くいくはずがない。兄と姉と珠美の前で両親は、罵《のの》り合いに近い口喧嘩をしょっちゅう繰り返していた。

隣市の市役所に勤める父は暴力をふるうことはなかったが、気難しく寛容さに欠け、他人の些細《ささい》な過ちが許せない性質《たち》だった。母は人目を引くほどの美貌《びぼう》を持ち、美しい美しいと褒めそやされてきた者の驕慢《きょうまん》な自尊心を抱いていた。

「なんで、あんな男と結婚してしもうたんやろ。わたしなら、もっともっとええとこに嫁にいけたのにな。魔が差したて、こういうことなんかもしれんね」

憂い顔とともに、母は露骨に父への嫌悪を口にし、我が身の不運を嘆いた。父は父で、年を経てもなお、自分を美しいと信じること、美しくあることにしか関心を払えない母への蔑視《べっし》を隠さなかった。

不幸な夫婦だった。

罵り合い、傷つけ合うために結ばれたような二人だった。

父は幸造《こうぞう》、母は幸恵《さちえ》という名前だった。同じ幸という字を名に含みながら、幸造も幸恵もちっとも幸せではなかった。

両親の口喧嘩が始まると兄も姉も、さっさと自室に引っ込んでしまう。いつも、珠美だけが残された。自分までいなくなってしまったら、両親が壊れてしまう。壊れるまで罵り合う。そんな怯《おび》えに動けなかったのだ。部屋の隅に縮こまったまま、泣き叫ぶ母や怒りに顔を染める父を見ていた。罵倒《ばとう》の声を聞いていた。ときに、八つ当たり気味な母の叱責《しっせき》を受けて、涙ぐんだ

った。兄とは一回りの開きがあった。

兄と姉の間には二歳の年の差しかなかったが、珠美は姉と十、兄とは一回りの開きがあった。

だから、いつも残される。

珠美が小学校に入学した年、兄は大学進学を機に家を出た。二年後には姉が同じ道を辿《たど》った。

そのころ両親の喧嘩は、以前ほど激しいものではなくなっていた。そのかわりに、冷え冷えとした空気が、家の中にいつも淀んでいる。指先や背筋、何より心が知らず知らず冷えていくような空気だ。

母は嘆息を一日の内に幾度も幾度も漏らし、父はどんどん寡黙になっていった。

喧嘩するエネルギーすら尽きてしまった。

摩擦や行き違いや誤解や憎しみを乗り越えて、互いを理解し許容できたのではなく、諍《いさか》うことすらできなくなった。

そんな風に、見えた。

観劇に行った帰り、母が最寄りの駅で倒れ、意識が戻らぬまま三日後に不帰の人にならなかったら、父と母はどうなっていただろう。どこかで別れを選んでいただろうか。あの冷え冷えとした空気の中でいがみ合いながら、それでも二人で老いていったのだろうか。

珠美は考える。

考えても詮無《せんな》いとわかりながら、つい、考えてしまう。

どうだったんだろう……。

母の葬儀の間、父はついに一滴の涙も零《こぼ》さなかった。喪服を着こみ数珠《じゅず》を手に、母の遺影を見詰めていた。見詰めていたのではなく、睨《にら》んでいたのかもしれない。それほど険しい眼差《まなざ》しだった。

「親父って、おふくろが死んでも喧嘩してるみたいだよなあ。よっぽど、おふくろのこと嫌いだったんだ」

兄が都会暮らしの間に故郷の訛《なまり》を忘れてしまったのか、使うことをわざと避けているのか、妙に滑々した物言いで言った。

よっぽど、おふくろのこと嫌いだったんだ。

珠美の胸にぐさりと突き刺さった一言を置いて、兄は初七日を済ませると、とっとと滑々した都会へと戻って行った。姉も似たようなものだった。

「じゃあね、珠美、お父さんのこと頼むわよ」

無責任な一言をやはり滑々と口にして、津雲から西の都会へと去って行った。

珠美はまた、取り残される。

まだ十五歳、地元の商業高校に入学したばかりだった。季節が春と夏の狭間《はざま》を行き来している、そんなころでもあった。

両親の諍いの記憶が染み込んだ家に、珠美は父と残されたのだ。兄は頭も要領もよく、東京の有名私立大学を卒業して大手商社に勤務していたし、母から美貌と気の強さを譲り受けた姉は、やはり大手化粧品会社専属の有能メーキャップアーティストとして、度々マスコミに登場するようになっていた。兄も姉も津雲のことなど、ほとんど念頭になかったし、鬱陶《うっとう》しいほど陰気な父親や、年の離れた妹のことも考えていなかった。あえて考えようとしなかったのかもしれない。考えれば逃げられなくなる。厄介事から逃れるためには、誠実に対処方法を考え込むより、するりと上手く身をかわす方が ずっと有効なのだ。

兄も姉も既に大人で、大人の分別と狡猾《こうかつ》さをちゃんと身につけていた。

珠美はまだ学生であり、自分の身を自分で処するだけの才覚も能力も持っていなかった。

逃げ場はどこにもない。

母がいなくなり、父はさらに口数が減っていった。笑い顔さえめったに見せない。いつも、口元を固く結び、話し掛けても一言二言の答えしか返して来ない。そのくせ、こまごまと口《くち》喧《やかま》しくもあった。

若い女が、日が暮れてから外をうろつくな。

大声で笑うな。

スカートが短すぎる。

化粧や髪を染めるなど、とんでもない。

無視するなら、徹底して全てを無視してくれればいいのに。

日常の会話はほとんど成り立たないのに、強権的な命令と禁止だけを繰り返す父親に珠美は、嫌悪に近い反発を覚えていた。

母の気持ちが少し理解できたように思う。母もうんざりしていたのだ。ただ、珠美は母のように声を荒らげて、向かっていくことはできなかった。そうすれば、喧嘩になる。罵り合いになる。相手を睨《ね》めつけ、口をぐわりと開け、眉間《みけん》に皺《しわ》を寄せ、おぞましいほどの鬼面になる。

それは嫌だ。

だから、珠美は黙りこむ。黙って、荒ぶる感情を抑え込む。抑え込んだ感情は、さらさらとどこかに流れ去ってはくれない。粘度を持ち、珠美の内で溜《た》まり続け、重い澱《おり》になる。

ある日、ふと気が付くと、ため息を吐いていた。母とそっくりなため息だった。

ぞっとした。

そして、泣きたくなった。まだ高校生なのに、まだ〝子ども〟として括《くく》られてしまう年代なのに、母とそっくりなため息を吐いている。

泣きたい。

珠美はベッドにもぐりこみ、布団を頭から被《かぶ》って、啜《すす》り泣いた。

泰彦と出逢《であ》ったのはそんなころ、珠美が十七歳になって間もなくのころだった。

夏祭りの夜に、友だちの鈴子に紹介された。

「あたしの兄貴のコーハイ。美園《みその》泰彦くん。通称ヤーくんです」

鈴子がおどけ口調で紹介してくれた少年は、長身で涼しい目元をしていた。

一目惚《ひとめぼ》れだった。珠美は泰彦に一目惚れしてしまった。

一目見ただけの人に恋するなんて、漫画かドラマの中だけの話だと思っていた。自分の現実の中に起こるなんて、思ってもいなかった。

夏祭りの夜だから、鈴子も他の友だちもみんな、浴衣《ゆかた》を着ている。珠美だけがTシャツとキュロットスカートだった。浴衣を持っていなかったのだ。

中学一年のとき、母が拵《こしら》えてくれた浴衣は丈が短くなり過ぎ、赤い金魚の模様も幼稚で、とても身に着けられるものではなかった。「新しい浴衣が欲しい」と言えば、父は買ってくれたかもしれない。けれど、珠美は何も言わなかった。浴衣に限らず父に何かをねだることが、億劫《おっくう》だったのだ。

鈴子たちと遊ぶだけだもの、普段着でいいや。

そう思い、着なれたTシャツとデニムのスカートで家を出た。

まさか、泰彦のような少年を紹介されるなんて、予想もしていなかった。

激しく後悔する。

華やかな浴衣姿の少女たちの中で、珠美一人が色褪《いろあ》せている。泰彦には、さえなくて地味でつまらない女としか見えないだろう。

あたし、馬鹿だ。

自分に腹が立つ。

泰彦を紹介すると予《あらかじ》め教えてくれなかった鈴子にも腹が立つ。

その怒りを、気後れを、羞恥《しゅうち》を珠美は呑《の》みこんだ。感情を抑えることには慣れている。

「珠美ちゃんて、明るいねえ」

祭りのメインイベント、花火大会が終わり、川土手をぞろぞろと歩いていたとき、泰彦がふいに声をかけてきた。それまで、数えるほどしか口をきいていなかったから驚いた。戸惑いもした。

「えっ？」

「すんごく、よく笑うよな」

「あ……、あたし、笑い過ぎるって、鈴ちゃんたちにもよく言われて……うるさかった？」

泰彦がかぶりを振る。

「ちっとも。うるさいつーより、気持ちの良い声だなって聞いてた。ええよなぁ、明るい笑い声って。聞いてるだけですっきりするし」

不覚にも涙が零れそうになった。

星を見上げる振りをして、顔を天に向ける。

嬉《うれ》しかった。

泣きそうになるほど、嬉しかった。

この人、あたしのことをちゃんと見ててくれたんだ。あたしがどれほど頑張っているか、どれほど必死に努力しているか、ちゃんとちゃんとわかってくれるんだ。

学校にいるとき、鈴子たちと群れているとき、珠美は努めて明るく、陽気に振舞った。ちょっとした冗談にも、つまらないダジャレにも笑い転げた。楽しいわけじゃない。面白いわけじゃない。笑っていないと押し潰《つぶ》されてしまう。

父との暮らしから滲《にじ》み出る暗みに、珠美の身体の芯《しん》に沁《し》みついてしまった暗みに押し潰されて、にこりともできなくなる。

そう思えてならなかった。

それに、暗い顔ほど厭《いと》われるものはなかった。悩みや戸惑いを浮かべた顔つき、思いあぐねた表情は、少女たちの最も忌むべきものだ。

「あの子さ、ちょっと暗くない」

「うん、暗い、暗い。なに一人で深刻ぶってんだろうね」

「うざいし、マジで」

そんな風に言われてしまったら、お終《しま》いだ。〝暗い子〟のレッテルを貼られ、誰からも相手にされなくなる。

それだけは嫌だ。

自分には家庭と呼べるものはない。母はいなくなり、父は人として何かが欠落している。姉も兄も躊躇《ちゅうちょ》なく家を捨てた。そう、あの白壁の外見だけは瀟洒《しょうしゃ》な家の内側で、家庭はとっくに瓦解《がかい》しているのだ。

学校で孤立すれば、珠美の居場所はどこにもなくなる。世界はこんなに広いのに、居るべき場所が一つもなくなるのだ。

それは慄《おのの》くほどの恐怖ではないか。

嫌だ。それだけは嫌だ。

珠美は笑う。明るく明るく、陽気に陽気に、楽しげに楽しげに笑う。作りものであっても、嘘であっても、いい。ともかく笑うのだ。笑っていれば、嫌われずにすむ。

泰彦は珠美の笑いを気持ち良いと褒めてくれた。笑顔の裏の暗みに気付かぬまま、〝明るい〟と認めてくれた。泰彦にとって、珠美は屈託なく笑う明るい少女なのだ。

それが嬉しい。

鼓動が速まり、息苦しくなるほどに嬉しい。

夏祭りの二日後、泰彦から連絡があった。

今度の日曜、あえる?

十七文字よりなお短い一文が、携帯の画面に浮かび上がる。絵文字も顔文字もない、そっけないほど簡潔な誘いのメール。

今度の日曜、あえる?

指が震えた。心が震えた。

震えるままに画面を見詰め続ける。

あの人が、あたしを誘ってくれている。

夢のようだった。
どうしよう。どうしよう。
早く返信しなくてはと焦るのに、震える指と心が言うことをきいてくれない。
どうしよう。どうしよう。
逢《あ》えます。もちろん、逢えます。いえ、逢いたいのです。わたしがあなたに逢いたいのです。
想いが溢《あふ》れる。それなのに、いや、それだからだろうか……。

はい、だいじょうぶです。

三十分後、珠美の返信は、泰彦以上にそっけないものになってしまった。

じゃあ、十一時に駅の改札で。

すぐに返事がきた。

はい、了解しました。

それだけを打ちこんで、返す。

もっと気のきいた、もっと洒落《しゃれ》たメールを送りたかった。でも、何も浮かんでこない。頭が半分、白くなっている。

あの人が、あたしを誘ってくれた。誘ってくれたんだ。

携帯を抱きしめる。シールやビーズで飾り立てた携帯が、たまらなく愛《いと》しい。この携帯があたしとあの人を繋《つな》いでくれる。

「珠美」

父が呼んでいる。階段を上がってくる足音がする。携帯を机の引き出しに仕舞い、ドアから顔だけを出す。

「なんよ。呼んだ？」

「ゴミをまとめてないぞ」

ぶすりと父が言う。眉間《みけん》の皺《しわ》が年々、深くなっていく。

「ゴミの日、明日《あした》やが。明日の朝、まとめればええやろ」

階段の途中で立ち止まり、父はまたぶすりと告げた。

「朝は忙しい。できるときに、しとけ」

それだけ告げると身体の向きを変え、降りて行く。

なんて、つまらない男だろう。

珠美は父の鈍重な足音を聞きながら、口元を歪《ゆが》めた。

お父さんって、なんてつまらない男なんだろう。こんなつまらない人生、生きていて楽しいんだろうか。

　ちらりと思う。

　脳裡《のうり》をちらりと過《よぎ》った思いは、すぐに消えた。父のことなど考えなくていい。考えるのは……。引き出しから携帯電話を取り出す。

　胸をくすぐるような歓喜が満ちてきた。

「泰彦くん」

　携帯電話に向かって、そっと呼んでみる。それは魔法の呪文《じゅもん》のようだった。珠美の周りを白く閉ざしていた霧が、呪文を唱えることで、瞬く間に薄れていく。目の前がみるみる開けていく。

　快感だった。

　泰彦くんが救い出してくれる。

　あたしをこの息の詰まる暮らしから、灰色に塗り込められた日々から救い出してくれる。

　胸が高鳴り、涙さえ滲んでくる。

　日曜日、泰彦と待ち合わせ、隣市に映画を観にいった。泰彦の好きだという近未来のアクション映画で、やたら建物が爆発し、やたら車が炎上し、やたら人が死んだ。正直、少しもおもしろくなかった。けれど、楽しかった。

　映画の内容ではなく、泰彦の傍らで映画を観ていた時間そのものが、楽しくてたまらなかったのだ。ファーストフードの店でハンバーガーとオレンジジュースの昼食をするのも、ぶらぶらと商店街を歩くのも、公園のベンチに座ってとりとめのないおしゃべりをするのも、楽しくて楽しくてたまらなかった。この時間が、ずっとずっと、できるなら永遠に続けばいいのにと、心底から感じていた。だから、泰彦から、

「なぁ、ここから一人で帰れるよな」

唐突にそう言われたとき、頬をぱしりと打たれたような気がした。

いいかげん、目を覚ませよ。もう夢の世界は終わりだぜ。

と、現実に引き戻された気がしたのだ。

「え？」

「おれ、ここにダチがいるんだ。ちょっと遊んで帰るから」

商店街の外れにあるゲームセンターの前だった。賑《にぎ》やかな音楽や電子音が野放図に通りへ溢れだしている。

「あ……うん」

珠美は無理やり笑い顔を作り、頷《うなず》いた。

泣きそうだった。

笑顔が崩れないように、顔中の筋肉に力を込める。口の端が震えそうだ。

珠美は自分が、美しくないことを知っていた。目も鼻も口も、ちんまりと小さく、少しも目立たない。華やかさとも艶《あで》やかさとも縁のない、地味で平凡な顔立ちをしている。

そう思い込んでいた。

ほんとうは、若さに相応《ふさわ》しい華やぎも艶《つや》も備えていたのに、自分が持っているものをちゃんと見ることができなかった。見ようとしなかった。

泣いちゃだめだ。泣けば余計にみっともなくなる。

「わかった。じゃあ、ここで……。今日は楽しかったよ。じゃあね」

朗らかに屈託なく、泰彦に告げる。笑みを浮かべたまま、手を振る。

「また、会おうぜ」

泰彦がぽんと肩を叩《たた》いてきた。

「え、また？」

「あれぇ？　珠美ちゃん、おれのこと、もう嫌になってしもうたか？」

泰彦がおどけた仕草で肩を竦《すく》めた。

「そんなこと、ないよ」

慌ててかぶりを振る。あんまり、懸命に首を振ったものだから、少し目が回った。嫌になるなんて、そんなこと、そんなことあるわけがない。こんなに楽しかったのに、夢みたいだったのに、嫌だなんてあるわけがないでしょ。

「そっかぁ。じゃあ、また来週。遊ぼうや」

泰彦が笑う。

珠美のようなぎこちない笑みではない。自然な、柔らかい笑顔だ。

胸が痛くなる。甘やかに疼《うず》く。

「じゃあ、今夜、連絡すっから」

「うん」

さよならの一言を飲み下す。別れの言葉を使いたくなかった。

「バイ」

それだけ言うと、泰彦は珠美に背を向けた。急ぎ足でゲームセンターの中に入っていく。津雲にあるものより、ずっと大きくて騒々しい。

泰彦は一度も振り返らなかった。

珠美はそっと店内を覗《のぞ》き込んでみる。

円筒型のゲーム機の前で泰彦が数人の少年たちと談笑している。髪を金と緑に染め分けた少年が何か言った。どっと笑いが起こる。泰彦も笑っていた。口を大きく開けて、反り返るようにして笑っている。

珠美といるときには、決して見せなかった笑いだ。愉快でたまらないという笑い。

少年たちの一人がちらりとこちらに視線を投げたようで、珠美は慌ててその場を離れた。

その夜、泰彦からメールが届いた。

今日は、ごめんm(_ _)m
来週の日曜、また、遊ぼうぜ♪
ヤス

絵文字入りの文面が、少し近づいた証《あかし》のように思える。

今日は、マジ楽しかったよ（、o、）
ヤスくんに、感謝。
日曜日、楽しみにしてます。

昨日ほど緊張しないで、返せた。ほっとする。携帯を握ったまま、ベッドに寝転ぶ。白い天井が見えた。薄青色の翅《はね》の蛾が一匹、張り付いている。

「珠美、珠美」

階下で父が呼んでいる。

「おまえ、今日、庭の水撒《みずま》きをちゃんとしたか」

電灯を消し、眠ったふりをする。

「珠美……もう寝たんか」

それっきり、父の声は途絶えた。

何も聞こえない。

夜は静かだ。

遠くから車のクラクションが響いてくる。その音は、夜の静寂を却《かえ》って際立たせてしまう。

今までは、淋《さび》しかった。こんな静寂の底に横たわっていると、骨の髄まで淋しさが染みて来た。

あたし、独りぼっちなんや。

そんな思いに呻《うめ》いていた。

寂寞《せきばく》という言葉は知らなかったけれど、茫々《ぼうぼう》とした荒野に一人取り残されたような、大海原にぽつりと浮いているような心持ちに満たされて、呻いてしまうのだ。

独りぼっちだと感じることは痛い。ぎりぎりと針を押し込まれるように、痛い。

孤独は痛いのだ。もしかしたら、人を殺せるほどに痛いのかもしれない。この痛みに耐えかねて、生きることを諦《あきら》めた人がたくさんいるんじゃないだろうか。

そんなことまで、考えた。

孤独は凶器。寂寥《せきりょう》は毒薬。

人を殺すことができる。

闇の中で目を開き、眠れないまま考え続けた夜が幾度もあった。そんな夜を過ごす度に、自分が老いていくと思った。心が老いていく。染みや皺《しわ》だらけになり、やがて萎《しぼ》んでしまう。そんな気がしてならなかったのだ。

けれど、今は違う。

あたしは独りじゃない。もう、どこも痛くない。もう、身体を曲げて呻いたりしない。

泰彦くん。

魔法の呪文を唱える。携帯を胸に抱きしめる。

珠美はそのまま、眠りに落ちていった。


三度目のデートで泰彦から、誘われた。

「おれん家《ち》に来ない？　親とかいないから」

わざとなのだろうか、泰彦はそんな軽い言葉で誘ってきた。明日《あした》の天気を告げるみたいな、何気ない口調だった。

泰彦の家に行く。

それがどういう意味なのか、むろんわかっている。けれど、珠美はほとんど躊躇《ちゅうちょ》しなかった。

「いいけど」

珠美もできるだけ何気なく答える。

泰彦の黒目がちろりと動いた。

「おれの部屋、結構、汚部屋《おべや》やで。びっくり、すんなよ」

「そんなに汚いの」

「猫がいて、そいつがすげえ狩り猫なんや。そんで、やたら鼠とかトカゲとか獲《と》ってくるわけ。獲ってくるだけで、食べるわけじゃなくて……」

「えーっ、まさか」

「その、まさか。おれの部屋にそのまんま放り投げとくわけよ。冬はまだええけどな、暑いときなんか、ちょっと……あー、これ以上、何も言えんなあ」

「あはは。わかった。じゃあ、あたしが掃除してあげるよ。ぴかぴかに」

「ほんとに？　けど、何が出てくるか、ほんまわからんぞ。珠美、悲鳴あげて逃げ出すんとちがうか」

「そんなこと、ないよ」

軽やかな会話を交わしながら、男の部屋に向かっている。僅《わず》かに躊躇《ためら》うこともなく、男の誘いにのろうとしている。

自分が不思議だった。

自分の大胆さが、不思議で堪《たま》らなかった。

放恣《ほうし》とは懸け離れた、生真面目な性質だ。

生真面目で、硬くて、縮こまっている。容姿と一緒だ、ちっともおもしろみがない。小心で臆病《おくびょう》で、いつだって踏み出すことより、退くことを選んできた。前へではなく、後ろにを選んできた。

それが、あたし。でも、今度だけは。

「逃げたりしないよ」

呟《つぶや》く。呟きだったけれど、泰彦には聞こえたらしい。繋《つな》いでいた珠美の手を強く握りしめてきた。珠美も握り返す。

あぁ幸せだな。

そう言葉にする代わりに、息を吐き出す。ため息は嫌いだ。母を思い出す。母は、ため息ばかり吐いていた。この世の不幸を全てしょいこんだような暗いため息を、死ぬまで吐いていた気がする。

でも、今、ふっと唇から漏れた吐息に暗さなど微塵《みじん》もない。甘く、柔らかい。春の初め、風に混ざって届いてくる花の香りみたいだ。

こんな吐息もあるんだな。

泰彦がまた、手を握りしめてきた。

泰彦にも母がいないと知ったのは、泰彦の家に足繁《あししげ》く通うようになってからだ。人気《ひとけ》のない家だった。

津雲の温泉街から東に二キロほど行った住宅街にある家は、祖父の代まで農家だったとかで、やたら広い。そこに、泰彦は父親と祖母と三人で暮らしていた。

長距離トラックの運転手をしているという父親は、家を空けることが多く、持病のある祖母は入退院を繰り返していた。

「おふくろ、祖母《ばあ》ちゃんと仲が悪くてな。おれが中学校に入学してすぐぐらいに、妹連れて出ていってしもうた」

ベッドに並んで横たわりながら、泰彦がぼそぼそと身の上話を語る。

「好きな男ができたんやと、祖母ちゃんは言うけど、ほんとのこと、ようわからん。妹が泣き泣き、おふくろといっしょにタクシーに乗ったんだけは、覚えとる。まだ、四年生やったけんな。ほんま大泣きしとったな。あれ、ちょっと応《こた》えたなぁ。妹のこと、そんなに可愛がっとったわけじゃないのにな。おふくろより妹が行ってしまうのが淋しゅうて堪らんかった」

泰彦は仰向《あおむ》けになり、煙草をくゆらしていた。

口を窄《すぼ》め、白い煙を吐き出す。煙は床と天井のちょうど真ん中あたりでふわふわと横に広がり、空気に融《と》けていった。

「ヤスくんは、お母さんと一緒に行かんかったんね」

「あぁ、行かんかった」

泰彦は、煙草を灰皿に押し付けた。

「ダチがおったけえね」

「友だちが……」

「ああ、あいつらと別れとうなかったんや。おふくろ、親父と別れて大阪に行きよる言うし、そんなダチの一人もおらんとこなんか、行けるかいって気持ちやったな」

「友だち……大切なんだ」

「そりゃあそうやろ。一緒におると楽しいし、おもしろいし、あっ」

「なに？」

「ダチも大切やけど、珠美も大切やからな。そこんとこ、覚えとってくださいよ」

「ばか」

泰彦のおどけた口調に思わず笑いがこぼれた。作り笑いや愛想笑いではない。本心からおかしかったのだ。

この人も痛かったんかしら。

ふっと考えた。

夜の底に一人で沈んでいくあの痛みを知っているんだろうか。荒野に一人いる心細さを、海原に一人浮かぶ淋しさを知っているんだろうか。

知っているんだ、きっと。だから、こんなに惹《ひ》かれるんだ。

泰彦の指が珠美の前髪をかき上げた。

「珠美の笑った顔、ええなぁ」

煙草の匂いのする息がかかる。唇が重なる。珠美は目を閉じた。


高校を卒業して一ヵ月後、泰彦と結婚した。

結婚といっても、二人で婚姻届を提出にいき、帰りに焼き肉店でいつもよりは少し高めの肉を食べた。セレモニーは、それだけだった。結婚式も新婚旅行もなかった。

そんなものは必要なかった。

家を出て、泰彦と二人暮らせるならそれで十分だった。他には何も望まなかった。

覚悟していたけれど、父は二人の結婚を真っ向から否んだ。

「結婚？　何をばかなことを言うとるんだ」

「相手の男はフリーターだと？　おまえは何を考えとるんだ。定職にもつかないで、どうやって暮らしていくんだ。馬鹿者が」

吐き捨てるように言った父は、忌みものを見るような眼つきを娘に向けた。

「二人でがんばったら、暮らしていけるもの」

「世の中にはがんばってどうにかできることと、できんことがあるんじゃ。現実の生活ってのは、そんなに甘っちょろいもんじゃないぞ」

「お父さんに、言われとうないわ」

父を睨《にら》みつける。

ろくな家庭も作れなかったくせに、夫婦でいがみ合うことしかできなかったくせに、偉そうに説教なんかしてほしくない。

「それに、あたし……赤ちゃん、産むから」

「なに?」

「赤ちゃんができたん。今年の冬には生まれるの。あたし、だからヤスくんと」

バシッと頰が鳴った。

珠美はよろめいて、尻《しり》もちをついた。

口の中に血の味が広がる。

一瞬、眩暈《めまい》に襲われた。

「珠美、おまえはなんちゅう、ふしだらなことを。そんなことして、恥ずかしくないんか」

父が身体を震わせて怒鳴る。顔に血が上り、酔い人のようだ。反対に珠美の感情は冷めていく。冷たいほど落ち着いてくる。

立ち上がり、背筋を伸ばす。腹部にそっと手をやり、もう一度、父を睨む。

「何がふしだらなん？　あたし、この子を産むつもりよ。泰彦くんも産んだらええ、産んで育てようって言うてくれた。だから、あたしたち結婚するんよ。それのどこが、ふしだらなん？　子どもを産んで、育てて、二人で生きていこうって決めたの、どこがふしだらよ、お父さん」

めったに口答えなどしたことのなかった末娘の反抗に気圧《けお》されたのか、父が黙りこむ。

珠美は顎《あご》を上げ、息を吸い込んだ。なんだか、身体中に力が満ちてくる。

あたしは、生まれ変わるんだ。泰彦とこのお腹の子と一緒に、新しい人生を生きるんだ。

「あたし、幸せになるもの。絶対になるもの」

「勝手にしろ。世間知らずが……。苦労するのは、おまえだぞ」

言い捨てて、父は居間から出ていった。ふいに背中が萎《しぼ》んだような気がした。がくりと老いて、縮んでいく。

お父さん……。ふっと心が揺れた。

思い出したのだ。

あの背中に負ぶわれたことがある。

夕焼け空の下だった。父に負ぶわれて、夕焼け空を見上げた。あれは幾つのときだったろう。

四つか、五つか……。

珠美は水疱瘡《みずぼうそう》を患っていた。高い熱が出て、水疱《すいほう》が全身のあちこちに広がって、けっこう苦しかった。その苦しい時間が過ぎると、今度はじっと寝ていることが苦痛になる。けれど病み上がりの身体にはまだ十分に力がこもらなくて、歩き回ったり、駆けたりはできない。でも、外には出たかった。部屋の空気は淀《よど》み、喉《のど》に閊《つか》える。新鮮な空気が吸いたかった。

「よし、じゃあちょっとだけ、外に行ってみような。本当にちょっとだけだぞ」

父はそう言ってしゃがみこみ、珠美に背中を向けたのだ。去っていくためではなく、負ぶうために。

珠美はその背中に、縋《すが》りついた。

夕焼けだった。

茜色《あかねいろ》の空に、ほわほわと丸い雲が幾つも浮かんでいた。紅、オレンジ、赤紫、沈もうとする太陽の光が雲を様々な色に塗りあげる。そして、雲の縁を金色に煌《きら》めかせる。金の刺繡糸《ししゅういと》で縁取りしたようだ。

息を詰めるほど、美しい空だった。

「お父さん」

「なんや」

「神さまがおるんやな」

「うん？　神さま？」

「こんなにきれいなとこやったら、神さまがおるんやろ」

空を指差す。父は立ち止まり、暫《しばら》く天を見詰めていた。それから、あはあはと声をあげて笑った。

「そうやな、神さまがおわす場所や。珠美は小さいのに、えらいこと知っとるの」

父が珠美の身体を揺すり上げる。空が近くなった。手を伸ばせば届きそうな気さえした。白いワイシャツの背中は広くて、温かだ。耳を押し当てると、父の声が豊かに湧きあがってくる。この背中に負ぶわれていたら、何でもできる。そんなふうにも思えた。何でもできる。何だってできる。

思い出した。

陰気で口煩《くちうるさ》くて気難しい父との間に、美しい優しい思い出がちゃんとあった。どうして、今まで忘れていたのだろう。どうして、ふいに思い出したのだろう。

お父さん……。

珠美は唾《つば》を飲み込み、こぶしを握りしめた。

もう引き返せない。父との暮らしには、戻れない。戻りたくない。

一週間後、珠美は身の周りのものをバッグに詰め、家を出た。

最初、泰彦と暮らし始めた1DKのアパートはあまりに手狭な上に、隣室に住む五十がらみの女性に、

「赤ん坊が生まれたら煩くて困るねえ。わたし、耳聡《みみざと》い性やから、夜なんか寝られんわ。困ったなあ。どうしょうかあ」

と、露骨に嫌味を言われ続けた。ぐちぐちと絡みつく言葉や視線に珠美の神経が耐えきれず、

早々に引っ越しするはめになってしまった。

珠美も泰彦も実家は同じ津雲の内にある。家出同然で飛び出した珠美は仕方ないとして、泰彦も家に帰ろうとは言い出さなかった。その理由を泰彦が口にしたのは、『コーポTSUKUMO』に入居を決めてからだった。

「親父、女がいるみてえなんだ」

「女って……」

「会社で知り合ったどっかのオバサン。だいぶ前から付き合うとったみたいやけど、祖母《ばあ》ちゃんが暮れに亡くなったで、堂々と家に連れ込んどる。そういうの……珠美、いややろ」

「……うん」

頷《うなず》く。あたしもこの人も、帰る家がないんだな。そう思えば、余計に泰彦が愛《いと》しかった。しかし、父の言う通り、現実は甘くはない。

『コーポTSUKUMO《の》』の家賃は二万五千円。ものすごく高いわけではなかったが、定収のない泰彦との生活に重く伸し掛かってくる。生まれてくる子どものために揃えなければならない品も数多くあった。生まれればさらに出費はかさんでいく。ぎりぎりまで切り詰めた生活をせざるを得なかった。ときには、食費を節約するために、魚一切れを二人で分けて食べたこともあった。

「なんか、セコすぎねえか。おれたち」

泰彦が不満を漏らすことが増え始めた。表情を曇らせることも、苛立《いらだ》つことも多くなった。

「こんな、へたれな暮らしするために、おれたち結婚したんかよ」

「しょうがないでしょ。お金がないんだから」

珠美もつい言い返す。

「金がないのに、こんなカーテン買うんやからな。おまえ、どうかしとるぞ」

泰彦が青いカーテンを叩《たた》く。いかにも忌々《いまいま》しげな仕草だった。

珠美は目を伏せて黙りこむ。口を開けば、自分もまた尖《とが》った言葉を投げつけてしまいそうで、怖かったのだ。

喧嘩《けんか》はしたくない。

諍《いさか》いはしたくない。

父や母のように口汚く、罵《のの》り合いたくない。そんなことをしたら不幸になる。あたしも泰彦も、この子も。

せり出した腹部を撫《な》でる。もうじき、珠美を母、泰彦を父として生まれてくる赤子だ。男の子だと言われた。この子を不幸にしてはいけない。諍いの罵声《ばせい》ではなく、笑い声や愛を語る言葉に包んで、育てていかなければならない。

「ほら、また。陰気になっちまう」

泰彦が舌打ちする。チッチッと音が聞こえるほど大きな舌打ちだった。

「もうちょっとネアカかと思うとったのに。こっちまでくらーい気分になるで」

泰彦は立ち上がり、上着に手を通す。

残される。

「どこに行くん？」

「どこでも、ええやろ」

「また友だちと遊ぶの」

「あいつらとツルんどったら、すかっとするでな。おれ、暗い女が一番、嫌いなんや」

捨て台詞《ぜりふ》のような一言を言い置いて、泰彦が出ていく。珠美はまた一人、204号室の内に残される。

どうしたら、ええんやろ。

涙と嘆きが同時に、零《こぼ》れ落ちた。右手で突き出た腹をゆっくりと撫でる。

「なぁ、どうしたらええと思う」

胎児が動いた。母の声に応《こた》えるかのように、ゆっくりと動いた。

「そうか、大丈夫か。あんたが生まれたら、ヤスくんかてお父さんじゃもんねえ。きっと、がんばってくれるよねえ。毎日、お風呂《ふろ》に入れて、可愛い可愛いって、あんたに夢中になるかもしれんねえ。なんてったって、男同士やもん」

息子に語りかけていると、しだいに気持ちが静まっていく。

赤ん坊が生まれれば泰彦も父親としての自覚ができてくる。

珠美の期待は半分叶《かな》えられ、半分叶えられないままだった。

泰彦は息子達人を可愛がった。それはもうおかしいぐらい、愛しんだ。毎日、欠かさず風呂に入れてくれたし、しょっちゅう頰ずりしたりキスをしたり、達人が泣くほど強く抱きしめたりしていた。

「こんなにちっちぇえのに、一人前に指があって爪まであって、達人はすげえなあ」

いつだったか、眠っている達人の指をまじまじと見詰めながら、泰彦がつぶやいたことがある。思わず笑ってしまった。

「赤ちゃんはみんなそうじゃが。達人がすごいわけじゃないやろ」

「そうかぁ。だって見てみろや。小指にまでちゃんと爪があるんやぞ。これ、すごくねえか」

泰彦の肩越しに覗《のぞ》きこんでみる。

小さな手の小さな指に、小さな小さな爪が生えている。電灯の明かりの下で、その爪が桜色にちかりと輝いた。

「ほんま、ちっちゃいねえ」

「な、まるで……」

喩《たと》えが思い浮かばなかったのだろう。泰彦は、まるでと言ったきり口をつぐんでしまった。

代わりに珠美が続ける。

「まるで、作り物みたいやねえ。人の手とは思えんわ」

「あっ、笑うた」

「ほんとに？　まさか、まだ生まれて一月も経たんのに笑うたりはせんやろ」

「よう見てみろや。笑うたやないか。にこっとしたで」

「そうかなあ。あたしには、ほっぺたがちょこっと動いただけに見えたけど」

「笑うた、笑うた。達人はすげえ。もう夢見て笑うことができるんやな」

「もうヤスくんたら、親馬鹿過ぎるよ」

おかしくて、おかしくて、珠美は朗らかな笑い声をあげる。幸せだと思う。すやすやと眠る我が子を前にして笑える。なんて幸せなんだろうと思う。

達人、あんたのおかげで、ママ、幸せだよ。ありがとうね、達人。

ママ。自分に向けて呟《つぶや》いた一言に、胸が熱くなる。

あたし、母親なんだ。

乳は溢《あふ》れるように出た。その乳を飲んで、達人は順調に育っていった。突発性の発疹《はっしん》や発熱、下痢など、一応、人並みに病気には罹《かか》ったけれどさほど長引くこともなく快復し、笑い声をたて、お座りができるようになり、這《は》うことを覚え、一歳の誕生日を待たないで「ママ」「パパ」と両親を呼ぶようになった。

赤ん坊と生きる多忙な、でも、愉快でたまらない日々の中で、時折、ふっと父を思い出すことがあった。達人が生まれたことは、葉書で報《しら》せてある。父からは返事はこなかった。現金書留で祝い金が届いただけだった。手紙一枚も入っていなかった。

お父さん、あたしのことをまだ許していないんだ。

珠美は固くこぶしを握る。

それならそれでいい。あたしは、お父さんがいなくても十分、幸せなんだから。

胸の内で挑むように繰り返す。

お父さんなんか、もうどうだっていい。関係ない人なんだ。今のあたしには、ヤスくんと達人がいれば十分なんだから。

人を愛することをどう表すか。その術《すべ》をほとんど知らないような父を、珠美は哀れとも憎いとも感じる。二度と会わなくていいとさえ、思ってしまう。だから、何の連絡もとらなかった。正月も盆も、実家に足を向けなかった。どんどん疎遠になっていく父との間を繕おうともせぬまま、どう繕っていいか見当がつかぬまま時間だけが過ぎて行った。

生活は一向に楽にはならない。

泰彦は根気に乏しく、我慢の出来ぬ性分で職場を転々と変えた。収入は不安定で、家賃を払うとかつかつの暮らししかできない。そのくせ、珠美が達人を保育所に預け、働きに出ることを酷《ひど》く嫌がるのだ。

「まだ乳を吸ってるようなちっちちぇえ子を他人に預けんかて、ええやないか」

「けど……」

「それに、おまえ、何もできんやないか。働いた経験なんか一度もねえだろう。仕事、仕事って言うけどな、この不景気なときに、何の経験も資格もない女をあっさり雇うてくれるとこなんか、そうそうあるわけないで」

突き放すような口吻《こうふん》だった。

珠美は言い返せぬまま、唇を噛《か》みしめる。泰彦の言うことは正論だ。正論だけに惨《むご》い。

おまえには何の能力もないと頭ごなしに決め付けられたようで、憤るより前に泣きたくなる。

そんな言い方をしなくてもと、泰彦を恨みたくなる。

泰彦の母が家を出て行った理由は、パート勤めを始めて間もなく、その職場で知り合った男と恋仲になったことだと知ったのは、しばらく後になってからだ。

「おふくろが出て行ったとき、おれはもう中坊になっとったし、妹がかわいそうって他は、別にどーってことなかったな。むしろ、清々ちゅうか、口うるさいおふくろがおらんようになって、自由になったって気がしたけどな。ちょっと自由になり過ぎて、やんちゃやり過ぎたかもしれんけどな」

泰彦は苦笑に近い表情で、そんなことを言っていたけれど、あれは本音ではなかったのだ。母に置いて行かれた子としての精一杯の強がりだったのだろう。

虚勢を張って強がりを口にしなければ、心に刻まれた傷が疼《うず》くに違いない。その疼きに煽《あお》られて、パート勤めを思案する妻にほとんど罵りに近い言葉を浴びせてしまう。

泰彦もまた、親に傷つけられた者なのだ。

そう気がついたとき、珠美は泰彦を改めて愛《いと》しいと感じた。

傷を抱えて、疼きを引きずって生きる男が愛しくてたまらないと感じた。そして、今、自分の乳を吸い、自分の腕の中で眠っている赤子だけは、絶対に傷つけまいと思った。身体の傷はいつか癒《い》えるかもしれない。でも、心に残った傷はいつまでも疼き続けるのだ。

我が子だけは無傷でいてほしかった。傷痕《きずあと》など一つもない滑々と美しい心のまま大人になってほしかった。

達人、ママが守ってあげるけんね。だいじに、だいじに育ててあげるけんね。

達人が澄んだ笑い声をあげ、手を差し出してくる。

珠美は息子をしっかりと抱きしめる。

ぎりぎりの暮らしでも、愛しい家族二人と生きていけるなら、それでいい。

胸の奥底から湧き出してくる想いをゆっくりと噛みしめる。

そうしてまた数ヵ月が流れていった。

「おれ、東京に行くことにした」

泰彦が唐突に言い出したのは、達人の一歳の誕生日を祝っていた夜だった。

珠美が見よう見まねでこしらえた赤飯は硬く、箸《はし》でつまむとぼろぼろと崩れた。それでも、美味《おい》しいと泰彦は三杯も食べた。

赤飯、たまご焼き、酢の物、豆腐の味噌汁《みそしる》、そして苺《いちご》のショートケーキ。

ささやかな祝い膳《ぜん》だった。

それを全てたいらげた後、泰彦はおもむろにポケットから白い袋を取り出した。

「これ、プレゼント」

「え？」

「達人への誕生日プレゼント」

「これが？　なに？」

「開けてみぃ」

薄い袋を受け取る。

中から地元銀行の通帳と印鑑が出てきた。青いプラスチックの印鑑だった。通帳の薄緑色の表紙には達人の名前が記入されている。

「これは……」

「中を見てみいや」

通帳を開き、珠美は目を剝《む》いた。

「さっ三百万！」

3の後ろに0が六つもくっついている。見たこともない大金だった。

「これ、何なん？」

「だから、達人へのプレゼントや。おれの金やからな」

泰彦が得意げな笑顔になる。珠美は背筋が寒くなった。指先が震える。こんな大金、泰彦が稼げるわけがない。

犯罪。

その二文字が浮かんだ。

「ヤスくん、これ、まさか……」

口元と目元がひきつる。どんな顔つきになっていたのか、泰彦が僅《わず》かに身を引いた。

「ちがう、ちがうって。変な誤解すんなや。そんな顔するから、ほら、達人が怖がって泣きそうになっとるやないか」

「だって、こんなお金、どうしたの。どっから手に入れたの。三百万やで」

「親父に貰《もろ》うた」

「え？」

達人を膝《ひざ》に乗せ、泰彦は薄緑の通帳をその手に持たせた。

「親父な、あの女と正式に再婚するらしいわ。それで……それで、何か南の島に引っ越してしまうらしいんや」

「南の島って、どこ？」

「忘れた。沖縄の近くらしいけど。その女の故郷らしいんで。そこで、漁師しながらのんびり暮らすんやと。アホな夢みてえな話やろ。けど、親父、本気やで。もしかしたら、もう二度とおまえにも会えんかもしれんななんて言いやがんの。珍しゅうマジ顔してなぁ。笑っちまうよな。おれ的には、一生会えんかてどーってことないのになあ」

泰彦の語尾がもそもそと不鮮明になり、消えていく。

あぁ、この人はまた、強がっている。

そう感じたけれど、今は愛しい想いより不安の方が勝っていた。三百万の通帳が、何故か不吉なものに感じられる。夢のような大金は薔薇色《ばらいろ》の未来を約束するものではなく、深い陥穽《かんせい》のようだ。

ちょっと、怖い。

「で、これ餞別《せんべつ》」

泰彦がさらりと言う。

「餞別？　お父さんからの」

「そうや。親父、家も土地も田んぼも畑も、みんな売り払うてしもうたんやと。それで半分をおれにやるって、よ。南の島で漁師やっとれば、そんなに金もいらんらしいで。ほんまかな。親父の話、聞いとると、そのなんとかいう島がものすげえユートピアみたいな気がしてくるんよなあ。けど、そんなんむちゃくちゃ怪しいやろ」

「うん……」

南にも北にも、西にも東にもユートピアなどありはしない。そんなことは、まだ二十歳の珠美にだってわかっている。泰彦の父は本気でユートピアを求めて、息子を捨てようとしているのだろうか。

泰彦が背筋を伸ばした。膝から達人を抱き取る。

「だから、おれも、貰うた金の半分を達人に残してやろうて思うたんや。それがこの金。けっこうな金額やろ」

「残す？」

顔がさらに強張《こわば》る。

残すとは、どういう意味なのだろう。目を見開き、泰彦を見詰めてしまう。達人を抱きしめる。いや、達人に縋《すが》る。

「おれ、東京に行くことにした」

ぽんと放り出すような物言いだった。

「東京？」

後の言葉が出てこない。

東京って、あの東京のこと？　日本の首都で、皇居とかスカイツリーとか原宿とかがあって、有名人がいっぱい住んでて、いろんな建物が立ち並んでいて、ものすごくたくさんの人が動いている、あの都市のこと？

珠美は津雲とその近隣しか知らない。山に囲まれた温泉町と大型ショッピングセンターや映画館のある隣市、暮らしの範囲はその程度だ。テレビの画面に映し出される東京という大都会は、ニューヨークやパリといった異国の街と同等に遠く無縁の場所でしかなかった。

泰彦はそこに行くという。

「東京に遊びに行くん？」

おそるおそる尋ねてみる。泰彦がそれとわかるほど、眉《まゆ》を顰《ひそ》めた。

「ちがう。仕事や」

「仕事？　何の仕事？」

「そりゃあ、行ってみんとわからん。ともかく、この金を元手にして東京で何かやってみるつもりなんや」

「そんな……」

「おれな、高校のとき、修学旅行で一度だけ東京に行ったことあるんや。そのときな、ものすげえパワーとか感じたわけよ。そんで、いつか一度ここで好きなことやってみてえなって、ずーっと思うとった。けど、結婚したし子どももできたし、諦《あきら》めないけんかなあって……。そしたら、親父がポンと六百万、くれよった。何もかんも全部、売り払うたのにはちょっとムカついたけど、六百万やで。すげえやろ。家の建っとった場所がわりに高速道路に近いで、思うたよりずっと高う売れたらしい。税金とか難しいことわからんけど、そんなもんの心配もせんでええ、これ全部おまえのもんやて親父、言うたんや。おれな、親父がくれたの金やなくてチャンスやないかて閃《ひらめ》いた。諦めとったことやってみるチャンスや。な、珠美、おれ、東京に行ってみるわ。こんな田舎で一生燻《くすぶ》っとったって、なーんもええことないもんな」

「ヤスくん」

泰彦の腕を摑《つか》む。指先が細かく震えた。

「ねえ、ちゃんと答えて。東京に行ってやりたいことって何？　何をするつもりなん？」

声も震える。

「だからそんなことは、行ってみんとわからん」

啞然《あぜん》としてしまう。まるで子どもの語る夢物語だ。まだ、南の島で漁師になると言う父親の方が地に足をつけているではないか。南の島にユートピアが存在しないように、世界有数の大都会のどこにも楽園などありはしない。

この人はそんなことも知らないのだろうか。

「行ったら何とかなるって。なんせ、東京なんじゃから」

泰彦が事もなげに言う。珠美は眩暈《めまい》を覚えた。

「東京に、誰か……知り合いがおるの？　頼りにできる人がおるの？」

「うん。高校の先輩がおる。連絡したら、いつでも来てええぞって言うてくれた。アパートなんかも借りるの手助けしてくれるって」

その人、信用できるの。

その一言を珠美は飲み込んだ。

泰彦の表情があまりに清々としていたからだ。憑《つ》き物が落ちた。そんな顔つきだった。眩《まぶ》しいほど生き生きとしている。美しくさえあった。

「なぁ珠美。おれにチャンスをくれや。一年だけ、好きにさせてくれ」

泰彦が深々と頭を下げる。

「おれ、このまま、津雲で年とっていくの嫌なんや。毎日、毎日、働いて、僅かな給料貰うて、あくせくあくせくして……こんなことしてたら、どんどん自分が擦り減っていく気がして堪《たま》らんのよな。だからいちど、おれを自由にしてくれや。頼む」

腕の中で、達人がもがく。苦しがるほどに強く抱き締めていたらしい。

あぁ、そうなのか。

舌の先が痺《しび》れるほど苦い思いが込み上げてくる。口中に苦味が広がっていく。

あぁ、そうなのか。この人にとってあたしも達人も自由を奪い、縛りつける鎖でしかなかったのか。足枷《あしかせ》でしかなかったのか。重石でしかなかったのか。一緒に暮らし、一緒に笑い、一緒に泣いて生きてきた。その結果がこれなのか。

全身の力が抜けていく。

「な、一年でええ。それで芽が出なんだら津雲に帰ってくる。だから、頼む。一年だけおれに時間をくれや」

なんと自分勝手な言い分だろう。一年経っても、何も変わらないと思っているのだろうか。あたしが変わらないと、いつまでも待っていると信じて疑わないのだろうか。

「ええよ。好きにしたら」

そう答えていた。

泰彦の顔がさらに明るく輝く。

「珠美、おおきに。おれ、頑張るで」

頑張る？　何を？

目標も目的も無いまま、何を頑張るの？

ヤスくん、ヤスくんは夢を追いかけてるんじゃなくて、現実から逃げているだけだよ。

その一言も飲み込む。

もう何もかもどうでもいいような気がした。目の前に三百万の通帳がある。当面の暮らしには困らない。津雲に置き去りにする妻と子のために、泰彦は大金を残した。それは泰彦の良心であり、夫や父親としてのぎりぎりの責任感であり、狡《ずる》さだった。

おれは家族を見捨てたわけじゃない。そんな非情な男じゃない。ちゃんと、金を渡して出て来たんだ。やるべきことは、ちゃんとやった。

そう自分を納得させるための三百万だ。狡猾《こうかつ》で卑怯《ひきよう》だと、珠美は唇を噛《か》む。

ほんとに、もう、どうでもいい。

出逢《であ》ってから今までの年月が泰彦にとって束縛でしかなかったのなら、泰彦が自由になりたいと望んでいるのなら、解き放つしかないのだと覚悟する。

解き放たれた泰彦がどこに飛んで行くのか、珠美には見当もつかない。泰彦自身にだってつかないだろう。風船のようにふわふわと空を漂うだけなのか、渡り鳥のように真っ直ぐに行き着く先に辿《たど》り着くのか。

わからない。

珠美はここで生きるだけだ。達人と二人、津雲で生きる。今までと同じようにこれからも、生きる。

わかっているのは、それだけだった。

三日後、スポーツバッグ一つ提げて、泰彦は津雲を出て行った。

雨が降っていた。

冷たい初冬の雨だ。

半ば裸になった木々と山々が濡《ぬ》れそぼち、寒々と目に映った。

バス停まで送っていった。

「毎日、メールか電話するで。珠美も達人の写メ、送ってくれな」

バスに乗り込む寸前、泰彦が言った。高揚感の中に一抹の寂しさが紛れこんだのだろう。家族を事もなげに捨てようとしていることに、やっと気が付いた。そんな口調と眼差《まなざ》しだった。

「パパ」

達人が手を伸ばす。泰彦の口元が僅《わず》かに歪《ゆが》んだ。達人を抱き取ろうとするつもりなのか、両手を持ち上げる。そのとき、バスの運転手が短くクラクションを鳴らした。

「お客さん、乗るんですよねえ」

早くしてくれと、暗に促す。

「あ、乗る、乗る。乗りますって」

上げかけた手をひらりと振って、泰彦はバスに乗り込んだ。

「じゃあな。達人のこと頼むで」

泣き笑いのような表情を浮かべ、車窓越しにさらに手を振る。

バスは排気ガスの臭いだけを残して、あっさりと遠ざかっていった。達人がぽかんと口を開けて見送る。

「達人、ママとお買い物に行こうか」

「ママ」

「うん。達人の好きなお豆腐と林檎《りんご》、買おうね」

達人がもぞもぞと唇を動かす。不鮮明な言葉が一つ二つ、零《こぼ》れた。

強く抱き締める。

温かくて、柔らかい。

この子さえいればいいのだ。

自分に言い聞かす。

達人さえいれば、他にはもう誰もいらない。何にも必要ない。

冷ややかな風と排気ガスの臭いの中に、珠美は小さな身体を抱きかかえたまままいつまでも佇《たたず》んでいた。


あれから一年が過ぎた。

泰彦は帰って来ない。

『東京、着いた。やっぱ、すげえ』

『日暮里《にっぽり》ってとこにアパート借りた。落ち着いたら、仕事さがす』

『ほんと何でも売ってる。津雲とはえらいちがいや。真夜中でも明るいし。達人、元気？』

そんなメールや電話が一日の内に何度もあったのは、最初の一月だけだった。連絡はいつしか一日一度になり、三日に一度になり、一月に二度か三度になっていった。途絶えたわけではない。細々とだが、珠美と泰彦の間は繋《つな》がっていた。けれど、珠美から連絡を入れても、泰彦の携帯はたいていが留守電になっている。

留守電に吹き込んだ珠美のメッセージに泰彦が答えてくることはほとんどなく、メールの返事もどんどんそっけなくなっていく。

『今、忙しい』

『後で連絡する』

画面の上にそんな一文が浮かび上がる。怒りも寂しさも覚えない。こうなることはわかっていた。ふわふわと熱に浮かされた男には、故郷の町も風景も妻も息子さえも、くすんだ色合いの古物のようにしか見えていないのだろう。

そう、こうなることはわかっていた。

珠美は半ば諦《あきら》めかける。離婚の二文字が脳裡《のうり》で瞬く。

泰彦とはこのまま疎遠になり、やがてやせ細った絆《きずな》がぷつりと途切れてしまうのだ。泰彦は断ち切ろうとしている。すべての束縛、足枷《あしかせ》、重石を振り払おうとしている。

珠美は諦め、覚悟を定める。

達人が二歳になったのを潮に、働きに出ようと決めた。一年かけて医療事務の資格を取り、生まれて初めての就職活動を始めた。

楽ではなかった。

保育所に預けられたとはいえ、二歳の幼児を抱えての就活は厳しい。津雲には、医療関係どころか他の職種の求人も数えるほどしかなかったのだ。たまにあったとしても、短期の早朝パートであったり、温泉街での夜の仕事であったり、達人のことを考えればとうてい選べないものばかりだった。

どうしよう。

途方に暮れてしまう。

現実に対して甘っちょろいのは泰彦だけではなかった。自分も同じだった。

思い知る。

慎《つつ》ましく、慎ましく暮らしているから、あの三百万はまだ三分の二近くが残っている。それでも、家賃を始め最低限必要な生活費は日々出て行くし、達人のために少しでも貯金をしておきたい。そのためには、一日でも早く定職を見つけねばならなかった。

焦る。

このところ、珠美はずっと焦燥を抱えていた。父にも夫にも頼らない。自分一人で息子を育て上げてみせる。

珠美の意地だった。

その意地が珠美を縛り、さらに焦燥を煽《あお》る。

正規の仕事が見つからないまま、珠美は短期のアルバイトを続けていた。

長くて六ヵ月、短いと一週間、十日で区切られることも珍しくない。

「子どもがいるのかぁ」

「うちでは医療事務の資格、必要ないしね。むしろ、〇〇の資格が欲しいんだけど」

「まるで経験なしか。それは、ちょっと」

「正直、即戦力の人が欲しいんだよね」

そんな断りの台詞《せりふ》を向けられる度に、珠美は自分の全てを拒まれたように感じてしまう。ずんずんと心が重くなり、しゃがみこんだまま動けなくなる。そんな感覚だ。

あたしって、駄目な人間なんだ。

何て無能なんだろう。

いったい今まで何をやってきたの。

そんな思いに囚《とら》われ、頭を抱えてうずくまる。息をするのさえ苦しい。涙が止まらなくなる。

母親の不安や焦燥に同調するように、達人の感情も不安定になる。

他愛もないことで泣き出し、いつまでも泣きやまず、珠美から容易に離れなくなった。朝、保育所に預けに行く度に、大泣きをする。何とか保育士の手にゆだね、珠美は泣き叫ぶ声を振り切って仕事に出かけた。

「達人ちゃん、給食もほとんど食べないんですよ。一日中ずっと泣いとるような状態で。困りましたねえ」

三十代半ばの保育士がため息を吐く。

「すみません」

「いえ、謝ってもらうようなことじゃないんやけど。そうじゃなくて……美園さん、こういう聞き方、失礼かもしれんけど、気を悪うせんといてね。あのね、お家《うち》で達人ちゃんと楽しい時間を過ごしてるんかしら」

「楽しい時間……」

小太りの保育士がゆっくりと頷《うなず》く。顎《あご》の肉が二重になってふるふると揺れた。

「そうそう。美園さん、子どもってやっぱり母親が一番やけえね。母親と笑うたり、遊んだり、一緒にお風呂《ふろ》に入って歌を歌うたり、そんな楽しい時間がたっぷりあるとね、心が安定するの。心が安定したら、半日ぐらい母親と離れていても平気なんよ。お母さんは絶対、ぼくを見捨てないって確信できる子は、強いの。安心してお母さんから離れられるんです。そうやって子どもは強くなって、やがて自立していくんですよ」

珠美は唇を噛《か》み締め、俯《うつむ》く。

非難されている気がした。

あんたって、ほんとに駄目な母親やねえ。

保育士は、そう言っているのだ。あたしがしっかりしないから、あたしが駄目親だから達人が可哀そうだと責めているのだ。

唇をさらに強く嚙む。血の味が広がった。錆《さ》びた鉄の臭いがする。

気分が悪い。悪心を覚える。

「美園さん、あなたまだ若いし、達人ちゃん、初めての子どもやし、戸惑うことといっぱいあると思う。もし、しんどいならいつでも相談してや。わたしたちも力になるから、ね」

保育士の温かな言葉さえ、空々しく聞こえてしまう。手を差し伸べようとする他人の励ましを、素直に受け取れない。

心が歪《ゆが》んでいる。心が軋《きし》んでいる。

自分で自分が嫌になる。

「美園さん、だから」

「だいじょうぶです」

達人を強く抱き締める。

「あたしたち、ちゃんとやってます。困ったことも、しんどいこともありません。ほんとに、ちゃんとやってますから」

そうだ、あたしはちゃんとやっている。毎朝保育所に連れてきて、夕方にはこうしてきちんと迎えに来ている。ご飯だって食べさせているし、理不尽に打ったことも罵《ののし》ったこともない。達人のために、この子のために必死にがんばっている。それなのに、なぜ、わかってくれないの。どうして、みんな、あたしを責めるの。

保育士の目が瞬く。

「そう。お母さんがそう言うんなら、ええけどね。でも無理はせんといてね」

「はい。失礼します」

おざなりに頭を下げる。背を向けて歩き出そうとした珠美を保育士が呼び止めた。

「美園さん、ちょっと待って」

まだ？　まだ、あたしを責めるつもり。

「あのね達人ちゃん、今日、お昼寝のときに少し熱っぽいような気がしたんよ。計ってみたら平熱だったけど、もしかしたら、体調が崩れる前かもしれないから、よう気を付けてあげて」

「わかりました。どうも」

やはり、おざなりに返事をし、急ぎ足にその場を去った。

達人が発熱したのはその日の夜だった。三十八度を超えていたけれど、座薬を使うとすぐに下がり、翌朝には平熱になっていた。

子どもは突発的によく熱を出すものだ。慌てることはない。

珠美は自分に言い聞かせ、達人を保育所に連れて行った。十日ほど前も達人がインフルエンザに罹《かか》り、工務店の事務職の仕事を一週間近く休んでいる。短期のアルバイトが続いた後、やっと見つけた仕事だった。三ヵ月間の見習い期間の後、仕事ぶりが評価されれば正規の採用も夢ではない。珠美が手にした久々の希望だ。ささやかな希望が嬉《うれ》しい。珠美は心底から安堵《あんど》の息を吐いた。けれど、

「うーん、美園さんの状況もわかるけどなぁ、こう休まれると、正直困るんだわ。うちみたいに小さいとこやと、何人も事務員、雇うわけにもいかんしな。美園さんが決まった仕事をこなしてくれんと、代わりに誰かがそれをせなあかんことになるし。今のままやと、うちで仕事続けてもらうのは難しいかも」

一週間ぶりに出勤した珠美は店主からそう告げられた。

「ご迷惑をおかけして、すみませんでした。でも、もう二度と長期に休んだりしません。いざというときは、子どもを預かってくれるように親戚《しんせき》に頼みましたから」

とっさに嘘をついた。親戚などいない。嘘をついても誰を騙《だま》しても、仕事を失いたくなかっ

たのだ。だから、今朝も休むわけにはいかなかった。どうしても出勤して、仕事をこなさなければならなかった。

しかし、珠美が机についてパソコンを立ち上げた直後、保育所から連絡が入ったのだ。

達人が体調を崩したようなので、すぐ迎えに来て欲しい。

そういう内容だった。

「朝、来たときからぐったりして様子が変だったんですよ。お熱を計ってみたら、九度近くあってびっくりしてしまったわ」

保育士の声音には、今度ははっきりと非難の調子が込められていた。

「ともかく、すぐに迎えに来てくださいね。達人ちゃんも心細いらしくて、ずっと泣いてますよ。お母さんを待ってます」

ぴしゃりと言い切られた。達人の具合が心配で心がざわめきもする。

早退を申し出るしかなかった。

保育所まで達人を迎えに行き、そのまま病院に行く。流行《はや》り風邪の症状だと診断された。

「二、三日は嘔吐《おうと》や発熱が続くと思います。水分をたっぷり上げてください。温かくして安静にしていれば心配いらないけれど、急に高い熱を出すこともあるから、よく見ていてあげてくださいね」

「はい。あの先生……」

五十半ばだろうか、半白髪の女性の医師は細面の優しげな顔立ちをしていた。物言いも柔らかい。

「明日《あした》、保育所に預けるのは無理でしょうか」

医師の眉尻《まゆじり》が上下に動く。

「それは無理ね」

ぴしゃりと言い切られた。

「ともかく安静が一番なんだから、お家でゆっくり休ませてあげなくちゃ」

珠美は曖昧《あいまい》に頷き、医師から目を逸《そ》らせた。大声で叫びたい衝動に襲われる。わかっている。達人にとって、どうするのが一番いいのか、あたしだって、わかってる。けど、できないでしょ。してやりたくても、できないでしょ。

叫びを呑《の》みこむ。胸の奥がきりきりと疼《うず》く。その疼きと達人を抱いて、珠美は『コーポTSUKUMO』204号室に帰って来た。帰って来たとたん、電話が鳴った。店主からだった。

「美園さん、午後から出て来てもらわんと、月末だから事務が滞っちゃうと困るんやけどな」

「……すみません。行けないんです。子どもが熱を出していて……」

受話器の向こうで店主が身じろぎした。その気配だけが伝わる。

「明日は、だいじょうぶです。明日は必ず出勤しますから」

「もうええよ」

「あ……」

「明日から来なくてええから。他の事務員を探すから、美園さん、時間ができたときに私物だけ片付けに来てや」

「あの、でも……」

「今月分の給料は、日割りで計算して払うで。それでええやろ」

「待ってください。明日からはちゃんと出勤できるんです。ほんとですから」

「悪いけど、うちも慈善事業で人を雇っとるわけやないんだ。人並みには働いてもらわんと、給料、払えんやろ」

店主の言い分はもっともだ。一言も言い返せない。

「私物はこっちで一まとめにしとくでな。じゃあ、子どもさん、お大事にな」

電話が切れた。

ツーツーと耳障りな音だけが響いてくる。

珠美は受話器を握ったまま、その場にしゃがみこんだ。

どちらを向いても厚い壁に囲まれている。逃げ場はない。未来に続く途《みち》は閉ざされてしまった。そんなふうに思えてならない。絶望に近い感覚が押し寄せてくる。

「ママ」

達人が呼んだ。

「ママ、ママ」

珠美はその声に答えず、窓からかんかん橋を眺めていた。

『コーポＴＳＵＫＵＭＯ』２０４号室に越してきたとき、かんかん橋が真下に見えて、それが何となく嬉しかった。

かんかん橋は、津雲で育った者たちには馴染《なじ》みの小さな石橋だ。とても古いものらしく、あちこちに苔《こけ》が生えている。普段は何と言うこともない、ごくありふれた石造りの橋だが、雨上がりにはその姿が一変した。

濡《ぬ》れた苔は僅《わず》かな光にも翡翠《ひすい》色に輝き、かんかん橋を絢爛《けんらん》と彩るのだ。光が途切れてしまうと、橋はまた元の地味な灰色に戻るのだが、光を浴びた一瞬の煌《きら》めきは美しく、心を奪われる。

珠美は204号室の窓から、かんかん橋を眺めるのが好きだった。特に、雨上がりの日中は。

今日も雨が降っている。冷たくて、暗い雨だ。

濡れそぼったかんかん橋は、黒くて不気味だ。禍々《まがまが》しくさえ目に映る。

「ママ、ママ」

達人が呼んでいる。珠美を呼び続けている。

ママ、苦しい、苦しいよ。

ママ、助けて。

ママ、ママ、ママ、ママ。

珠美は青いカーテンを握ったまま、固く目を閉じた。

疲れていた。身体中が重くて堪《たま》らない。

ママ、ママ、ママ。

もう、たくさんだ。もう、どうでもいい。

あたしは頑張った。一人でずっと、頑張って来た。でも、もう限界かもしれない。

ママ、ママ、ママ……。

達人の声がしだいに小さくなる。

あたし、どこかで途を間違えたんだろうか。

珠美は目を開け、窓の外に視線を向けた。いつの間にか、随分暗くなっている。いつもより
ずっと早く暮れているような気がする。雨のせいかもしれない。

あたしは、どこかで途を間違えたんだろうか。

思いがとりとめもなく、珠美の中を流れていく。

どこかで途を間違えた？　どこで？

父を残して家を出たとき？

泰彦と結婚したとき？

達人を産んだとき？

いつ、いつ、違えてしまったの？

こめかみの辺りがずくんずくんと疼く。

ずくん、ずくん。

指で強くこめかみを押さえ、息を吐き出す。

静かだなと思った。さほど強くないのに、雨音がくっきりと聞こえてくる。

静かだ、とても……。

珠美は俯《うつむ》けていた顔を上げ、耳を澄ませた。

達人の声がしない。

あんなに、母親を呼び求めていた声がぴたりと静まっている。

眠ったのかな。

泣きつかれて眠ったのかもしれない。

後悔が押し寄せてきた。

かわいそうなことをしてしまった。達人には何の罪もない。病んだ幼い息子に優しくもしてやれないなんて、最低だ。

珠美はそっと襖《ふすま》を開けてみた。『コーポTSUKUMO』は名前の割に古い造りになっていて、リビングと六畳間を隔てる戸は襖だった。梅の枝と鶯《うぐいす》の襖絵はいかにも古臭く野暮ったい。

達人は布団の上にうつ伏せになっていた。

珠美は一瞬、その場に棒立ちになった。心臓が大きく鼓動を打つ。息が喉《のど》の奥で痞《つか》えてしまう。

「たっちゃん」

声が震えた。達人の全身も震えている。細かくぶるぶると震えている。

「たっちゃん！」

悲鳴を上げて、達人の身体を抱きあげた。

熱い。信じられないほど熱い。

達人の身体はそれ自体が熱源でもあるかのように、火照っていた。そして、震えている。目も口も半開きになったままだ。

「達人、達人、たっちゃん」

呼んでも呼んでも、反応はなかった。達人は全身を強張《こわば》らせて、かちかちと震え続ける。

頭の中が真っ白になる。

気が付くと、毛布で包《くる》んだ達人を抱いて、雨の中に飛び出していた。駐車場に止めていた軽自動車に乗せ、エンジンをかける。

救急車を呼ぶことを思いつかなかった。早く、早く、一秒でも早く、病院へ。

その思いだけに駆られて、何も考えられない。

達人、ごめんね。ごめんね。ママを許してな。お願いだから、死んだりせんといて。

アクセルを踏む。

ぐわぅっと野獣の咆哮《ほうこう》に似た唸《うな》りをあげ、車が走り出す。カチカチと達人の歯が合わさる音が聞こえる。はっきり聞こえる。

カチカチカチ、カチカチカチ。

カチカチカチ、カチカチカチ。

あぁ、どうしよう。

達人に万が一のことがあったら、どうしたらいいの。

珠美の全身も慄《おのの》き、震える。ハンドルを持つ指に力を込められない。

達人、ごめんね。ごめんね。ごめんね。

目の前でふいにヘッドライトが光った。

眩《まぶ》しい。

激しいクラクション。

とっさにハンドルを回す。ブレーキを踏む。どんと強い振動の後、車は止まった。側溝にタイヤが落ちたのだ。

青い乗用車が反対側の道べりに止まった。中から若い男が降りてくる。

「おいっ」

男が怒鳴った。

「何て運転するんや。もうちょっとで、正面衝突するとこやったぞ。どこを見て運転しとるんや、馬鹿野郎」

珠美は車から飛び出した。

「助けて、助けてください！」

泣きながら叫ぶ。

「へ？」

近づいてきた男が瞬きして口ごもった。

「どっ、どうかしたんか」

雨が強くなる。風も強くなる。

「あ、あの。どうかしたんすか。たっ助けてっとか、言われても」

男の黒目がきょろきょろと動き、物言いがたどたどしくなった。

「子どもが病気なんです。病院に連れて行かないと死んじゃうんです。だから、助けて」

珠美は男の腕を掴《つか》む。今、縋《すが》るものは見知らぬこの男しかいない。

男は車の中を覗《のぞ》き込み、悟ったらしい。

「おれの車に乗って。すぐに、病院に運んだる」

声音からたどたどしさは消え失《う》せ、珠美の耳にもはっきりと届いてきた。

達人を抱き、男の車に乗り込む。男は携帯電話を取り出し、耳に当てる。

「もしもし、あっおふくろ。おれおれ……は？　誰がおれおれ詐欺や、あほ。息子の声もわからんのんかい。そんなことより、急患や、急患。うん、ちっちぇえガキ、じゃなくて、子ども。え？　あ、うん、ちょっと替わる」

男は銀色の携帯を珠美に差し出した。それから、車を急発進させる。

「おふくろが出てる。病状、説明しろって」

「おふくろ？」

「おれの母親。町立病院の看護師なんや。まだ、病院におるって」

町立病院は津雲に一つしかない総合病院だ。

「もしもし、子どもさんが急病なんですね。症状を詳しく聞かせてください」

携帯から聞こえてきたのは、低く円《まど》やかな女の声だった。決して美声ではないけれど聞いているだけで波立っていた心が静まっていく。そんな、不思議な声だった。

「落ち着いて。今、どんな状態ですか」

「熱が出て、けっ痙攣《けいれん》していて、呼んでも返事しないんです。何度呼んでも、返事してくれないんです」

「熱、計りましたか」

「今は計ってないです。でも昼間は三十九度くらい、あって、とっても苦しそうで……」

「昼間？　昼間から熱があったんね」

「はい。ほんとは昨日から熱っぽくて」

「いつぐらいから意識がなくなったかわかる」

「それは、ついさっきで……」

あたしが無視したから。

達人はあたしを求めていたのに、知らない振りをしていたから、だから達人は……。

「泣かんといて」

ぴしりと鞭打《むちう》つような口調だった。

「お母さんが泣いとってどうするの。苦しいのは子どもの方でしょ」

あっ、確かにそうだ。

背筋に電気が走った。真っ直ぐに伸びる。

本当に苦しんでいるのは達人だ。あたしは達人を救わなきゃいけないんだ。泣いてる場合じゃない。

「ともかく冷やさないで。子どもさん、毛布で包んでるんやね」

「はい」

「よし、そのまましっかり包んで、温めておいて。だいじょうぶ、病院まで連れて来てもろうたら、だいじょうぶやからね」

だいじょうぶ。

その一言が祝福の鐘のように聞こえた。

「こちらは準備を整えて待ってるから。後、何分で着くか馬鹿息子に訊《き》いてみて」

「あと三分ちょっと。ほんまに、どこが馬鹿息子や。地声がでかいんでダダ漏れやないか」

男が顔を顰《しか》める。

車は大きく右に曲がり、坂道に差し掛かった。この坂を登り切れば、町立病院は間もなくだ。そして、病院の前を通り過ぎ道を下れば、父と暮らした珠美の生家がある。

車はほとんどスピードを緩めないまま坂道を走り、病院の裏手に回った。そこが救急患者の搬送用口となっている。ブレーキ音。身体が前のめりになるほどの急ブレーキだった。

車を降りると同時に華奢《きゃしゃ》な体形の看護師が寄ってきた。後ろにはストレッチャーを押して若い看護師と白衣の医師が続く。

「お願いします。達人をお願いします」

「まかせて。もうだいじょうぶだから」

看護師が片目をつぶって見せた。

だいじょうぶ。

祝福の鐘、魔法の呪文《じゅもん》。身体から力が抜けていく。立っていられなくて、珠美はふらりとよろめいた。

誰かの手が支えてくれる。

イスに座らされ、肩に毛布が掛けられた。

温かい。

「これ、飲むとええ。落ち着くで」

紙コップのココアが手渡された。

これも温かい。

一口、すする。

濃厚な甘さが口中に広がる。普段だと苦手な濃い甘味が、今は本当に美味《おい》しかった。

ココアってこんなに美味しい飲み物だったんだ。

「美味しいやろ。ここのココア」

男が隣に腰を下ろす。

「ええ、美味しい……これ、どこで？」

「そこの自販機」

すぐ目の前に飲み物の自動販売機があった。一律二百円の表示が出ている。

ココア、ホットミルク、コーンスープ、汁粉、味噌汁《みそしる》……。

「何だか、ちょっと変わった自販機やね」

「うん。かなり変わっとる。どういう発想で作ったんやろか。不思議やで」

男が笑う。童顔だった。ひょろりと背が高く、痩身《そうしん》だ。少し痩《や》せ過ぎかもしれない。金色に近い茶髪で、十字架の形のピアスをしている。

絵に描いたような〝今時の若者〟の格好だ。

「あの、ありがとうございました」

男に向かい頭を下げる。

「あっ、別にええよ。どうせ、おふくろを迎えにここに来な、あかんかったんやし」

「お母さんって、さっきの看護師さん?」

「そっ。外科の看護師長。車、買うのに頭金、借りたんや。そしたら、無利子で貸してやるかわり、送り迎えをしろって言いやんの。ったくよ。息子に条件付きで金を貸す親がどこにいるんやって、の」

「あの……」

「うん?」

「お名前、教えてくれますか」

男はココアを飲みほし、手の甲で口を拭《ぬぐ》う。

「いいけど。それほど大した名前やないで。えっと、佐代子、かな。久本佐代子」

「あの、それは誰の名前？」

「だから、おふくろの名前」

達人のことが心に伸《の》し掛かっていなければ噴き出したかもしれない。

おかしい。この人、とってもおもしろい。

「お母さんじゃなく、息子さんの名前を知りたいんですけど」

「おれ？」

男はさも意外だと言うように唇を窄《すぼ》めた。それから、唐突に笑んだ。屈託のない笑顔だった。

「そっちは美園さんでしょ。美園珠美さん」

驚いた。目を見開き、男を凝視してしまった。

「どうして？」

ココアの入った紙コップを握り、男に問いかける。

「どうして、あたしの名前を？」

男は笑みをさらに広げた。

「知ってるで。おれ、泰彦とけっこうツルんでたことあったから」

あっと声をあげそうになった。

泰彦の友だち。あの賑《にぎ》やかで、軽薄で、調子乗りで、粗暴で、町のみんなから眉《まゆ》を顰《ひそ》められている男たち、あの中の一人なのか。

「あれっ？」

男が首を傾げる。

「おれ、何か気にさわること言うた?」

「え? あ、ううん、そうじゃなくて……。こんなふうに泰彦の友だちと出会うなんて思ってなかったから。ちょっと、びっくりしちゃって」

適当にごまかす。

ごまかし方だけは、ずいぶん上手《うま》くなった。

言い訳や、適当な相槌《あいづち》や、小さな嘘をつくこと、心とは裏腹な言葉を口にすること、そんなことも巧みになった。時々、そんな自分にうんざりする。珠美はもう一度、男の目を覗《のぞ》き込んだ。顎《あご》の尖《とが》った今風の顔つきをしているけれど、くるりと丸い目をしていて、そこだけは子どものようだ。いや、仔犬《こいぬ》のようだ。なんだか、可愛い。

こんな可愛い目をした男が泰彦の仲間にいたんだ。そう思っただけで口元がほころんでしまう。くすくすと声を上げて、笑いたくなる。

「泰彦、嫁さんのこと、よく自慢してたからなぁ。さんざん、のろけ話、聞かされとったで」

「あたしのことを? 自慢?」

「うん。やりくり上手で料理が上手で、最高やって。子どもができてからは子ども自慢も加わって、たいへんやったで」

意外だった。泰彦が仲間たちに、自分や達人のことをそんな風に語っていたなんて信じられない。

「嘘でしょ」

口調が尖ってしまう。

「嘘？　おれ、嘘なんかついてないで」

男が顎を引いた。珠美の口調の険しさに気圧《けお》された。そんな感じだった。

「嘘やわ。泰彦が自慢なんてするわけないやで。自慢の家族なら、捨てたりするわけないもの」

「捨てた？　泰彦が？」

「そうよ。家族を捨てて一人で津雲を出て行ってしもうたの。それでもう二度と帰ってこんつもりなんやわ。そうに決まってる」

うーんと男が唸《うな》った。眉を八の字に寄せて首を傾げる。

道に迷った子どものようだ。困惑し、途方にくれ、思いあぐねている。

やっぱり、可愛い。くすくすと笑いたくなる。

胸に湧き上がって来た泰彦への苛立《いらだ》ちが、不思議なほどあっさりと引いて行く。

「違うと思うんやけどなぁ」

男が呟《つぶや》いた。

「違う？　何が？」

「泰彦のこと……あいつ、べつに奥さんや子どもを捨てる気なんか全然無いと思うんや」

「思うも何も、実際、そうなんだもの。実際にあたしたちを捨てて出て行ったんだから」

いつのまにか、ひどくぞんざいな物言いになっていた。それに気付き、珠美は頬を赤らめる。しかし、男はまったく頓着《とんちゃく》しなかった。幼い子どもの表情のまま、かぶりを振る。

「泰彦、焦ってたんやと思う。奥さんも子どもも大切やけど、家族だけ守って一生が終わってええんかなって……そんなこと、ぼそっと言うてたことあったから」

ふいに男が笑った。

「泰彦、おれたちと違うて頭良かったたし、本とかもけっこう読んでたし、こんな田舎町で埋もれとうないって焦ってたんや」

泰彦の焦燥も足掻《あが》きも何となく感じ取ってはいた。達人を抱きながら、視線を空に巡らせるところも、虚《うつ》ろな眼差《まなざ》しでため息を吐くところも、度々目にした。

「あれこれ悩んでたところに、親父の遺産が転がり込んできた。泰彦が最初で最後のチャンスやって熱くなるの、わかる気がするんやけど」

「遺産じゃないけどね」

「は？」

「お義父《とう》さん死んじゃったわけじゃないから、遺産じゃないと思うけど」

「あ……うん、まぁな」

「それに、どんなに焦ってても、どんなチャンスでも、家族を……とくに、子どもを置いて出て行くなんて最低だよ」

最低だ。泰彦は最低の男だ。

己の言葉に己の感情が煽《あお》られる。

「あたし決めたんや。泰彦なんか頼らない。もちろん待ったりしない。あたし一人で達人を育てて暮らしていくんだって」

煽られた感情が言葉を煽り返す。飲み干したココアの紙コップを珠美は屑籠《くずかご》に投げ入れた。

「もうこれ以上、待てないから。待つのも馬鹿馬鹿しいから、あたし、泰彦とは離婚する。うん、もう離婚する」

離婚。口にすればひどく生々しい感覚がした。舌の先がぬるりと滑った気さえする。

そうだ、もう、泰彦のことは諦《あきら》めなければならない。離婚するしかないのだ。

珠美の中でもう一人の珠美が呟く。

あんな身勝手な我儘《わがまま》な男に翻弄《ほんろう》されるのは、もうたくさんだ。あたしがこんなに苦労しているのに、ぎりぎりで踏ん張って達人を育てているのに、知らんふりのままだなんて、あまりにも無責任だ。あんな無責任な男なんて、こちらから捨ててやる。

「あ、あのな、珠美さん……」

男の喉仏《のどぼとけ》が上下に動いた。唾《つば》を呑《の》みこんだのだろうか。

「泰彦のことはもういいんです。それより、久本さん」

「は？　あ、はい」

珠美は立ち上がり、深く腰を折る。

「ほんとうに、ありがとうございました」

「え？　あ……いや、別に。お礼とか言われると困るけど……」

男がまた眉を八の字によせたとき、診療室のドアが開き、久本看護師が顔をのぞかせた。手招きする。

「美園さん、お母さん、ちょっと」

「あ、はい」

珠美は診療室の中に飛び込んでいった。達人は救急用の簡易ベッドの上で眠っている。腕には点滴の細いチューブが繋《つな》がれていた。

「達人……」

声をかける。達人はうっすらと目を開け、「ママ」と呼んでくれた。涙が溢《あふ》れた。

「達人、よかった、よかった」

「熱性の痙攣《けいれん》ですね。熱が続いて軽い脱水症状にもなっています。点滴をしているから、これで落ち着くと思いますよ。でも、子どもさんだから用心のために一晩、入院しますか」

細面の若い医師が淡々と告げ、問うてくる。

「病院だとお母さんも安心やからね。何も心配ないから、かえってぐっすり寝られるかもしれんし。この診療室の隣が部屋になってるんよ。けっこう静かやで。無理せんと、一晩お泊りすると、ええわ」

久本看護師が言葉を添えてくれた。温かいと思った。優しいと感じた。温かくて優しいものに、ふわりと包まれた気がした。

「ありがとうございます。そうさせて貰《もら》います」

素直に感謝が伝えられた。

眠っている達人を病室に移し、珠美は廊下に出た。誰もいない。自販機の前も無人だった。遠くで救急車のサイレンが聞こえる。また一人、急患が運び込まれてくるのかもしれない。

珠美は踵《きびす》を返すと、診療室のドアを叩《たた》いた。そっと開けてみる。

「あら、どうしたん？」

久本看護師が振り返り、マスクを外した。

「あの息子さんのことで……」

「息子？　和久のこと？」

「ワク？　息子さん、ワクさんってお名前なんですか」

「そうや。久本和久。平和の和に永久の久。亡くなったうちの亭主がつけたんよ。つけられた本人は久の字に挟まれて鬱陶《うっとう》しいなんて、文句ばっか言うてるけどね」

久本看護師は肩を竦《すく》め、くすくすと笑った。

「なんてったって、あの子の渾名《あだな》、中学も高校も『久々』だったんやから」

「久々……ですか」

ふっと思い出す。

「ヒサビサって、けっこうおもしれえんだ。それに、やるときにゃやるって感じで、けっこう頼りになるし」

泰彦がそんなことを言ったことがあった。ヒサビサというのは奇妙な名前だなと思ったけれど、そのまま聞き流した。達人を産んだばかりで、慣れない育児に懸命になっていた。乳の含ませ方も、沐浴《もくよく》のやり方も、あやし方も教えてくれる人はいない。手探りしながら、必死に日々を過ごしていたころだ。仲間の誰かれをのんびりと語る泰彦が暢気《のんき》なようにも無責任なようにも感じられて、腹立たしかった。

ヒサビサって渾名なの？ 誰のこと？

たった一言、そう問い返すことさえしなかった。口を固く結び、黙って達人のおしめを替えていた。

珠美は、唇を半ばあけ息を吸った。

泰彦と言葉を交わすことを拒んでいたのは、あたし自身なんだ。

楽しい会話も、細やかな気遣いの言葉も、他愛ないおしゃべりも、あたしが撥《は》ねつけていた。この人は何を言ってもわかってくれない、この人に何を言っても無駄だときめつけ、頑《かたく》なに口を閉ざしてしまった。

もしかしたら、もしかしたら……。あたしに拒まれた泰彦は、津雲のどこにも居場所を見つけられなくなったのではないか。

母は去り、父も去り、妻は背を向けて押し黙る。その一つ一つが厚い壁となって取り囲んでいる。そんな閉塞感《へいそくかん》に喘《あえ》いでいたのだろうか。

もう一度、息を吸い込む。

ずっと被害者だと思っていた。泰彦の我儘や気紛《きまぐ》れに振り回されている自分を憐《あわ》れむことはあっても、自分が泰彦を傷つけたなどと考えたりはしなかった。一度もしなかった。

「ヒサビサって、けっこうおもしれえんだ」

泰彦の声音がよみがえってくる。

何だか、淋《さび》しい。身体中から力が抜けていく。

「美園さん？　うちの馬鹿息子がどうかした？　まさか、なんぞ悪さでもしたんと違うよね」

久本看護師が腰を屈《かが》め、珠美を覗《のぞ》きこんでくる。慌てて、かぶりを振った。

「まさか。そうじゃなくてお礼を言いたかったんです。ここまで連れてきてくれて、なのに、あたし、おろおろするばかりで、ろくにお礼も言ってなかったので……」

「お礼なんてええよ。迎えに来たくせに、母親を置いてとっとと帰ってしまうような薄情者にお礼なんて、もったいないなさすぎやわ、ほんまに」

「とっとと帰っちゃったんですか？」

「とっとと帰っちゃいました。もうすぐ急患が運ばれてくるって連絡があったもんだから、早々には帰れんようになってしもうてね。そう言うたら『あっ、じゃあ、おれはここで』なんて、しゃあしゃあとした顔で帰ったんよ。しばらく母親を待ってやろうなんて優しい心、まるでないらしいわ。ほんま腹が立つ」

ぶつぶつと文句を言いながらも、久本看護師はどこか楽しげに見えた。きっと、気の合う仲の良い母子なのだろう。

ほんの少しだが羨《うらや》ましくなる。

「看護師さんって、忙しいんですね」

羨望《せんぼう》を押し込めて、さりげなく話題を変えた。

久本看護師がこくりと頷《うなず》く。その仕草が、息子とそっくりだった。いや、息子が母に似ているのだろう。

「忙しいねえ。看護師だけやのうて、みんな、忙しいんやけどね。田舎の病院なんて、慢性的な人手不足やから」

「人手不足？　今の時代でもですか？」

「時代は関係ないと思うで。バブルのころも、不景気な今も、人が足りてたって記憶ないもの。ドクターやナースも含めて、医療関係の仕事ってほとんどが肉体労働やからねえ。しかも、相手にするのは人間さまや。しかものしかも」

久本看護師は右手の人差し指を立て、左右に軽く振った。

「その人間さまが病人だったり、怪我人だったりするわけやろ。こっちを頼りにもしてるし、縋《すが》ってもこられる。それに冷静に、きちんと対応せなあかん。やっぱ、生半可な気持ちじゃ勤まらんとこあるわな」

珠美も頷いていた。

よくわかる。珠美自身、先刻の久本看護師の言葉や口調や態度に救われた。肩の荷を軽くしてもらえた。勇気づけられ、支えてもらった。

生半可な仕事ではない。

「そのくせ、給料は安いんよ。都市部の病院に比べたら七、八割やないんかしらねえ。こんなこと、大きな声じゃ言えんけど」

本当に久本看護師の声音が低くなる。眉《まゆ》を寄せた表情も息子とよく似ていた。

「だから、ドクターもナースも雑務の仕事も、どこもかしこも人手不足。ほんま、大変やわ」

人手不足。

その一言が耳に滑りこみ、かたりと音を立てる。珠美は一歩、前に出た。

「あの、久本さん」

「うん？」

「あたし、働けないでしょうか」

「え？」

「あたし、医療事務の資格、持ってるんです。この病院で働けないでしょうか。いえ、事務職じゃなくていいんです。どんな仕事でもやります。夜は……夜は無理だけど、日中にできる仕事なら、どんなことでもやります。あたし、働けないでしょうか。仕事、ないでしょうか」

久本看護師の黒目が珠美に向けられた。目尻《めじり》には無数の皺《しわ》があるけれど、黒目は子どものように生き生きとして愛嬌《あいきょう》がある。

この目も息子さん、和久というあの青年にそっくりだ——一瞬、脳裡《のうり》を過《よぎ》った思いはすぐに掻《か》き消えた。

珠美は深く頭を下げる。

「自分がものすごく図々《ずうずう》しいことを言うとるて、ようわかってます。けど、あたし、働きたいんです。お願いします。どんなことでもします。一ヵ月でも二ヵ月でもええです。仕事があったら、どうか紹介して下さい」

図々しくて、厚かましくて、唐突な願いだ。自分がどのくらい非常識な行動をとっているか、久本看護師がどのくらい戸惑っているか、わかっている。頬が火照るほど恥ずかしくもある。けれど、怯《ひる》んではいられない。羞恥心《しゅうちしん》に負けて引き下がるわけにはいかない。

達人と二人の生活を支えなければならないのだ。二人だけで生きていかねばならないのだ。

「事務職は今、求人してないんよね」

久本看護師の呟《つぶや》きが聞こえた。顔を上げる。

やはり、駄目か。

世の中というものがどれほど厳しいものか、思い知っている。どうにかなるかもしれない。そんな甘えが通用するところでは、ないのだ。それでも、縋りたかった。どんな僅《わず》かな可能性にも賭《か》けてみたかった。

「お願いします」

「食堂の方なら職員を募集してたけど……」

「はい？」

「食堂のスタッフが一人、急に辞めてしもうて急募してたはずやけど」

「ほんとうですか」

「うん。給食室じゃなくて食堂の方。二階のエレベーター横のスペースにあるでしょ」

「まだ決まってないんでしょうか。あたし、応募してもええでしょうか」

「それは構わんと思うけど。でも、皿洗いやら、野菜の皮剝《む》きやら、食材を運び込んだりもせなあかんし、それこそ肉体労働やで。けっこうな力仕事で。前の人もそれが大変で辞めたぐらいやから。若い女の子には向いてないと思うけど」

「あたし、体力や力には自信があります。どんな仕事だってやります」

厭《いと》う余裕なんて、ないのだ。

珠美は胸の上でこぶしを握った。

「本気なら、話ぐらいは通しておくけど。たぶん、まだ決まってないと思うから」

久本看護師がさらりと言った。

珠美は息を吞《の》む。目の前の看護師を見詰める。

「本当ですか。本当に……」

「ただし、あっさり決まるかどうかはわからんよ。うちは食堂の直接責任者やないから。面接して欲しい人がおるって、そのぐらいしか言えんけど、ええかしら」

「十分です。ありがとうございます。ほんとに、ありがとうございます」

チャンスを手に入れた。手にすることができた。半歩でも前に出ることができた。今はそれで十分だ。

「そんな、お礼なんか言われると困るけど。口利くぐらい簡単なことやから。けどな」

久本看護師の声音がふいに硬くなる。

「さっきも言うたように楽な仕事やないよ。おしゃれでもないし、高給でもない。けど、いいかげんな気持ちでは勤まらん職場や。そこらへんはちゃんと理解してな」

「はい。もちろんです」

珠美はさっきより強くこぶしを握り締めた。

救急車のサイレンがはっきりと聞こえてきた。どんどん近付いてくる。

「久本さん、急患、間もなく到着します」

若い看護師が診療室から飛び出していく。

「了解。美園さん、そういうことやから、明日か明後日《あさって》、面接してもらうことになると思う」

「はい。お願いします」

もう一度、深く低頭する。けれど、そのときはもう、久本看護師は珠美に背を向けて走り出していた。

珠美が町立病院の食堂スタッフとして正式に採用され働き始めたのは、それから三日後だった。久本看護師の言う通り、厨房《ちゅうぼう》での仕事は楽ではなかった。朝八時から夕方五時まで、ほぼ立ったままこなす仕事だから、家に帰ると脚がぱんぱんに腫《は》れてしまう。腰も痛くなる。覚悟していた以上の重労働だった。でも、苦にはならない。月ごとに給料を貰《もら》える仕事に就けた。

それで直ぐに生活が安定するわけではないけれど、精神的にはずい分と楽になったのは事実だ。病院の敷地内に職員のための託児所が設けられていて、いざというときにはそこに達人を預けられるのも、大きな支えとなった。

だいじょうぶだ。やっていける。

強がりでも虚勢でもなく、そう思える。珠美は久しぶりに深々と息を吸い吐き出したような爽快感《そうかいかん》を覚えた。

そうすると不思議なもので、達人の様子も目に見えて落ち着いてきたのだ。さしたる理由もなくぐずることも、体調を崩すことも日に日に減っていった。

「このごろ、達人ちゃんしっかり給食を食べるようになったんよ。それによく笑うし、お昼寝もお友達とのお遊びも、ちゃんとできるし、満点ですねえ」

小太りの保育士が微笑みながら伝えてくれた。その後、珠美の耳元に口を寄せ、

「頑張ったね。お母さん」

と、囁《ささや》いてもくれた。

「お母さんが子どものために頑張ってるのって、子どもには伝わるんよね、不思議と。それと、お母さんのここが」

保育士は自分の胸を指差した。

「落ち着いているか、ざわざわしてるかもちゃんとわかるんよね」

「ざわざわ、ですか」

「そう。けど、ざわざわしててもええの。母親だって人間やもの、いっつもにこにこしてるわけにはいかんわ。時には泣いたり、つい怒っちゃったり、いらいらしたりするの当たり前やないの、ね」

「あ、はい」

「だから、ざわざわしててええの。要は、ええの。今の達人ちゃんにはちゃーんと伝わってるから。のこと愛してるよって伝わってれば、ええの。今の達人ちゃんにはちゃーんと伝わってるから。美園さんが頑張ってるのも、愛してるのもちゃーんと伝わってるからね」

「……はい」

目の奥が熱くなる。鬱陶《うっとう》しく、刺々《とげとげ》しいとしか感じられなかった他人の言葉が染みてくる。言葉ってこんなに温かくて、優しいものだったんだ。

珠美は達人を抱きしめる。力任せではなく、両の腕にそっと力を込めて、小さな身体を抱く。

達人は朗らかな笑い声を上げて、珠美にしがみついてきた。

日向《ひなた》の匂いがした。達人は春の陽光のようだ。珠美の全てを包んでくれる。

失わないでよかった。

しみじみと思う。

あの雨の日、達人に万が一のことがあったら、手遅れになっていたら、どれほど悔いても悔いても悔いても、悔い足りない。珠美は床に伏したまま二度と、立ち上がれなかったかもしれない。

そう思えば、なおさら生きて腕の中にある身体が愛《いと》しかった。

久本さん親子にお礼を言わなければ。

ずっとそう考えていた。けれど、最初の一ヵ月二ヵ月は、仕事に慣れることに懸命で、まるで余裕がなかった。

「美園さん、よう、働いとるみたいやねえ」

反対に久本看護師から声をかけられてしまった。

「久本さん。ほんとに何てお礼を言ったらええのか。あたし、あの」

もたもたと感謝の言葉を口にする珠美を遮って、久本看護師はよく通る声で笑った。

「何の何の、やわ。ええ人紹介してくれたって言われて鼻高々になっとるのは、こっちなんやから。あはははははは」

「あの、息子さんにも……」

「息子？　あぁ和久な。ええよ、ええよ、あんなアホ男にお礼なんて言うことないって。あはははは」

「あの、でも、あたし……」

「じゃ。これから診察があるんで。またね」

「あ、あの……」

白い制服の背中がさっさと遠ざかっていく。珠美はその背中に深々と頭を下げた。

珠美が食堂で和久の姿を見つけたのは、働き始めて三ヵ月も経ったころだろうか。季節は冬の盛りから、初春へと移ろうとしていた。津雲の冬は厳しい。風は町を凍《い》てつかせてしまう。それだけに、人々は春を心待ちにしていた。

一週間近く続いた冬日が緩み、柔らかな春の日差しが地に注ぐ晴れやかな一日だった。津雲の町全体が何となく浮き立っているようだ。気のせいかもしれないが、甘やかな花の匂いさえ風に混ざっている気がした。

その日、和久は食堂の片隅でコーヒーを飲み、サンドイッチをつまんでいた。サンドイッチの皿の横には空になったカレーの器が置いてあったから、カレーをたいらげた後、サンドイッチを注文したのだろうか。ひょろひょろした痩身《そうしん》に似合わぬ大食漢のようだ。

珠美は和久の横顔を見ながら、ふっと笑っていた。

まさかここで和久と再会できるとは思っていなかった。

この食堂は、職員だけでなく見舞客や外来患者のための施設でもあり、誰でも自由に利用できるようになっている。白に小花の散った壁紙や赤い縁取りの出窓は、安っぽいけれど病院の他の部分とは異質の柔らかな雰囲気があり、味もそこそこに美味《おい》しい。凝った料理は何もなく、カレーや丼物、汁物が中心のメニューだが、値段も手ごろだ。

近くの会社の従業員がわざわざ食べにくるほどの人気で、昼時はかなりの混み具合となる。

珠美は十日前からウェイトレスの仕事をしていた。

「美園さん、悪いけど、店の方に回ってもらえんかしら」

十日前、現場責任者に突然頼まれた。関本さんという四十がらみの女性だった。栗色に染めた髪をきっちりと三角巾《さんかくきん》に包みこんでいる。

「え？　わたしがですか？」

「そう。注文聞いて、料理を運ぶの。急に欠員がでて人手が足らんの。厨房は何とかなるから、ウェイトレス、頼むわ」

病院内の食堂とはいえウェイトレスは接客業だ。珠美が一番苦手な職種だった。以前なら、怖《お》じ気《け》づいて一歩も二歩も退くところだが、珠美ははっきりと首肯した。

「わかりました。やってみます」

応《こた》えたかった。この仕事に導いてくれた久本親子の善意に報いたかった。そして、「できません」「無理です」。そんな一言で自分を閉ざしたくなかった。

できるかできないか、やってみないとわからないのだ。

関本さんが目を細める。小さく息を吐く。

「助かるわ。ほな、三番のロッカーの中に白いエプロンが掛かっとるからそれを着けてな」

「はい」

「お客様の注文を聞いたら、注文票に書きこんで下にテーブルナンバーを書き込むの」

「はい」

「注文を受ける時には一緒に水とお手拭《てふ》きを出すんよ。『いらっしゃいませ。ご注文はお決まりですか』。もし決まっていなかったら『お決まりになりましたら、お呼びください』。で注文を一度、お客様の前で確認する。わかるね」

「はい」

少し緊張してきた。喉《のど》が妙にひりつく。

関本さんが珠美の背中を平手で叩《たた》いた。

「はいっ」

叩かれた背をまっすぐに伸ばす。

「そんなに緊張しなくてだいじょうぶ。美園さんなら、上手《うま》くやれるから」

「あ……はい」

美園さんなら、上手くやれるから。

何気ない一言が嬉《うれ》しい。珠美はエプロンの紐《ひも》をきっちり結んだ。

「見た目が良いってのはな、自分の目の届かんところがきちんとできとるってことなんやぞ。たとえば背中で何かを結ぶなら、前で結ぶ以上に注意してきちんと結ぶ。そんな心構えを持たなあかんのだ」

父に言われたことがある。いつのことだったか、忘れた。母が亡くなって間もなくではなかっただろうか。また古臭い説教をする、と反発心ばかりが強まってろくに返事をしなかった。あのころから父はいっそう気難しくなり、むっつりと押し黙る時間ばかりが増えていたのだ。鬱陶しかった。腹立たしくもあった。厭《いと》うてもいた。

そんな父の言葉を唐突に思い出した。

見た目が良いとは、目の届かぬところに細心の注意を向けること。

スタッフルームの壁にはめ込まれた姿見で背面を確かめる。紐はきれいな蝶結《ちょうむす》びになっていた。身につけているブラウスも何度も水を潜《くぐ》った古い物だけれど、皺《しわ》一つないようにアイロンをかけている。

うん、見た目は良い。

自分で自分に頷《うなず》く。

良いよ、珠美。

大きく深呼吸をして珠美はスタッフルームを出る。

最初は客に注文を聞くのも、料理を運ぶのも、挨拶《あいさつ》するのも緊張して、額や腋《わき》の下に汗が滲《にじ》んだりもしたけれど、徐々に慣れてきた。

「姉ちゃん、新顔かいな」

「あ、はい。美園と申します。よろしくお願いします」

「はは、こりゃあ、えらい礼儀正しい姉ちゃんやな。こっちこそ、よろしゅうな。わしはこの病院にしょっちゅう世話になっとるんや。で、ここにもしょっちゅう食べに来るで」

「そうなんですか。では、これからも御贔屓《ひいき》にお願いします」

「まあな、そうしたいけど、病院の贔屓客にはなりとうないでな」

「あ……それはそうですね。すっ、すみません」

「いやいや謝ってもらわんでも。ははは、おもろい姉ちゃんやな」

そんな会話を客と交わせるようにもなった。

少しゆとりが出てきたのだ。それでもやはり、客に対するより裏方に回って厨房《ちゅうぼう》で働いていた方が、よほど性に合っているとは思う。一日の仕事を終え緊張が解けると、そのままへたへたとしゃがみこんでしまった日もあったほどだ。肉体より精神の方が何倍も疲れていた。

和久と再会したのは、そんな日々の最中だった。達人の保育所の行事で午前中、半休をとっていた珠美がエプロンをつけ、店に出た瞬間、和久の姿を見つけたのだ。

食堂の片隅、二人掛けのテーブルに一人座っていた。テーブルの上には空になったカレーライスの深皿と食べかけのサンドイッチとコーヒーが置かれていた。

何かを考えているのか、視線が一点を見詰めているようでもあり、ふわふわと空を漂っているようでもある。

「うーん」

和久が唸《うな》った。その声が微《かす》かだが珠美にも聞こえた。時間は午後の一時を回ったところで、店内は珍しく空《す》いていた。和久の他は、パジャマ姿の老人と見舞客らしい中年女性が二人いるだけだった。老人は新聞を読みながらコーヒーをすすっていたし、女性たちは声を潜めて話しあっていた。いつもよりずっと静かな店内だから、和久の唸りが耳に届いてきたのだ。

和久は唸ったあとため息を吐くと、サンドイッチに手を伸ばす。が、上手く摑《つか》めない。それなのに、そのまま何も摑んでいない指を口に持って行った。

「痛っ」

自分の指をかじった和久が大声を上げて、文字通りイスから飛び上がる。

「痛っ、痛っ、ちくしょう。誰だよ。くそっ、おれか。何一人でやってんや。くそっ」

指をひらひらと振りながら、自分で自分につっこんでいる。

おかしい。

珠美は我慢できずに噴き出してしまった。

「あっ」

珠美の笑い声に振り向き、和久が瞬きする。口の端に卵サンドの黄身がくっついている。

やはり、おかしい。

だめだめ、これ以上笑っちゃ、申し訳ない。

珠美は奥歯を嚙《か》み締めて、込み上げてくる笑いを必死で堪えた。さらに強く奥歯を嚙む。

「あの……美園さん」

和久が唾《つば》を飲み込んだ。

「おれ、何か……悪いことしたっけな」

「え？」

「だって、ものすごく怖い顔してんだけど……。そんな睨《にら》まれるようなこと、したんかなと思うて。何か怒ってる？　おれ、気が付かんうちに美園さんが怒るようなことしたっけな？　あの、もしそうなら、あっ謝るけど」

「まっ」

思わず口元を押さえていた。

和久が訝《いぶか》しむほど張り詰めた表情をしていたのだろうか。

だって、奥歯を噛んでいないと笑いが止まらなくなるんだもの。

珠美は、手を慌ただしく横に振った。

「違います、違います。怒ってなんかいませんて。あの、顔が怖いのは生まれつきやから、気にせんといて」

今度は和久が手を振る。

「美園さん、今は怖い顔してるけど、元は怖くないで。むしろ、かっ可愛いみたいな」

「可愛い？　そうかなあ。可愛いなんて言われたこと、一度もないんですけど」

母も姉も華やかな美貌《びぼう》の人だった。兄も端整な容姿をしている。家族の中で父と珠美だけが、目鼻立ちの平坦《へいたん》な地味な顔だった。

ちっとも好きになれない顔だ。

「かっ可愛いけど。おふくろも、美園さんのこと品のええ顔やなって言うてたし」

「久本さんが？」

「そうそう。おれもそう思うし。あの日、ココア飲んでる美園さん見てて、品のええ顔してるなって思うたから。品が良うて可愛いなって」

「ありがとうございます」

頭を下げる。和久がさらに手を振った。

「いややややや、そっそんなお礼言われたら困るけど。おれが勝手に可愛い思うただけで、お礼言われたら困るし」

珠美は、また、噴き出しそうになる。

「そうじゃなくて、あの日のこと。達人を病院に運んでくれたことです。まだ、ちゃんと、お礼も言うてなくて。ほんとに、ごめんなさい。それで、ほんとうにありがとうございました」

和久が運んでくれなかったら達人はどうなっていたか。考えただけで鳥肌が立つ。そして、和久がここに連れて来てくれたからこそ、職を得ることができた。こうして、今、働いていられる。

二重の恩義だった。百回、千回、頭を下げても足らないだろう。珠美から久本親子に返せるものは何もないのだ。

「あ、いやいやいややや。そっちの方もほんと、そんなに言うてもらわんかて、ええから。おれみたいなんでも人助けができるんやな。見直したって、おふくろが喜んでて、あの日からは晩飯のおかずが一品増えたりして。もう元に戻っちゃったけど」

「あれ、戻っちゃったんだ」

「戻った、戻った。息子使いの荒さも元に戻って、今日も迎えに来いってよ。息子のせっかくの休日がふいになるのなんて、ぜーんぜん関係ないってんだから、ひでえだろう。んでもって迎えに来たら、また急患が入ったからきりが付くまで待ってろやから。さらにひでえだろう」

「あぁ、それでここで時間潰《つぶ》しを」

「うん、まぁ。ここ、職員は付けが利くやろ。おふくろに付けて、腹いっぱい食ってやろうって思うて。ささやかな復讐《ふくしゅう》やな」

「ささやか過ぎる気がするけど」

「ほんまほんま。けど、おれ、キホン、小心者なんで」

笑ってしまう。和久と話していると、ひょいと笑いを引っ張り出される。決して明朗でも、笑い上戸でもない珠美がずっと笑っていられる。

珠美ちゃんて、明るいねえ。

すんごく、よく笑うよな。

泰彦に言われた。初めて出逢《であ》った夏祭りの夜だった。あのとき、珠美は無理をしていた。暗い女と思われないように、陰気なやつだと敬遠されないように、無理をして笑い、はしゃぎ、陽気に振舞っていた。

今は違う。本当に笑っている。笑いたいから、笑っている。

誰かのためではなく、自分の心のままに笑っていられる。

珠美はもう、周りに合わそうと自分を裁断していく少女ではなかった。他人と付き合うために自分を鋳型に押し込んでしまう高校生ではなかった。

ひょろひょろと頼りなくはあるが、自らの足で立ち、自らの意思で笑うことができる。一人で生きてきたわけでは決してないけれど、生きていくことの困難さを十分に承知した上で他者と関わることができる。それほどの大人になっていた。

だから、素直に感謝できる。手を差し伸べてくれた人から顔を背けたりしない。意固地に拒んだりしない。

「和久さん、本当に本当に感謝しています。ありがとうございました」

低頭する。三度目だ。

和久が眩《まぶ》しそうに目を細めた。

ドアが開く音がした。青い縦縞《たてじま》のパジャマを着た老人が、ドアの前に立っている。以前、「お姉さん、新顔かいな」と声をかけてくれた人だ。

「あれ、島谷さん、お久しぶりです」

「ほんまやな。また入院や。しばらく、よろしゅう頼みますで」

島谷さんが禿《は》げあがった額を片手で叩《たた》く。おどけた表情を浮かべる。

「ご注文は、いつものやつですか」

「そやな。いつものやつで頼むわ」

島谷さんの「いつものやつ」は、アメリカンコーヒーだった。カップ一杯分のコーヒーを島谷さんは、ゆっくりゆっくり愛《いと》しむように飲み干す。ずっと、そうだった。だんだん、飲み干す時間が長くなってはいるけれど。短い周期で入退院を繰り返す島谷さんが、どういう病根を抱えているのか珠美は知らない。島谷さんも口にしない。

珠美はコーヒーを運び、島谷さんはゆっくりとゆっくりとすする。それだけだ。

またドアが開き、眼帯をした少年と母親らしい女性が入ってきた。

「いらっしゃいませ」

忙しくなる。和久とおしゃべりしている暇はない。珠美は四度目のお辞儀をすると、和久に背を向けた。そのとたん、

「あっ、美園さん」

和久が呼び止めてくる。

「あっ、あの、今度……」

振り向いた珠美の前で、和久がもごもごと口を動かした。

「はい？」

よく聞き取れなくて、和久に問い返す。

「いや、あの、今度、飯でも食いにいかないかなって思うて……。あの、ひっ暇があればでええんやけどな」

「ご飯を？」

「うっうん。まぁ、そのランチとか」

「お昼は無理だと思う」

「あっ、じゃあ夜でも……、さすがに朝ってのはちょっと……。あっでも、美園さんが朝がいいなら別に、おれは構わんけど……」

「朝も無理やわ」

「あ……だよな。そうだよな。そうか、別にそんな気にしなくてええから。ちょっと言うてみただけやから」

「達人が一緒でもええのかしら？」

「うん？」

「達人が一緒でよければ、夕食、だいじょうぶやけど。でも九時にはあの子、眠とうなってしまうから、その前にお風呂《ふろ》に入れんとだめなの。だから八時過ぎまでしか時間がないけど、ええですか？」

和久の面がそれとわかるほど晴れやかになる。

「全然、それでええよ。おれも九時過ぎには眠くなるタイプやから。子ども並みに健全なんや」

珠美は頷《うなず》き、厨房《ちゅうぼう》と店を区切るカウンターに向かった。

「お兄ちゃん、よかったな。珠美ちゃんとデートかい。羨《うらや》ましいこっちゃ」

「いや、デートとかやないし。ただ、飯を食うだけやから」

「それをデート言うんやないか」

和久と島谷さんのやりとりが背後で聞こえる。

男でも女でも誰かに食事に誘われるのは、久しぶりだ。この前がいつだったか、俄《にわ》かには思い出せないほど久しぶりだ。心が弾むと言うのとは少し違うけれど、嬉《うれ》しい。コップに水を注ぎながら、珠美はそっと顔を上げてみた。

和久はもういなかった。

久本看護師を迎えに行ったのだろうか。自分の指をかじっていた姿を思い出す。また、笑いが込み上げてきた。

和久と食事の約束をし駅前で落ち合い隣市のレストランへ出向いたのは、それから一週間後の夕方だった。

散々だった。

和久が選んだイタリアンレストランは、洒落《しゃれ》てはいるけれど、洒落ているわりに味はいいかげんで、喉《のど》がひりつくほど濃い味のスープが出たかと思うと、何の味も無いパスタが三種も並べられたりした。肉料理のソースも妙に甘い。

達人は飽きてぐずるし、不味《まず》い料理にお腹は空《す》いているのに胸はいっぱいになるし、一時間足らずで、店を去るはめになった。

「申し訳なかったなぁ、おれ」

帰りの車の中で、和久がため息を吐く。

「もうちょいマシな店かと思ってたんだけど、あんなに不味いと思わんかったで」

「店の雰囲気はよかったけどね。なんか、やっぱ達人がいるとあんな高級そうな店は無理だったね。こっちこそ、ごめんね。嫌な思いさせちゃって」

「えっ、いや、嫌な思いなんか全然、してへんけど。おれ、自分のセレクトにがっかりしてるだけや。美園さんもがっかりやろ」

「そんなことないけど」

　達人は車に乗って直ぐに寝息を立て始めた。力の抜けた身体が重い。いつの間にか身体つきが一回り大きくなった。はっきりと言葉をしゃべるようになり、昨日できなかったことが翌朝にはできるようになる。幼児の成長の速さと確かさに驚かされる日々だ。

　達人の髪を撫《な》でながら、尋ねてみる。

「和久くん、あたし、がっかりしてたように見えた？」

「あ……うん、まあでも、あの味じゃしょうがねえよな。おれだって、気分、落ちてたもん」

「違うの」

「え、違う？」

「違うの。料理のせいじゃないんよ。あたしね、今日……父親に会うたの」

「親父さんに？」

　それがどうしたのだと言う風に、和久が首を傾げる。

「会うたと言うか、遠くから見たんやけどね」

　父を見た。

　内科の待合スペースで、だった。病棟以外なら店は出前もする。今日の昼過ぎ、珠美はリハビリ室のスタッフにオムライスを三人前、運んだ。手作りのデミグラスソースを使ったオムライスは店の人気メニューだ。

　その帰り、父を見たのだ。

　外来の診療は午前中だけだ。午前中ごった返す待合スペースも午後は閑散としてしまう。節電のために照明を落とすから、薄暗くもある。

薄暗く人気《ひとけ》のない待合スペースのイスに父は一人で座っていた。

老いて一回り萎《しぼ》んだように見えた。白髪も増え、鼻梁《びりょう》が目立つほど痩《や》せている。珠美はしばらくその姿を見詰めていた。

「お父さん……」

ふっと呟《つぶや》いていた。なぜか胸が痛んだ。きりきりと絞られるみたいだ。

父はふらりと立ち上がり、エントランスへと向かう。僅《わず》かに片足を引き摺《ず》っている。

「お父さん」

遠ざかっていく背中に呼び掛けてみる。さっきより強く胸が痛んだ。

父のこと、父との確執のこと、十八の年に家を出てからの日々のこと……気がつけば全てを和久に話していた。和久といると頑《かたく》なものが全て溶解していく。素直に、有りのままに、自分の心の内を吐露できた。

「あたし、父親のこと大嫌いだって思うてた。母親と毎日毎日、いがみ合って、子どもたちには支配的で……一緒にいて、ほんとに息苦しかった。だから、泰彦と結婚するために家を出たときはほっとしたの。一生、父親のとこには帰ってこんて本気で思うて……けど、今日、父親の年とった姿見たら、何か切ない言うか、苦しい言うか、自分がすごい悪人みたいな気がしてきて……父親がすごく可哀そうで……」

達人が腕の中で身じろぎする。どんな夢を見ているのか、口元が綻《ほころ》んだ。

この子を一度も見せていない。初孫なのに会わせてさえいない。あたしって、どうしようもないほど残酷な女なんだろうか。

「帰ってみればええやないか」

和久がハンドルを操りながら、ぽんと投げ出すように言った。

「え？」

「実家、津雲にあるんやろ」

「うん……病院の近く」

「それなら、簡単やないか。一度、チビを連れて帰ったらええ」

「けど、今さら帰るなんて」

「後になって後悔するのもつまらんやろ。あっ、後悔ってのは後でしかできんか」

和久が短く笑う。珠美は笑えない。

「後悔って、あたしが後悔するって意味？」

運転している和久の横顔を見やる。

「うん。もしかしてやけど、美園さんの親父さん、病気かもしれんやろ。病院におったなら、その可能性、大きいやないか」

「まあ、それは……」

「んでもって、それが重い病気で、親父さんが亡くなったとしたら、美園さん、一生後悔するんと違うんか……ごめんな、縁起の悪いこと言うけど。たとえばの話やから」

珠美は指の爪を噛《か》んだ。困惑したときの癖だ。悪癖だと父親からしょっちゅう怒られていた。爪を噛みながら、和久の言葉を反芻《はんすう》する。老いた父の横顔が浮かんでは消え、また、浮かんでくる。

「親父さん、美園さんがどこにおるんか知らんわけ？」

「さあ……知ってるかも……。わたしからは、ちゃんと知らせていないので……」

「そしたら美園さんから会いに行くしかないんやないか」

「そうだけど……」

「あっ」

「えっ？　どうしたの？」

「おれ、今、むちゃくちゃ出しゃばっとるよな。おふくろには、他人の家のことに口を出すのは警察と医者だけでええって言うとるのに。おふくろ、ほんま出しゃばりで世話好きやから」

「うん、知ってる。久本さんの世話好きのおかげで、あたし、就職できたんやもの」

車が止まった。『コーポTSUKUMO』の前だった。眠ったままの達人を抱え、車から降りる。

「和久くん、今日はありがとう」

「いや、あの、美園さん。今日はちょっとミスったから……あの、今度はおれの行きつけの店に飯食いにいかへんか。あの、小さなフツーの食堂やけど、味はめっちゃ美味《うま》いんや」

「ほんとに？　何てお店？」

「『ののや』って言うんや。野菜炒《いた》めとかほんまに美味《おい》しいで」

「あたし、野菜炒め大好き。でも、自分ではあんまり美味しく作れなくて」

「ほんまか。じゃあ、また来週あたりに誘うな」

「うん。楽しみにしてる」

嘘ではなかった。和久とまた会えるのも『ののや』の野菜炒めも楽しみだ。

恋？　あたし、和久くんを好きになり始めているのだろうか？

和久の言葉は本当だった。

次の週誘われた『ののや』の野菜炒めは、美味しかった。キャベツ、モヤシ、人参《にんじん》、玉葱《たまねぎ》、ピーマン、豚肉……特別な食材を使っているわけではないのにしゃきしゃきと食感がよくて、噛めば噛むほど野菜の甘みが口中に広がってくる。

「美味しい」

一口食べて、思わず感嘆の声をもらしていた。

「だろ。美味いだろう」

和久がにやりと笑う。安堵《あんど》の笑みでもあった。

「これで、この前の店の×分、ちゃらにしてや」

「うん。お釣りがくるぐらい美味しいよ。玉子焼きも和《あ》え物も美味しい。ね、達人」

「おいちい」

玉子焼きを口いっぱいに頬張った達人が答える。口の端から玉子焼きの欠片《かけら》がほろりと落ちた。和久がそれを摘《つ》まみ、自分の口に放り込んだ。ごく自然な動作だった。

「この前の店って、どこに行ったんや」

ふいに声をかけられた。

カウンター席に座っていた男が首だけをこちらに向けて珠美たちを見ていた。

きょとんとした目が小鳥を連想させる。髪の生え際がかなり薄くなっているから、もういい歳なのだろうが、見れば見るほど小鳥を思い起こさせる。その隣では眼鏡をかけた面長の男がやはり、珠美たちに顔を向けていた。にこにこと笑っている。

「和久、このところ姿を見せん思うたら、おまえ、浮気しとったんか」

「浮気って、何を言うとるんですか、池内さん。あっ、この人、池内さん。商店街にある池内鮮魚店のご主人。美園さん、池内鮮魚店、知っとるかな」

「あ、うん。どうだろう……」

駅前の商店街にはめったに買い物にいかない。正直『池内鮮魚店』について、ほとんど記憶がなかった。

「あ、それでもって隣のおじさんは野々村さん。二人とも『ののや』の常連なんや」

「おまえも、そうやろが」

池内さんが、和久に向けて顎《あご》をしゃくった。

「三日にあげず飯を食いにきとったやないか。それが、このところ顔、見んなぁて思うとったら、浮気して他の店に行ってたんか。しかも、こんな可愛いカノジョ連れてや」

和久が慌てて、手を横に振る。

「いっ、池内さん。ほんまにええ加減にしてくださいよ。カノジョじゃないです。友だちの奥さんで」

「おまえ、友だちの奥さんと付き合うとるのか。そりゃあ、あかんぞ。揉《も》め事になるぞ」

「だから、違うって言うとるでしょ。揉め事にしてるの、そっちやないですか」

「おれがいつ、揉め事なんか作っとるんや」

「しょっちゅうですよ」

池内さんと和久のやりとりは、即興の漫才のようだ。肩をすぼめ、少しだけ笑ってしまう。

「もしかしたら、珠美ちゃんですか。矢牧さんとこのおじょうさんの」

細面の男が珠美の旧姓を口にした。驚いた。まさかここで、矢牧の名を聞くとは思っていなかった。

「そうですけど……」

「あぁ、やっぱり。小さいときの面影残ってるで。あっ、わたし、野々村と言います。お父さんにはいろいろと世話になったんです」

「父に、ですか」

野々村さんが笑顔のまま頷《うなず》いた。

「わたしね、長いこと役場や公民館の職員を務めてたんですがね。矢牧さん、ボランティア活動に昔からご夫婦で協力してくださってね。助かっとりました」

「ボランティア？　父がですか？」

「お母さんも一緒でしたで。子どもたちに読み聞かせしてくれたり、清掃活動に加わってくれたりしてね。珠美ちゃん、まだ、おしめをしとったけど、お父さんにおんぶされて、よう一緒に来とられましたで」

「父がおんぶ？」

野々村さんの言うこと一つ一つを問い返してしまう。父と母が二人でボランティア活動をしていた？　父によくおぶわれていた？　信じられない。父と母はいがみ合うだけの夫婦ではなかったのか。あたしは、愛されない娘ではなかったのか。

口の中の唾《つば》を飲み込む。野菜炒めの味がした。

「この前、久しぶりに町で会いましたが、めっきり年を取られましたな。やっぱり、奥さんが亡《の》うなったのがショックだったんでしょうの。わたしも、女房を早くに亡うしてしもうたで、気持ち、ようわかります」

野々村さんがふっと目を伏せる。

そんなことありません。父は母の死にショックなんか受けるわけがないんです。父は母を憎んでいました。母も父を厭《いと》うていました。そんな夫婦だったんです。父は、家族の誰をも愛せなかったんです。

胸の内で野々村さんに言い返す。珠美にしか聞こえないその声は、一時、珠美の中でわんわんと響いたけれど、すぐに萎《しぼ》んでしまった。

「けど、矢牧さんはええですな。こんな、可愛いお孫さんがおって。羨《うらや》ましいですわ」

野々村さんが達人に向かって手を振る。達人が大きな澄んだ笑い声をたてた。

『ののや』からの帰り道、珠美はずっと両親のことを考えていた。

頑固で偏屈で家族にさえ心を開かなかった父、父への不満や鬱屈《うっくつ》を娘にぶつけていた母。珠美の知っている父と母は決して幸せな夫婦ではなかった。珠美は決して幸せな娘ではなかった。

でも、そうなのだろうか。本当にそうだったのだろうか。

あたし、お父さんのこと何にも知らなかったんじゃないの。お母さんのことも。

頑《かたく》ななのはあたしだったのかもしれない。お父さんが何を考えているか、何を思っているか知ろうともしなかった。

ふっと夕焼けの空が浮かんだ。父と見上げた夕焼けの空だ。

「美園さん」

並んで歩いていた和久が覗《のぞ》きこむように、身を屈《かが》めた。『ののや』から『コーポTSUKUMO』に向かう道の半ばだった。

「どうした？　さっきから黙りこくってるけど」

「え？　あ、ごめんな。ちょっと考え事してて。あの、達人、重くない？」

「ちっとも」

達人は和久に抱っこされたまま寝息をたてている。満足しきった穏やかな寝顔だった。口元にうっすらと笑みさえ浮かんでいる。

「かわいいよなあ。子どもってこんなにかわいいもんやったんやな」

「和久くん、子ども好きなんやね」

「いや、そうでもないけど……なんか、達人はむちゃくちゃかわいいって思うんやな。どうしてかな」

「あんまりかわいがってもらうと、達人がパパだと誤解しちゃうかもしれんね」

「おれは、それでも構わんけど」

和久がぼそりと言った。達人を軽く揺すり上げる。

珠美は足を止め、和久を見上げた。和久も止まる。それから、ゆっくりと珠美に顔を向けた。

「おれでよかったら、達人の父親になってもええけどな」

「和久くん……」

「あっいや、むしろ、なりたいつーか、うん、なりたいってのが本音で……」

耳朶《みみたぶ》の先まで紅《あか》く染めながら、和久がしどろもどろに心を打ち明ける。

「いや、それはやっぱ美園さんや達人が、おれでもええって言うてくれてのことやけど……。もし、もし、おれでええなら、おれはいつでも達人の親父になりたいけど」

「和久くん。あたし、まだ、戸籍上は泰彦と別れてないんだよ」

「うん。わかってる。だけど、戸籍とかナントカ届とか、そんな手続きのことはどうでもええんや。美園さんが泰彦とよう話し合うて、別れるってことになったら……そしたら、そこで、おれのことちょっとは考えてもらいたいなって、それだけなんや。んで、おれじゃ頼りないとか、達人の父親に相応《ふさわ》しゅうないとか美園さんが思うたんなら仕方ない。おれ、諦《あきら》める。けど、ちょっとでも可能性っていうか、そういうのあるんなら……あの、あるなら、おれ、待っててもええかな」

和久はそこまで言うと長い息を吐いた。耳朶はまだほんのりと紅い。

なんとたどたどしいプロポーズだろう。洒落《しゃれ》た文句も甘い科白《せりふ》もない。けれど、心に染みる。まっすぐに染みてくる。

目の奥が熱くなる。

「和久くん、ありがとう。あたしなんかに、そこまで言うてくれて」

ほんとに、ありがとう。

「でも、あたし、まだ自分の気持ちがようわからんし……達人と二人で生きて行くので精一杯だったから、離婚とか再婚とか……ちゃんと考えるゆとり、なかったから……」

達人を受け取り、腕に抱く。

この重さ、この温かさに支えられてここまで来られた。これからは、どうする？　どうしたらいいだろう？　あたしは、どうしたいのだろう？

答えは自分で出すしかない。

「和久くん、もう少し、もう少しだけ待ってもらえる」

和久が頷いた。そして、笑んだ。

「おれ、待つの得意なんや。小さいころから一人でおふくろの帰るの待ってたし」

笑んだまま和久はひらりと手を振った。

「じゃあな。ばい」

まるで高校生のような別れの挨拶《あいさつ》を残して、背を向ける。数歩、歩いて、和久は身体ごと振り向いた。

「美園さん、言おうかどうか迷うてたんやけど」

「うん」

「あのな、あの島谷って陽気なおっさんな」

「島谷さん？　島谷さんがどうかしたん？」

「今朝早く、亡くなったそうや」

一瞬、吸い込んだ息を吐けなくなった。

島谷さんが亡くなった？

「身体のあちこちが悪かったそうやけど、まだまだ元気やと思うてたのに、今朝、容態が急変したんやて。おふくろとも顔馴染《かおなじ》みで……、おふくろ、辛《つら》そうだった。何十年看護師してても人の死には慣れんもんやて言うてた」

島谷さんが亡くなった？

この前、会ったのはいつ？　二日前だ。二日前のお昼頃、いつものようにコーヒーを飲んで、冗談を言っていた。「売店にいったら、ハート模様のパジャマが売ってたで。今度、あのパジャマ買って着てみようかな。案外、似合うかもしれへんな。珠美ちゃん、お揃いで着ぃへんか」なんて冗談を。

島谷さんは死んだ。この世の人ではなくなった。

「親父もそうやったけど、人って急に逝ってしまうもんなんやなあ」

和久は空を仰いで、呟《つぶや》いた。

「おれ、それだけは覚えておこう思う。人って急にいなくなるんや。だから、ちゃんといてくれる人って大切なんやな。あはっ。おれ、何を言うとんのかな。意味、わかんねーっ」

肩を竦《すく》め、和久は再び背を向ける。今度は振り向かなかった。その背中が、闇に紛れて見えなくなるまで珠美は佇《たたず》んでいた。


『矢牧』と彫り込まれた表札が少し傾いている。その傾きを直し、珠美は門扉を開けた。

小さな前庭がある。昔、門の脇の花壇に姉と二人で朝顔の種を植えた。夏の初めに驚くほどたくさんの花を付け、庭を鮮やかに彩った。

覚えている。

思い出した。

花壇の前にしゃがみ込んでいる背中に声をかける。

「ただいま、お父さん」

父が振り返る。緩慢な動作で立ち上がる。

「珠美……」

達人がくしゃみをした。洟《はな》を拭《ふ》いてやる。

「お父さん、あの……あたしね」

「寒いんじゃないか」

「え？」

「達人、洟が出とる。寒いんじゃないか」

父が達人を見ている。眼鏡の奥で目を細め、見詰めている。意外だった。父が達人の名前をこんなにも自然に呼ぶなんて思いもしなかった。

「入れ」

短い一言の後、父は玄関のドアを開けた。珠美を促すでもなく、自分だけがさっさと入ってしまう。ドアは開け放たれたままだ。

家の中は驚くほど、変わっていなかった。古いけれど、きれいだ。掃除が行き届いている。几帳面《きちょうめん》な父はきっと、毎日、掃除機をかけ床を磨いているのだろう。

母の仏壇にも塵《ちり》一ついていなかった。灯明がともり、小菊が活《い》けられている。その奥で、母の遺影が微笑んでいた。亡くなる一ヵ月ほど前のもので、丸襟の白いブラウスを着た母は、若やいで美しかった。

父が選んだ写真だ。数ある写真の中から、父はこの一枚を選び出したのだ。

今さら、そんなことに思いを馳《は》せる。

仏壇の前に座り、合掌する。ふと、横を見ると達人も同じように小さな両手を合わせ、目を閉じていた。背後で、父がほうっと声を漏らす。

「ずい分、行儀のよい子やな」

達人が珠美から父へと視線を移し、「だあれ？」と尋ねてきた。このごろめっきり言葉数が増えてきた達人は「だあれ？」「なあに？」「どうするの？」を繰り返している。

「祖父《じい》じだよ」

「じいじ？」

「そう。達人の祖父じ」

達人が笑い声をあげた。「じいじ、じいじ」と言いながら跳ね回る。よろけて転びかけた達人を父の両手が抱き止めた。

「こりゃあ、かなりのやんちゃ坊主やな」

「じいじ、じいじ」

「わかった、わかった。達人は何が好きや」

「ママ」。達人の答えに、父の口元が緩む。

「ママが一番、好きか。そりゃまあそうやな。食べる物では何が好きだ」

「えっと、えっと……苺《いちご》と玉子焼き。えっと、『ののや』の玉子焼き」

「ほう、達人は『ののや』を知っとるのか」

「うん。一度連れて行ってもらったら、すっかりお気に入りになってしもうて、毎日『ののや』の玉子焼きが食べたいってそればっかり」

「そうか、じゃあ、祖父じと一緒に『ののや』に玉子焼きを食べに行くか」

達人が顔中に笑みを広げる。

「行く行く、玉子焼き食べに行く。じいじ、行こう。『ののや』、行こう」

父の手を引っ張る。どれほどの力もないだろうが、父は引き摺《ず》られるように腰をあげた。

「じゃあ、今日の晩飯は『ののや』だな。ええやろ、珠美」

珠美は座ったまま、父の横顔に目をやる。痩《や》せた。老けた。目尻《めじり》や額に深い皺《しわ》が目立つ。

「お父さん、あたし、今、町立の病院に勤めとるの。食堂やけど」

「知っとる」

「えっ」

「知っとる。友人の見舞いに行ったとき、おまえの姿を見かけたで」

「お見舞いに……」

「あぁ。もう二、三週間も前になるかな。元気に働いとって安心した」

「あたしも、お父さんを病院で見かけたの。待合室に一人で座っとったでしょ」

「あぁ、あれは……その友人が亡くなったでな。少し、がっかりして……座りこんでたんや」

「足、引き摺ってたけど」

「関節がな、寒い時は少し痛む。今はもう、大丈夫や」

父が達人を抱き上げる。

「おまえはすごいな。珠美」

「すごい？　あたしが？」

「ああ。自分でちゃんと自分の人生を生きとる。それは、やっぱり、すごいことや」

あぁ、見ていてくれたんだ。

気が付いた。

あたしがこの家を出てからずっと、お父さんは見ていてくれたんだ。

赤ん坊が生まれたのも、その赤ん坊に達人と名づけたのも、『コーポTSUKUMO』に入居したのも、必死に職を探していたのも、みんなみんな見ていてくれたんだ。

父は見ていてくれた。そして、どこで手を差し伸べようか、迷い、悩み、躊躇《ためら》っていたのだ。

不器用な人だ。

ちっとも素直じゃないし、口下手だし、想いを真っ直ぐに伝える術《すべ》さえ知らない。

お父さんって、そんな人なのだ。

「じゃあ、大急ぎで花壇の手入れを済ませようか。達人、手伝うか」

「おてちゅだいする。おてちゅだいするよ」

「よし、行こう」

達人を抱いたまま、父が歩き出す。

おまえはすごいな。

さっき、父から貰《もら》った称賛の言葉を珠美は嚙《か》み締めてみる。

『ののや』の玉子焼きのような、ふんわりと甘い味がした。

その夜、珠美は泰彦に電話を入れた。

何ヵ月ぶりだろう。

泰彦との間で連絡が途切れて久しい。

もしかしたら留守電になるか、最悪の場合解約されているかもしれないと思っていた携帯電話だったが、呼び出し音三回で泰彦の声が聞こえてきた。

「もしもし」

「ヤスくん、あたし」

「うん、珠美だな」

「今、電話、大丈夫？」

「ああ、大丈夫だけど」

「ヤスくん、もしヤスくんが帰りたいなら、帰ってきてええからね」

電話の向こうで息を吸い込む気配がする。

「待ってるなんて言えんけど、あたし、ヤスくんだけを待って生きてくわけにはいかんけど、でも、今でもヤスくんのこと、好きなんよ。ヤスくんのおかげで救われたこと、いっぱいあるもん。ヤスくんに助けてもろうたこと、ほんと、いっぱいある」

「珠美……」

「『コーポTSUKUMO』今年の夏には壊されてしまうんやて。入居者が少なくなって採算がたたんて、大家さんが壊して更地にするんやと」

「そうか」

「あたし、当分、矢牧の家に帰るつもり」

「……そうか」

「だから、津雲にはヤスくんの帰るところ、あるから。それだけ、言うときたかったん」

泰彦の呼吸が確かに伝わってくる。

「帰ってええんかな」

津雲の訛《なまり》が伝わってくる。

懐かしい声だ。懐かしい物言いだ。

泰彦が懐かしい。

「おれ、今さら、帰ってもええんかな」

「ええよ」

珠美は答えた。

「あたしは、もう一度、ヤスくんと暮らしたい。それが、ほんまの気持ち。けど、ヤスくんがおらんでも、何とかやっていける。それも、ほんまのこと。あたし、まだヤスくんのこと好きでおるから、ほんまのこと言うね」

珠美は携帯を握り締め、目を閉じる。泰彦はどこにいるのだろう。珠美の知らない都会の喧《けん》騒《そう》が遠い潮騒《しおさい》のように、響いてくる。

それは津雲の山裾《やますそ》に広がる竹林の、風音に似ていた。

「えー、それではみなさん、お揃いのようですので、そろそろ始めることといたしましょう」

ビールのグラスを片手に池内さんが立ち上がる。咳払《せきばら》いを一つする。

疎《まば》らな拍手が起こった。

「不肖、わたくし池内がまずはご挨拶《あいさつ》をさせていただきます。えーっ、今夜は、お忙しい中、お集まりいただいてまことにありがとうございます。では、只今《ただいま》より久本和久くんの失恋をお祝い……ではなく、慰めるためのささやかな宴《うたげ》を催したいと思います。『ののや』の御主人のご厚意で、『ののや』を貸し切り、このような宴を開けることをまずは、ご報告しておきます」

野々村さんが、『ののや』の主人が、そして、久本看護師が一斉に手を叩《たた》いた。

「あほ。おかんまで何で拍手なんかしとるんや」

和久が唇を尖《とが》らせた。

「だいたい、だれが失恋の宴なんかしてくれて頼んだんや。みんな、飲んで騒ぎたいだけやないか。しかも、おかんまで顔出してから」

「ええやないの。ええやないの。失恋した時はぱーっと騒ぐのが一番や」

久本看護師が息子の背中を叩く。それから、

「けど、珠美ちゃん、ええ子やのにねえ。ほんと、惜しかったわ。けど、まぁ振られたんやからしゃあないわな」

と、わざとらしく嘆息してみせる。母に釣られて、和久もため息が出そうになった。慌てて抑え込む。

「和久くん、あたし、泰彦のこと待ちたいの」

そう告げてきた珠美の顔を思い出す。

あぁ、きれいやな。

心底、そう感じた。

おれ、ほんまに惚《ほ》れてたんやな。

改めて思い知った。

目の前の小柄な女性に本気で惚れていた。美園珠美が嘘でなく愛《いと》しかった。

どうしてだか、わからない。ずっと何をやるのも中途半端だと言われてきた。人を好きになるのも、自分を愛するのも確かに中途半端だった。自分はそういう者だと思っていた。中途半端に生きて、中途半端に人と関わっていく。そういう者だと思っていた。

けれど、珠美への想いだけは半端じゃなかった。達人の存在も含めて、本気で守りたいと感じていた。中途半端が悪いとは今も思わない。けれど、本気になれる自分を知ったことは、新鮮だった。

へぇ、おれ、こんな気持ちになれるんだ。

今はちょっとへこんでるけど、いつか美園さんに感謝できる日がくるかもしれんな。

そんな風にも思う。

まだ辛《つら》いけれど、いつか……。

「若いうちは振られればいいのです。どんどん恋をし、振られてこその若さです。それでは、久本和久くんの失恋を祝って、もとい、慰めて、乾杯」

「かんぱーい」

「振られた和久に、かんぱーい」

グラスが触れ合う。

「あんた、車の運転があるんやから飲酒は絶対、あかんで」

久本看護師が和久の耳元で囁《ささや》いた。

「おれのための会やないんか」

「そんなん関係ない。わたしはビールが飲みたいんやから、あんたは飲んじゃだめ」

「むちゃくちゃやな、おかん」

和久は新しいグラスにコーラを注いだ。

「ほい、これ。池内さんからの差し入れ」

『ののや』の奥さん、奈央さんが和久の前に刺身を盛った大皿を置いた。和久に向かって、笑みかける。

「外、雨が止んだよ。明日《あした》は晴れるわ」

そうか、雨が止んだんだ。

明日は晴れる。

和久は鯛《たい》の刺身を摘《つ》まむと、勢いよく口の中に放り込んだ。

第五章　土埃の向こう側

水道のコックを思いっきりひねる。

蛇口から水がほとばしる。

その水をぶつけるようにして、顔を洗う。ついでに思いっきり飲み下す。

渇ききった喉《のど》がぐっぐっと音を立て、全身が瞬く間に潤っていく。

「きっもちえ〜」

隣で昇平《しょうへい》が叫んだ。仰向《あおむ》けた顔から水が滴り落ちる。

「練習の後のこの一杯、やっぱサイコー。このために野球やってるって気ぃになるで」

恭介《きょうすけ》は口に含んでいた水を噴き出してしまった。そのまま、咳《せ》き込む。

「なんや？　なにがおかしい？」

首に掛けたタオルで顔を拭《ふ》きながら、昇平が唇を突き出した。

「昇平、おまえ幾つや」

「は？　年か？　十四に決まっとるやないか。今さら何、言うとる」

「十四歳がこの一杯、サイコーなんて叫ぶか。それ、かなりオヤジ入ってるで」

「マジで？」

「マジで。かなりつーか、もろオヤジかも」

「そういやあ、うちの親父、風呂《ふろ》上がりにビール飲んで……」

「言うとるやろ。この一杯、最高やなって」

「うん、言う言う。毎日、言うとる。うわっ、おれ、やば。知らん間に親父に影響されとる。どうしよう。恭介、どうしたらええ」

「ナンちゃんに頼んで、お祓《はら》いでもしてもろうたら、どうや」

恭介はグラウンドをまっすぐに指差した。ファーストの南田《みなみだ》が監督と何かを話していた。後ろ向きの監督の表情は窺《うかが》えないが、南田は真剣な顔つきで頷《うなず》いていた。練習中に明らかな捕球ミスが三度もあったから、注意されているのかもしれない。五月下旬の総体まで一カ月を切った。七月には全国大会の地区予選が始まる。津雲中央中学校野球部の監督である蘆守《あしもり》先生の指導も日に日に力が入っていく。特に守備面でのミスには厳しかった。同じミス、同じエラーを繰り返さないための練習が徹底して行われた。

「エラーってのは、考えようによってはホームランより怖いんだ。相手チームを勢い付かせ、味方の士気を損なう。ボディーブローみたいにじわじわ効いてくるんやぞ。ホームランってのは誰にでも打てるもんやない。けど、エラーをしないのは練習しだいでできるんや」

ホームランは誰にでも打てるものではない。しかし、一度もエラーを出さず試合を切り抜けることは、練習で達成できるのだ。

蘆守監督の言葉を恭介は頷きながら聞いた。納得できる。

「百パーセント、エラーを無くすことは不可能や。どんなに練習しても、どんな天才であっても百パーセントは無理や。けど、練習すれば、限りなく百パーセントに近づける。誰でも近づける。それだけは確かや。よう、覚えとけ」

そう続いた言葉にも納得できた。どんなに努力しても不可能なことがある。必死に努力すれば近づけるものがある。

野球だけではない。人が生きるとは、おそらくそういうところに繋《つな》がっているのだろう。漠然とだが、恭介は思うのだ。思うだけで口にはしない。口にしたとたん、全て嘘くさくなる気がしたし、それこそ、「おまえは人生悟ったオヤジか」と昇平に突っ込まれてしまう。それに、自分の胸にある漠然とした思いをどんな言葉に置き換えたら、きちんと他者に伝わるのか、伝えられるのか、恭介にはまるで見当がつかない。見当がつかない自分をひどく幼いと感じ、時折苛立《いらだ》つ。苛立ちを家族にぶつけ、妹の凜子から「お兄ちゃん、うちらに八つ当たりなんかせんといて」と、ぴしゃりと言い切られたことがあった。

「はぁ？　八つ当たり？　ふざけんな。おまえ、このごろ生意気過ぎやぞ」

凜子を睨《にら》みつけてみたけれど、本当は恥ずかしくて堪《たま》らなかった。我儘《わがまま》な幼児そのままに当たり散らしている自分が恥ずかしい。そこを三つ違いの妹は見事に看破したわけだ。これでは、どちらが年上かわからないじゃないか。

心も身体も萎縮《いしゅく》する。

恥ずかしい。

それからは、苛立ちが募るたびにグラブとボールを携えて、家を出るようにした。津雲の町の端をなぞるように流れる山川の河畔で一人、投球練習をする。護岸のためのコンクリート壁目掛けて、ボールを投げ込むのだ。一度思いっきり投げたボールが跳ね返り、川に落ちたことがあった。前日にかなりの雨が降っていて、ふだん、緩やかな山川が濁流となってごうごうと不穏な音をたてていた。土色に濁った流れは小さなボールなど、瞬く間に呑《の》み込んで運び去ってしまう。

濁流の中を遠ざかって行くボールを目で捜しながら、恭介は不意に、その場にうずくまりそうな心許《こころもと》なさを覚えた。身体の内側が冷えていく。唐突に襲ってきた感情に突き動かされ、締めあげられ、息が詰まりそうになる。恭介は本当に河原に、しゃがみこんでしまった。

父が経営している小さな鉄工所が、地方の零細企業のご多分に漏れず厳しい状態であることは、十分承知している。五人いる従業員の給与の支払いさえ覚束ないと、父と小声で嘆いていたのを耳にしたのだ。めったに愚痴も弱音も吐かないカラオケ好きで陽気な母が、暗い表情で額を寄せ合っていた。言葉より両親の顔つきが切羽詰まった現実を如実に語る。

うち、大変なんだ。

半開きになっていた居間のドアをそっと閉める。足音を忍ばせて自室に戻る。ベッドに寝転ぶと、深いため息が口をついた。

流れにさらわれた軟式ボールが惜しい。不注意で無くしたから買ってくれとねだれるわけがないのだ。けれど、恭介の心を揺さぶったのはそんな家庭の事情やボールへの未練ではなかった。もっと余地のない、もっと切実な、もっと生々しい感覚だった。

野球ができなくなったら、どうしよう。

突き飛ばされ、底無しの穴に落ちていくように、恭介は感じたのだ。

もし、野球ができなくなったらどうしよう。

しゃがみこみ、膝《ひざ》を抱えながら、考え続ける。自分が何故、そんなことを考えているのか摑《つか》めない。父の仕事は逼迫《ひっぱく》しているとはいえ、まだ何とか回っている。万が一、工場が倒産してもただちに野球を止めなければならないわけでもなかろう。肘《ひじ》にも肩にも障りはなく、軽々と動く。中二の秋、新チームになったとき、先輩から譲り受けたエースナンバーを背負うのに、怯《ひる》みも躊躇《ためら》いもなかった。

それなのに、なぜこうも不安なのだろう。不穏なのだろう。言葉にできない苛立ちもこの唐突な感情も、確かに自分のものなのに、どう扱っていいのか見当がつかない。自分自身を持て余してしまう。

山川の渦巻く流れを眺めながら、恭介はしばらく、その場を動けなかった。

もっとも、いつもいつも、そんな情動に振り回されているわけではない。むしろ、日々の大半はそんな感情を忘れ去ったまま暮らしている。

グラウンドで野球部の仲間と練習しているとき、特に、昇平相手にボールを投げ込んでいるときなど、微塵《みじん》も思い浮かびはしない。

「おっし、恭介、今日も調子ええぞ」

昇平が満足気に頷くのも、思い通りに球が走るのも、蘆守監督のように納得できる言葉を伝えてくれる大人がいるのも、野球に纏《まつ》わる一つ一つが恭介を鼓舞し、高揚させる。心地よい想いを届けてくれる。

野球が好きだった。

最初に教えてくれたのは、父の哲郎だ。中、高校球児だったという父は、恭介の五つの誕生日にグラブを買ってくれた。ビニール製の玩具《おもちゃ》ではなく革製の本格的な幼児用グラブだ。そのグラブをはめ、父とやったキャッチボールが今の恭介の基になっている。

野球が好きなのだ。

ボールの感触が、マウンドの匂いが、グラウンドに響く仲間の声が、ノックの音が、照りつけ肌を焼く光が、練習の後、蛇口から直接飲み干す水の美味《うま》さが好きだ。

今日も練習を終え、心行くまで水を飲む。昇平とどうでもいいような冗談を言い合う。そういう時間が、とても好きなのだ。

「あほか。ナンちゃんの家は寺やろが。親父さんは坊さんなんやからな」

昇平が鼻を鳴らす。

「お祓いするんは、神社やぞ。坊さんやのうて神主さんやないか。他人のこと、オヤジ入ってるなんてからかう前に、それぐらいのこと知っとけ、アホ」

「あっ、そうか。そういうもんか」

「あーぁ、うちのエース、こんなアホでええんかな。キャッチャーとして恥ずかしいで」

昇平が腕組みをし、わざと渋面を作る。その顔付きも物言いも、やはり、分別臭い中年男のようで、恭介はまた声をあげて笑いそうになった。タオルで口元を押さえ、辛うじてこらえる。そのタオルで顔を拭き、視線を巡らせる。首筋を柔らかな風が撫《な》でて過ぎた。

津雲中央中学校のグラウンドはうっすらと夕焼けの色に染まっている。四月も下旬となり、グラウンドを囲い込むように植えられた桜の木々の葉っぱは、緑を一際濃くしていた。桜並木の影も濃い。くっきりと、地に伸びて黒々とした模様になっている。

「もうすぐだな」

昇平がぼそっと呟《つぶや》いた。総体のことだ。

「うん」

恭介もぼそりと答える。

「おれのお祓《はら》いより、必勝祈願とかしてもらうか。津雲神社で」

昇平は真顔で言った後、すぐに薄く笑った。にやりという感じそのままの笑いだった。

「必要ねえか。必勝祈願」

「ないな」

「だよな。恭介、今、絶好調やもんな。今のおまえの球なら、神さまに頼らんでも十分、いけるで」

「うん」

前を向いたまま頷く。

そうだ、神にも仏にも頼る必要はない。今のおれなら、きっとやれる。

自分に言い聞かす。

半分は自分自身を奮い立たせるためにだが、残り半分は本気の思いだった。

冬場みっちり走り込んだおかげで、球の威力が倍増した。課題だったコントロールも下半身が安定することで、驚くほど正確に決まり出したのだ。昇平の出すサイン通りに、八、九割は投げられるのではないか。ストライクゾーンぎりぎりに渾身《こんしん》の一球が決まった時、恭介は身体を貫く突風を感じる。風が真っ直ぐに身体を突き抜けていくのだ。

快感だった。

一球が決まるたびに、自分の持つ可能性が根を伸ばし、花を開き、実を結んでいくと、どんな者にもなれるのだと感じるのだ。昇平のミットがたてる音が、言祝《ことほ》ぎのようにさえ聞こえてしまう。

「けど、あんまし調子に乗んなや」

昇平がすっと声を潜める。

「調子がええときほど、怖いんやって、監督に言われたやろが」

「わかってる」

調子がいいから勝てると断言できるほど野球が甘いスポーツでないことぐらい、理解しているつもりだ。マウンドに立って、一試合七回を投げ抜く時間は、決して平たんではないのだ。

山があり谷があり、坂道があり迷い道がある。起伏に富んだ、先の読めない道が続く。

それを恐いともおもしろいとも感じる。

先が読めない。

エースナンバーを背負って臨んだ初めての試合、恭介はそれこそ絶好調だった。

相手は隣市の中学校の野球部で、今まで何度も戦ったことのあるチームだ。その日は単なる練習試合だったけれど、新チームになって最初の対外試合であり、秋の新人戦に向けて前哨戦《ぜんしょうせん》の意味合いもあり、みんな、一様にはりきっていた。興奮もしていた。

「やば、おれ、鼻血が出た」

サードのクラゲンこと蔵元勇次が鼻を押さえる。一年生の水原がポケットティシュをさりげなく、手渡した。

「おまえコーフンしすぎだって」

昇平がこぶしでクラゲンの胸を軽く叩《たた》いた。

「そりゃあ、やっぱコーフンとかするっぺ。おらたち、ひさしぶりの試合でござるぞ。これでコーフンしなかったら、何にコーフンするでござるか」

「蔵元先輩なら、女の子の水着とかじゃないんですか」

「水原、おまえ、ぶっ殺す」

クラゲンと水原のふざけたかけ合いと、クラゲンの鼻の孔《あな》にティシュを突っ込んだ姿がおかしくて、周りにいた者全員が同時に噴き出した。

恭介も笑った。蘆守監督でさえ、声をあげて笑っていた。

「どうや、蔵元のおかげで無駄な力が抜けただろう」

試合開始直前、ベンチの前でいつもの円陣を組んだとき、監督はメンバーに向かって肩を竦《すく》めて見せた。そして、改めてにやりと笑った。

「笑うと身体から力が抜ける。空っぽになる。そこに、新たに力を注入して、試合に臨む。おまえら、今日は理想的な状態だぞ」

「まさに、ラブ注入ですね」

当時の流行語をクラゲンがすかさず口にしたけれど、昇平に小突かれただけだった。

監督は腕を組み、部員一人一人に視線を巡らせる。ただ、それだけのことなのに、空気が張り詰め、選手の表情から緩みが消えた。

「これはただの練習試合じゃない。新チームの第一歩、その記念すべき試合だぞ。ええな、思いっきりやれ。それぞれが、自分の力をどこまで出し切れるか、自分を試すんだ。決して縮こまるな。怯むな。躊躇うな」

監督の檄《げき》に、全員が腹の底から吼《ほ》える。

「おうっ」

「よし、行け！」

監督の手が恭介の背中、背番号1を叩く。パシッと小気味よい音がした。

その音に送り出され、グラウンドへと走る。ホームプレート近くに整列し、相手チームと礼を交わす。

「恭介、最初からびしっと行こうで。ただし、力むなよ」

昇平が、監督と同じ仕草で恭介の背を叩いた。

パシッ。

やはり小気味よい音がした。監督とキャッチャーと二人の手の感触を背中に刻んで、マウンドに立つ。

風は向かい風。

風が土の匂いを運んでくる。薄雲を貫いて光が地上に注ぎ、土埃《つちぼこり》を煌《きら》めかせる。ただの土埃が光の粒となり、舞い上がるのだ。光の向こうにバッターボックスがあり、ホームプレートがあり、昇平がいる。

マウンドに立たなければ目に出来ない風景だった。

試合が始まる。胸が高鳴る。土の匂いを胸一杯に吸い込む。

昇平がミットを叩き、構えた。恭介は振りかぶり、そのミットめがけて一球を投げ込む。

「ストライクッ!」

主審の手が高々と上がり、ストライクが告げられる。ただ、それだけのことだ。

たった一球。

たった一つのストライク。

それだけなのに、胸の高鳴りがさらに増す。返球した後、昇平が親指を立てた。

調子、最高。ええぞ、恭介。

声にならない声が伝わってくる。

恭介は五回までにヒット三本を打たれたけれど、全て散発の単打だった。失点無し。かなり強力だと噂された相手打線を完璧《かんぺき》に封じていた。

これまでは、四、五回を過ぎるとよく言われる〝スタミナ切れ〟の状態に陥っていた。身体が重くなり、腕や足が思うように上がらなくなる。身体の部分がてんでちぐはぐの動きしかしなくなり、汗はやたら噴き出るのに、背中の辺りは冷めて、凍えるようだ。何より、思考できなくなる。自分が今、何をどうすればいいのか、どうすべきなのか考えられない。

当然だが、そうなると球の威力は半減し、バッティングピッチャーのような打たれ方をした。

惨めだった。

自分が惨めで、堪《たま》らなかった。

おまえな、ほんとは野球の才能なんて、欠片《かけら》もないんじゃないのか。

頭の中で声がする。自分の声だ。囁《ささや》きなのに、痛い。小さな針の先で容赦なく刺されるような感覚だ。

試合が終わったあとも、ちょっと……かなり、落ち込んでいた。

「恭介、ちょっと来い」

監督に呼ばれたのは落ち込んでいた最中《さなか》、ちくちく刺さる声に身を竦めていたころだ。

「野球が嫌いになったか」

グラウンドの片隅、桜の木の陰でいきなり問いかけられた。一瞬、問いかけの意味が理解できなくて、

「はぁ、嫌いって？」

と、間の抜けた返答をしてしまった。

「野球だよ。ぼかすか打たれて、マウンドでどうしてええかわからなくなって、文学的な表現をすればだな、途方にくれたわけや、な」

「はあ……」

蘆守監督は国語科の教師でもあるのだ。

「嫌なもんやろ」

これには、はっきり答えられる。

「とても嫌なものです」

「だろ。おれはピッチャーの経験はないから、偉そうなことは言えんが、まったく打てる気がしないのに、一点差で負けている試合のツーアウト満塁の場面で、打席が回ってきたことがある。あれは……きつかったな」

「……ですね」

相当きついな。おれなら、膝《ひざ》ががくがく震えて無理やりでないと足が前に出ないかもしれない。バットを捨てて逃げ出したくなるかもしれない。

「結局、打席には立たなかったがな」

「え？」

「代打を出された。そのときの監督に言われたよ。おまえの背中を見てると、『何がなんでも打つ』ってオーラがまったく感じられない。怖くて打席に立たせられないってな」

「はい」

「代打を告げられてチームメイトの一人が素振りを始めたのを見て、おれは、むちゃくちゃ悔しかった。けど、ほっとしたのも確かだ」

蘆守監督はそこで大きく息を吐き出した。

「あぁこれで打席に立たずに済むって、安堵《あんど》したわけだ。安堵の意味、わかるな」

「わかります」

「けっこう。まぁ、今、監督の立場で考えれば、代打を出されてほっとしている選手なんか、確かに怖くて使えんよなあ」

自分はどうだったろう。

恭介は考える。

降板を言い渡されたとき、どうだったろう。悔しかったのか、安堵したのか。情けなかったのか、辛《つら》かったのか。

一言では上手《うま》く言い表せない。諸々《もろもろ》の感情が綯《な》い交ぜになって渦巻いていた。ぶぉうぶぉうと渦巻く音が聞こえたほどだ。

「だから、おまえがマウンドでどんな気持ちを味わったか、だいたいの想像はつく。試合が終わったあと、どんな気持ちになったのかもな。だいたいやぞ。ピッチャーの気持ちなんて、マウンドからボールを放るやつでないと、わからんものやからな」

「はい」

「で、恭介、どうなんや？」

「はい？」

「野球が嫌いになったか？」

恭介は顎《あご》を引き、監督の顔を見詰めた。精悍《せいかん》なという形容がそのまま当てはまるような日に焼けた顔だ。

「どうなんだ、恭介」

顎を引いたまま、恭介はかぶりを振った。

「いえ、嫌いじゃないです」

嘘ではなかった。建前でもない。真実だ。

滅多打ちにあったピッチャーとして、試合の結果はどうあれ明らかな敗者としてマウンドを降りねばならなかった惨めさ、投げた球がことごとく打ち返される衝撃、誰も助けてくれないという恐怖と孤独、自信がはらはらと剝《は》がれおちて行く心細さ、「野球の才能なんて、欠片もないんじゃないのか」と鋭く突き刺さる声、渦巻く感情……耐え難いほど嫌な経験だった。今でも尾を引いている。

だけど、嫌いにはなれない。どうしても、なれない。捨ててしまおうとも、止めたいとも思わない。

「嫌いにはなれません」

「もう一度、投げたいか」

監督を見上げたまま、恭介は頷《うなず》いた。

「もう一度、投げたいです」

投げたい。

恐いけれど、やっぱりマウンドに立ちたい。

そうかと、監督も頷いた。深く首を曲げるように頷いた。それから、ふいに笑いだす。大声ではないけれど、よく響く笑声だ。グラウンド周辺を走っていた陸上部員が振り返り、樹下の二人を見やった。

監督は笑い続ける。いかにも愉快そうな朗らかな笑いだった。

「監督……何がそんなに可笑《おか》しいんですか」

おそるおそる尋ねてみる。

「いや、いいんだ。いいんだ。そうか、嫌いじゃないか。ははは。恭介、おまえたいしたもんやな。大物だぞ、大物」

太い腕が伸びて来て、バシリバシリと恭介の肩を叩《たた》いた。

「ピッチャーなんてのはな、打たれてなんぼや。打たれて打たれて、打ちのめされて、それでもマウンドから逃げなんだやつだけが、ピッチャーになれるんや。はは、そういう意味で恭介、おまえ、合格や。合格。はははは」

バシリバシリ。

肩を叩かれる。何だか、恭介も一緒に笑いたくなる。監督の言葉を本当に理解できたとは思えないけれど、真っ直ぐに伝わってくるものがあった。

おれ、ピッチャーなんやな。

まだ中学生で、野球に触れたばかりで、それが何なのかも、どんなものなのかもほとんど摑《つか》んではいない。野球というスポーツの持つ魅力も威力も恐さも深さも底知れなさも、まるで知らないでいる。

でも、ピッチャーなんやな。

確かにそう思う。思える。監督ほど高らかに笑う（哄笑《こうしょう》というのだと、後から教えてもらった）のはさすがに憚《はばか》られるけれど、遠く霞《かす》む津雲の山々を眺めながらにんまりと口元を緩めるぐらいはやってみたい。

恭介が口を僅《わず》かに開き、笑顔になったとたん、監督の笑い声は止んだ。

「恭介」

「はい」

「この前の試合、なぜ打たれたか、その理由を明日《あした》、提出しろ」

「え？」

「レポートだよ。箇条書きで構わん。書いてこい」

「レ、レポートですか」

田舎の中学生にすればレポートという言葉さえ耳になじまない。

「そうだ。難しく考えなくていい。何で打たれたか他人に教えてもらうんじゃなくて、自分のここで」

蘆守監督は恭介の頭を指さした。

「ここで考えるんだ。頭ってのは帽子をかぶるためだけにあるんやないでな」

「……はぁ」

「恭介、他人に教えてもらったことってのは、けっこう忘れやすい。いつの間にか、消えてしもうてることが多いんや。けど、自分の頭を使って考えたことは、めったに忘れんもんや。頭に刻み込まれてるからな」

「はぁ……」

「ともかく、明日までの宿題や。ちゃんとやってこい」

まさか、部活で宿題が出るとは思ってもいなかった。恭介は家に帰り、ルーズリーフを広げた。去年の津雲商店街の福引で当たったやつだ。青と白とピンク。三冊のセットだった。

「二等の賞品がノート三冊って、ほんま、せこいな。せこすぎ」

冗談半分で文句を言ったら、母が真顔で、

「商売してるとこは、どこもたいへんなんよ。せっかく当たったんやから大切にしなさい」

と答えたのを、覚えている。その口調が心なし暗くて重かったのも、覚えている。

ピンクを妹の凜子にやった。けっこう喜ばれた。「お兄ちゃん、ありがとう。これ、すごく可愛いで」などと感謝されると、苛立《いらだ》ちが募るたびに、つい八つ当たりしてしまうダメ兄貴としては、面映ゆくもある。

青いルーズリーフの一ページ目に『長瀬恭介野球ノート』とボールペンで書いてみる。

なぜ、打たれたか。

一文字一文字、力を込めて書き込む。そして、考える。

おれ、なんで、打たれたんやろか。

立ち上がりはいつも、調子がいい。ストライクがびしっと決まる。身体も軽くて、自由に動く。それがどの試合も申し合わせたように三回、四回あたりで連打を浴びてしまう。

どうしてだろう。原因はなんだろう。

恭介はノートを開いたまま、考え込んだ。

ものごとをじっくり考えるのは苦手だ。成績はそう悪くはないけれど、勉強が好きなわけではない。

野球が上手くなるためには、ともかくひたすら練習するだけだと、それしか方法はないと信じていた。〝考える〟なんて作業が必要だとは思いもしなかった。

しかし、薗守監督は考えろと言う。考えて、レポートを書けと言うのだ。

教科の宿題ではないので、点数や順位をつけられるわけではないだろうが、提出物となると適当にごまかすわけにはいかない。ごまかせるほど器用でもなかった。それに、野球に関する限り、恭介は真面目でいたかった。真面目に、真摯《しんし》に、まっすぐに関わっていたかった。

だから、考える。

おれ、なんで、打たれたんだろう。

なんで、なんで、なんで……。

考え、そして、書く。

何度もシャープペンの先が折れた。一行書いては考え、考えてはまた一行、書く。

「お兄ちゃーん。お母さんが、お風呂《ふろ》に入れだって」

凜子の声がして、ドアがきっかり三度、ノックされた。それだけだ。凜子の足音は部屋の前から、逃げるようにそそくさと遠ざかって行く。

恭介が中学校に入学したあたりから、凜子は絶対に兄の部屋に入ろうとしなくなった。顔を覗《のぞ》けることとさえ、しない。恭介も妹の部屋にはあまり近寄らない。別に、確かな理由があるわけではない。妹とはいえ女の子の部屋に足を踏み入れるのが何となく躊躇《ためら》われるだけだ。

凜子もそうなのだろう。どこか、埃《ほこり》っぽく、汗臭く、日に日に男の匂いが増していくような兄の部屋を明らかに敬遠している。

風呂？　もうそんな時間か。

床に転がった目覚まし時計に目をやる。野球部に入部した翌日、父の哲郎から手渡された。ごく普通の丸い目覚まし時計だ。

「音がやたら大きいんやて。しかも、しつこい。この裏側に小さなボタンがあるやろ。これを押さない限り、ずっと鳴り続けてるんや。目覚ましとしては、最高やで。なにしろ、こいつをセットしとくと、どんな寝坊でも必ず起きてしまうんやからな」

哲郎は丸い眼鏡の奥で目を細め、目覚まし時計を恭介に差し出したのだ。

「ほら、野球部に入部した祝いだ。遠慮せんでええから、受け取れ」

「受け取れって……入部の祝いが何で目覚まし時計なん？」

新しいグラブとまでは望まないけれど、スパイクぐらいは欲しかったなと、心の中で呟《つぶや》く。

「毎朝、この時計で目を覚まして、走るためやないか」

「走る？」

「ランニングや、ランニング。走ることは全てのスポーツの基本やないか。しっかり走り込んで、下半身を鍛えるんや」

「じゃあ、せめてランニングシューズを買うてもらいたかったな」

今度は声に出して呟いてみた。聞こえるか聞こえないかの小声ではあったけれど。

哲郎が身を乗り出す。汗と機械油の匂いがした。

「うん？　恭介、なんか言うたか？」

「いや、別に。時計、もろうとく。ありがとう」

目覚まし時計を受け取り、礼を言う。時計はそれほど嬉《うれ》しくないが、野球部に入ったことを祝ってくれる気持ちは、ありがたい。

ただ、目覚まし時計はあまり役に立たなかった。恭介は極端に朝に弱く、早起きなんて余程のことがない限り、不可能だったのだ。最初の一日こそ、いつもの起床時間より三十分早い時刻にセットしてはみたものの、どうしても目が覚めず、結局、鳴り響くベルを止めて二度寝してしまった。

それから、時計は単なる時計として、部屋の隅に雑誌や丸めた体操服などといっしょにずっと転がったままだ。

なんの変哲もない安物の目覚まし時計は、打ち捨てられても忘れられても、律儀に時を刻み続けていた。

午後九時十五分。もうそんな時間なのだ。

けっこう、夢中になってたな。

恭介は、書きあげたばかりのレポートにざっと目を通す。

自分のピッチングについて。
三、四回までは比かく的調子がいい。そこから、崩れるのはどうしてか？
そこまで読んで、比かく的を消しゴムで消した。漢字に書き換える。

比較的。

蘆守監督は国語の教師でもあるので、習った漢字をきっちり使わないと機嫌が悪くなるのだ。

「頭だって、道具だって、機械だって、使わなくちゃ錆《さ》びるだけやろが。習ったことはどんどん使う。使わないのは、自分を甘やかしている証拠やぞ。自分に甘いやつが野球に勝てるか。ええな、日記を書くんでも、年賀状を書くんでも、知ってる漢字はできるだけ使え。それが、回り回って野球の上達に繋《つな》がったりもするんやぞ。わかるか？」

いつだったか、毎朝、行われている漢字テストの成績が振るわなくて、職員室に呼びだされたことがある。そこで、こんこんと説教された。

わかるか？　と言われても、わかりませんと答えるしかない。漢字と野球がどう繋がるのか、恭介にはさっぱり理解できなかったからだ。今でも、できない。正直、蘆守先生が国語教諭であり野球部監督だという立場から、無理やりこじつけたとしか思えないのだ。ただ、

比較的調子がいい。

と書き直したとたん、閃《ひらめ》くものがあった。

比較的調子がいいとき、足の裏にマウンドを確かに感じられるのだ。スパイクを通して、マウンドの熱や感触がまっすぐに伝わってくる。それが打たれ始めると、まるで途切れてしまう。いや、逆さまか。足裏に何も伝わらなくなると、調子が崩れてしまうのだ。

要は足か。

恭介は、マウンドで慌ててしまうとか、焦ってピッチングのリズムがくるったとか、書き連ねた部分をきれいに消した。消しゴムの滓《かす》を一息に吹き飛ばす。

シャープペンをしっかりと握り、一気に書く。もう迷わない。書きたいことが込み上げてくる。込み上げてくるものを青い罫線《けいせん》のノートに写し取っていく。

自分のピッチングについて。

三、四回までは比較的調子がいい。そこから、崩れるのはどうしてか？　マウンドが感じられなくなるからだ。調子のいいときは、自分の足でマウンドに立っていることが、わかる。自分とマウンドがつながっているんだなあと感じられる。しっかり、下から支えてもらっていると感じられる。

恭介はそこで息を一つ、吐いた。何だか胸がどきどきする。こういうのを動悸《どうき》と呼ぶのだろうか。いや、そんな病的なものじゃない。もっと心地よい、胸の高鳴りだ。自分とマウンドが繋がっている。それを確認できた。高揚感に心臓が大きく鼓動を刻む。

でも、調子が悪いとき、打たれ出したときは、そういうのを感じられない。マウンドをどこか遠くに感じてしまう。しっかり立っている気がしない。

結論。

一試合、ずっと、マウンドに立っていられるようなしっかりした足が必要だ。マウンドをずっと感じていたい。そのためには、強い足腰がいる。

そこで、父の言葉を思い出した。

しっかり走り込んで下半身を鍛えるんや。

そうか、親父の言ってたことって、これか。一人、頷《うなず》いていた。ノートに書き足す。

つまり下半身をきたえることが大切だと、ぼくは思いました。


読み返してみて、文章が少し子どもっぽいとは感じたが、概《おおむ》ね満足できる。自分が大発見をしたようで、心はまだ弾み続けていた。

マウンドに立っていたい。マウンドを感じていたい。一試合、投げ切りたい。自分のピッチングに自分で◎を付けてみたい。これがおれの一球なのだと、胸を張りたい。そのためには、どうしたらいいか。恭介なりの精一杯の解答がここにある。

うん、満足だ。


「恭介! なにしてるの。さっさとお風呂にはいってよ」

母の苛立《いらだ》った声がドアを突き抜けてくる。今夜も父は遅いのだろう。以前は月末以外、夕食の席には必ず座っていた哲郎が、このごろは午前〇時前に帰宅することの方が珍しくなっている。たまにだが、酒の臭いをぷんぷんさせて玄関に座りこんでいたりもする。母と言い争う回数も増えたのではないだろうか。父はむっつりと黙り込み、母は苛立たしげに声を尖《とが》らせることが多くなったのだ。

恭介はルーズリーフを閉じて、立ち上がった。

蘆守監督がうーんと一声、唸《うな》る。唸ったまま黙りこむ。

恭介の差し出したレポートを睨《にら》むように見詰めている。いや、本当に睨んでいるのだ。口元はへの字に結ばれ、眉間《みけん》に皺《しわ》が寄っている。それほどの量でもないレポートに目を通してから、すでに三、四分は過ぎている。

おれ、何かやばいこと書いたっけ。

少し、焦る。

自分としては、上手《うま》くまとまったと満足し、意気揚々とまでは言わないが、かなり自信をもって提出したレポートだった。けれど、それは、独り善がりの思い込みに過ぎなくて、監督からすれば的外れでしかなかったのかもしれない。

でも、いいや。

恭介は密《ひそ》かに、胸を張る。

監督がどう思おうと、これがおれなんだから。

マウンドで感じたこと。マウンドから受け取ったもの。そのマウンドに立ち続けるために、どんな努力も惜しまない決意。

みんな、自分のものだ。嘘はない。

監督が、大人がどう思おうと何を言おうと、関係ない。

恭介は挑むような心持ちで、蘆守監督の前に立っていた。

背後のグラウンドでは各運動部の練習が始まっている。野球部の部員たちもそれぞれがストレッチを終え、ランニングに移ろうとしていた。昇平が誰に向かってか手を振っている。テニス部の素振りの音、サッカー部のボールを蹴《け》る音、陸上部のハードルを引き摺《ず》る音、帰宅する生徒たちの笑声、チャイム、「おーい、こっちだ、こっちだ」「ふざけんな、馬鹿野郎」「ちょっと、痛いって」「あははは、それ、傑作やね」「一年生、集合」「早くしないと、マジ、やばいぞ」「監督、ダッシュ何回ですか」……さまざまな気配や声やざわめきが、恭介の背中にぶつかってくる。騒がしいけれど生き生きとした空気だ。津雲の風のように清々《すがすが》しい。

かんかん橋の上で感じる風だ。山を下り、川面《かわも》を撫《な》でて過ぎる風は、どの季節も——初夏はことのほか——清々しく、心地よい。

かんかん橋は古い石の橋だ。自転車での通行は禁止されていたけれど、恭介たち中学生はしょっちゅう全速力で走り抜けていた。

アスファルトにはないでこぼこした石の感触がおもしろくもあり、油断すると石と石との隙間にタイヤを取られ転倒しかねないスリルがまた、愉快だったのだ。もっとも、先月、バレー部の男子生徒が自転車ごと横転し指を骨折したと聞いてから、かんかん橋の手前から自転車を降りて、押しながら歩くようにしている。指を骨折なんかしたら、たいへんだ。軽い突き指や捻挫《ねんざ》などでなく、骨折だ。ボールを握れなくなる。再び握れるようになるまでに、何週間も何カ月もかかる。

考えただけで、ぞっとした。

だから、このごろ、かんかん橋は歩いて渡る。そうすると、とても風が心地よいことに気が付いた。

山を下り、川面を撫でる風。

花の時季には花の、青葉の季節には葉っぱの、雨の降る日は雨の、日差しの照りつける日中には太陽の匂いの染み込んだ風だ。

一人でかんかん橋を渡るとき、恭介は必ず真ん中あたりで立ち止まり、大きく息を吸い込む。風の匂いを吸い込む。吸い込んだ風の匂いが練習の疲れを拭《ぬぐ》い去ってくれる。

もちろん、一人のときだけだ。昇平たちといるとき、そんな真似はしない。からかわれるとも嗤《わら》われるとも思わないけれど、中学生にもなって風の匂いに深呼吸するなんて、どことなく気恥ずかしいではないか。

かんかん橋を吹き過ぎる風は心地よい。グラウンドで味わう空気も心地よい。心地よい場所にいるとき、人は強くなれるものらしい。

恭介は蘆守監督の前に立ち、両脚を僅《わず》かに開いた。監督の言葉を堂々と受け止める。そんな、気構えが腹の底から湧いてきた。

それもまた、心地よい。

部室前のベンチに座っていた監督が、唐突に立ち上がる。

「恭介」

「はっ、はい」

「おまえ、詩人やったんやなあ」

「シジン？」

「詩人や詩人。リルケやヴェルレーヌやランボー、上田敏や草野心平」

「はぁ……」

どれも未知の名前だった。聞いたこともない。

「誰ですか、それ？」

「だから、詩人なんだ。みんな、教科書に出てきた詩人やぞ。知っとるやろが」

「知りません」

恭介は正直に答える。どの学年でも教科書の最初に詩が載っていたのは覚えがある。けれど、それがどんな内容だったのか、作者が誰だったのかほとんど記憶にない。まるで興味を持っていなかったのだ。

「情けない。東西の代表的詩人の名前ぐらい知っとけや。学力ちゅうより教養の範囲やぞ」

「はぁ……でも、監督」

「なんや」

「詩人と野球が関係あるんですか」

僅かの関わりもないように思える。

「おおありだ。感性の問題やからな。感性の鈍いやつに詩は創れんし、野球はできん。わかるか？」

漢字の次は詩か。どうして、うちの監督は何でもかんでも野球に結びつけたがるんだろうか。

「いや……どうも、よくわかりません」

「マウンドが感じられなくなるからだ。調子のいいときは、自分の足でマウンドに立っていることが、わかる。自分とマウンドがつながっているんだなあと感じられる。しっかり、下から支えてもらっていると感じられる」

監督がレポートを読み始めた。読書の他にカラオケが趣味だと言う声は、よく響き、恭介を慌てさせる。

「かっ監督、何するんですか。そんな大声で読み上げたりせんでください」

「詩だ。このマウンドの捉《とら》え方はまさに、一編の詩だ。恭介、おれはおまえを見直したぞ」

「はぁ……」

「こういう感覚、マウンドとの一体感を知ってこそピッチャーなんだ。詩人であり、ピッチャー。うーん、まさに理想だな。恭介」

「はぁ……」

「しかも、ちゃんと、弱点の克服法まで自分で導き出した。いや、実に見事だ」

「はぁ……」

「走り込め」

監督の声音が低く太くなる。

「おまえのレポートの通りや。走り込んで下半身を鍛えろ。自分の足でしっかりとマウンドを踏むんや。そうすれば、マウンドがおまえを支えてくれるで」

「はい」

大きく頷《うなず》く。監督の言うことがやっと、理解できた。恭介が理解できることをやっと言ってくれた。何となく安堵《あんど》する。

「おまえがどんなピッチャーになるか、えらい楽しみやぞ」

蘆守監督は恭介を見下ろしたまま、真顔で言った。

その日から、恭介は毎朝五キロの道程を走った。早朝ランニングは正直、辛《つら》い。走ることより、寝床から起き上がることが難関だった。

雨の日、雪の日、風の吹きすさぶ日、何度も止めようと思った。

今日一日だけ、休もう。

今朝ぐらい走らんかて、どうってことない。

あと五分、あと五分だけ寝ててもいいか。

布団に包《くる》まり、自分にする言い訳を探す。

目覚まし時計がけたたましく鳴り響く。

起きろ、起きろ、起きろ。

起きろ、起きろ、起きろ。

ブリキのバケツを力いっぱい叩《たた》いたような大音響が部屋の空気をつんざく。停止ボタンは時計の裏側にあって、米粒の半分も無いほどの小ささだ。寝惚《ねぼ》け眼ではなかなか押せない。

起きろ、起きろ、起きろ。

起きろ、起きろ、起きろ。

起きろ。起き、
ボタンを探し当て、やっと止めたときには、はっきり目が覚めている。

なるほど、これは目覚まし時計としては理想的だ。つくづく思い知り、もごもごと着替え、恭介は朝の町へと走り出る。

一日も休まなかった。

強くなる。強くなる。必ず強くなる。この一歩が、この一足がマウンドに繋《つな》がっている。投げ抜くために、完投するために、最後までマウンドに立つために、走る。

「がんばってるな」

父から声を掛けられたのは、走り始めてから二ヵ月近くが経った日曜日だった。

昨日から細い雨が降り続いていた。津雲の空は濃灰色の雨雲に隙間なく覆われ、田畑も町並みも川辺の道も全てが濡《ぬ》れそぼっている。走るのに適したコンディションとはお世辞にも言えない。

玄関でランニングシューズの紐《ひも》を結んでいたとき、後ろに人の気配がした。

振り向く。父がパジャマ姿で立っていた。寝癖の付いた髪が乱れ、瞼《まぶた》は心なし腫《は》れているようだ。微《かす》かだが酒の臭いがした。

「毎朝、ようがんばってるな」

「おまえが走り始めたころは、いつ止めるかって思うてたけど、けっこう続いてんな。感心してるで」

「あ……うん」

「おれ、そんなにへタレじゃねえし」

ぶっきらぼうな返事をしたけれど、少し嬉《うれ》しかった。

あぁ、親父、見てくれたんだ。

それでも、見ててくれたんだ。

このところ父の深夜帰宅はさらに多くなり、一週間に二度か三度、ちらりと顔を合わせる程度になっていた。まして、言葉を交わすことなど、本当に久しぶりだ。

父はちゃんと見ていてくれた。

馬鹿じゃねえの。小学生のガキやあるまいし。親なんかどーでもええだろう。

自分に舌打ちしてみる。父親だけでなく家族のことをあれこれ考えるのは、甘ったれているようで嫌だった。昇平たちとも、家族の話などめったにしない。たまに、話題になっても、

「うちのおふくろ、マジ、うざいし」

「おまえんとこだけじゃないで。おれん家《ち》なんて、ほんま世界チャンプなみにうざいでな。しかもヘビー級やぞ」

「親父もうざい。お婆《ばあ》もうざい。おれの顔見ると、勉強しとるんかって、それしか言わん」

「同じやで。大人って何であんなに勉強させるのが好きなんやろな。ほっといてくれって、言

いてえよ。言うたら『おまえのためや』って言い返されるのわかってるから、言わんけどな」

と、愚痴の羅列になる。

愚痴、へつらい、自慢話、高飛車、陰湿。

恭介たちが嫌いなもののベスト5だ。だから、家族話になると誰かが自然と話題を変える。

今度の試合相手についてだとか、お笑い芸人の品定めとか、最新のゲームソフトの優劣だとか、プロ野球の贔屓《ひいき》チームの現状だとかに移っていくのだ。

家族を愛していないわけじゃない。愛しているから鬱陶《うっとう》しいのだ。父や母や妹を大切に思う。大切にされているとも感じる。

大切にしたい。

大切にされている。

愛している。

愛されている。

その思いはときに恭介を支え、ときに束縛する。中学生になったころから、束縛と感じることの方が多くなった。

「どうだ、調子は」「もうすぐ、期末テストやろ。ちゃんと勉強、できてるん」「お兄ちゃん、このごろ機嫌悪いよね」

父や母や妹のさりげない一言、何気ない眼つきや口調が鬱陶しくてたまらなくなる。あの、不意に襲ってくる感情や苛立《いらだ》ちと同じく、制御できない心持ちだった。

厄介なものをさまざまに身の内に抱えて、右往左往している。

それが、今の自分に対する実感だった。

ただ、あの朝の父の一言は率直に嬉しかった。どうしてだかわからないけれど、嬉しかった。胸の奥がわくっと動いた。

「時計、けっこう役に立ってるで。毎朝、厳しく起こしてくれるんで」

父に告げる。おもねるつもりはなかった。父の目覚まし時計が叩き起こしてくれなければ、早朝の冷気や雨や眠気、何より自分自身に負けていたかもしれない。このごろは、定時にすっと目が覚め、起き上がれるようになっている。

「そうか」

父が笑う。目が細くなり、白い歯が口元から覗《のぞ》く。一瞬だが、昔の若々しい表情になる。

「がんばれよ」

「うん」

「今度の試合はいつや」

「練習試合なら、来月、かな」

「相手はどこなんや」

「静町中学校」

「あぁ……あそこは昔から野球とバスケは強かったでなあ。そうか、練習試合て言うても、なかなかに強敵やなあ」

「うん。監督もそう言うてた。新チームになって最初の本格的な試合やし、トーナメントのつもりで気を入れていけって」

うんうんと父が頷く。

「恭介の、エースとしてのデビュー戦でもあるんやな」

「……まあね」

エースという一言が面映ゆい。

「背番号1ってのは、かっこええ番号や。こう、すくっと立っとるって気がするでな」

父の指が宙に1の字を書く。確かに、そうだ。〝1〟はたった一つ、真っ直ぐに立っている。

かっこいい数字だ。

「観に行ってもええかな」

呟《つぶや》きが聞こえた。

「え？」

「試合、おまえのデビュー戦、観に行きたいんやがの」

「デビュー戦って、そんな大げさなもんやないし。ただの練習試合やから」

「けど静町相手に投げるんやろ」

「うん」

「それやったら、なかなかの試合やないか。応援に行きたいがな。どこでやるんや」

「津雲の運動公園。けど、わざわざ来んでもええで。土曜日やし。来たって、そんなに面白いこと、ないと思うし」

「面白いから行くんやない。応援に行きたいんやないか」

「だから、来なくていいって。親なんかに来られたら、恥ずかしいで」

「行くで」

「来るなって」

捨て台詞《ぜりふ》を残して、恭介は家を出る。

「がんばってこいよ」

玄関のドアを閉める直前、父の声が聞こえた。

恥ずかしいなんて、言わなきゃよかったかな。来るなってのは、ちょっときつかったかな。

走りながらちらりちらりと考える。

あんな風にぴしゃりと拒むことはなかったのだ。

言葉通り、家族の応援を恥ずかしいとも、疎ましいとも思う気持ちはあった。スタンドから大声で声援なんか送られたら、いたたまれない気分になりそうだ。それに、忙しい父が土曜日の午前中に時間を作れるわけがない。この数ヵ月、父が在宅していた土日なんて、記憶にない。といって、父はいいかげんに応援に行くと口にしたわけではないだろう。本気で息子の試合を観に行きたいと望んだのだ。それくらいは、わかっている。

わかってんなら、もう少し穏やかに話したらよかったやないか。

自分で自分を叱る。

「がんばってこいよ」。父の声がよみがえる。

大通りに出た。普段からそう交通量の多い道ではないが、雨の日曜日、しかも早朝となれば、行き交う車はほとんどいない。時折、津雲を抜けて高速道路のインターに向かうトラックが通り過ぎるぐらいだ。

その内の一台が傍らを、水しぶきをあげて走り去っていった。

安物だけれど雨天用のトレーニングウェアを着こんでいるから、水は染み込まない。ただ、雨の日は身体が温《ぬく》もるまで時間がかかった。指の先が冷えて感覚が無くなる。

その指を握りしめて、走る。

走り、身体が熱を持ち始めるころ、恭介は父のことも、抑制できない自分の心の有り様も、忘れ去っている。頭にあるのは野球のこと、ピッチングのこと、それだけだった。

翌朝も次の朝もその次の朝も、恭介は黙々と走った。

そして、静町との練習試合、絶好調で臨むことができた。

肩が軽い。

球が走る。

両脚がマウンドをしっかりと踏みしめる。

マウンドの存在が確かに伝わってくる。

文句無しだった。

投げ抜いてベンチに帰る度に、昇平が親指をたてて、笑う。

「いけるぞ、恭介」

「うん」

静町中学校とは、練習試合でも地区予選でも幾度となく戦った。伝統的に打線の強力なチームで、三年前には全国大会へも出場している。

「相手にとって不足はないぞ」

練習試合が正式に決まったとき、蘆守監督はそう言ったけれど、不足どころか、かなりのお釣りが返ってくるような相手だ。

その静町を相手に、恭介は五回まで無失点、ヒットを散発の三安打に抑えていた。

縮こまるな。怯《ひる》むな。躊躇《ためら》うな。

監督の檄《げき》に応《こた》え、堂々と投げていた。

「おい、おっちゃんがおるで」

五回の守備を終えて、小走りにベンチに戻ったとき、昇平が耳元で囁《ささや》いた。

「うん」

気が付いていた。

父の哲郎が来ている。

〝長瀬鉄工所〟とネームの入ったジャンパー姿で、哲郎はスタンドの真ん中あたりに座っている。隣に座っているクラゲンの父親と時折、言葉を交わす他は黙ってグラウンドを見詰めている。恭介がマウンドに立っても、打席に入っても大きな声援を送ってくることはなかった。

相手打線をぴしゃりと抑える度に、拍手をし満足気に頷《うなず》いている。クラゲンの父親に何か話しかけられ、笑いながらかぶりを振ったりもしている。

親父、来てくれたんだ。

意外だった。

あの朝以降、父とはほとんど顔を合わせていない。家族の中に父のいない風景が、当たり前にさえなりつつあった。

行くで。

あれは、軽い思いつきでも冗談でもなかったのだ。

ちらりとスタンドを見上げる。

父と目が合った。

恭介、ええぞ。

声に出さず、父が呟いた。そんな気がした。

「おっちゃんに最高のピッチング、見せてやれるやないか」

昇平が肘《ひじ》で突いてきた。その腕を振り払い、わざと顔を顰《しか》めてみる。

「親とか、関係ねえし」

「まあな。けど、どうせ見られるんならかっこええ方がええやないか。おれ、かっけーだろって、見せてやるの、親孝行ってもんや。うん、今んとこ、おまえ、ええ親孝行しとるで。りっぱなもんや。りっぱ、りっぱ」

昇平の口調が急に年寄りじみてくる。それがおかしくて、ふるっと口元が緩んだ。

「恭介」

「うん？」

「次は六回や。全然、へばってないやろ」

「もち。全然、へばってない」

「よっしゃ。最後まで、かっこよくいこうぜ」

昇平はミットを軽く叩《たた》き、真顔でそう言った。

「うん」

恭介も表情を引き締め、頷く。

あと二回。

味方打線が四回の裏に連打で二点をもぎ取ってくれた。このまま、二対零のスコアで抑え切る自信はあった。十分にあった。

走り込みの効果なのか、いつもならスタミナ切れしてしまう四回が過ぎても、疲労をまったく感じない。身体の重さも、倦怠《けんたい》感も感じない。

このまま、いける。

確信していた。

その確信のままに、恭介は六回もクリーンナップを相手に、無失点で投げ切った。五番打者は中学生とは思えない偉軀《いく》の、背丈も横幅も並はずれて大きな選手だったが、三球で仕留めた。

昇平が遊び球を一球も要求してこなかったのだ。ツーストライクノーボールのカウントで、内角へのストレートのサインを出してきた。

強気やな。

当たり前。

マスク越しに昇平が片目をつぶった。マウンドから、自信に満ちた表情が見て取れる。思い込みではなく、はっきりと目に映った。

思いっきり来いや。今のおまえなら、誰にも打たれんで。

昇平の声がやはり、はっきりと耳に届いた。

足を踏み出す。

内角、低目。ストレート。

ボールが構えたミットに向かって、真っ直ぐに飛んでいく。

風音がする。

バットが空を切った音だ。

三球三振。

「恭介、やるーっ」

ファーストのナンちゃんこと南田良明《よしあき》が恭介の尻《しり》をファーストミットで叩く。

「おれが女やったら、マジ惚《ぼ》れしちゃうね。恭介、今日はむっちゃかっこええ」

ベンチ前でクラゲンも、そう賞してくれた。

スタンドを見上げる。

哲郎の姿はなかった。父が座っていた場所には、誰もいない。ぽっかりと穴が開いたようだ。

帰ったのか。

別に落胆したわけではない。マウンドに立てば、スタンドに誰がいるかなんて、きれいに忘れている。落胆などしていない。むしろ、安堵《あんど》していた。

父は忙しい仕事の合間、無理をして試合に駆けつけてくれた。きっと、ぎりぎりまで観戦して、仕事にもどっていったのだろう。これ以上、無理を重ねて欲しくない。疲れてむくんだような顔を見たくない。

無理して来なくてよかったのに。

胸の内で父に語りかけ、いや、ちがうと、恭介はかぶりを振った。

伝える言葉は、別にある。

父さん、今日はありがとう。

もし今夜、顔を合わせられたら、そう言ってみよう。父のしてくれた無理をありがたいと確かに感じているのだから。

ものすごく照れるけど、たまには素直に感謝を伝えるのも悪くない。

六回の裏の味方の攻撃、二人の走者を出したけれど点は入らなかった。

七回の攻防に入る。この回を抑え切れば、勝利だ。

「最後まで気を緩めるな」

蘆守監督がこぶしを握る。

「かといって、勝利を意識してがちがちになるなよ。今の状態でいいんだ。今の状態が最高だぞ、恭介」

「はい」

監督に答え、マウンドへと走る。

気を緩めたわけでも、勝利を意識して緊張したわけでもない。

焦ったわけでも、相手を見くびったわけでもない。

恭介にすれば、それまでとかわらぬ調子、かわらぬピッチングを続けていたつもりだった。

それなのに、打たれた。

ツーアウトを取ったあと、二人の打者に続けてヒットを打たれたのだ。

一本目は、三塁前に転がったゴロをサードのクラゲンがグラブで弾《はじ》き、捕り損なった。

「悪ぃ」

クラゲンが頭を下げる。

「気にすんなって」

練習試合だから、細かな表示はないけれど、今のゴロはエラーでなくヒットの部類だろう。勢いのある鋭い当たりだったのだ。飛んだコースも三塁線、ぎりぎりだった。レフト方向に抜かれてもおかしくない打球だ。クラゲンはよく止めたのだ。

二人目の打者は、恭介の投げ込んだストレートを高く打ち上げた。

よしっ、終わった。

密《ひそ》かに指を握り、ガッツポーズをとった。

しかし、ふらふらと上がったボールは風に乗り、外野と内野の狭間《はざま》に、ぽとりと落ちた。

ポテンヒットだ。

一塁ランナーはいち早くスタートをきっていたから、センターからボールが返って来たとき、既に三塁に達していた。

ツーアウト、一、三塁。

マウンドに内野陣が集まってくる。

ベンチから水原が、監督の指示を伝えるために駆け寄ってきた。

「ランナーを気にするな。どこにランナーがいようと、アウトをあと一つ取れば終わる。それを忘れるな。これが、監督からの伝言です」

「うん、ほんまや。あと一人やからな」

昇平が人差し指を真っ直ぐに立てた。

その指に全員の視線が集まる。そうだ、あと一人だ。

あとアウト一つだ。

慌てることはない。焦る必要もない。

わかっている。

わかっているのに、恭介の胸中には細波《さざなみ》がたっていた。ざわざわと落ち着かない。

まさか、あのコースにゴロが転がるとは思わなかった。

まさか、ただのフライがヒットになるなんて思わなかった。

まさか、まさか、まさか。

野球って〝まさか〟のスポーツなんだ。

一瞬先、何が起こるかわからない。

唐突にそう思った。いや、感じた。野球というスポーツには人の力ではない何かが関わっているのだと。

神の摂理。

そんな言葉など知らなかったけれど、確かに感じた。グラウンドには、マウンドには人の力の及ばない理《ことわり》がある。

昇平が座り、ミットを構えた。恭介は深呼吸すると、投球動作に入る。

マウンドの感触が伝わって来ない。

そう気が付いたのは、投げた直後だった。ワンバウンドしたボールが昇平の後ろに転がる。

三塁ランナーがホームベースに滑り込んできた。完全なワイルドピッチだ。

「気にすんな」

昇平が笑みながら、ボールを渡してくる。嘘臭い強張《こわば》った笑顔だった。

「気にすることなんて、全然ないで、恭介」

「うん」

昇平に笑い返そうとしたけれど、恭介の頬も強張っている。きっと妙にぎくしゃくした、それこそ嘘臭い笑いを浮かべているのだろう。

胸の中のざわめきが治まらない。

まさか、まさか、まさか。

野球に予定調和も大団円もない。予め《あらかじ》決められた結末など、グラウンドのどこにも存在しないのだ。

マウンドに立って、恭介は自分をちっぽけだと感じてしまう。

調子が良いから完投できるとか、力があるから抑え込めるとか、そんなことを考えてボールを握っていた自分は何とちっぽけで、あまっちょろい者なのか。

畏《おそ》れに似た感情がせり上がってくる。さっきまで、あんなに堂々と地を踏みしめていた両脚に力が入らない。心が上滑りして、昇平のミットに集中できない。

七回ツーアウトまでのピッチングが嘘のようだ。幻のようだ。夢のようだ。

金属音が耳を貫いた。

打球が真っ直ぐな軌跡を描いて、恭介の傍らを抜けて行く。

やられた。

叫んでいた。大きく口を開け、叫ぶ。声はでない。

反射的に打球の行方を追って振り向いた恭介の目に、ショート椰唄《やべ》のグラブに吸い込まれていく白球が見えた。

ショートライナー。

バットを捨てて一塁に向かっていた静町の打者が天を仰いで、顔を歪《ゆが》めた。

ゲームセット。二対一。

津雲中央中学の辛勝だった。

「ヤベッチ、ナイス」

「いや、勝手にボールが飛び込んできたで」

勝手にボールが飛び込んできた。

クラゲンと椰唄の声が耳に届く。

まさに奇跡のような勝利だ。

勝てたんだ。

恭介は、マウンドで呆然《ぼうぜん》としてしまった。暫《しばら》くの間、たぶん数秒のことだったろうが、何もかもが信じられなくて、動けなかった。

突然の自分の崩れも、勝ったことも、信じられない。微《かす》かに痺《しび》れた頭のまま、マウンドに立ち竦《すく》んでいた。

「勝った、勝った」

「恭介、やったぞ」

「完投やで。かっこええぞ」

昇平やナンちゃん、クラゲンに背中を叩《たた》かれやっとマウンドから降りることができた。

翌朝から、恭介はランニングの距離を伸ばした。起床時間をさらに二十分、早める。

もっともっと、走り込まなければ。

もっともっと、鍛えなければ。

そう思ったのだ。

何があっても崩れない身体と心が欲しい。切実にそう願った。

野球は〝まさか〟のスポーツだ。何が起こるかわからない。勝利も敗北も、人の計り知れないところにある。

理屈でなく、思う。

「計り知れないところにあるって、それ、どういうこっちゃ？」

誰かに尋ねられても、答えられない。ちゃんと言葉にできない。それが歯痒《はがゆ》くもあるけれど、言葉にしたら、全部嘘になる気もした。

ただ、静町との試合で骨身に染みた。

野球は恐い。

恐いけれど、おもしろい。

恐いから、おもしろい。

たった一球、たった一打で流れが変わる。試合に勝っても、勝負に負けるということも、その反対もあるのだ。静町の最後の打者のあの一打は、完全に恭介のボールを捕らえていた。恭介は打たれたのだ。けれど、勝った。

その逆に、完全に打ち取りながら、負けることだってあるだろう。

野球というものは、底知れない。

恐い。おもしろい。おもしろくて恐い。

怖《お》じるのでなく、楽しみたい。

試合の後、恭介は本気でそう考えた。こんなにも恐くて、おもしろくて、底知れないものを存分に楽しみたい。怖じながらでもたっぷりと堪能《たんのう》したい。せっかく出会ったのだもの、少しでも悔いのない野球をやりたい。

だからこそ身体と心を鍛える。心の鍛錬方法は想像もつかないが、身体はまず、走ることで強くしたい。野球を本気で楽しむために、強くなるんだ。

決めた。

グラウンドには人の力の及ばぬものと、人の力で何とかなるものとの二つがあるのだ。きっと、そうだ。

恭介は毎朝、走り続けた。

二年生の終わりにはもう、目覚まし時計は必要なくなっていた。決まった時間にちゃんと目が覚めるのだ。

冬場はまだ闇に閉ざされた時間だ。夏はすでに夜が明けている。

東の空がうっすらと明らんでいく様を、星々が薄れ消えていく様子を、厚く垂れこめた雲が割れて翡翠《ひすい》色の空が覗《のぞ》く有様を、故郷津雲の風景を、記憶に留めながら恭介は走る。

静町との試合の後、父と顔を合わせたのは、ちょうど一週間後の夕方だった。

父が珍しく早く帰宅したのだ。

「父さん」

洗面所で顔を洗っている父を呼ぶ。

「うん、何や？」

タオルで拭《ふ》いたばかりの顔を恭介に向け、父は僅《わず》かに首を傾げた。

「いや……別に」

「別にって、何か話したいこと、あるんとちがうんか」

「別に、ほんと、何でもないから」

「新しいグラブでも欲しいのか」

「え？　買ってくれるの」

「そうだな……」

父がタオルを丸めながら思案するように目を伏せた。母が台所から顔を覗ける。

「お父さん、駄目よ。変な約束、せんといてよ。我が家には、新品のグラブを買うような余裕はありませんからね」

ぴしゃりと言い切る。

「……だ、そうだ。悪いけど、グラブは諦《あきら》めてくれや」

グラブをねだりたかったわけじゃない。そうじゃなくて、お礼が言いたかったのだ。時間をやりくりして試合を見に来てくれた感謝を伝えたいのだ。

しかし、結局、恭介は何も言い出せなかった。「ありがとう」は、ときに重く、ときに恥ずかしい一言だ。面と向かって、父親に告げられる言葉ではない。

恭介は口をつぐんで、父に背を向けた。

「しっかり、走り込めよ」

背後で父が言った。


恭介は四月生まれだ。

チームメイトの誰よりも早く、十五歳になった。そして、十四歳の冬から十五歳の春にかけての時期を、ひたすら走り込んで過ごした。

父から贈られた目覚まし時計は、完全に必要なくなっていた。以前と同じように、持ち主に顧みられることなく床に転がっている。それでもやはり律儀に、正確に、時を刻んでいた。以前と違うのは、恭介がたまに拾い上げ、埃《ほこり》を拭き取るようになったことだ。

「まっ、おまえにもけっこう、世話になったでな。多少は感謝しとるで」

そう話しかけたりする。

感謝している。

この安物の目覚まし時計にも、さり気なく手渡してくれた父にも感謝している。弁当を作り、ユニフォームを洗ってくれる母にも、兄の苛立《いらだ》ちを上手《うま》く受け流してくれる大人な妹にも感謝している。もっとも、そんな殊勝な気持ちは、束の間過《よぎ》るだけで、すぐに忘れてしまう。時計は部屋の隅に転がったまま埃をかぶり、父とも母ともろくに口を利かず、妹にはつい八つ当たりしているのだ。

自己嫌悪とまではいかないけれど、そんな自分にときにうんざりし、そんな自分をときに持て余す。けれど、ユニフォームを身につけてマウンドに立てば、家族のことも自身の心の有り様も遥《はる》か彼方《かなた》に霞《かす》んでいく。

昇平のミットに最高の球を投げ込むこと。

大切なのは、それだけだ。

走り、投げ、また走る。また投げる。

そんな冬を過ごし、春を迎えた。

身長が伸び、体重が増えた。

「おまえ、でかくなったなあ」

「まぁ恭介くん、えらく、りっぱになってから。見違えたで」

「いつの間にそんなに大きゅうなったんや」

久しぶりに出会った誰からも、驚かれる。

自分でも確かに感じられるほど、下半身が安定し、コントロールがよくなった。

昇平のサイン通りにぴしり、ぴしりと投球が決まる。相手打者のバットが空を切る。あるいは凡ゴロや凡フライとなって地を転がり、空に力なく弧を描く。

試合の終盤に入っても、息が乱れることも、大きく崩れることもなくなった。

「まだ、線が細い」

三年生になったばかりのころ、蘆守監督に言われた。

「もっと鍛えます」

胸を張った恭介の前で、監督はゆっくりとかぶりを振った。

「誤解するなや、恭介」

「誤解、ですか？」

「そうや、今のおまえは細くて当たり前なんや。おまえらは、これからなんやからな。プレイヤーとしても人間としても、ほんまこれからなんやからな。今、完成してしまうことなんて、ないんやぞ。自分が発達途上であること。それを忘れんな」

「発達途上……」

「うん。この先、どう化けるかわからんてこっちゃ。つまり、信じられんぐらいの可能性に満ちてるってことでもある。ええな、恭介、ゆっくりでええんだぞ。ゆっくり成長していけ。早く完成するんが、早く大きゅうなるんが、早く大人になるんが、りっぱなことじゃないんだ。ゆっくり、おまえの内にある力を育てていけばええ。いつか、おれはすごいピッチャーになれるって信じて励めばええんや。『いつか』と『自分』を信じられる者は強いでな」

「はい」

監督の言葉を全て理解できたわけではない。でも、胸に響いた。

発達途上の者とは可能性に満ちた者。だからこそ、『いつか』と『自分』を信じられる。

胸が膨らむ気がした。

発達途上の自分を誇らしくさえ感じた。

道は未知。自分の前に伸びる道がどんなものかまるで予想できない。不安も怯《おび》えも皆無だと言いきれば、嘘になる。けれど、未知だからこそ、おもしろいのだとも思う。定められ決められてしまった将来より、手探りで進まねばならない未来の方が数倍、おもしろいのだ、きっと。

現実も野球と同じ。いつどこで何が起こるかわからない。特別なチャンスが転がり込んでくるかもしれないし、唐突に落とし穴や断崖《だんがい》が現れるかもしれない。そう、耐えきれないほどの試練が突如襲いかかることだってあるのだ。そう思い知るのは、現実の過酷さが骨身にしみるのは、まもなくだった。


練習が終わり、手洗い場で顔を洗う。渇ききった喉《のど》を水で潤す。

津雲の水は美味《うま》い。深い山々に囲まれているからなのか、湧水に恵まれているおかげなのか、ただの水道水が仄《ほの》かに甘いのだ。

「こういうのを甘露って言うんだ」

と教えてくれたのは、ナンちゃんだった。ナンちゃんの家は寿道寺という寺で、小高い山の上にある。家業との関連ははっきりしないけれど、ナンちゃんは妙に博識でたまに周りから「博士」とか「師匠」とか、呼ばれたりしている。

そのナンちゃんが蘆守監督との話を終え、手洗い場へと近づいてきた。

珍しく難しい顔をしている。

「どうした？」

昇平が声をかける。

「うーん、何かヤバイことになった」

南田は水道の蛇口の下に顔を突っ込み、音をたてて水を飲んだ。水滴が日焼けした薄茶色の肌に飛び散る。

「おれ、このところ、守備絶不調やからなあ。やたら凡ミスするし……」

「監督から注意されたんか」

「いや。尋ねられたんや。何で調子が悪いんやって。その理由、自分で考えてみろって。あっサンクス、サンクス」

恭介の差し出したタオルで顔を拭《ふ》くと、南田は大きく息を吐いた。

「レポートか？」

尋ねてみる。

「監督から、自分の不調についてレポートを提出するように言われたんやないんか」

南田の目が忙しく瞬きする。

「言われた、言われた。マジ、勘弁してくれってとこや。レポートって何だよ。そんなもん、書いたこと一度もねえし」

「詩や」

「は？　恭介、今、何を言うた？」

「詩や、詩。ヴェルなんとかとか、草野なんとかとかの詩人みたいになれば、レポートばっかり書けるで」

「はあ？」

南田と昇平が顔を見合わす。その顔つきがおかしくて、恭介は噴き出してしまった。練習の後の疲れた身体を、笑いが小刻みに揺する。心地よく揺する。恭介はしばらくの間、声をあげて笑い続けた。


四月に入って、日はずい分と長くなった。この前まで、家に帰り着くころにはとっぷりと暮れていたのに、今はまだ、空も地もうっすらと明るい。

門扉の傍に植えられたチューリップの花も大半が散ってしまった。

腹が減ったな。

玄関のドアを開けたとたん、腹がぎゅるぎゅると奇妙な音をたてた。胃が絞られるように痛む。それほどに空腹だった。

鼻をひくつかせてみる。

野菜の煮付け、トンカツ、カレー、味噌汁《みそしる》、焼き魚、すき焼き、ハンバーグ……。いつもなら、鼻腔《びこう》に流れ込んでくる夕食の匂いがしない。それどころか家の中はひっそりと静まり、人の気配さえ感じられなかった。

母さん、どっかに出かけたんかな。凜子と二人外食ってことになるかも。それなら『ののや』にでも行って、串《くし》カツ定食とか喰《く》いたいけどな。

玄関のドアを閉めるまでに、それだけのことを考えた。

揚げたての串カツの熱さと美味さがじわりと口の中に広がるようで、生唾《なまつば》を呑《の》み込んでいた。

腹が減った。ともかく、腹が減った。

階段を駆け下りてくる足音が聞こえた。人気《ひとけ》のない家の内に、よく響く。

「お兄ちゃん」

凜子がユニフォーム姿の兄に飛びついてきた。両手を恭介の背中に回し、縋《すが》りつく。

とっさに手を伸ばし、妹の細い身体を抱いた。こんな風に抱き合うなんて、凜子が赤ん坊のとき以来だ。戸惑いを通り越して狼狽《ろうばい》してしまう。

「お兄ちゃん、お兄ちゃん」

「凜子……どうしたんや」

狼狽はすぐに不安へと変わった。凜子の身体が震えていたのだ。恭介を見上げた目は潤み、今にも涙がこぼれそうだ。気丈でしっかり者の妹がこんな表情をするなんて……。

「待っとったんや。お兄ちゃんが帰るの、うち、ずっと、待っとったんよ」

「凜子」

妹の両肩を摑《つか》む。腰を落とし前屈《かが》みになる。

「どうしたんや、何があったんや」

くしゃり。

そんな音が聞こえそうなほど激しく、凜子の顔が歪《ゆが》む。堪え切れなかったのか、涙が大きな粒となって頰を伝った。「お兄ちゃん……」と言ったきり、しゃくりあげる。

「凜子、泣くな。泣かずにちゃんと話せ。どうしたんやって」

肩を摑んだ手に力を込める。

「だいじょうぶや。兄ちゃんがおるやないか。何があってもだいじょうぶやから、安心せい。凜子、だいじょうぶや。兄ちゃんがついてる」

だいじょうぶ、だいじょうぶと呪文《じゅもん》のように繰り返す。普段なら恥ずかしくて、とても口に出来ないような科白《せりふ》だ。けれど、恭介は本気だった。怖かったのか、心細かったのか、寂しかったのか、捨てられた子猫みたいに震えている妹を何とか守ってやりたかった。支えてやりたかった。

「……お兄ちゃん」

凜子が洟《はな》をすすりあげる。手の甲で頰の涙を拭《ぬぐ》う。

「お父さんが……おらんようになったんや」

「は？」

親父がいなくなった？　どういう意味だ？

「さっき、鉄工所から電話があって、お父さん、今朝から……来てないって」

「来てないって、仕事場に出勤してないってことか」

「……みたい」

長瀬鉄工所は従業員五人の小さな町工場だ。主に工作用機器のボルトやナットを作っている。戦前に、曾《そう》祖父が建てたのだと聞いていた。

「なんかねえ、すごい羽振りの良かった時代もあったんやて。津雲で最初に車を乗り回したのも、海外旅行に出かけたのも、大お祖父《じい》ちゃんだったそうよ。温泉旅館を借り切って、どんちゃん騒ぎをしたり、町にぽんと大金を寄付したりねえ。何や今となっては、ホラ話か夢物語みたいやけどね。ほんま、信じられんわ」

母がそう言った後、深く眉根《まゆね》を寄せたのを覚えている。

「誰も、お父さんの行方を知らんのやと」

凜子がうつむく。

「何か今日中に振り込まなあかんお金があって、その金策に走り回ってるって、みんな思うとったけど……夕方になっても帰ってこんかったて」

今朝から仕事場に来ていない。

夕方になっても帰ってこない。

凜子が告げた一言、一言を反芻《はんすう》する。

「今……何時や」

「六時ちょっと過ぎたとこ」

何だ、まだ、そんな時間か。身体の力が少し抜けた。

「まだ六時やったら、そんなに騒がんでもええやろ。親父が忙しくて、連絡するのを忘れてるだけかもしれんで」

凜子は恭介を見上げ、はっきりとかぶりを振った。大人のような眼差《まなざ》しをしていた。暗くて、深い。見詰めているとその暗さに、引きずり込まれそうだ。

「携帯が繋《つな》がらんのやと。林さんが幾らかけても繋がらんて……。お母さんもかけてみたけど、やっぱり繋がらんて。お父さん、電源を切っとるみたい……」

林さんは、祖父の代から長瀬鉄工所で働いている古参の従業員だ。家族同然の付き合いをしている。恭介は唾を飲み込もうとして、口の中がからからに乾いていることに気がついた。乾き過ぎてひりひりと痛む。

「電源……入れ忘れてるんかもしれん。前にもそういうこと、あったやろ。親父、けっこう慌て者やから、うっかりしてんのと違うか」

凜子がまた、かぶりを振る。

「今日の三時までに、どうしても支払わなあかんお金があったんやと。それを払わんと……たいへんなことになるって」

「たいへんなことって……」

凜子が首を横に振った。今日、何度目の否定の仕草だろう。

わからない。わからない。何一つ、わからない。

「……お金、振り込まれてないって。林さん、むちゃくちゃ慌ててたみたいや」

恭介は、高校時代ラグビー部に所属していたという林さんのがっしりとした体躯《たいく》と、間もなく還暦を迎えるとは思えない若々しい笑顔を思い浮かべた。もう四十年以上の勤務になり、長瀬鉄工所のことなら、父以上に詳しいはずだ。

あの人が慌てているとなると、状況はかなり切羽詰まっているのだろう。

「母さんは、どうした？」

妹に問うことしかできなかった。

「林さんから電話があって……お母さん、飛び出して行った。お兄ちゃんが帰ったら、二人で留守番しとけって。ご飯は炊けてるから冷凍庫に入っとるカレーを解凍して食べろって、言われた」

「そうか……」

「お兄ちゃん、お父さん、だいじょうぶだよね」

凜子が目を見開いたまま、恭介の腕を掴む。

「お父さん、死んだりしないよね」

「死ぬ？」

「お金が借りられなかったら、鉄工所、潰《つぶ》れるかもしれんのんでしょ。お父さん、ほんま一生懸命やったもの。金策とか、うち、ようわからんけど、すごくたいへんそうやった。痩《や》せて、しんどそうやったもんな」

そうだったか？

父の姿を思う。

球場のスタンドに座って、じっと試合を見ていた。クラゲンの父親に話しかけられ笑っていた。目が合うと、「ええぞ、恭介」と励ましのシグナルを送ってくれた。そんな姿しか浮かんでこない。痩せたとか、たいへんそうだったとか、深く考えもしなかった。

昨日も今朝も顔を合わせていない。いや、今朝、ちらりと背中を見た。玄関を出て行く寸前の背中だ。

ずい分早くにでかけるんだな。

そう思っただけだ。

親父……。

「お兄ちゃん、だいじょうぶだよね。お父さん、ちゃんと帰ってくるよね」

「当たり前や」

凜子の背中を軽く叩《たた》く。

「連絡が上手《うま》くつかんだけや。たいしたことないって。それより、カレー食べようぜ。おれ、めっちゃ、腹が減っとるんや。カレー、冷凍してあるんやな」

「うん」

兄の陽気な物言いに安心できたのか、凜子の表情が僅《わず》かだが緩む。

キッチンに入る。俎板《まないた》と包丁それにカボチャと玉葱《たまねぎ》が調理台の上に出しっ放しにしてあった。母は夕食に何を作るつもりだったのだろうか。

「よしっ」

恭介はアンダーシャツをめくりあげた。

「兄ちゃんが特製味噌汁《みそしる》を作ったる。着替えてくるから、待ってろ」

凜子に向かって片目をつぶる。

「特製味噌汁ってどんなん？」

「できてのお楽しみ」

「いやぁ、何か怖いわ。変なんやったら、うち、いらんで」

「あほぬかせ。涙が出るほど美味《うま》いんやぞ。三杯くらい、おかわりしてまうぞ」

「ほんとに？」

「ほんとや。すっげえ美味いんや。冷蔵庫から豆腐と人参《にんじん》と大根、出しとけ」

「うん。何か楽しみになってきた。お兄ちゃん、うちも手伝うてもええ」

「ああ。じゃあ、野菜を適当に切っとけ」

「うん」

凜子の口元が綻《ほころ》んだ。

恭介は手早く着替え、妹と二人、キッチンに立つ。鍋《なべ》に湯を沸かし、ありったけの野菜と豚肉を投げ込むと凜子が黒目をくるりと動かした。

「これが、料理？」

「そうや。野菜が煮えたら味噌をぶっこんで終わり。美味いぞ」

「え〜、ほんまに。信じられんけど」

「津雲中央中学校野球部特製味噌汁。美味いに決まってる」

玉杓子《たまじゃくし》で鍋の中をゆっくりとかき混ぜる。人参の赤やカボチャの濃い黄色が鮮やかだ。

夏休みの終わりの一日、年に一度の野球部の懇親会がある。運動公園に集まって、キャンプの真似ごとをするだけだが、そこで大鍋にこの味噌汁を作るのが恒例になっていた。去年は、哲郎が大型の鉄板を持ち込んで、その上でうどんや野菜を炒《いた》めた。あの時も哲郎は鉄板を届けにきただけで、さっさと帰ってしまった。何かに追われるように足早に車に乗り込んだ後ろ姿がなぜか、急によみがえってくる。

親父。

「お兄ちゃん、もう、お味噌入れてもええの」

「え？　あ、うん。そうやな、どばって入れろ」

「どばっと入れたら、濃くなり過ぎるで」

「男料理や。どばっでええんや」

「なに、わけの分かんないこと言うてんの」

凜子が鼻を鳴らす。いつもの妹のちょっと生意気な表情だった。ほっとする。いつもの表情、いつもの声、いつもの仕草、いつもの笑顔、そんなものに心底安心する。

だいじょうぶだ。この日常がそう簡単に崩れるわけがない。

自分に言い聞かす。

電話が鳴った。

ルルルルル、ルルルルル。

ルルルルル、ルルルルルル。

凛子が身を竦《すく》めた。

「おれが出る」

妹の肩を押さえ、リビングに向かった。

ルルルルル、ルルルルル。

ルルルルルル、ルルルルルル。

ルルルッ、

「はい。長瀬です」

「恭介、帰ってたの」

母だった。一瞬母とは認識できないほど低く、掠《かす》れた声だった。

「ご飯、どうしてる」

「今、作ってるとこ。凛子と二人で喰《く》うから」

「そう……、恭介」

低く掠れた声で名前を呼ばれた。思わず「はい」と返事をしていた。

「凛子のこと頼むね。母さん、今夜は遅くなるかもしれないから」

受話器を握りしめる。

「親父は？　親父とは連絡が取れた？」

受話器から息の音が零《こぼ》れてくる。

「さっき、林さんと一緒に警察に行って来た」

警察。

受話器をさらに強く握る。登下校の途中に警察署の前を通り過ぎはするけれど、中に入ったのは一度だけ、昇平と二人、駅前で拾った財布を届けに行ったときだけだ。津雲商店街に一軒だけあるケーキ屋の主人の財布だった。お礼の代わりにとショートケーキの詰め合わせをもらって、大喜びしたのを思い出す。

あのとき対応してくれたのは、若い女性の警官でとても優しかった。

「もしかしたら事件に巻き込まれた可能性もあるって言われて……」

「事件って……」

「事故に遭ったとか、誰かに襲われたとか……そんなんかなあ」

母の口調はどこか投げやりで、他人事《ひとごと》のように聞こえた。

「母さん、あの」

「わかんないんよ」

はっきりと母の震えが伝わってきた。

「いったい、どうなってるんか、さっぱりわからんのよ、恭介」

「母さん……」

「何度も携帯にかけてるのに、全然応答がないんよ。鉄工所の方もたいへんやし……恭介、お父さん、どこに行ってしもうたんやろ」

人の話し声と物音がして、束の間、母の声が途切れた。

「もしもし、恭介くん」

林さんの太くて落ち着いた声音が耳に流れ込んでくる。肩の力が抜けた。

「林さん」

「林やけど、こっちの方は心配することないからな。直に社長と連絡がつくと思うし」

受話器を握ったまま、一歩、前に出る。

「本当のこと、教えてください。親父、ヤバイことになってるんですか。失踪《しっそう》したとか、そういうことなんですか。それとも、ほんまに事故に巻き込まれて」

「わからん」

恭介の急《せ》いた言葉を遮るように、林さんが唸《うな》った。唸りのように聞こえた。

「さっき、お母さんが言われた通りや。まだ、何もわからん。けど、今のところ、事故とかの報告は一件も入ってないそうや」

「そうですか……。あの、じゃあ、林さん、鉄工所の方は……。あの、さっきちらっと聞いたけど、今日中にどうしても金が入り用だったとか」

「それは、大人の心配するこっちゃ」

林さんがまた、ぴしりと言い切った。

「恭介くんが気を揉《も》んでもしゃあないことや。今は凜子ちゃんと二人で、しっかり、留守番しといてや」

そこで、声がすっと潜められた。

「お母さん、かなりショックを受けてるみたいや。用事が済んだらなるべく早うに帰ってもらうから、労《いたわ》ってあげるんやで」

「……はい」

「こういうときこそ、みんながしっかり支え合わんとな。がんばろうで、恭介くん」

「はい」

じゃあなの一言の後、電話は切れた。耳の奥にツーンツーンと電子音が響く。

軽い頭痛がした。

こういうときこそって、どんなときなんだ。今、どんな状況にいるんだ、おれたち。

受話器を置き、目を閉じる。

「お兄ちゃん」

凜子が恭介のシャツを引っ張った。

「お母さんやろ？　何て？」

「まだ親父と連絡がとれんままやと。林さんと警察に行ったらしい」

嘘をついても仕方ない。本当のことを妹に告げた。

今は心配をかけまい、傷つけまいとする優しい嘘より、真実を知らせること、真実を知ることの方が大切だ。

とっさにそう判断した。恭介自身、嘘をつかれたくなかったのだ。どうしていいか見当もつかない混乱した状況であるからこそ、嘘はいらない。真実が欲しい。

強く思ったのだ。

「そう」

凜子はやはり、大人のような頷《うなず》き方をした。そして、大人のような吐息をもらした。

「凜子、飯を食おう」

妹の背中をそっと押す。

「男料理とカレーライスや。美味いぞ～」

「お兄ちゃん」

「うん、どうした？」

「うち、お父さんに我儘《わがまま》、言うてしもうた」

凜子が唇を嚙《か》みしめた。

「五月の連休、どっかに遊びに連れて行ってってって……美咲ちゃんも麻里ちゃんも、家族で旅行するって言うから、うちも行きたいって、去年の夏休みも冬休みもどっこにも行っとらんて、言うてしもうたの」

「あ、うん、そうか」

ずい分と曖昧《あいまい》な返事をしてしまった。

家族旅行？　この前、家族で出かけたのはいつだったっけ？

小学校を卒業した春、一泊で京都を観光した。あれか？　いや、中一の夏、甲子園に行った。甲子園大会の決勝戦を観に行った。次の日、大阪で遊んで帰ったけれど、あれ以降、家族での旅行は覚えがない。

もっとも、行こうと誘われても、恭介は言下に断ったろう。

実際、母と言い合いに近い会話を交わした記憶がある。

あれはもう、半年以上前のことか。

「みんなでどこかに旅行したいね」

母がぼそっと呟《つぶや》いた。テレビには北海道の原野が映し出されていた。野の花が咲き乱れ、子鹿が遊んでいる。場面が変わると、露天風呂《ぶろ》に肩まで沈んだ中年の女性が二人、「気持ちがいいねえ」とか「天国よねえ」とか、しゃべり合っている。湯に浸《つ》かっているのにしっかり化粧をした顔が、恭介には不気味に見えた。

その女性たちと同じぐらいの年齢である母は、化粧気のない顔を手のひらでするりと撫《な》で、

「ねえ、恭介。思いきって、みんなでどこかに行こうか」

などと言う。

「勘弁。おれ、留守番しとくわ」

「なんでやの。親と旅行なんかしたくないってわけ」

「まあな」

「もう、ほんまに、あんたは可愛げがないんやからね。つまらん子やわ」

「つまらんで、ええけど。無理やり家族旅行になんか付き合わすなや」

「土下座したって、連れて行ってあげんわ」

母が膨れ面のまま、横を向いた。

結局、その話は立ち消え、秋も冬も春も、どこへも出かけることはなかったのだ。恭介にすれば、やれやれと一息つけた具合だった。

甲子園の観戦ならまだしも、この歳になって家族と観光旅行などとんでもない。面倒臭いだけだ。それに、盆や正月をのぞいて、休日にはかなりの割合で試合が入る。練習もしなければならない。両親や妹とどこかに出かける時間も気持ちもなかった。

けれど、凜子は違う。凜子には野球がない。

いくらしっかりしていると言っても、まだ小学生だ。友人が家族旅行の楽しさをあれこれ語れば、羨《うらや》ましくもなるだろう。当たり前のことだ。罪でもなければ、過ちでもない。

「お父さん、うちが無理を言うたから辛《つら》かったんかなあ。それで」

「あほっ」

さっき、そっと押した背中を力を入れて叩《たた》く。

「いたぁっ」

凛子が顔をしかめる。手加減したつもりだったが、かなりこたえたらしい。

「辛気臭いこと考えんな」

「けど、お父さん、そのとき言うたんやもの。『ほんまに旅行ぐらいさせてやりたいな』って」

背中を押さえたまま凛子が口元を歪《ゆが》めた。痛みのせいではなく、そのときの父の顔つきや物言いを思い出したのだろう。

「そんなことぐずぐず気にするなんて、だから、おまえはアホなんや」

わざと乱暴に言い捨てる。凛子を睨《にら》む振りをする。

「親父はそんな弱い男やないで。あんまり、親父のこと、舐《な》めるなよ」

そうだよな、親父。

あんた、そんなに弱っちい人じゃないよな。おれ、幾ら打たれたって、ストライクが決まらんかて、マウンドから逃げたりしない。監督から降板しろと言われない限り、踏み止《とど》まる。おれはピッチャーだから、マウンドに背を向けたりはしないんや。親父もそうだよな。守るべき場所から目を背けたり、絶対にせえへんよな。

胸の内で語りかける。

心霊現象も奇跡も信じはしないけれど、想いは届くような気がした。

親父、早く帰って来い。

宙を見据え、恭介は父に向かって一心に語りかけた。

しかし、一週間経っても哲郎は帰ってこなかった。母も林さんも八方手を尽くして捜したが、行方は知れないままだ。

そのころになると、長瀬鉄工所の社長が失踪したといううわさは、津雲中に知れ渡り、さまざまな場所でひそひそと交わされる会話のかっこうの話題になっていた。

「もう、これ以上は持ちません」

林さんが首を垂れたのは、父が消えてからちょうど十日目の夜だった。

「工場、閉めるよりありまへんわ」

急に白髪の増えた頭を掻《か》き毟《むし》る。

「おれなりに頑張ったんやけど……もう限界で、どうにもなりません」

「そうやねえ」

母はひどくぼんやりとした口調でもごもごと何かを呟いた。

「奥さん、申し訳ないです」

林さんは床に両手をついて、深々と低頭した。

「まぁ、林さん、とんでもない」

母が慌てて手を振る。母もまた、白髪が増えていた。とても、増えていた。

「林さんがどれくらい、わたしたちのために働いてくれたか、ようわかってます。わたしが一番、ようわかってます。林さんがいてくれたから、わたしたち、どれだけ助けられたか……。

ほんとに、林さんがいなかったらて想像しただけで、ぞっとします。ほんまにほんまに、ありがとうございました」

母の目から涙が零《こぼ》れた。

「ずっと長瀬鉄工所で働いてくれて、ずっと支えてくれて……それなのに、こんな終わり方しかできんで。申し訳なくて……ほんとに、申し訳なくて……けど」

ふいに母が顎《あご》を上げた。何かに挑むような仕草だった。

「できるだけのことは、こちらにできる精一杯のことだけはさせてもらいます。従業員さんたちの今月のお給料と退職金だけは、石にかじりついても用意しますから」

林さんが瞬きを繰り返す。瞬きしながら、母を見詰める。

「けど奥さん、そんな金、どうやって工面するんです。工場の方は銀行に全部、押さえられてます。土地も工場の機械も全部、抵当になってたんで……きれいさっぱり、持って行かれてしまいますで」

「この家を売ります」

母の声がリビングに響いた。それほどの大声でも叫んだわけでもないのに、耳に突き刺さってくる。恭介は身体が震えるのを止められなかった。傍らに座った凛子が腕にしがみついてくる。その指も細かに震えていた。

「この家と土地の名義は、わたしの名前になっとるんです。長瀬はこの家だけは抵当に入れてなかった。ここを売ったお金を従業員のみなさんで分けてください。まだまだ足らんかもしれんけど、少しでも」

「そりゃあ、いかん」

林さんが首を振る。静かに、横に振る。

「奥さん、そりゃあいけません。社長がこの家に手をつけなんだのは、奥さんや恭介くんや凛子ちゃんを路頭に迷わせちゃいけんて考えたからやないですか。住むとこさえあれば、何とかなるって考えたからです。その気持ちを無駄にしちゃあいけんです」

「何が気持ちですか」

母の指が膝《ひざ》の上で握り込まれ、固いこぶしになる。手の甲に青い血管が浮き出ていた。

「家族のことを思う気持ちが、ほんまにあるんなら……それなら、こんなことするわけ、ないやないですか」

母のこぶしがさらに強く握りしめられ、浮き出た血管がひくひくと動いた。

凛子がそれを見開いたままの目で見詰めていた。未知の生き物を観察するかのように、見入っている。

「何にも言わんと、置き手紙一つ残さずに……連絡もしてこなくて……こんなこと、家族のこと考えてたらできんはずです」

「奥さん」

林さんも指を握り、こぶしを作った。こちらは、硬く厚い皮膚に覆われた大きな手だ。何十年も働き続けた手だった。

「社長さんのことや、近いうちにきっと何らかの連絡をしてきますで。もう少し、待ってみましょうや」

母は顔を上げ、唇を僅《わず》かに開けた。白く乾いた唇だ。

「林さん、あの人……どうしたんでしょうか。どこに行ったんでしょうか」

「奥さん、それについては今んとこ、警察にまかせるしかないです。心当たりは全部捜したやないですか。もう、おれたちの力じゃどうにもなりませんで」

乾いた唇がもぞもぞと動いた。言葉は出てこない。けれど、恭介には聞こえた。

あの人、生きているんでしょうか。

母は確かにそう問いかけたのだ。

林さんにも聞こえたのだろうか、眉間《みけん》の皺《しわ》を深くし、黙り込む。

恭介は立ち上がった。凜子が見上げてくる。

「お兄ちゃん、どこに行くん？」

「走ってくる。凜もいっしょに行くか」

懐かしい呼び方をした。凜子が幼いころ、ずっと「凜」と呼んでいたのだ。いつの間にか、「おまえ」になって、いつの間にか妹を呼ぶことなどめったになくなった。短い挨拶《あいさつ》にもならない言葉――「おはよう」「あぁ」「ごはんだって」「うん」――をたまに交わすぐらいだったろう。それが、このところ、ずっといっしょにいて互いを呼び合っている。

「凜」

「お兄ちゃん」と。

「じゃあ、おれも引き上げようか」

林さんが、腰を上げる。母がまた、深々と頭を下げた。

家の前で軽くストレッチをする。その間に、凜子は、裏庭に自転車を取りに行った。

「恭介くん」

林さんの手が肩を叩いた。

「頑張りや」

「はい」

と返事をしたけれど、何をどう頑張ればいいのか、恭介には見当がつかない。林さんと母の奮闘のおかげなのか、ずっと以前、テレビドラマで見たような債権者たちが押し寄せて罵詈《ばり》雑言を浴びせるとか、家具を差し押さえて持ち去るといった事態には陥っていない。そのドラマのタイトルもどんな筋書きだったのかも、きれいさっぱり忘れてしまったが、五、六歳の女の子が母親と思《おぼ》しき女性に抱きつきながら、泣いていた場面だけがリアルによみがえってくる。

年齢は違うけれど、その少女と凜子が重なって、凜子が惨《むご》い現実に打ちのめされているようで、恭介の胸を疼《うず》かせた。まさか、ドラマと同じ困難が自分たちに降りかかってくるなんて、あの時、僅かも想像していなかった。母親役の女優を指差して「ばっちり化粧し過ぎやなあ。困ってるふうにはちっとも見えんもんな」なんて笑っていたのだ。

暢気《のんき》だった。あまりに暢気だった。現実は、ドラマのように優しい結末など約束しない。悲劇は悲劇のまま、惨さは惨いままに放り出し、人を打ちのめす。

どうすればいい？

牙《きば》を剥《む》く現実にどう向かい合えばいい？

恭介は林さんの四角ばった顔を見る。目尻《めじり》にも口元にも深い皺が刻まれていた。

頑張るとは、妹を庇護《ひご》することだろうか。父にかわって、母と妹の楯《たて》になることだろうか。

ふるっと、林さんが微笑んだ。

「野球、やってるんか」

「え？　あ……まぁ」

曖昧《あいまい》にごまかす。部活をずっと休んでいた。小学生の凜子は夕方四時前には帰宅する。母は朝から深夜まで留守にすることが多々あったから、恭介が帰るまでの数時間、凜子は一人で過ごさなければならない。

父がいなくなってから、凜子は友人との遊びも、寄り道も、一切を拒んで、家に駆け戻るのだ。母のいない家内を自分なりに守ろうと決めたのか、父の帰宅を信じて待つつもりなのか、ほとんど家から出ようとしない。

妹を一人にしておくわけには、いかない。

兄としての恭介の思いだった。自分が良い兄だとは決して言えない。よく、わかっている。つい、凜子に八つ当たりして嫌がられ、ときに泣かせたりもしたのだ。

昇平のところにも、三歳になったばかりの妹がいるが、実にこまめに優しく面倒をみている。食事の世話まですると聞いて、感心するより先に驚いてしまった。

「そんなん、おれには無理やなあ。さすが、キャッチャー、面倒見がええんや」

「ポジション、関係ねえだろう」

昇平は肩をすくめながら、苦笑していた。その笑顔がふわりと浮かんでくる。

妹を一人にしておくわけにはいかない。

ダメ兄貴はダメ兄貴なりに、奮い立たねばならないときがある。

恭介は授業が終わると、ユニフォームに手を通すことなくグラウンドを後にした。

キャッチボールのときの掛け声、ボールがグラブに収まる音、空気に染み込んだ土の香り、光を浴び白く煌《きら》めく砂粒……グラウンドに渦巻く全ての音や匂いや気配に背を向ける。

一度、校門を出てすぐに振り向いたことがあった。風が吹き、土埃《つちぼこり》が舞い上がる。

土埃の向こうに、野球部のユニフォームが見えた。練習用の白いユニフォームが放課後のグラウンドで、一際、鮮やかに映える。

マウンドが見えた。

誰もいない。

そこだけがぽかりと空白になっている。恭介にはそんな風に見えた。

待っていて、くれてるんかな。

恭介、帰ってこい。早く、おれの上に立て。

そう言ってくれるだろうか。

ユニフォームの背中が眩《まぶ》しい。光を弾《はじ》き、輝く。あんなに眩しいものを自分も身に着けていたのだろうか。どれほど眩しいのかも知らず、当たり前のように着込んでいたのか。恭介のユニフォームは今、部屋のクローゼットの中で眠っている。

「あっ」。小さく声を出していた。

一人の大柄な少年がマウンドに上がるのが見えたのだ。足元を均《なら》し、肩を回す。

控えのピッチャーのダイナこと大塚圭史《けいし》だ。

ピッチング練習のとき、大塚とは、たいてい並んで投げ合った。ストレートは恭介の半分ほどの威力しかなかったが、カーブのコントロールが抜群によくて、ストレートそのものも打者の手元で微妙に変化する。

いわゆる、打てそうで打てない球を投げるピッチャーだった。ただ、体格の割にスタミナに乏しく、三回以上投げると球の抑えが利かなくなり、浮き上がる。球威がないだけにコントロールが乱れ、無理やりストライクを狙うと、ことごとく打ち頃のホームランボールになってしまうのだ。

「大塚はまさにダイナマイトやなあ」

蘆守監督がしみじみとした口調で言った。

「使い方しだいでえらい効果があるし、むちゃくちゃ危険にもなるで。うーん、ほんま使いどころのおもしろいピッチャーや」

それから、大塚の渾名《あだな》は〝ツカちゃん〟から〝ダイナ〟に変わった。

今、津雲中央中学校のマウンドにはダイナが立っている。

当然だ。五月の総体、七月の地区予選が待っている。練習に出てこないピッチャーを待つ余裕は、どこにもない。

当然だ。当然だ。それをわかった上で、おれはグラウンドを去ろうとしている。当然だ、当然なんだ。

自分に言い聞かす。当然だと呟《つぶや》きながら、恭介は知らぬ間に唇を噛《か》んでいた。

昇平はダイナの球を受けるのだろうか。受けるだろう。昇平ほどのキャッチャーは他にはいない。これも当然のことじゃないか。

さらに強く唇を噛む。

ダイナに嫉妬《しっと》している自分が嫌だった。未練たらしげにマウンドを見詰めている自分に、うんざりする。

野球どころじゃないんだ。

気負いではなくそう思っている。

凜子のこともさることながら、憔悴《しょうすい》しきった母の様子が痛々しくもあるし、怖くもあったのだ。

事実上倒産した鉄工所の後始末に奔走している疲労、母を苛《さいな》んでいるのは、それではなく、父の安否がまだ不明だという事実だった。さらに言うなら、長瀬哲郎がすでに生きていないのでは、という恐れだった。

一度だけ、警察から連絡があった。身元不明の遺体を確認するようにと。遺体の特徴、年齢、性別、体形などが父、哲郎に似通っていると言うのだ。津雲から二十数キロ上流にある峡谷で発見されたとか。

同行すると言う恭介を怒鳴りつける口吻《こうふん》で制して、母は家を出て行った。帰ってきたのは二時間後、出て行ったときよりさらに血の気の失《う》せた顔で玄関に座り込んだ。

「……違った」

掠《かす》れた声を絞り出す。

「違ったよ。お父さんやなかったで。全然、別の人やった」

「そうか」

恭介は頷《うなず》き、母の傍らに腰を下ろす。それぐらいしかできなかった。

「よかったな……」

「凜子は？」

「寝た。母さんが、父さんと違うたって連絡してくれたから、すごう安心したみたいで、こてっと寝てしもうた」

「そう……、ごめんねえ。心配かけてしもうて。あんたらに、こんな心配させて……親として、ほんとに申し訳ないでな。ごめんねえ……」

「あほか。子どもにへんな気ぃ遣うな」

口煩《くちうるさ》くて、神経質で、そのくせ図太くて、ときに〝くそばばあ〟と心の内で詰《なじ》ったりもした母が、素直な幼女のように詫《わ》びている。ごめんねえ、ごめんねえを繰り返す。

たまらなかった。

「野球もええけど、勉強もしなさいよ」「何で、そんな泥足で上がってくるの。あんた幾つや」「この前のテスト、何点やったの。ほんまに受験のとき苦労しても知らんよ。まさか、スポーツ推薦なんて甘いこと考えてんとちがうやろな」「人参《にんじん》残さず食べなさい。もう、中学生になってからに」云々《うんぬん》。わざと神経を逆なでしているとしか思えず、ただただ腹立たしかった母の一言、一言が懐かしい。

ほら、母さん、がんがん文句言ってこいよ。ごめんねなんて、謝んなよ。

言葉にしない気持ちを込めて、母の背中に手を置く。手のひらに硬い骨の感触が伝わる。ずい分、痩《や》せたんだ。

「なんか、どっちが親やら子どもやら、やね」

無理に笑おうとする母が痛ましかった。

自分がどれほど無力であったか。父がいなくなってから、恭介は思い知った。現実を支える何ほどの力もない。現実を変える力はさらにない。

ただ、呆然《ぼうぜん》と流されていくしかできないのか。

弱気になる度に、忸怩《じくじ》たる思いに責められる度に、恭介はボールを握る。シャドウピッチングを繰り返す。

負けるもんか。

ちくしょう、負けるもんか。

そう呟く。

野球がしたい。球を投げたい。切に思うけれど、敢《あ》えて、想いから目を逸《そ》らす。

ともかく、凜子と母さんの傍にいるんだ。

心に誓う。そして、これは願掛けにならないだろうかと、考えたりする。

ナンちゃんに聞いた話だ。自分が一番、欲しいもの、好きなものを我慢する。それを百日続けられたら、願いが叶《かな》うのだと。それで、みんなで何が一番、欲しいか、好きなのかに話題が移り、ずい分と話が弾んだ。あのとき、どう言ったかまるで記憶にない。けれど、今は、はっきりと答えられる。

野球が好きだ。

マウンドから投げることを何より欲している。

だとしたら、それを我慢することで願いが一つ、成就しはしないだろうか。

父が無事に帰ってきますように。

願うことはたった一つ、それだけだ。

叶いはしないだろうか。

「恭介くん、野球部の練習、出てないんか」

林さんが、覗《のぞ》き込んでくる。知らず知らず、顔を俯《うつむ》けていたようだ。恭介は様々な思いを振り切るように頭を左右に動かした。そして答える。

「うん休んでる。それどころやないし」

「気分的にか」

「うん、まぁ……」

さすがに、願掛けですとは言えない。林さんは、暫《しばら》く黙り、ふいっと空へと目を向けた。

「出た方がええで」

「え？」

「野球、ちゃんとやりいや。前みたいに」

「けど……、でも、やっぱ……」

「社長、恭介くんが野球を始めたとき、むちゃくちゃ嬉《うれ》しがっとったんやで」

「親父が？」

「あぁ、さすがにおれの血を引いてるて、そりゃあもう喜んでた」

「おれの血を引いてるって、どういうこと？」

「あれ？　社長、何にも言うてなかったんか」

「うん、別に何も聞いとらんけど」

「社長はずっと野球少年やったで。高校のときなんか、かなり本気で甲子園、狙うとったんやないかな。そこらへんは聞いてるよな」

「あ、うん。中、高校と野球をしてたってのは知ってた。最初、キャッチボールを教えてくれたのも親父やし、けど、甲子園までマジで考えてたなんて、そんなん聞いたことなかった」

「そうか。そこまで言うてなかったんか。なっ、恭介くん、これは知っとるかな。『ののや』の大将、昔、高校球児で地区の決勝まで進んだっちゅうの」

「うん、それは聞いてる。けっこう有名な話やもんな。確か、ピッチャーだったんやろ」

『ののや』の主人の寡黙な様子や、今でも十分に引き締まった上背のある体軀《たいく》を思い浮かべ、恭介は一人、頷いた。

「あの大将は、社長の後輩になるんや。歳が五つ違うで、いっしょにプレーしたことはなかったけど、大将がエースで甲子園にあと一歩と迫ったときは、けっこうな騒ぎになってな。もちろん、社長もおれも応援に行ったで。あ、そのときはまだ、社長やなかったけどな」

恭介は空を見上げ、大きく息を吸い込んだ。

晩春、いや既に初夏だろうか。この季節は、夜を容易には受け入れない。暮れなずむ空の残照が、地上を柔らかく包み込む。ねぐらに急ぐ鳥の群れが、艶《つや》のある黒い影となり青紫の空を渡っていった。山の端に星が瞬いている。

疲れた身体と心に染み入るような風景だった。

津雲の空って、こんなに綺麗《きれい》だったのか。

マウンドから見上げた空は、いつも、青くぎらついている。

そんなわけがないと、もちろん、わかっている。曇天のときも、夕焼け空の下でも、小雨の中でも試合はあったし、練習もした。だけど、感じてしまう。

マウンドの上にはいつだって、夏の碧空《へきくう》が広がっているのだと。

甲子園への憧《あこが》れが見せる幻だろうか。そして、そんな幻を父も見ていたのか。

不思議な感覚がした。林さんに尋ねてみる。

「親父、甲子園に憧れてたこと、おれに一度も話さなんだの、どうしてかな」

「そりゃあ、悔しいからやないか」

林さんが肩を竦《すく》め、小さく笑った。

「悔しいって？」

「うーん、これは言わん方がええんかもしれんけどなぁ……」

焦《じ》らすように、口をつぐむ。

「なぁ、教えてや」

ほとんど無意識に林さんの腕を摑《つか》んでいた。一瞬、林さんの眉《まゆ》が八の字に寄った。それほど、強い力を指に込めていたらしい。

「あ、ごめん」

慌てて手を引く。林さんは大仰に顔を歪《ゆが》め、腕を押さえ、妙にドスの利いた声で、

「あ痛たたた。痛いわあ。骨に罅《ひび》が入りよったかもしれん。おい、坊主、治療費、たんまり払

うてもらうで」

と、脅し文句を口にした。

「うわっ、止めてや。マジで怖いわ。迫力あり過ぎやで」

「そうか。ほなら、こっちの道でもやっていけるかもしれんな」

林さんが自分の右頰に指を滑らせ、にやりと笑った。恭介は真顔のまま、その笑顔を見詰める。教えて欲しかった。父はなぜ、野球と自分との関わりを深く語らなかったのだろう。


「なぁ、恭介、おれもずっと甲子園を目標にしてたんやぞ」

「へぇ、マジで？　じゃあ、高校時代、けっこう野球、やってたんだ」

「やってた、やってた。一日の半分ぐらい練習してた記憶があるでな。今思えば、ほんまにようやったで。心底、野球が好きやったんやな」

「根性、あったんだ」

「根性は今でもあるぞ。野球で鍛えられたからな。筋金入りや」


そんな会話を交わせたかもしれないのに。悔しいから黙っていた。どういう意味だろう。

父は何を考えていたのだろうか。父の胸の内に渦巻いていた感情はなんだったのだろうか。

知りたい。

知らないのは、嫌だ。

おれはまだ、子どもで何の力もなくて、守るより守られる方がずっと多いけれど、でも、でも、何も知らないまま、何も知らされないままでいるのはもう嫌だ。

林さんが、すうっと目を細めた。

「ええ眼、しとるな」

「うん？」

「社長の言うたとおりや。恭介くん、ええ眼をしとるで」

「親父がそんなこと言うたの」

「ああ。あれは……恭介くんが中学の野球部に入部したころやったかな。『自分の息子のことを言うのもなんやけど、林さんやからええな』って前置きしてな、『恭介は一流のピッチャーになると思う。ええ眼をしとるんや』てぼそっと言うてたで。それから、『ちょっと嬉しいような、悔しいような気分やなあ』とも言うてはったな。嬉しいのはわかるけど、悔しいのはどうしてやて、尋ねたら、社長」

父とのやりとりを思い出したのか、林さんの口元が柔らかく緩む。

「子どもみたいな顔して、『息子に簡単に越えられるのは悔しいやないか』って……ほんま、こう唇尖《とが》らせて、すねた子どもそのまんまの顔やった。思わず笑うてしもうたわ」

林さんが唇を突き出して、頬を膨らませた。

「越えるだなんて、大げさや」

「いや、社長、恭介くんの可能性ちゅうか、野球の能力をちゃんと理解してたんやで。『野球に関しては、おれは恭介の足元にも及ばん』て、はっきり口にしてたでな。あっ、誤解せんといてや。確かに、社長、越えられるのは悔しいとは言うたけど、それ、嫉妬《しっと》とかそんなもんやないで。ほんま、嬉しかったんや。自分には掴めんかった夢を、恭介くんなら掴んでくれるかも……いや、かもじゃなくて、絶対に掴むて信じられるのは父親としては幸せなことやからなあ。『悔しいけど、これほど幸せな悔しさはない』って、これも社長が言うたことやで」

ベルの音が聞こえた気がした。

目覚まし時計のベルだ。何の飾りもなく、洒落《しゃれ》た形でもない、ただ、騒がしいベルを鳴らすだけの目覚まし時計だった。それが、ずっと、早朝のランニングを支えてくれた。

「がんばれよ」

父の声が聞こえた気がした。

玄関で聞いた声だ。野球にのめり込んでいく息子を父は、しっかりと見守っていてくれたのだ。

見守られていた。確かに、見守られていた。

「ほんとはなぁ、恭介くん……」

林さんの口吻《こうふん》が俄《にわ》かに暗く、重くなる。

「うちの鉄工所、もうだいぶ前から……厳しかったんや。注文の方が、最盛期の半分以下に落ち込んでて、なかなか回復せんでな。こんなご時世や。田舎の鉄工所が立ち行かんようになるのは、当たり前ちゅうたら当たり前かもしれんけどな。けど、社長、死に物狂いで頑張って、その頑張りで長瀬鉄工所はもってたようなもんや。そりゃあ傍で見とって、頭が下がる頑張りやったでな。その頑張りの力になっとったのが恭介くんやと、おれは思うてる」

「おれが？」

「そうや。もちろん、奥さんも凜子ちゃんも社長にとっては大切な家族や。家族を守りたいって気持ちも、自分の代で長瀬鉄工所を潰《つぶ》したくないって気持ちも、たんとあったはずや。けど、一番、支えになっとったのは恭介くんやなかったんかな。恭介くんが頑張って野球をしてる姿に、社長、どんだけ励まされたか……、あれ、いつだったかな、社長が恭介くんの試合を見に行ったことがあったやろ」

「うん」

「その日の夜、社長が言うたんや。『息子があんなに懸命に戦うてるのに、父親が負けるわけにはいかんでなあ』って」

返事ができない。恭介は唇を一文字に結んだまま黙り込む。いつの間にかまた、固く指を握り込んでいた。

野球が好きだった。

マウンドから一球を放ることが好きだった。

ベースを蹴《け》って走り抜けるのが好きだった。

昇平、ナンちゃん。クラゲン、ダイナ。そんな仲間たちといっしょに、投げ、打ち、走り、捕る。その一時がたまらないほど、好きだった。

好きだから、懸命に取り組んだ。誰のためでもなく自分のために、野球を楽しんでいた。

そんな自分が父を支えていたのだろうか。励ますことができたのだろうか。

こぶしが震える。

「林さん」

恭介は両足に力を込めて、地を踏みしめた。

「親父、帰ってくるよね」

声も震えていた。自分でも情けないほど震えていた。

「おれらがこの家で待ってるんや、親父、帰ってくるよね。絶対に帰ってくるよね」

「おうよ」

林さんが威勢よく答える。間髪をいれない返事だった。

「帰ってくる。帰ってくる。恭介くんの野球を見なあかんのや。どうしたって、帰ってくるに決まってるで。もうちょっとの辛抱や。お母さん、しっかり守って待っててあげてや。それとな、恭介くん」

林さんの大きな手が肩に乗った。

「野球、やめたらあかんで。恭介くん自身が嫌になってやめるんだったら何にも言わん。けど、今度のことでやめなあかんて考えとるんやったら、そりゃあ考え違いやからな。なぁ、凜子ちゃんも、そう思うやろ」

凜子？

後ろに凜子がいた。自転車のハンドルを握りしめたまま立っている。

「うん、思う。こんなことで野球をやめたりしたら、お兄ちゃん、最低やわ」

「おい、凜子。おまえ生意気なこと言うてからに、調子に乗るな」

凜子がぐっと顎《あご》を上げる。眸《ひとみ》の中に強い光が宿った。

「うち、一人で大丈夫やから」

「は？」

「うちのこと心配せんかてええよ。うち、ほんまのこと言うて、お兄ちゃんが部活休んで、さっさと家に帰ってくるの、すごい嫌だったんよ」

「凜子、あのな」

「うち、野球しとるお兄ちゃんが好きなんや。芳香ちゃんも莉名ちゃんも、それに新太くんも薪川くんも野球してるお兄ちゃんのこと格好ええって言うてた。うちも、格好ええと思う」

「馬鹿、何言ってんや」

妹に面と向かって「格好ええ」と言われるなんて、恥ずかし過ぎる。面映ゆくて、頬が火照ってしまう。腋《わき》の下に汗まで滲《にじ》んできた。

「お兄ちゃん、普段は全然、格好ようないやないの。ご飯のおかずが足らんとか、冷蔵庫に牛乳が入ってないとか、花柄のトイレットペーパーは嫌だとか、どうでもええことに怒ったり、文句言うたりして、ほんま子どもやなあって、いっつも思うてた」

林さんが噴き出す。恭介の頬はますます熱をもつ。おそらく、真っ赤になっているだろう。

「凜子、ええかげんにしろ。何を好きなこと言うてるんや」

妹を半ば本気で睨《にら》みつけたけれど、凜子は全く動じなかった。

「お兄ちゃん、野球をしてるときだけは、ほんま格好ええんや。うち、お兄ちゃんのこと、自慢やった。芳香ちゃんたちに、あんなお兄ちゃんが居てええなって羨《うらや》ましがられて……ちょっとだけやけど、嬉《うれ》しかったりしたんや。それなのに、お兄ちゃんが野球やめたりしたら、がっかりやわ。うち、格好ええお兄ちゃんが好きなんや。野球をやめたお兄ちゃんなんか、全然、格好ようないもん」

凜子は兄を見詰め、ふっと息を吐いた。それだけなのに、顔つきが急に幼くなる。

「お兄ちゃん、うちは大丈夫や。明日から、芳香ちゃんや莉名ちゃんが遊びに来てくれるの。宿題も一緒にしようって。だから、お兄ちゃんが早う帰ってこんかてええよ」

「凜子」

「さっ行こう。ランニング、ランニング。うちが伴走したるから、しっかり走りぃよ」

凜子は自転車にまたがると、勢いよくペダルを踏んだ。風が髪をなびかせる。颯爽《さっそう》とした言葉そのままに、勇ましく清々《すがすが》しい姿だった。

「何や、あいつ。言いたいこと言うてから」

「ははは、さすがしっかり者の凜子ちゃんや。たいしたもんやで。なっ、恭介くん、男ちゅうのは、年齢に関係なく女には敵《かな》わんようになっとるらしいな」

林さんの手が背中を押した。

「さぁ、走ってきいや。ごちゃごちゃ考えんと、走ってきぃ。ランニングは全てのスポーツの基本やからな」

「うん」

恭介は走り出す。青葉の匂いのする風が火照った頰を撫《な》でて過ぎた。


「恭介」

教室から廊下に出たとたん、声を掛けられた。

昇平だった。

ひどく張り詰めた表情をしている。放課後の教室から、潮が引くようにざわめきが消えて行く。カバンを腋に挟み立ち上がっていた者も、ふざけ合っていた者も、数人で固まっておしゃべりをしていた者も、廊下を歩いていた者も一様に口をつぐみ、動きを止め、恭介と昇平を見詰める。空気がすっと緊張した。

他人の視線も、教室や廊下の空気も昇平はいっさい気にしなかった。感じてさえいないのかもしれない。

「恭介、話がある」

「なんや？」

昇平の目をまっすぐに見返す。

「あっ」

昇平が小さく叫んだ。一歩、恭介に近づき、まじまじと見詰めてくる。

「なんだよ。昇平、顔、近いって。キモイぞ」

「ピッチャーの眼ぇやった」

「え？」

「おまえ、今、マウンドにおる時と同じ眼ぇ、しとるぞ」

「ばぁか。何、臭いこと言うとんや。聞いてて恥ずかしいやないか」

昇平の顔を手のひらで押し返す。昇平は、水からあがった犬のように、頭を振った。

「あのな、恭介」

「今日からまた、よろしく」

「え？」

「部活。今日から参加するで。そこんとこよろしく、頼んます」

首を突き出し、ひょこりと頭を下げる。恭介としては、精一杯のおどけた物言いと仕草だった。けれど、昇平はにこりともしなかった。笑う代わりに天井を仰ぎ、

「よかったあっ」

教室内にびんと響くほどの大声をあげる。

「よかった。マジ、よかった」

「バカ、でけえ声、出すな」

「声なんて関係ねえよ。おれ、恭介が部活、やめちゃったらどうしようって、それぱっか考えてて……あー、よかった。マジでよかった。何か、もう、むちゃくちゃ、安心したあっ」

昇平がはればれと笑う。

あぁ、待っていてくれたんだ。

恭介がグラウンドに、マウンドに背を向けていたこの数日、昇平は黙って待っていてくれた。恭介が必ず帰ってくると信じて、待っていてくれた。そして、心配してくれていたのだ。恭介がマウンドを見詰めていたように、昇平は足早に帰宅する恭介の背中をずっと見ていたのかもしれない。

早く、帰ってこいよ。

胸の内でそう呼び掛けていてくれたのかもしれない。何度も何度も。

やっと、気が付いた。やっと、周りの思いに心を馳《は》せることができた。

「昇平、感謝」

口の中でもごもご呟《つぶや》く。

「うん？　何か、言うたか」

「いや、別に。何も言ってないけど」

本当は、面と向かって告げたい。

昇平、感謝。

でも、そんな一言を口にしようものなら、昇平は真っ赤になって横を向くか、顔を顰《しか》め「バーカ、おまえ、熱でもあるんとちがうか。人格、変わってるで」と憎まれ口をたたくかだ。真っ直ぐな言葉はとても大切だけれど、とても面映ゆく、とても重い。

だから、胸の内で呟くだけにする。

昇平、感謝。

昇平が僅《わず》かに目を細め、僅かに笑んだ。

「んじゃ、行こう」

「ああ」

並んで歩き出す。階段を降り、グラウンドへと向かう。

グラウンドへ。

何だか懐かしい。舞い上がり、一瞬煌《きら》めいて風にさらわれていく土埃《つちぼこり》が、若い獣の咆哮《ほうこう》にも似た仲間たちの掛け声が、降り注ぐ陽光が、地上に落ちた木々の影が、広がる空の色が懐かしい。グラウンドの風景一つ一つが懐かしい。そして、たまらなく愛《いと》しかった。

馬鹿みてえだ。

涙ぐみそうになった自分に舌打ちする。

毎日通っている中学校のグラウンドを見て、泣きそうになっているなんて、馬鹿みたいだ。

背中に軽い衝撃が来た。こぶしで肩甲骨の辺りを叩《たた》かれたのだ。

「遅えぞ、恭介」

クラゲンが腰に手を当てて、立っていた。その後ろにナンちゃんとダイナもいる。

「グラウンドに出てくるまで何日、かかっとるんや。おれら、待ちくたびれて、屁《へ》を三十回ぐらい、こいてしもうたわ」

「クラゲン、もうちょっと、ジョーヒンな冗談が言えんのかぁ。おまえは、ほんまに救いようがないのう」

ナンちゃんが両手を合わせ、経を唱える真似をする。その格好がさすがにぴたりと決まっているものだから、却《かえ》っておかしい。全員が同時に噴き出した。ナンちゃんも笑っている。恭介も笑った。昇平もダイナもクラゲンも身を折るようにして、笑い続ける。

恭介がユニフォームに着替えて、バックネットの前に整列したとき、蘆守監督の黒目がちらりと動いた気がした。恭介にそう見えただけかもしれない。

「試合も近い。これからは実践的な練習に重点を置いていく。試合だけは、いつ何が起こるかわからんでな。つまり、いつ何が起こってもおかしくないわけや。それを改めて胆《きも》に銘じろ」

「はいっ」

部員たちの返事が重なる。

「今日は守備練をみっちりやる。状況によるフォーメーションの確認や。ワンアウト、ランナー一塁なのかノーアウト満塁なのか、何回の守りなのか、点差は何点あるのか。勝っているのか負けているのか、それで、おまえたちの動きは変わってくる。何度も練習を繰り返して、覚えろ。一応、フォーメーションの図解を配るから、頭に入れておけ。しかし、頭でっかちになるな。野球はここと」

監督は自分の頭を指差し、その指をすっと胸元までおろした。こぶしを作り、胸を二度、三度叩く。

「ここでやるもんなんや。頭と心。その二つを使わなきゃ、野球は強くなれんのや」

「はい」

「よし。では」

監督の視線が初めて恭介に注がれた。

「恭介」

「はい」

「ダイナ」

「はい」

「おまえたちは、キャッチャーを相手に投げ込みをしろや。恭介は最初から飛ばすんやないぞ。キャッチボールから始めろ」

「はい」

「よし、では練習に入る」

部員たちがグラウンドに散っていく。

「恭介」

グラウンドの隅でピッチング練習に入る直前、ダイナが声をかけてきた。

「おれ、負けんからな」

日焼けした顔の中で、双眸《そうぼう》が強い光を放つ。

「おれ、絶対、おまえに負けへんからな」

「ダイナ……」

「あ、誤解すんなや。おまえに代わってエースになるとか、そんな意味やないんぞ」

ダイナの口元が少し緩んだ。眼の光は強いままだ。

恭介はダイナの顎《あご》の張った顔を見る。知らない者のようだと感じた。以前のダイナとどこも変わっていない。身長が伸びたわけでもないし、顔形が変化したわけでもない。それでも、今までのダイナとどこか違う。

「おれな、今までおまえがおるからって、安心してた。おまえがきっちり五、六回ぐらいまでを抑えて、監督が代われって言うたら、おれがラスト一、二回を抑えて、それでええと思ってたんや。おまえ、すげえから、おれ、なんちゅーの、控えでもしゃーないなって」

「ダイナ」

「けど、野球って何が起こるかわからんやろ。おまえが急にチョーシ悪うなって、ぼかすか打たれることだって、故障することだって、あるやろ」

「まぁな……けど、それ、ちょっと、酷《ひで》ぇシチュエーションやないか」

「例えばや、例えば。気にすんな」

「気にはなるけど。まあ、ええわ。で？」

「えっ？」

「えっ？　じゃねえよ。続き。酷ぇシチュエーションの続き、どうなんや」

ダイナを促す。続きが聞きたかった。恭介がマウンドから目をそむけていた間に、ダイナは何を考え、何を感じ、どう変わったのだろうか。

聞きたい。

「いや、別に、そうマジになられると……困るんやけどな」

ダイナは瞬きを繰り返し、それでも、恭介から視線を外そうとはしなかった。自分の言葉を曖昧《あいまい》にごまかそうとはしなかった。

「おれは、だから、おまえの控えとかじゃなくて、一人前のピッチャーになりたいんや。どんな状況でも、自分のピッチングができる。そんなピッチャーにならなあかんて、思うたんや。そういう気持ちでは、絶対、おまえには負けんて、思うてる」

そうかと恭介は答えた。どう答えていいか、見当がつかなかった。「がんばれ」とも「おれも、負けんぞ」とも違う。そんな、月並みな返事はできなかった。

「えへっ、ちょっと熱過ぎたか」

ダイナはちろりと舌を出して肩を竦《すく》めた。色が黒いから、はっきりとはわからないけれど、頬を赤く染めているだろう。

「おーい、何してる。こっちは用意、カンペキだぞ」

昇平と二年のキャッチャー生方《うぶかた》が、並んで立っている。早くしろと言うように、昇平がミットを叩いた。

「よしっ、行きますか」

ダイナが大きく息を吸い込んだ。胸が膨らむ。

「ほい、行きましょう」

恭介も胸を膨らませる。鼻腔《びこう》に土の香りが流れ込んできた。


「やっぱり、この家を売ろうと思うの」

母がそう切り出したのは、総体の前日、夜気さえも緑に染まりそうな五月の夜だった。

恭介が風呂《ふろ》からあがるのを待っていたかのように、母はリビングのテレビを消した。

凜子と恭介の前に座り、小さな声で、しかし、きっぱりと切り出したのだ。

あ、やっぱり。

母の言葉を聞いた瞬間、恭介は思った。

母さん、やっぱり、決めたんだ。

「林さんは、絶対に手放すなて言うてくれるけど、そうもいかんて気がしてな。従業員さんの退職金ぐらいは渡さなあかんやろうし、ちょっとでも借金返済に回したいし」

「津雲を出て行くの」

凜子が腰を浮かせる。

「もしかしたら……そうなるかもなあ」

「そんなの嫌や」

凜子の声は高く、語尾が震えた。ほとんど悲鳴のようだった。

「うち、津雲にいたい。出て行くのは嫌や」

「おい、凜子」

恭介は妹のTシャツの裾《すそ》を軽く引っ張った。

「そんな声、出すな」

「だって、お兄ちゃん。お兄ちゃんだって津雲を出て行きたくないやろ。転校とか嫌やろ」

転校。

凜子の一言が胸に突き刺さる。けっこう、痛い。

「うちは嫌や。芳香ちゃんや莉名ちゃんと別れるのは、嫌。絶対、嫌だから」

父がいなくなってから泣き言も文句も、まして我儘《わがまま》など一言も口にしなかった凜子が、地団太を踏むような勢いで母に食ってかかる。

「凜子、いいかげんにしろ」

妹を怒鳴りつけていた。凜子は涙を浮かべた目で兄を睨《にら》み、唇を結んだ。そのまま、天井を仰ぐ。涙を零《こぼ》さないための凜子なりの精一杯の意地なのかもしれない。こんな意地を、こんな仕草を妹はいつの間に身につけたのだろう。

「まだどうなるか、詳しいことはわたしにもわからんの」

母は凜子の横顔から目を逸《そ》らし、呟《つぶや》いた。

「今、いろんな人に相談しているとこやで。あれこれ決まるのはまだ先になる……けど、あんたたちも心構えだけはしといて欲しいんや」

「わかった」

母に向かって、はっきり首肯する。

「お兄ちゃん」

凛子の声音がひきつった。

「お兄ちゃん、ええの。転校なんかしてもええの。野球、どうするの」

「何とかなる」

立ち上がって、濡《ぬ》れた頭をタオルで思いっきり拭《ふ》いた。拭きながら呼吸を整える。混乱した感情を静めようとする。

「野球はどこでも、できる。津雲やないとだめってことは、ないからな」

タオルで顔を拭《ぬぐ》い、投げ出すように言ってみる。凛子の黒眸《くろめ》がすっと横に動いた。

嘘つき。

凛子の黒眸が告げてくる。

お兄ちゃんの嘘つき。

嘘だった。

できるわけがない。

津雲中央中学校野球部。ナンちゃん、クラゲン、ダイナ、ヤベッチ、そして昇平……あのメンバーだから、ここまでこられた。迷い、惑い、それでもマウンドに戻って来た恭介を何事もなかったかのように迎え入れてくれたメンバーだ。

誰も恭介に同情しなかったし、憐《あわ》れみもしなかった。「おまえ、たいへんだな」も「親父さんの行方、まだわからんのか」もなかった。グラウンドにいる間、恭介を取り巻いているのは、野球の醸し出す空気だけだったのだ。

「恭介、もう一球」「力むな。身体に余計な力が入っとるぞ」「球をよく見ろ。球を」「あと、グラウンド三周。ストレッチは入念にやれ」「あー、腹減った。ボールが肉まんに見える」「道具をきちんと片づけろ」

そんな言葉の数々が心地よい。

土の匂いも、汗の味も、マウンドに立つ感触も、何もかもが心地よい。

野球というスポーツは、確かに条件さえそろえばどこでもできるかもしれない。けれど、あのメンバーとの野球は津雲を出ていけば、二度と縁のないものになってしまう。

それは嫌だ。

凜子のように正直に、「嫌だ」と叫びたい。せめて夏が終わるまで、津雲にいたい。みんなで全国大会に向けての野球をやりたい。

せめて夏が終わるまで……。

恭介はそっとかぶりを振った。

今、母は必死に現実と戦っている。恭介には窺《うかが》い知れない大人の世界で、懸命に戦っている。

その決意を蔑《ないがし》ろにはできない。

凜子だってむろん、よくわかっている。練習に明け暮れて、夕方遅くしか帰宅しない恭介と違って、凜子はずっと家にいるのだ。母の苦労も戦いも、恭介の何倍もよく理解しているに違いない。その妹を怒鳴りつけることしか出来ない自分を情けないと思う。

「うちらが、津雲からいなくなったら……お父さん、どうするの。お父さんが帰って来たとき、うちらがいなかったら……どうすんの」

凜子がぐすりと洟《はな》をすすりあげた。涙が一粒だけ、手の甲に落ちた。

「あぁ……そうやねえ」

母が視線を彷徨《さまよ》わせる。

「凜子の言うとおりやけど……」

「お母さん」

凜子は母の腕にしがみついた。

「津雲にいよう。この家を売ってもええから、津雲のどこかに、いよう。そしたら、お父さん、ちゃんと帰って来られるもん」

「凜子」

母の手がそっと、凜子の髪をなでた。

「お母さん、ちょっと弱くなっとったのかもしれんねえ。周りから気の毒がられたり、責められたり、いろいろ尋ねられたり、警察や銀行やあちこち走りまわらなあかんかったりで……くたびれて、弱くなっとったんかもしれんわ」

「お母さん」

「この数日、津雲から逃げることばっかり考えてた。あんたたちと一緒に、誰も知らん所に逃げて、そこで静かに暮らしたいって、ずっと考えてたんや」

母の手が凜子の黒い艶々《つやつや》した髪を撫《な》で続ける。

「けど、凜子の言うとおりやね。逃げたらだめやなあ。もう少し、津雲で踏ん張らんと、お父さん、帰って来る所がなくなるねえ」

母が天井を見上げる。零れようとする涙をこらえる。涙というものは、一度、流れ出てしまえば止めるのは困難だ。後から後から湧き出してくる。だから、こらえる。泣いたって解決することは何一つない。

母は骨身にしみて、知っているのだ。

馬鹿野郎。

恭介は父を罵《ののし》った。心の内でだけだったが、本気だった。本気で父に対する怒りが込み上げてきた。

親父、なにやってんだ。なんで、ここにいないんだ。なんで一人じゃなくて、みんなで戦おうって思わなかったんだよ。

親父、おれも凜子もまだガキでできることなんて知れているけれど、それでも、まるっきり何にもできないわけじゃない。逃げる前に、なんでもう少し、もう少しだけ信じてくれなかったんだよ。

馬鹿野郎。

「うち、津雲にいられるんだったら、アパートでええよ。部屋が一つしかなくてもええよ。1DKってやつ」

凛子がふいに明るい声をあげる。

「なぁ、お兄ちゃん、ええよね」

「うーん、凛子とごろ寝せなあかんわけか。そりゃあちょっときついな。おまえ、寝言とかすげえ言うからな」

「よう言うわ。お兄ちゃんこそ、鼾《いびき》とか歯ぎしりとか、煩《うるさ》くてかなわんわ」

「なんやと、おまえ、ほんまに生意気やな」

「お兄ちゃんの方が顔も態度も生意気や」

「生意気な顔って、どんなんや」

「だから、お兄ちゃんみたいな顔やないの」

母が笑う。笑いながら、凛子と恭介の頭を叩《たた》いた。

「もう二人とも、つまらん口喧嘩《くちげんか》、せんといて。けど口では完全に凛子が勝ってるで。聞いてるだけで、笑えるわ」

母は天井に顔を向け、今度はあはあはと笑い声をたてた。

無理をして笑っている。そんな声だった。それでも、泣くよりはいい。笑えば、ほんの少しでも前に進める気がする。しゃがみこむのではなく、ほんの一歩、足を前に出せる。

まだ、だいじょうぶだ、おれたち。

笑っている母と妹を見やり、恭介はゆっくりとタオルを握り締めた。


電話が鳴った。

玄関を出ようとドアに手をかけたときだった。母は早朝から出かけ、凜子も友人の誕生会に呼ばれ家を出て行ったばかりだ。

反射的に壁に掛かった時計に目をやる。

午前九時ちょうど。

総体の二日目、津雲中央中学は準決勝まで勝ち進んでいた。むろん、決勝までいく。そして、勝つ。試合開始まであと二時間、集合時間まで三十分しかない。

父の失踪《しっそう》の後、しばらくは電話が鳴りっぱなしで、布団に入っても呼び出し音が耳について眠れないほどだった。

電話に出なくていいと言われていた。

大半が銀行や債権者からのものだったから、恭介が出てもどうしようもないのだ。

電話は鳴り続ける。

恭介はスニーカーを脱いで玄関に上がった。受話器に手を伸ばす。

「はい、長瀬です」

返事はなかった。

イタ電かよ。

舌打ちする。山のようにかかってきた電話の中には、心ない中傷や無言の電話もかなりの数、交じっていた。対応に戸惑う母に代わって、受話器を叩きつけたこともある。

まだ、懲りないやつらがいるのか。

「ふざけんなよ。イタ電なら切るぞ」

今度は相手に聞かせるつもりで、音高く舌を鳴らす。

ふいっと息を吐く音が聞こえた。たった一息の音だ。

まさか。もしかしたら。

「親父！」

クリーム色の受話器を握り締めていた。

「親父、親父だろ」

やはり、返事はない。いや、微《かす》かな微かな声が伝わってくる。

すまない。

そんな風に聞こえた。受話器をさらに強く握り締め、叫ぶ。

「切るな。切らないで」

胸の内で心臓が激しく鼓動を打つ。胸板を押し上げるような勢いだ。

「父さん、今日、試合なんや。静町のスポーツ公園の球場、あそこで準決勝と決勝があるんや」

手のひらに汗が滲《にじ》む。受話器が滑り落ちそうで怖かった。

「おれ、投げるから」

電話が切れた。ツーンツーンと電子音だけが耳にねじ込まれる。

恭介は、そっと受話器を置いた。

「おれ、投げるから」

ここにはいない父を見据え、呟《つぶや》いてみる。


決勝は午後三時から始まった。

五回が終わって、一対二。津雲中央中学校は一点をリードしていた。

五回の裏を終え、ベンチに帰ってきた恭介に、蘆守監督がさらりと問うてきた。

「どうだ、調子は」

「絶好調です」

恭介もさらりと答える。

本当は少し、疲労を感じていた。

真夏を思わせる暑さが、準決勝、決勝と連投している身体から体力を奪っていく。

五回の裏に相手打線に連打され一点をもぎ取られたのは、疲れからほんの少しだが、球が浮いてしまったからだ。監督はむろん、その辺りをちゃんと見通している。ダイナはいつでも登板できるよう準備しているはずだ。

どうしようか。

一瞬、恭介は迷った。迷うこと自体、投げ切る自信のなさの証《あかし》かもしれない。

「……恭介」

昇平がすっと、傍らに寄って来た。ひどく生真面目な顔をしている。

「なんだよ。だいじょうぶやって。おまえが心配するほど、おれはバテてないし」

強がってみる。

弱音を簡単に吐き出すようでは、ピッチャーは務まらない。自分の限界を自分で定めない。定めてしまえば、限界の二文字は堅牢《けんろう》なゲートに変わり、越えることは不可能になる。

ピッチャーはマウンドを守り通さねばならない。ただし、チームに迷惑をかけない範囲で。

「いや、そうじゃなくてな」

昇平が言い淀《よど》む。硬い表情のままだ。

「どうした？」

「いや、あの……、試合の最中に言うてええんかどうか悩んだんやけどな」

昇平の喉元《のどもと》が上下に動いた。唾《つば》を飲み込んだのだ。

「昇平、もしかして……親父か」

「うん」

昇平は小さな子どものように、頭を前に倒して頷《うなず》いた。

「親父がおったんか」

「よう、わからん。さっきトイレに行ったとき、通路でおっちゃんによう似た人を見たんや。スタンドへの階段を上ってた。影になって、はっきりとは見えんかったけど……でも……」

ベンチからグラウンドに、飛び出ていた。スタンドを見まわしてみる。

ナイトゲームの設備まで揃っている球場は、外野席は芝席、内野席はオレンジ色のイスが並んでいる。一塁側と三塁側には両校の応援団が陣取って、声援を送っていた。

父さん……。

父の姿を見つけることはできなかった。

父さん、いるんだろう。おれの試合を見に来てくれたんだろう。

「恭介」

昇平が肩を叩いた。

「ツーアウトや。肩慣らししとこうぜ」

「ああ……」

恭介はぼうしを深くかぶり、グラブをはめた。

六回の表。背後から監督の声がぶつかってきた。

「恭介、後ろにダイナがいるんだ。やれるところまで力いっぱいやれ」

振り返り、恭介はかぶりを振って見せた。

「いえ、最後まで投げます」

ボールを握る。強く握りしめる。

「この試合、最後まで投げ切ります」

投げさせてくださいと願うのではなく、投げ切るのだと断言する。

投げ切った姿を見せたい。

「そうか」

監督が頷いた。

「よし、行け。存分に投げてこい」

「はい」

恭介はマウンドへと走る。

そこは五月の光に、眩《まばゆ》く輝いていた。

第六章　かんかん橋で

津雲中央中学校の女子の制服は、セーラー服だ。六月からは夏服になる。白い襟にえんじ色の線が二本入り、同色のリボンを胸元に結ぶのだ。

「おやまあ、可愛いねえ」

二階から下りてきた真子を一目見て、奈央さんが目を細めた。

「すっごく、よく似合ってるよ。真子ちゃん」

真子は肩を竦《すく》め、ちょこっと笑った。少し恥ずかしかった。

奈央さんは、いつも、褒め方が大げさなのだ。

運動会のリレーで一等になれば、「真子ちゃん、やっぱり運動神経すごいねえ。大将の血を確実に引いてるわ。ほんと、風みたいに速かったよ」と笑い、テストで満点をとれば、「真子ちゃん、天才じゃないの。よくこんな問題、わかるね」と感嘆してくれる。

そして、最後に必ず、

「真子ちゃんはすごい。本当にすごい。あたしの自慢なんだよ」

と付け加えるのだ。

面映ゆい。

リレーで一等になったのは、先頭を走っていた子が足を滑らせてよろけたからだし、テストはたまたま満点がとれただけだ。称《たた》えられるようなことではない。

奈央さんは一事が万事、そんな調子だった。嫌いなセロリを食べられるようになったときも、家庭科の宿題で雑巾《ぞうきん》を十枚縫いあげたときも、枯れかけた観葉植物の世話をして青々とよみがえらせたときも、「すごい、すごい」を何度も何度も繰り返した。一人で繰り返すだけでなく、『ののや』の常連客である野々村さんや池内さん、和久くんたちに、得意げに告げるのだ。

「うちの真子って、すごいよ。セロリを一本、食べちゃうんだから。和久なんて、いまだに食べられないんだろ」

「ほら、この雑巾見てよ。うちの真子の手縫いなんだ。きちっと縫い目が揃って、ミシンで縫ったみたいでしょ」

「この鉢植え、うちの真子が育てたの。枯れちゃってもう捨てようかって思ってたのに、ずっと世話してねえ。新しい芽が出てきたときには、あたし、感動しちゃったよ。たいしたもんだよねえ」

野々村さんも池内さんも和久くんも、相槌《あいづち》を打ち、ときには拍手までしてくれる。

小学生のころは、奈央さんに褒められるのが嬉《うれ》しくて、わくわくして、自分が本当に〝すごい人〟になったような気がした。野々村さんたちに拍手までされると、さすがに恥ずかしくて、店から逃げ出したりもしたけれど、奈央さんの褒め言葉に胸が膨らんだり、背筋がしゃんと伸びたのは事実だ。

お父ちゃんが無口で、褒めることも謗《そし》ることもめったになかったから、奈央さんの一言、一言が新鮮でもあったのだ。小学生までは。

真子はいつの間にか、自分には少しも〝すごい〟ところなどないと、気が付いていた。運動も勉強もそこそこはできる。そこそこしかできない。とびぬけて美しいわけでも、特別な能力があるわけでもない。ごくごく平凡な、この国のどこにでもいる中学生の一人、それが自分だ。

そう自覚している。

平凡であることを、ありふれた者の内にいることを、真子はそれほど厭《いと》うてはいなかった。目立つことは嫌いだ。目立ちたいなんて思わない。

だから、平凡でいいのだ。すごくなくていいのだ。それなのに、奈央さんは今でも、真子を褒めまくる。事あるごとに「真子ちゃんはすごい」を繰り返す。野々村さんたちに「うちの真子はすごいんだよ」と語る。

少し鬱陶《うっとう》しい。いたたまれないような気分にもなる。もっと等身大の自分を見てほしいと思う。思うだけで口にはしないけれど。

奈央さんは、真子にとって二人目の母親だ。母娘《おやこ》になって、まだ三年しか経っていない。三年前、お父ちゃんと奈央さんは結婚した。といっても津雲の役場に届を出しただけだ。いや、池内さんが音頭をとって『ののや』で、披露宴らしきものをひらいた。

「大将と奈央が一緒になるのに、おれたちがなーんもせんわけにはいかんからな。よっしゃあ、会費制、一品持ち寄り披露宴をやろうぜ」

池内さんの呼びかけで、『ののや』に常連さんたちが集まった。

あの夜のことを真子はまだ、はっきりと覚えている。楽しかった。楽しくて、おかしくて、おもしろい一夜だった。だから、記憶に鮮明に焼きついている。

真子の十歳の夏だった。

夏休みも半ばを過ぎて津雲に幽《かす》かな秋の気配が漂い始めるころでもあった。

津雲の夏はいつも気忙《きぜわ》しく通り過ぎ、秋は突然の雨とともにやってくる。その日も、夕方に三十分近く降った篠突《しのつ》く雨の後、空気は俄《にわ》かに涼やかなものに変わった。夏の雷雨の後の清涼さとは明らかに違う、身体の芯《しん》に沁《し》み込むような涼しさだった。

あ、夏と秋が入れ替わった。

真子は大きく深呼吸する。

秋の気配を胸一杯に吸い込む。それから、顔を天へと向けてみる。

『ののや』と真子の上に広がる空には雨雲ではなく、羽毛に似た薄雲が流れていた。

「あっ、何だか秋、だねえ」

背後で声がした。

振り向くと、青い袖《そで》なしのワンピースを着た奈央さんが、空を見上げていた。晴れ渡った秋空のような色のワンピースだ。

「今年は秋が早いのかな」

空から真子へと視線を移し、奈央さんが微笑む。照れたような笑みだった。

お客さんとして『ののや』に出入りしていたころ、奈央さんはこんな照れ笑いを浮かべることはなかった。いつも陽気で、ちょっとはすっぱで、威勢のいい笑い方や物言いをしていた。

お父ちゃんと結婚して『ののや』で暮らし始めてから、奈央さんは時々、こんな風に笑うようになった。

「奈央、何か女っぽくなったちゅうか、色っぽくなったちゅうか、いや、きれいになったちゅうか、ともかく、ええ女になったんやないか」

この前、池内さんが珍しく真顔でそんなことを言っていた。お酒を飲んでいるのに、池内さんが真面目な顔つきをするなんて、ほんとうに珍しい。たいていは、けたけた笑っているのだ。

女っぽいとか色っぽいとか、真子にはわからないけれど、奈央さんがきれいになったのは確かだと思う。

ヌード劇場『ピンク』の踊り子だったころ、奈央さんはこってりとお化粧していた。唇を紅色に塗り、はたはたと音が聞こえそうな長い付け睫毛《まつげ》をくっつけていた。そうかと思うと、化粧を落とし髪もぼさぼさの、いかにも疲れた様子で夕食を食べに来たりしていた。

今、奈央さんは厚化粧でも素顔のままでもない。うっすらと、よくよく見なければわからないほどうっすらと化粧をしている。髪は一つに束ね、黒いバレッタで無造作に留めている。髪にも胸元にも耳にも腕にも、何の飾りもつけていなかった。左手の薬指に、小さなダイヤが一つだけ付いた指輪をしていた。

お父ちゃんが、贈った指輪だ。

奈央さんは指輪をはめて、とても嬉しそうだった。何度も薬指を撫《な》でていた。

「こんなりっぱな指輪、貰《もら》えるような女じゃないのにねえ。ダイヤの指輪なんて……大将、無理しちゃって」

「あほ。米粒ほどのダイヤ買うのに、無理なんかするか。そのぐらいの指輪を買う甲斐性《かいしょう》ぐらいはあるでな」

お父ちゃんが突き放すような言い方をした。

「大将は甲斐性者だよ。それくらい、あたしだってわかるさ」

「上手言わなくていい」

「上手じゃないよ。本当にそう思ってる」

「わかったから。そんなことどうでもええから、さっさと店の掃除を済ませろや」

お父ちゃんの物言いがさらにぶっきらぼうになる。真子は聞いていて、はらはらしてしまう。

お父ちゃん、あかんよ。もうちょっと優しく、言うてあげて。そうでないと、奈央さんまで……。真子は心の中でお父ちゃんを責める。

「あんたのお父ちゃん、何であんなに無愛想なんやろねえ。優しい言葉の一つも口にできんのかしら。ほんま、嫌になるわ」

母の真奈美がため息を吐いていたのを覚えていたからだ。真子が小学校に入学した翌日『ののや』を出て行った母は、故郷の津雲をも出て神戸で働いていると聞いた。母がなぜ、親子三人の暮らしを捨ててしまったのか、真子には理解できない。きっと大人にならなければ分からないことなのだと思っている。

ただ、母が口下手で、甘い科白《せりふ》の一つも囁《ささや》けない夫に苛立《いらだ》っていたことだけは感じていた。

お父ちゃん、奈央さんには優しい言葉をかけてあげて。

優しい言葉、甘やかな科白。それがどんなものかは見当もつかない。母がそういうものを求め、叶《かな》えられず、落胆していた姿だけが心に刻まれている。

大人の女の人にとって、優しい言葉も甘やかな科白も、とても大切なものなのだ、きっと。

一度だけ奈央さんに尋ねたことがある。

「奈央さん、お父ちゃん、あんまり優しくないけどええの？」

と。奈央さんは、瞬きをきっちり三回した。考えるように首を傾げ、また瞬きして、真子を見詰めた。

「大将、優しいけど。あたし、大将みたいに優しい人、初めてだよ。男でも女でも、さ」

「ほんとに？」

「ほんと、ほんと。真子ちゃんに嘘をついてもしょうがないでしょ」

奈央さんが笑う。真子も笑う。

嬉しかった。奈央さんがお父ちゃんのことを優しいと言ってくれた。それが、跳びはねたいほど嬉しかった。

真子もお父ちゃんは優しいと思う。物言いや態度はぶっきらぼうだけれど、本当は誰より優しいのだ。奈央さんは、それをちゃんとわかっていてくれた。嬉しい、嬉しい、嬉しい。そして、安堵《あんど》する。奈央さんは母のように消えてしまわない。背を向けて去っていったりしない。そんな思いに心がほっと息をする。

よかった。

季節が夏から秋へと移ろっていく。そんな日の夕方、奈央さんと並んで空を見た。まだ夕焼けには早いけれど、空の青に微《かす》かな、オレンジ色が混ざっていたような気がする。

美しい空だった。

「美容院に行ってくるね」

肩にかかる柔らかそうな髪をかき上げて、奈央さんが言った。

「ほら、今夜、みんながお祝いしてくれるって言うからさ」

奈央さんの舌がちろりと覗《のぞ》く。

今夜七時から、『ののや』でお父ちゃんと奈央さんのお祝い会が開かれる。

「なんだかんだって理由をつけて、飲みたいだけなんやから。まったく、この前、前祝いやなんて騒いで、今度は本式の祝いやて。次は後祝いやなんて言い出すに決まってるわ」

鳩子さんは、奈央さんの作った梅酒のソーダ割りにちょこっと口をつけながら、一人、ぶつぶつ文句を言っていたけれど、そのうち、嬉《うれ》しげに笑い出した。

『『おめでとう』ってええ言葉やわ。『ご愁傷さま』や『お気の毒に』よりずっとええわ。それに、まこっちゃんとあんたが一緒になるなんて、どうしてかわからんけど、すごく、ええ感じやって思う。ほんまにめでたいなって」

「『ありがとう』もいい言葉だよね。ありがとう、鳩子さん」

「ポッポッポッポッや」

鳩子さんと奈央さんの笑い声が重なり、開店前の『ののや』の中に響いた。

そして、午後六時三十分を過ぎたころ。

野々村さん、池内さん、和久くん、和久くんのお母さんで町立病院の看護師長をしている久本さん、国見写真館の清志さん、生花店の牧田さん……みんなが集まり始めた。

奈央さんは肩までの髪をばっさり切って、見違えるほどのショートボブになっていた。胸元にレースをあしらった白いブラウスを着て赤い太めのベルトを締めている。下はやはり白色で光沢のあるフレアースカートだった。お父ちゃんは白地に青いストライプの開襟シャツとジーンズという格好だ。少しだけお洒落《しやれ》な普段着といったところだろう。

「大将、花婿のくせにジーンズはないやろ。燕尾《えんび》服《ふく》、着なあかんやないの」

久本さんがからかう。さっき、池内さんの音頭で乾杯したばかりなのに、もう酔っぱらっているみたいだ。和久くんが顔を顰《しか》めて、母親の脇腹を小突いた。

「燕尾服を着てちゃ、料理が作られへんからな」

お父ちゃんがぼそりと答えた。

「料理？　何を言うてんの。あんた今日の主役やないの。料理なんか作ってちゃあかんわ。そのために、一品持ち寄り&会費制にしたんやで。今日だけは包丁握るの忘れるの。主役やで、主役。まこっちゃん、わかってんの」

鳩子さんがお父ちゃんを差した指先をぐるぐると回す。こちらも、だいぶお酒が回っているように見える。池内さんが、笑いながら鳩子さんの背中を叩《たた》いた。

「おまえ、酔っぱらってるやろ。ほんまに、酒に弱いやっちゃ」

「あんたは頭が弱いやないの」

一瞬間が開いて、池内さんが大声で笑い出した。天井を仰ぎ哄笑《こうしょう》する。

「わっははははは。聞いたか、みんな。うちのカミサン、上手《うま》いこと言いよったぞ。わははははは。わたしゃ酒に弱いけど、あんたは頭が弱いってよ。わはははは、亭主に向かって、なんちゅう言い様や。けど、おかしいで。ははははは」

池内さんは、芋焼酎《いもじょうちゅう》のコップを手にしたまま床に座り込んで笑い続けた。笑いながら、芋焼酎を飲み、飲んでは笑い、笑い過ぎてむせたりしていた。

鳩子さんは知らんぷりして久本さんと、自分たちの結婚式がどうだったかについて熱心に話し込み、野々村さんと和久くんは、テーブルを飛び回ってみんなにお酌をしていた。

そのうち、誰かが「大将の厚焼き玉子が食べたい」と言い出し、酔っぱらったみんなが口々に「おれは野菜炒《いた》めだ」とか「南瓜《かぼちゃ》のそぼろ餡《あん》かけをリクエストしまーす」とか、好き勝手に注文を始めた。

気が付くと、お父ちゃんは白い上っ張りをつけてカウンターの向こうで、卵を焼いたり、野菜を炒めたりしているし、奈央さんは三角巾《さんかくきん》で短くなった髪をきっちり包み込み、エプロンをつけて皿を洗ったり、キャベツを盛りつけたりしている。真子はできあがった料理をテーブルに運んだ。

「これ、お祝い会やなくて、ただの宴会になっちまってねえか」

和久くんが一緒に皿を運びながら、ささやいた。おかしい。

真子は堪え切れなくて、笑い出してしまった。お皿のキャベツが零《こぼ》れそうになった。和久くんが慌ててお皿を受け取ってくれる。

ほんとに、ただの宴会だ。こうなることがわかっていたのか、お父ちゃんも奈央さんもにこにこしながら働いている。いや、にこにこしているのは奈央さんだけで、お父ちゃんは時折、苦笑するぐらいだけれど。

「みなさん」

突然、清志さんが立ち上がった。この会が始まる直前に国見写真館で記念写真を撮ってもらった。髪をカットしたばかりの奈央さんと真子とお父ちゃんの三人だけの写真だ。もちろん、清志さんが撮ってくれた。

撮り終えてスタジオから出ると、菊おばあちゃんが座っていた。今日は白い割烹着《かっぽうぎ》を着込んでいる。いつもより若く、しゃんとして見えた。

清志さんのお嫁さんの一恵さんが、おばあちゃんの耳元にささやく。

「おばあちゃん。『ののや』の大将と奈央さん、結婚するんやて」

一恵さんが耳元で伝える。菊おばあちゃんは、口の中で何かをつぶやいた。「花嫁御寮かいな」と聞こえた。「めでたい。めでたい」とも聞こえた。「おばあちゃん、なんて言うたの？」と真子は尋ねたかったけれど、菊おばあちゃんは目を閉じて、座ったまま眠ってしまった。

撮影のとき、清志さんは半袖《はんそで》のポロシャツだった。今は白いワイシャツと紺色のズボンをきちんと着込んでいる。お父ちゃんより、よほどお洒落に見えた。

「みなさん、聞いてください。みなさんは、間違っています。聞け、ちゃんと聞けったら」

清志さんは腰に手をあて、声を張り上げた。みんなが一斉に顔を向ける。

「どうした、清志」

「文句あるんか、写真屋」

あちこちから野次や掛け声が起こる。拍手も笑い声も起こる。

清志さんは酔いで顔が赤くなっていた。熟した柿の実の色だ。

「みなさん、この会は何の会ですか。石鎚真人さんと三堂奈央さんのご結婚を祝うための集まりではありませんか」

「それがどうしたんや」

「はっきり言え、写真屋」

「それなのに、みなさんは勝手に酒をかっくらって、勝手に食って、しゃべっている。それは間違っているぞ。だから、おれは歌う。二人のために祝いの歌を披露するんや」

拍手と口笛の中で、清志さんが胸一杯に息を吸い込む。そして、ゆっくりと吐き出す。

思いがけないほど豊かで伸びのある美声で、清志さんは歌い出した。

わぁたしゃ十七
花嫁御寮。
馬の背に揺れ
この橋　渡りゃ
泣いても帰れぬ
里となる。里となる。

菊おばあちゃんの歌だ。真子は、身体に電気が走った気がした。目を見開き、耳をそばだて清志さんの歌を聞く。他の人もみんな、話すのを止め、食べるのも飲むのも止めて、じっと聞き入っていた。裏の空き地で鳴く虫の声と清志さんの歌だけが『ののや』の中に満ちていく。

わぁたしゃ十八
花嫁御寮。
なぁんで渡るか
この橋を。
紋付き袴《はかま》の花婿が

橋の袂《たもと》で
出迎える。出迎える。

歌い終えて清志さんが深々と頭を下げる。一際、大きな拍手と喝采《かっさい》が虫の音を吹き飛ばした。

「うちのばあちゃんが教えてくれた、花嫁唄《うた》やで。祝いの場なら、絶対、歌えて言われてな」

清志さんの顔がさらに赤くなった。酔いが回ったのだろうか。照れているのだろうか。

清志さんの後、鳩子さんと久本さんが〝瀬戸の花嫁〟という歌をデュエットした。野々村さんは〝乾杯〟を熱唱し、和久くんは手品を披露した。池内さんは皿回しを始め、牧田さんは蛙の鳴き声の物真似をしてみせた。六種類の蛙の声を鳴き分けるのだ。トノサマ蛙と牛蛙の喧嘩《けんか》まで鳴き声だけで演じてみせて、清志さんに劣らぬ拍手をもらっていた。

隠し芸大会みたいだ。

真子はたくさん笑い、たくさん食べ、たくさん手を叩いた。楽しかった、こんなに楽しい夜は、初めてかもしれない。

眠くてたまらず布団にもぐりこんだ後も、眠りが訪れるまでの束の間の時間、菊おばあちゃんの花嫁唄を口ずさんでいた。

わぁたしゃ十七
花嫁御寮。

馬の背に揺れ
この橋　渡りや

意識がすうっと吸い込まれていく。真子はそのまま、満ち足りた眠りに落ちて行った。

翌日、目が覚めたとき、店内はきれいに片づけられ、昨夜の騒ぎの跡はほとんど残っていなかった。

「真子ちゃん、おはよう」

まったく化粧気のない奈央さんがテーブルをせっせと拭《ふ》いていた。

「……おはよう」

真子は、奈央さんから視線をそらし、目を伏せる。奈央さんの顔がまともに見られない。

なんだか、とても恥ずかしい。

どうしてだろう。

今まで何度も何度も何度も、見詰めてきたし、目を合わせてもきたのに。

お母ちゃん。

奈央さんのこと、そう呼ばないといけないだろうか。

ふっと考える。考えたとたん、急に心臓がどくどくと鼓動を打ち始めた。息が詰まる。

母を思い出す。

「真子、ほら見て朝顔が咲いたよ」

夏の朝、真子を呼んだ声を思い出す。紫色の大輪の朝顔を指差して笑った顔を思い出す。ひらひらと振っていた細い指先を思い出す。

ずっと忘れていたのに、このごろ思い出すことなんてほとんどなかったのに、どうして、今、母の面影が浮かんでくるのだろう。こんなにも、唐突に。こんなにも、鮮やかに。

「どうしたの？」

奈央さんが布巾《ふきん》をきゅっと絞った。

「どうもしない」

真子は小さな声で答えた。胸は苦しいままだった。息が痞《つか》えて、痛い。

どうしちゃったんだろう。

奈央さんのこと、まともに見られない。

大好きなのに。とっても好きなのに。

「真子ちゃん」

奈央さんが腰を屈《かが》め、真子の顔を覗《のぞ》き込む。

「無理しなくて、いいんだよ」

「え？」

「無理して、あたしのこと〝お母ちゃん〟なんて呼ばなくていいからね」

「奈央さん……」

「そう、それそれ」

奈央さんが指を鳴らす。パチッと音がした。

「今まで通り、奈央さんでいいよ。無理して母娘にならなくて、いいからさ」

真子は口の中の唾《つば》を飲み下した。

「〝お母ちゃん〟て、呼ばんかてええの」

「いいよ。奈央さんで、いいよ」

胸が嘘のように軽くなった。痞えがとれて、楽に呼吸ができるようになった。

「真子ちゃん」

奈央さんが手を差し出す。爪には、もうマニキュアの色はなかった。短く切られた爪の周りに、ささくれができていた。

「これから、よろしくお願いします」

「あ……はい」

真子は差し出された手をそっと握った。ふわふわと柔らかいかと思ったのに、硬く力強かった。奈央さんの手だ。そう感じた。

あのどんちゃん騒ぎの日から三年が過ぎた。

真子は、津雲中央中学の一年生だ。

初めて、白いセーラーカラーの夏の制服を着る。肩まで伸びた髪をポニーテールに結わえる。くるぶしまでの短いソックスをはく。津雲中はそれほど校則が厳しくなくて、ソックスやスニーカーの色は基本的に自由だ。

真子はたいてい白いソックスをはく。真面目に見せたいからじゃない。ただ、白が好きなのだ。夏は特に、光に映えてきれいな色だと思う。

ただ、白だけだとやはり味気ない。だから、折り返しのところにレースが二重についていたり、ワンポイントの可愛い刺繡《ししゆう》があるものを選ぶ。ときには自分で、小さなリボンを縫いつけたりもした。

足元にはけっこう気を遣う。何気ないけれど、ちょっとお洒落《しやれ》なのがいい。

真子はこのごろ、自分の外見がとても気になるのだ。自分はちっとも〝すごい者〟ではないし、〝すごい者〟になりたいとも望まない。でも、他人の目はなぜか意識してしまう。どういう風に見られているんだろう。みっともない格好をしていないだろうか。きちんと髪が結わえられているかな。

そんな風に、あれこれ考えてしまう。朝、鏡をじっくり覗き込むようになったのも、中学生になってからだ。昨日は額と前髪の境に、ぽつりと一つ、ニキビが出来ているのを見つけた。今日は、さらに大きくなって熟れたように赤い。

目立つ。真子はちょっとだけ泣きそうになった。額の他にも顎《あご》の先に赤黒いニキビができている。これは三日ぐらい前に見つけた。

額と顎、大きなニキビが二つもあるなんて、最悪だ。みっともない。

自分のことをみっともないと感じるのは、息が詰まるほど惨めだ。

しかも、今日は夏服を身に着ける最初の日なのに……。最初の日なのにこんな惨めな気持ちだなんて、最悪で最低の朝だ。

鏡の前で、真子は大きく息を吸い込む。セーラー服の胸が膨らむ。玉子焼きの匂いがするりと入り込んできた。

いい匂い。

玉子焼き。それに味噌汁《みそしる》とごはんと野菜のお浸し、焼き魚。それが真子のいつもの朝ご飯だ。朝ご飯のメニューはたいてい同じだ。季節によって、お浸しの野菜や味噌汁の具、焼き魚の種類が変わるぐらいだろうか。

真子はこの朝ご飯が大好きだった。小学生のときから仲の良い鮎美は、朝はトーストと牛乳だけですますと言った。

「うち、朝から魚なんて、絶対に食べんわ」

鮎美は魚が嫌いなのだ。小学五年生の時、クラスメイトの男の子たちに「鮎っこ、鮎っこ、魚の子。釣られて、焼かれて、まっ黒け」と数カ月にわたって囃《はや》され、からかわれたことがあった。学年が変わり、男の子たちと別クラスになってからは、からかいは治まったのだけれど、鮎美は、鮎だけでなく魚を一切、食べようとしなくなっていた。

「あいつら、絶対、許さんからね」

鮎美は今でも、時折、そう口にする。

そういうときの鮎美の眼は、底光りがして白目が青味を帯びてくる。

あいつらとは、むろん、からかい、囃し続けた少年たちのことだ。

ちょっと怖い。

「あいつら、うちをからかったことなんか、もうきれいに忘れてるんや。けど、うちは絶対に忘れんから。大人になっても、お婆さんになっても覚えてる」

真子は鮎美の底光りする眼を見詰めて、頷《うなず》く。そういうものだと、思う。からかった方には何程のものでもないが、からかわれた方には傷が残る。深く抉《えぐ》れた傷だ。何十年の年月も完全に癒《い》やせないほどの深傷でもある。

気紛《きまぐ》れに、いたずらに、他人をからかってはならない。言葉でなぶってはならないのだ。

「けど、鮎美ちゃん、お魚は美味《おい》しいよ」

自分でもとんちんかんの的外れだとはわかっているけれど、真子は心に浮かんだ思いを告げてみた。朝ご飯の焼き魚も、夕食の煮付けの一切れも、フライも、池内さんが届けてくれる刺身の盛り合わせも、とても美味しい。あの美味しさにそっぽを向いたまま大人になるのは、少し惜しくはないだろうか。けれど、鮎美は強くかぶりを振った。バスケット部に所属している鮎美は、中学入学と同時に髪を短くした。耳朶《みみたぶ》が覗くぐらいの短さだ。顎の尖《とが》った顔立ちにとてもよく映えている。

その短い髪がぱさぱさと揺れるほど激しく、鮎美は頭を振ったのだ。

「魚なんて絶対、食べへんわ」

ぴしりと言い切る。

言い切られ、真子は口を閉じる。それからも、暫《しばら》くの間、魚料理を食べる度に、鮎美の横顔が浮かんできた。固く唇を結び、一点を睨んでいた表情だ。男の子数人に囲まれてからかわれ続けた鮎美の傷は、真子が想像するよりずっと深く、生々しいのだろう。人の心って生き物なんだ。生きた人の内で心もまた、生きているんだ。

だから、傷付く。血を流す。涙を零《こぼ》す。

いつもではないけれど、ふっとそんなことを考えてしまう。かんかん橋の上で考えることが、多い。鮎美といっしょに夕暮れのかんかん橋を渡るとき、一人、朝霧に包まれてかんかん橋を通るとき、桜の花弁を浮かべた山川の流れをかんかん橋の上から眺めているとき、つい考えてしまう。

目には見えない〝心〟が真子の中でとくんとくんと鼓動を打つ。心臓の鼓動とは違う。心臓のように規則正しくない。

時にはとてもゆっくりと、時にはとても小刻みに速く、真子を打つのだ。

生きてる、生きてる、生きてる。

うちもうちの心も、ここでちゃんと生きてる。

そんな風に感じると、足が止まる。かんかん橋の上で真子は立ち止まり、流れて行く花弁を数えたり、空を過ぎる雲を見送ったりする。

そんな自分が子どもっぽくも思われて恥ずかしくもなるのだが、動けない。じっと佇《たたず》んだまま、〝心〟の鼓動に耳を傾ける。

特に雨上がり、かんかん橋は石と苔《こけ》と水の匂いの混ざった空気に包まれる。その空気を吸い込めば、〝心〟はさらにくっきりと律動を伝え、存在を伝えてくる。

わたしは、あなたの中で生きています。と。

かんかん橋は不思議な橋だ。心の在り処《か》を教えてくれる。

今朝、真子の心はうずくまっている。不機嫌な雌猫のように丸くなったまま動かない。動かないから、重い。前髪をそっと下ろし、ニキビを隠す。顎の方は隠しようがない。薬を塗ると余計に目立つ気がする。本当に気が重い。

えんじ色のリボンを結び、『ののや』の店に下りて行く。

「おやまあ、可愛いねえ」

白い上っ張りを着た奈央さんが、布巾《ふきん》を片手に目を細めた。

「すっごく、よく似合ってるよ。真子ちゃん」

正面から堂々と褒められるのは、やはり面映ゆい。もう三年も経つのに、奈央さんの〝すごい〟や〝すっごく〟には、どうも慣れない。

「ありがとう」

と答えるのが、精一杯だ。

奈央さんは、この三年で太った。頰がふっくらして、顎が丸くなった。

若返ったと思う。

池内さんが真面目顔で言った「ええ女になった」というのは、この若々しい印象のことだろうか。

ふっくらと丸い顔に薄化粧をした奈央さんは、三年前よりも若く見える。

カウンターの内側に入ると、もう玉子焼きとほうれん草のお浸しと味噌汁が用意されていた。真子がご飯をよそっている間に、奈央さんが鮭の切り身を並べてくれた。

「お父ちゃんは？」

「まだ、寝てるの」

奈央さんが壁の時計をちらりと見上げる。

午前七時二十分。

この時刻まで、お父ちゃんが起きてこないのは珍しい。休日を除けば、初めてかもしれない。本当なら、そろそろ仕込みに取り掛からねばならない時間なのだ。

「寝坊してるんかな」

「うん。このごろ、大将少し、疲れてたみたいだからね。肩が凝るとか腰が痛いとか、時々、ぼそっと言ったりしてたからさ。疲れ、溜《た》まってんだよ、きっと」

「お父ちゃんが？」

知らなかった。

お父ちゃんは、元高校球児だ。その名残がまだ十分にある。見上げるような大男ではないけれど、引き締まった身体をしている。池内さんや野々村さんのようにぽっこり下腹が出ていないし、和久くんのようにがりがりに痩《や》せてもいない。

「大将、ほんまに理想的な体形やなあ。その体形をよう維持してるわ。たいしたもんやなあ」

久本さんが、しょっちゅう感心してくれる。その度にお父ちゃんは黙って苦笑いをしていた。

「みんな、見習いよ。こういう体形やったら、成人病と無縁でいられるんやで」

久本さんは突然立ち上がると、腰に手を当てて、辺りを見回した。

池内さんが肩を竦《すく》め、野々村さんが俯《うつむ》く。内海《うつみ》酒店のおじさんもちょうど配達に来ていたけれど、小太りの身体を縮めるようにして帰って行った。

体形のせいかどうかは分からないが、お父ちゃんは丈夫だ。風邪をひいて寝込んだことさえ、真子の記憶の中では一度も無い。そして、お父ちゃんの弱音や愚痴を聞いた覚えも一度も無い。理不尽な相手に対して怒ったところは見たことがある。でも、他人の悪口や陰口を言ったこともないはずだ。

絶対に、ない。

そのお父ちゃんが、こんな時間まで起きてこないなんて、弱音を呟《つぶや》いていたなんて、ちっとも知らなかった。心配になる。そして、少し寂しかった。

お父ちゃんは、真子には決して見せない弱い部分を奈央さんには、晒《さら》している。

それが少し寂しかった。

うち、奈央さんに妬《や》いてるんかな。

胸がどきどきする。これは、心臓のどきどきだ。母親に妬くなんて、変だ。どうかしている。

赤くなった頬を見られたくなくて、真子は横を向き、玉子焼きを頬張った。

「あれ、この玉子焼き……」

「あ、大将が寝てるからさ、あたしが作ったんだけど、やっぱ、美味しくない？」

「ううん、美味しい」

「ほんとに？」

奈央さんの目が瞬く。本当だった。お父ちゃんの玉子焼きと同じ味、同じ舌触りだ。外側は香ばしく焼けているのに、中身はとろりと半熟の感じがする。

美味しい。

味噌汁《みそしる》もほうれん草のお浸しも、美味しかった。お父ちゃんの味だ。

三年前、奈央さんはほとんど料理ができなかった。キャベツの千切りさえ、ちゃんとできなかった。沢庵《たくあん》を切ったら、全部繋《つな》がっていたこともあった。

『ののや』の女房がこんなんじゃ恥ずかしいよ。大将、お願い。あたしに特訓してください」

奈央さんは、張り詰めた表情でお父ちゃんに頭を下げた。

『ののや』の仕事が終わってから、奈央さんはお父ちゃんの特訓を受けるようになった。包丁の握り方から始まって、ジャガイモの皮むき、キャベツや胡瓜《きゅうり》の切り方、玉葱《たまねぎ》の微塵《みじん》切り……、奈央さんは何も知らなかった。出刃包丁と菜切包丁の見分けさえつかなかった。

「そんなに力を入れて柄を握らんかて、ええぞ。身体ががちがちになっとるやないか」

「けど、力を入れんと包丁が逃げるような気がするんだもの」

「包丁は逃げたりせんて。力を抜かんと、刃が思うように動いてくれんやろ」

「力を抜いても動いてくんないよ」

そんなやりとりをするお父ちゃんと奈央さんは、夫婦というよりコーチと選手のようだった。見ていると、少し、おかしい。真子は小さいときから、傍らでお父ちゃんの包丁さばきを見てきたから、ジャガイモや人参《にんじん》の皮むきぐらいはできた。お父ちゃんのように、細いのにしゃきっとした切り方は無理でも、何とかキャベツの千切りらしいものはできる。

「真子ちゃん、すごいねえ」

奈央さんは、真子の作った野菜サラダを見て吐息をもらした。

「野菜を切って適当に盛っただけだよ」

「それが、すごいの。あーぁ、あたしも早く真子ちゃんレベルまで到達しなくっちゃね」

「奈央さん」

「うん？」

「もう、ダンスは止めたん」

奈央さんの笑みがすっと消えた。

真子は少し戸惑う。

「奈央さん、ダンスが好きって言うてたやろ。あの……前に電話で、高校のときの先生が、踊るのがおもしろいって教えてくれたって……」

「あぁ、真子ちゃん、そんなこと覚えててくれたんだ。うん、ダンス、好きだったね。けど、もう踊らないよ。今は、千切りに夢中ってとこ。なにしろ『ののや』の女房なんだからね。真子ちゃん、あたし、頑張るよ」

奈央さんが、また、笑ってくれた。

真子ちゃん、あたし、頑張るよ。

その言葉通り、奈央さんは頑張った。

お父ちゃんの特訓とは別に、月に二度、隣の市の調理専門学校に通い始めた。料理の基本を身につけるのだという。徐々に、ゆっくりゆっくりと奈央さんの包丁さばきは上達していった。

いつか、調理師の資格をとりたい。

それが、今の奈央さんの夢だそうだ。

「まだまだ、道は遠いけどね。焦らないで、諦《あきら》めないで頑張るよ」

この前、照れ笑いを浮かべながら、そう言っていた。奈央さんなら、やるだろう。〝いつか〟はそう遠い日ではない。

今朝のご飯は全部、奈央さんが用意してくれた。玉子焼きと茄子《なす》の味噌汁とほうれん草のお浸し、鮭の切り身。味噌汁が少し濃かったけれど、どれも美味《おい》しかった。お父ちゃんの料理と同じ味がした。

「美味しいよ。お父ちゃんが作ってくれたみたいや」

「ほんとに？　真子ちゃん、お上手無しだよ」

「お上手やないよ」

「いや、それなら嬉《うれ》しい。特訓の成果が出てきたかな。ひゃっほーっ」

奈央さんが、Vサインを真子の目の前に突き出したとき、ドアの開く音が聞こえた。

お父ちゃんが、Tシャツとジーンズ姿で現れる。瞼《まぶた》が少し腫《は》れぼったい。髪もくしゃくしゃだ。そのせいなのか、とても老けて見えた。急に、十も二十も年をとったようだ。

「大将……大丈夫？」

奈央さんも同じように感じたのか、声の調子が重くなる。

「調子が悪いようなら、今日は臨時休業にした方がいいのと違う」

「大丈夫や。よう寝たから、すっきりした。仕入れに行ってくるで」

「けど、無理しない方がいいよ」

「うるさい。本人が大丈夫や言うとるんや。大丈夫に決まってる。ほっとけ」

奈央さんの顔つきがみるみる険しくなった。

「なによ、その言い方。こっちは心配してるんだよ。ほっとけないから心配してんじゃないか」

「だから、それがうるさいんや」

「じゃあ、もうこれからは大将のことなんか、心配してあげないからね」

真子は立ち上がり、わざと音をたてて食器を重ねた。

「ごちそうさま。うち、学校に行ってくる」

「あ、うん。歯磨き忘れないようにね」

奈央さんは声をかけてくれたけれど、お父ちゃんはむっつりと押し黙っていた。

喧嘩《けんか》は嫌いだ。殴り合いや罵《のの》り合いはもちろんだけど、どんな小さな諍《いさか》いもしたくないし、見たくない。

お父ちゃんと奈央さんとの尖《とが》った言葉の応酬は真子に、母を思いださせた。

母が家を出る以前の一年間、母は棘《とげ》のある言葉をしょっちゅうお父ちゃんに投げつけていた。

お父ちゃんはたいてい黙っていたけれど、その沈黙がさらに母の苛立《いらだ》ちや怒りを煽《あお》り、言葉の棘はさらに硬く、太くなっていった。母の口にした言葉の意味は解せなくても、含まれた棘はわかる。棘の突き刺さった痛みもわかる。

だから、喧嘩は嫌いだ。諍いは嫌いだ。

どうして人は誰かと喧嘩するのだろう。諍うのだろう。傷つけ合い、憎み合うのだろう。誰かを苛《さい》み《な》、泣かせ、苦しめるのだろう。

どうしてなんだろう。

通学用のカバンを提げ、真子は歩く。駅前の商店街を抜け、かんかん橋を渡り、坂を上って津雲中央中学校まで歩くのだ。

商店街を通り抜けるとき、真子はほんの少し足を緩める。そして『フォトスタジオ・KOKUMI』の前で立ち止まる。目を凝らして、店先を見詰めてしまう。

菊おばあちゃんが白いエプロンをつけて、一恵さんに手をとられて、出てきそうな気がする。

真子が「おはよう」と挨拶《あいさつ》すると皺《しわ》に埋まった目を瞬かせ、「あんた、誰だったかいね？」と尋ねてきそうな気がする。今までずっと、そうしてきたように。朝なら、

「おばあちゃん、おはよう」

「おはようさん。で、あんた、誰だったかいね？」

「石鎚真子だよ。ま・こ」

　夕方、下校時なら、

「おばあちゃん。帰りました」

「おかえり。で、あんた、誰だったかいね？」

　そんな言葉のやりとりをずっと続けてきた。これからも続くと信じていた。

　でも、菊おばあちゃんは、もう、いない。

　真子が小学校を卒業する三日前に亡くなった。

　三月の末だったけれど、北からの冷たい風が吹く日だった。津雲の人たちが〝寒戻り〟と呼ぶ冬日だ。この〝寒戻り〟の後に、津雲には本格的な春がやってくる。

　春の盛りを目前にした、冬の名残の一日でもあるのだ。

　菊おばあちゃんは居間の炬燵《こたつ》に潜り込んでいた。一恵さんが「おばあちゃん、今日は〝寒戻り〟やから、外には出られんよ」と声をかけると、もぞりと動き、「そんなに寒いんか」と、尋ねた。その声音がとてもはっきりとして澄んでさえいたから、一恵さんは、おばあちゃん、今日は調子がええんやなと思ったそうだ。この冬を大した病もせず、風邪さえひかず過ごせたから、春になってますます元気になるんだなと。

「おばあちゃん、ものすごう寒いよ。けど、週明けからは春の陽気になるって。桜はいつもより、早く咲くかもしれんねえ」

「さよか。ほなら、花見ができるなあ」

「できる、できる。桜が咲いたら、川土手に花見に行こうね」

「かんかん橋の桜やな」

「そう。かんかん橋の桜や。楽しみやね」

「一恵さん」

「なあに?」

「うち、夢を見とったで」

「夢を? ふーん、何の夢?」

「それがどうしても思い出せんの。けど、かんかん橋が出てきた気ぃがするで」

「それやったら、おばあちゃん、おばあちゃんのお嫁入りのときの夢やないの。白無垢《しろむく》でかんかん橋を渡ったときの夢」

「そうかなぁ。そんな気もするなあ」

「もう一眠りしたらええが。そしたら、続きが見られるかもしれんで」

「そうやなあ。けど、今頃、嫁入りの夢なんか見たら、恥ずかしいで」

菊おばあちゃんは、本当に恥ずかしそうに頬を染めて笑った。とても、愛らしい笑顔だった。

それから、横になり目を閉じた。一恵さんは、夕食の買い物にでかけた。菊おばあちゃんのために、ほうれん草の白和《しらあ》えを作ろうと思ったのだ。帰って居間を覗《のぞ》いてみたら、菊おばあちゃんは横になったままだった。目を閉じたままだった。口元には、まだ仄《ほの》かに笑みが残っていた。

「おばあちゃん」

一恵さんが声をかける。

返事はなかった。

「おばあちゃん」

菊おばあちゃんは、笑んだまま動かない。

「おばあちゃん……」

一恵さんはその場にしゃがみこんだ。菊おばあちゃんの身体に触れなくても、脈や呼吸を確かめなくても、わかったのだ。

あぁ、おばあちゃん、一人で逝ってしもうたんや。

「おい、どうしたんや？」

清志さんがスタジオから下りてくる。一恵さんはしゃがみこんだまま、両手を合わせた。

「おい、一恵、何をしとるんやて」

清志さんは息を飲み込み、目を見開いたまま一恵さんの横で棒立ちになる。

〝寒戻り〟の冬風が窓ガラスを揺らして、通り過ぎていった。

菊おばあちゃんが座っていた『フォトスタジオ・KOKUMI』の店先には、今、サルビアのプランターが置いてある。

赤い花色が鮮やかで目に染みた。

わぁたしゃ十七
花嫁御寮。
菊おばあちゃんの花嫁唄《うた》を口ずさんでみる。

馬の背に揺れ
この橋渡りゃ
泣いても帰れぬ
里となる。里となる。

口ずさみながら、かんかん橋を歩く。向こうからそろりそろりと歩いてくる白無垢の花嫁が見えたような気がした。

真子は幻の花嫁を見送る。綿帽子をかぶり俯《うつむ》いた花嫁が、かんかん橋を渡りきるのを見送る。

「真子ちゃん」

背中を叩《たた》かれた。

「おはよう。朝から何、ぼけっとしてるんよ」

鮎美が肩をすぼめ、笑った。

「真子ちゃん、この橋の上でよう、ぼけっとしとるよね。昔から、そうやったけど」

「あ……うん。何となく、落ち着くから」

「落ち着く？　へえ、かんかん橋がよっぽど好きなんやな」

「鮎美ちゃんは、好きやないの」

「うち？　好きも嫌いもないわ。ただの石の橋やもん。どこにでもあるフツーの橋やろ。津雲から出て行ったら、すぐに忘れてしまうで」

「えっ」

驚いて、口がぽかりと開いてしまった。

津雲から出て行く？

「鮎美ちゃん、転校すんの」

鮎美の口も半開きになる。

「転校？　まさか」

「けど、津雲を出て行くって」

鮎美はまた肩をすぼめ、今度は小刻みな笑い声をたてた。

「やだなあ、真子ちゃん。あたし、転校なんてしないけどさ、いつか津雲を出て行くやないの。当たり前のことやろ」

「当たり前……」

「だって、大人になってまで、こんな田舎におらんやん」

鮎美の物言いは断定的で、異議を挟ませない強さがあった。

「あたし、高校卒業したら都会の学校に行くんだ。就職も結婚も、そこでするつもりや」

就職、結婚。そんな先のことまで真子は考えたことがなかった。考えようともしなかった。考えられなかったのかもしれない。

「都会ってどこ？」

「わかんない。大阪でも、神戸でも、東京でもどこでもええの。ここみたいな田舎でなければ、どこでもええんや」

鮎美ちゃん、津雲が嫌いなん。

そんな問い掛けの言葉を真子は、息と一緒に飲み込んだ。

鮎美が津雲を厭《いと》うているわけではなく、〝都会〟という場所に憧《あこが》れているだけだとわかっていたからだ。

煌《きら》めくイルミネーション、お洒落《しゃれ》な店、最新の情報、たくさんの出会い、見知らぬ人々、流《は》行《や》りの服や靴、安くて可愛らしい小物、驚くほど種類豊富な品々、自分の可能性を引き出す機会と幸運。津雲にはないあらゆるものが、〝都会〟には存在する。その思いは憧れとなり、希望に変わり、少女たちの胸を揺らすのだ。

「さっ行こう。ぐずぐずしてたら、遅刻してしまうで。あっ、留美ちゃーん」

かんかん橋の向こうにいる同級生に、鮎美が手を振る。そのまま、駆け出して行く。

真子もかんかん橋を早足で渡った。

清志さんと一恵さんの双子の娘、明菜さんと陽菜さんもこの橋を渡って、都会へと出て行った。高校を卒業して、大学に進学したのだ。

二人が赤いチェックのボストンバッグを提げて、津雲から発《た》って行った朝のことを真子は、覚えている。あの朝、陽菜さんと一恵さんは、喧嘩《けんか》をしていた。理由はわからない。

「あんたは、ほんとに最後まで母さんのことを」

一恵さんが震え声で叫んでいた。その声がはっきりと耳に残っている。

菊おばあちゃんの葬儀の日、陽菜さんも明菜さんも津雲に帰ってきた。明菜さんは少し太って、長い髪を一つに束ねていた。陽菜さんは逆に痩《や》せて、耳が露《あら》わになるほどのショートカットになっていた。よく似ているけれど、昔のように瓜二《うりふた》つという感じではなくなった。

菊おばあちゃんのお棺の前でうずくまって泣く一恵さんを明菜さんは右から、陽菜さんは左から支えていた。陽菜さんが一恵さんの耳元に何か囁《ささや》き、一恵さんは涙を拭《ふ》きながら頷《うなず》いていた。何度も、何度も。

そうか、母と娘は、あんなふうに諍《いさか》い、こんなふうに支え合うのか。

真子は葬儀の間中（土曜日だったので、お父ちゃんと奈央さんと一緒に参列させてもらった）、白菊の花に埋もれて目を閉じている菊おばあちゃんは、生きていたときよりずっと若く見えた）、寄り添って座っている母娘たちを見詰めていた。

そういうもんだよ、真子ちゃん。

読経《どきょう》の声をかい潜《くぐ》り、菊おばあちゃんの声が聞こえた気がした。

陽菜さんと明菜さんは、葬儀の三日後、また都会の暮らしへと発っていった。

津雲の人たちは、出て行くときも帰って来るときもかんかん橋を渡る。

うちもいつか、そんな時が来るんやろか。

真子は考える。

ボストンバッグを提げて、かんかん橋を渡る。橋のたもとで見送ってくれるお父ちゃんと奈央さんに背を向けて、津雲から出て行く。

考えても、考えても、リアルには感じられない。津雲で生まれ、津雲で育った。他の場所で生きていくことなんて、できるんだろうか。

真子は津雲が好きだった。『ののや』が好きだった。『ののや』のお客さんたちが好きだった。駅前の商店街が好きだったし、津雲の温泉が好きだった。でも、都会にも住んでみたい。津雲以外の世界を見てみたい。知らない何かに触れてみたい。いつか、いつか、かんかん橋を渡って、見知らぬどこかへ旅立ちたい。

そんな風にも思うのだ。

鮎美のように、はっきりした夢でも目標でもない。仄かな願望のようなものだ。

いつか、津雲を出て行く。そして、いつか津雲に帰って来る……だろうか。

「よっ、おはよう」

少年がすれ違いざまに声を掛けてきた。

「あっ、おはよう」

答えた後、真子は頰がほんのりと熱くなるのを感じた。

岩鞍くんだった。

岩鞍友哉くん。幼稚園、小学校、中学校とずっといっしょだった。岩鞍くんの家は二十頭の牛と三頭の豚を飼っている畜産農家だ。

一度遊びに行ったことがある。茶褐色の艶《つや》やかな体色をした牛たちが、ずらりとならんで、干し草を食《は》んでいた。その大きさに驚き、こわごわ触った体の熱さにまた、びっくりした。

「優しい目ぇ、しとるやろ」

岩鞍くんがにっと笑う。得意げな笑みだった。

「うん。優しい目ぇやねえ」

「牛がこんなに優しい目ぇしとるって、知らんかったやろ」

「うん、知らんかった」

岩鞍くんの手が牛の鼻をそっと撫《な》でる。それこそ、優しい優しい撫で方だった。

「ユウちゃん（そのころは、ユウちゃん、マコちゃんと呼び合っていた。今は苗字《みょうじ》でしか呼ばない）、ほんまに牛が好きなんやね」

真子が言うと、岩鞍くんはまた、笑みを浮かべた。今度は照れたみたいな笑顔だった。それから、唇《とが》を尖らせて、

「マコちゃんも触ってみ」

と、少しぶっきらぼうな口調になった。

「触ってもええの？」

「ええよ。マコちゃんなら触っても、牛も怒らんと思うし」

真子はそっと手を差し出し、牛の鼻先に触れてみた。桃色の舌がぐぐっと伸びて来て、指を舐《な》める。大きな黒い目がちらりと真子を見た。

牛があんなに綺麗《きれい》で、儚《はかな》げな目をしているなんて、そのときまで知らなかった。

「ガンコもここにいたの？」

岩鞍くんが作文に書いた牛のことを尋ねた。売られていった牛だ。尋ねて直ぐに、心臓が縮こまった。

県のコンクールで金賞を受けた作文に、岩鞍くんは寂しいとも、悲しいとも、一言も書かなかった。そんな湿った感情ではなく、堂々とした立派な肉牛だったガンコに対する尊敬の想いが溢《あふ》れていた。

誇り高く潔い作文だと、真子は感じた。

でも、自分の育てたガンコを手放したとき、岩鞍くんの中に風が舞ったはずだ。冷え冷えと身体の芯《しん》まで染み入る風が吹き抜けたはずだ。

寂しくないわけがない。悲しくないわけが、辛《つら》くないわけがない。

それなのに、無遠慮に尋ねてしまった。恥ずかしい。けれど、岩鞍くんは、

「うん、おったで」

と、あっさり答え、牛舎の隅を指差した。

「あそこに、おったんや」

そこには、他より一回り小さな若い牛が柵《さく》に繋《つな》がれ、こちらを見ていた。

「ガンコ二世や」

「ユウちゃんが育ててるん？」

「そうや。お父ちゃんと一緒に育ててる」

岩鞍くんは胸を張った。金賞の作文のように、誇り高く堂々としていると、真子は思った。見慣れた岩鞍くんの顔が眩《まぶ》しかった。

中学生になってから、他の男の子たちとはあまり口を利かなくなったけれど、岩鞍くんとだけは、普通におしゃべりができる。おしゃべりといっても、二言三言、言葉を交わすだけだ。

「ガンコ三世（ガンコも三代目になっていた）元気？」

「おう、でっかくなったで。見に来るか」

「行きたい。行ってもええの」

「いつでも、来いや。今度は、ミミ四世も見せたるわ」

「ミミ四世って？」

「豚の赤ん坊。先週、生まれたんや」

そんな会話だ。そんな会話が楽しい。

真子は岩鞍くんが好きだった。

岩鞍くんは、かんかん橋に似ている。何があっても変わらず、そこにある。津雲の町も、人々も、真子自身も変わって行くけれど、この世界には決して変わらぬものもまた、存在するのだ。

　そう思わせてくれるのだ。

　岩鞍くんといると、心が和む。

　今朝も岩鞍くんは自分から、声をかけてくれた。朝の昇降口でごく自然に「よっ、おはよう」と。

　胸の鼓動が、少し速まった気がする。

「へえっ。岩鞍と石鎚、朝からラブラブかよ」

　背後で頓狂《とんきょう》な声が響いた。

　振り向く。大柄な少年がにやにや笑いながら立っていた。

「林葉《はやしば》くん……」

　同じクラスの林葉健史《けんじ》だった。鼓動が動悸《どうき》に変わる。

「もうすぐ夏やから、あんまし熱々にならんでくれや。気温が、さらに上がると困るで。あー
ぁ、暑い、暑い。誰かさんたちのせいで、温暖化が進んでますぅ」

　林葉くんが大きな手を上下に動かして、歯を覗《のぞ》かせた。真子は俯《うつむ》き、上履きの先を見詰める。

　赤いチョークで少しだけ汚れている。いつの間に、どこでついたのだろう。

「何や、その言い方」

　岩鞍くんの眉間《みけん》に皺《しわ》が寄った。

「え？　別にぃ？　仲良しやなあって言うただけや」

林葉くんは、まだにやにや笑っている。

「おれは、石鎚に挨拶《あいさつ》しただけや」

「へぇ、そうなんか。ラブラブに見えたけどな。岩鞍、嬉《うれ》しそーな顔して『よっ、おはよう』って。ほら、こんな顔」

林葉くんが指で目尻《めじり》を下げ舌を突き出す。岩鞍くんの頬がみるみる紅色に染まった。

「林葉、おまえな」

「ええかげんに、してや」

岩鞍くんが林葉くんに詰め寄るより先に、鮎美が二人の間に割って入った。

「林葉、あんた、まだ他人をからこうて喜んでるの。いつまでたっても最低男のままやね」

鮎美が、林葉くんを呼び捨てにする。中学生になってから、鮎美は男の子を呼び捨てにするようになった。呼び捨てただけでなく、睨《にら》みつける。迫力のある眼つきだった。

その眼つきで気が付いた。

小学生のとき、鮎美をからかい続けたグループの一人が林葉くんだったのだ。

「何でもかんでも、すぐに他人をかろこうて。馬鹿やないの。馬鹿やわ」

鮎美の迫力に気圧《けお》されたのか、林葉くんが唇を結んだまま無言になる。

岩鞍くんは、口を半ば開けて鮎美ちゃんを見詰めていた。鮎美ちゃんは、誰の視線もまったく気にしていなかった。ぐいっと顎《あご》を上げ、胸を張る。何だか、凛々《りり》しい。

凛々しい顔つきで、鮎美が言う。

「真子ちゃんは、うちの友だちなんやからね。からこうたりしたら承知せんで」

どんと後ろ頭を叩《たた》かれた気がした。堂々と立って、鮎美の横顔を見詰める。

鮎美は堂々と立っていた。堂々と立って、真子をかばってくれている。

自分はどうだったろう。

鮎美が男の子たちにからかわれていたとき、こんな風に楯《たて》になれただろうか。慰めはした。男の子たちに憤りもした。けれど、今の鮎美のように胸を張り守り通そうとしただろうか。できなかった。

男の子たちが傍にこないように、図書室やうさぎの飼育小屋のあたりに鮎美と一緒に逃げるのが精一杯だった。

鮎美ちゃん、いつの間にこんなに強くなったんやろか。うちは、まだ、意気地無しのままなのに。

恥ずかしい。自分がとても恥ずかしい。

真子はまた、俯きそうになる。けれど、鮎美の一言に弾《はじ》かれたみたいに顔を上げていた。

「知っとるで。林葉は真子ちゃんが好きなんやろ。だから、岩鞍が気安うに挨拶するのが気に入らんのや」

は？　何のこと？

思わず林葉くんに目を向けていた。信じられないほど、真っ赤だった。額に汗まで浮かんでいる。

「ふふん」

鮎美が鼻の先でせせら笑った。

「やっぱ、図星やったね。うち、前から気が付いてたんやで」

「ふざけんな」

林葉くんが叫ぶ。

「おれが何で石鎚なんか好きになるんや」

「そんなん、自分の胸に訊《き》いてみればええやないの。ずっと、真子ちゃんのこと、気になってたくせに」

鮎美がほとんど冷笑に近い笑いを浮かべた。

「そんなことあるわけねえだろう。こいつの母親、ヌードダンサーなんやぞ。裸で踊ってたんやぞ。そんな母親がいるのに、好きになんかなるわけないやろが」

林葉くんの大声が耳の中でわんわん響く。

岩鞍くんも鮎美も動かない。固まっている。

真子も動かない。動けない。髪の先まで凍りついた気がする。

わんわん、わんわん。

わんわん、わんわん。

林葉くんの声だけが響き続ける。

「客の前で裸になって、腰振って、踊ってたような母親なんやぞ。それこそ、最低やないか」

わんわん、わんわん。

わんわん、わんわん。

奈央さんの姿が目の前を過《よぎ》って行く。白い三角巾《さんかくきん》で髪を包みこみ、懸命にテーブルを拭《ふ》いている。「おはよう、真子ちゃん」と笑いかけてくる。一生懸命にキャベツの千切りの練習をしている。器を洗いながら鼻歌を歌っている。

「無理して、あたしのこと〝お母ちゃん〟なんて呼ばなくていいからね」

真子の眼を覗き込んでそう言ってくれた。

奈央さん。

「そんな母親、恥ずかし過ぎるやろが。最低、最低、最低の最低や」

頭の中で何かが弾けた。火花が散る。

「うるさいっ」

手に提げていた通学カバンを振り回し、林葉くんにぶつかっていく。

バンッ。鈍い音がして、手のひらに手応《てごた》えがあった。人の頭を叩いた感触だ。手の先がぼわりと熱くなる。

「いたっ！」

林葉くんが顔を押さえよろめいた。身体が靴箱に当たり、何足かの運動靴や上履きが床に転がった。散乱した靴の上に林葉くんが尻《しり》もちをつく。

「馬鹿、馬鹿。奈央さんは最低なんかやない。何で、そんなこと言うの。奈央さんに謝れ」

手の先が熱い。頭の中も熱い。どくどくと熱が脈打つ。その熱さと脈動に突き動かされて、真子はカバンを振りおろしていた。

「馬鹿、馬鹿、あんたなんか大嫌い」

カバンの下で林葉くんの顔が歪《ゆが》んだ。

知らないくせに。

あんたなんか、奈央さんのこと何一つ知らないくせに。よくも、よくも、よくも……。

ガツッ。今までより硬い手応えが伝わる。

「痛いっ」

林葉くんが悲鳴を上げ、両手で顔を覆う。

「林葉」

岩鞍くんが息を詰める。

「血が！」

鮎美が眼を瞠《みは》ったまま身体を硬直させた。林葉くんの指の間から、濃い紅色の血が滴る。それは林葉くんの手の甲をくねりながら伝って行く。紅の蛇が這《は》っているみたいだ。

「林葉、保健室や。保健室に行こう」

岩鞍くんが林葉くんを抱き起こす。血が滴り、コンクリートの上に染みを作る。

うち、何をしたの……。

手からカバンが滑り落ちる。目の前がすうっと闇に閉ざされていく。

「真子ちゃん。しっかりして」

鮎美の声が遠ざかる。音も光も真子自身も、暗く深い穴に吸い込まれていく。

何もかも、消えて行った。


お母ちゃんが立っている。薄い青色のスーツを着て、胸元に白いレースの飾りが覗《のぞ》いていた。そのレースの先に桜の花弁がひっついている。肩まで伸ばして柔らかなカールをつけた髪にも一片、二片、花弁が散っていた。

小学校の入学式だ。きちんとお化粧をして薄青色のスーツを身につけたお母ちゃんは、とてもきれいだった。

「真子もいよいよ小学生になるんやな。ほんと、大きくなったねえ」

お母ちゃんが優しげに笑う。

違うよ。うち、もう中学生なんよ。中学生になったんよ、お母ちゃん。

そう告げたいのに、声が出ない。声が出なくても、この姿を見れば、セーラー服の姿を見れば、誰だって中学生だとわかるはずだ。それなのに、お母ちゃんは「小学生やもんねえ。もう一人で何でもできるわなぁ」と呟《つぶや》く。眼差《まなざ》しはどこか遠くの彼方《かなた》に向けられていた。真子を見ていなかった。見ようともしていなかった。お母ちゃんは津雲を出て行く。旅行用トランクを一つだけ提げて、津雲から去って行くのだ。

お母ちゃんは津雲を出て行って、二度と帰って来ない。

小学生の真子は知らなかった。でも、中学生の真子は知っている。だから、薄青のスーツに向かって手を伸ばす。

お母ちゃん、うちを見て。


目を開ける。

奈央さんがいた。

真子を覗き込んで、瞬きを一つした。

「真子ちゃん……気が付いたんだね。よかった」

奈央さんが身体から力を抜く。

「ここは……」

「保健室や。真子ちゃん、倒れたんやで。覚えてないの？」

奈央さんの後ろから、鮎美が乗り出してくる。真子はベッドの上で身を縮めた。

思い出した。

自分が何をしたかがはっきりとよみがえってきた。縮んでいた身体が震え出す。

「あの……林葉くんは……」

「今、病院に行ってる」

奈央さんが自分の瞼《まぶた》の上を指差した。

「目の上を切ってるらしいよ。カバンの留め具がもろにぶつかっちゃったんだね。もしかしたら縫わないとだめかもしれないって、養護の先生がおっしゃってた。大将が今、病院に行ってるよ。向こうの親御さんに謝らなくちゃだめだからさ」

「奈央さん、うち……」

涙が溢《あふ》れてきた。目尻から溢れ、頬を伝い、保健室の白いシーツを濡《ぬ》らす。

たいへんなことをしてしまった。他人を傷つけるなんて、縫うような怪我を負わせるなんて、犯罪ではないか。

「警察に捕まるの……」

語尾がわななく。とても、怖い。

「捕まるわけないやろ。校長先生にお説教されるぐらいやわ。けど、大丈夫やで。悪いのは林葉の方や。お母さんのこと、あんな風にからかわれたら誰でも怒るで。怒って当たり前や。うちと岩鞍が証人になってあげるからね」

鮎美が、真子に向かってVサインを突き出す。奈央さんの視線が真子から、鮎美の指先に移った。

「あたしのことで何か言われたわけ？」

鮎美が「うっ」と小さく唸《うな》った。奈央さんの目が真子の上に戻ってくる。

「真子ちゃん、何を言われたの？」

奈央さんの口調はいつもと変わらず穏やかだった。でも、口元も目元も固く引き締まっている。少しも笑んでいない。

「学校から連絡があって、真子ちゃんが男の子に怪我をさせたって言われて……あたし、ほんと信じられなくて、今でも信じられないよ。真子ちゃん、ほんとに、その林葉って子に怪我をさせたんだね」

「うん。カバンで叩《たた》いた……」

「なんで、そんなことをしたの？」

答えられない。

「あたしのことで何か言われたんだね」

やっぱり答えられない。

「何を言われたか……想像はできるけど」

奈央さんが天井を仰ぎ、唇を噛《か》んだ。

「けど、おばちゃん、真子ちゃんマジでかっこよかったんやで。ね」

鮎美が同意を求めるように、真子に向かって首を伸ばした。

「奈央さんに謝れって、林葉に向かって行って。うち、あんな真子ちゃん見たの初めてや。すごかったで。マジでかっこよかった」

「そうかあ」

奈央さんの目元が少しだけ緩んだ。

「真子ちゃん、あたしのこと庇《かば》ってくれたんだ」

庇ったのだろうか。わからない。ただ、許せないと思った。奈央さんを蔑《さげす》んで嗤《わら》っている者を許せなかった。

奈央さんの手が真子の額をそっと撫《な》でる。以前のように滑々していない。水仕事で荒れてかさかさになった手だ。

「ありがとうね、真子ちゃん。あたし、今、むちゃくちゃ嬉《うれ》しいよ。嬉しいけど……けど、やっぱりさ、人を傷つけちゃ駄目だ。人に怪我させたりしたら駄目なんだよ」

「うん」

真子は白いシーツを強く握りしめた。奈央さんの一言一言が染みてくる。

「今夜、一緒に謝りに行こう」

「奈央さんも一緒に？」

「行くさ。決まってんだろ。親なんだから、頭を下げなきゃね。謝るしかできないんだから。ひたすら『すみません』って。きっと大将も行くって言うよ。ね、三人で謝りに行こう」

「……ごめんなさい」

また涙が溢れる。「泣かないの」。奈央さんの指が流れる涙を拭《ぬぐ》ってくれた。

その日の夜、真子は奈央さんとお父ちゃんに挟まれるようにして、林葉くんの家を訪問した。津雲の南端の高台にある大きな家だった。奈央さんが予《あらかじ》め連絡を入れておいたからなのか、チャイムを鳴らしてすぐに、林葉くんのお母さんが出てきた。

ほっそりとした美しい人で、目元がどことなく林葉くんと似ている。小学校の参観日のとき、どのお母さんよりも洒落《しゃれ》た服装をしていた人だ。

半透明のふわりと丸い袖《そで》のブラウスだったり、白いベルトでウエストを絞った碧色《あお》のワンピースであったり、裾《すそ》にフリルのついたスカートであったり。

林葉くんと同じクラスになったとき、参観日の度に、真子は見惚《みほ》れていたものだ。

「この度は、本当に申し訳ありませんでした」

お父ちゃんが長身を折るようにして、深々と頭を下げる。奈央さんも同じように低頭した。

「ごめんなさい」

真子は、本気で謝った。

ごめんなさい。本当にごめんなさい。ごめんなさい。

眼球を押し上げて涙が込み上げてくる。

零《こぼ》れないように、奥歯を噛み締める。

「二針、縫いました」

お母さんが自分の右目を指差す。

「瞼の上だったからよかったものの、目に当たっていたら失明の可能性もあるって、お医者さまから言われました」

「ほんまに、とんでもないことを致しました。何とお詫《わ》びしたらいいのか……」

奈央さんが消え入りそうな声を出す。

ごめんなさい。ごめんなさい。

真子は胸の内で詫びの言葉を繰り返す。

林葉くん、怪我をさせてしまってごめんなさい。奈央さん、お父ちゃん、こんなに頭を下げさせてごめんなさい。

「女の子のくせに、カバンを振り回すなんて、少し乱暴過ぎるんやないですか」

「はい。ほんとにおっしゃる通りです。本人も反省しておりますので、今回はどうか許してやってください」

奈央さんがまた、頭を下げる。

「真子ちゃんのことは、小学生のときからよく知ってるけど」

お母さんが、ちらりと真子を見やった。

「おとなしくて、優しくて、とっても良い子だったわよねえ。そんな真子ちゃんがカバンを振り回すなんて、おばさん、ほんまのこと言うて信じられんのよ。何かストレスでも溜《た》まってんのとちがうの」

ちらり。

林葉くんのお母さんの黒目が、今度は奈央さんに向けられる。奈央さんの頰に血の気が上がった。紅潮した顔が俯《うつむ》く。

違う！

真子は叫びそうになった。

違う、奈央さんのせいじゃない。林葉くんに怪我をさせたのは、あたしだ。奈央さんは関係ない。

　こぶしを握る。手のひらが汗ばむ。

「家族でいろいろと話し合ってみます」

　真子が口を開く前に、お父ちゃんが言った。低く重い声音だった。

「わたしもこれも」

　と、奈央さんに向かって顎《あご》をしゃくる。

「自分では一生懸命にやっているつもりでも、空回りしとったところがあったんかもしれません。これを機に、じっくり親子三人で話し合ってみます。それで、娘が二度と、他人さんを傷つけたりしないようにします」

　いつもは本当に寡黙で、黙って包丁を使っているお父ちゃんが一言一言を吟味するようにゆっくりしゃべった。その傍らで、奈央さんは俯いたまま黙っている。

　林葉くんのお母さんは、長いため息を一つ、吐き出した。乾いた風に似た音が漏れる。

「そうですね。まぁ、そうしてもらわないとねえ。なにしろ、縫うほどの怪我をさせられて」

「もう、いいかげんにしとけ」

　不機嫌な険しい声が、お母さんの言葉を遮る。

「健史。起きて来たの」

　廊下の端に、林葉くんが立っていた。照明をつけていないので、玄関から見るとそこは薄闇の溜まりのように思えた。

暗い。林葉くんの眼帯の白さだけが浮き立つ。林葉くんの眼帯姿を見て、真子は身を縮めた。自分が何をしたか、目の前につきつけられた気がしたのだ。

「熱が、九度近く出てるんですよ。縫ったりすると発熱することがあるんやて、病院で言われました」

「もうええって言うとるやろ」

林葉くんが苛立《いらだ》たしげに、語気を強める。

「もうええってことがありますか。こっちは被害者なんやから、言うことだけは言うとかんとあかんでしょうが」

「うるさい」

林葉くんは、ほとんど怒鳴るように言い捨てた。それから、眼帯の顔を真子に向ける。

「何で、謝りになんか来たんや」

林葉くんの左目がぎらついていた。熱で潤んでいるせいなのか、いつもの林葉くんとはまるで別の人、見知らぬ大人のようだ。

真子は思わず半歩、退いた。

「何でて……林葉くんに、怪我させたし……」

「石鎚だけが悪いわけやないやろが」

やはり、吐き捨てるような荒い口調だった。

「おれだって……調子乗って言い過ぎたし……それを何で親や先生に言わんのや」

真子が保健室にいる間に、岩鞍くんが先生たちへきちんと説明をしてくれていた。

「岩鞍からは、だいたい聞いているが、石鎚としては何か言うことがあるか」

担任の八木先生に聞かれた。眼鏡をかけて優しげな眼差《まなざ》しの八木先生は、本当に静かに草を食《は》む山羊《やぎ》のような雰囲気があった。

「……何にもありません」

「そうか……、岩鞍の話やと林葉にお母さんの悪口を言われたそうやけど」

「奈央さ……母は関係ありません」

林葉くんは、奈央さんを侮辱した。その侮蔑《ぶべつ》の言葉を誰にも伝えたくない。ほんの一瞬でも、奈央さんのことを恥ずかしいと思った真子自身を知られたくない。

真子は黙っていた。八木先生の前でも、林葉くんの前でも。

「もういいから、帰れ」

林葉くんが真子からすいっと目を逸《そ》らせた。

「石鎚が謝ることなんかないんや。だから、もう帰れ」

林葉くんは、横を向いたまま階段をのぼっていった。ドアの閉まる音がする。

「健史ったら……」

お母さんが、また長い息を吐いた。

「中学になってから、ほんまに難しくなって。ろくに口もきかんし、やたら怒りっぽくなるし、困ったもんだわ」

そこまで言って、林葉くんのお母さんは口をつぐんだ。束の間、静寂がおとずれる。

「つい愚痴ってしもうたわ」

お母さんは髪を掻《か》きあげ、照れたように笑った。その笑みを直ぐに消し、口元を引き締める。

「石鎚さん、息子もああ言ってますから、今回のことはもういいです。どうぞ、お引き取り下さい。真子ちゃん、もう二度とこんなことしないんよ。ちゃんと反省してな」

「はい」

真子と奈央さんが同時に、少し遅れてお父ちゃんが頭を下げた。

『ののや』に帰ると、常連客の池内さんや野々村さん、それに和久くんがカウンターに座って、お酒を飲んでいた。出かける寸前に、三人で連れ立って店に来たのだ。

「よう、お帰り。しっかり店番しといたで」

池内さんがコップを高々と持ち上げる。

「大将、おれ、腹が減って死にそうなんやけど。厚焼き玉子と飯だけでええから、食わしてくれっす。あっ、できるなら味噌汁《みそしる》も」

「今日は臨時の休みにするつもりでおったんやけどなあ」

お父ちゃんが苦笑いしながら、カウンターの中に入って行く。

「和久、おれの刺身で十分やないか。玉子焼きなんて贅沢《ぜいたく》、ぬかすなや」

「だって、池内さんの刺身、みんな粗みたいな感じやないですか」

「当たり前や、粗やもの。今日は、どうしたことか商売が繁盛して、粗しか残らんかったんや。あら？　と思うたら粗だけ残ってたわけよ」

「さむっ。池内さん、それ親父ギャグにしても寒過ぎるっす」

和久くんが本当に寒そうな顔付きになる。池内さんは声を上げて笑った。だいぶ、酔いが回ったらしい。

「真子ちゃん、元気だしや」

野々村さんがぽんと肩を叩《たた》いてくれた。

「ほんまやで。おれなんか、一月《ひとつき》に十回、親の呼び出しをされたことあるんやから。それに比べたらどーってこと、ないで」

「和久、そんなこと、自慢になるか。ほんまアホやな、おまえは」

池内さんが和久くんを指差して、また、けらけらと笑う。

「池内さんにだけは、アホ呼ばわりされたくないっすよねえ」

和久くんがわざと顔を歪《ゆが》める。お父ちゃんは冷蔵庫から卵を取り出し、手際良く割り始めた。

「真子ちゃん、制服を着替えておいで。みんなと一緒に晩御飯、食べよう」

奈央さんが、上っ張りに手を通しながら真子を促した。真子は頷《うなず》き、階段を上る。

お父ちゃんの包丁の音が追いかけてきた。

トントントン、トントントン。

生まれたときから聞いていた音だ。一定のリズムを刻み、小気味よく響く。

トントントン、トントントン。

真子は足を止め、階段の途中で立ち止まった。

音に耳を傾ける。リズムに心を委《ゆだ》ねる。

トントントン、トントントン。

トントントン、トントントントン。

「大将、おれ、急に親子丼も食いたくなったんすけど、だめかなあ」

「和久、調子にのるなよ」

「えー、やっぱだめかぁ」

和久くんの声ははっきりと、お父ちゃんの声はややくぐもって、聞こえてくる。玉子焼きの香ばしい匂いも漂ってきた。

トントントン、トントントン。

トントントン、トントントン。

包丁がまた軽快に鳴り始める。玉子焼きは奈央さんが作っているのだろうか。お父ちゃんの横で菜箸《さいばし》を動かしている奈央さんの姿が見える。見えなくても、見える。

この音、この匂い、この気配、みんな『ののや』のものだ。『ののや』の中に、奈央さんもぴったりと納まっている。奈央さんは、もう『ののや』の一部だ。奈央さんは、ずっとずっと『ののや』で生きて行くのだ。お父ちゃんといっしょに、玉子焼きを作ったり、魚を焼いたり、野菜を炒《いた》めたり、食器を洗ったり、生ゴミを袋に詰めたりしながら生きて行くのだ。お父ちゃんも奈央さんも年を取って、白髪が増え、皺《しわ》が目立つようになる。池内さんも野々村さんも徐々にお爺《じい》さんになっていく。和久くんは父親になって子どもを連れて『ののや』に顔を出すようになっているかもしれない。

ゆっくりと、でも確実に時間は流れて行く。

あたしは、どうだろう。

唐突にそんな思いが湧き上がってきた。真子は階段の手すりを強く握った。

あたしは、ずっとここにはいられない。だとしたら、どうするだろう。三年後、十年後、二十年後にはどうしているだろう。鮎美ちゃんは、津雲を出て行くと言った。岩鞍くんは津雲で牛を育てたいと言った。

あたしは、どうなっているんだろう。

階段の途中でそんなことを考えている自分が不思議だった。でも、考えてしまう。

いつまでも、子どもではいられない。今は、過ちを犯しても共に謝ってくれる人たちがいる。守ってくれる人たちがいる。でも、いつかいなくなる。自分だけで、踏ん張らねばならないときが必ず来るのだ。それは、そう遠い未来のことじゃない。

真子は制服の胸を押さえた。強く押してみる。柔らかな乳房の感触がした。

胸の内ががらんどうのようにも、何かがぎっしり詰まっているようにも思えてしまう。

わぁたしゃ十七

花嫁御寮。
馬の背に揺れ
この橋渡りゃ

菊おばあちゃんの花嫁唄《うた》を小さく歌ってみる。

白無垢《しろむく》の花嫁姿でかんかん橋を渡ったとき、菊おばあちゃんはどんな気持ちだったのだろう。寂しかった？　嬉《うれ》しかった？　辛《つら》かった？　心が弾んでいた？　どうだったん、おばあちゃん？

トントントン、トントントントン。

トントントン、トント。

ぷつりと包丁の音が止んだ。

物音がした。物が倒れる音だ。奈央さんの悲鳴が続く。池内さんや野々村さんの叫び声も交ざっている。

「大将、おい、大将」

「救急車を呼べ。和久くん、早く。一一九だ」

「はっ、はい」

真子は階段を駆け降りた。全身ががちがちに固まりかけている。思うように手足が動かない。

「お父ちゃん……」

奈央さんが真っ青な顔で、お父ちゃんを抱き起こしている。お父ちゃんは両手で顔を覆い、低く呻《うめ》いていた。

「真子ちゃん、大将が急に」

奈央さんがぱくぱくと口を動かす。真子は硬直したまま立ち尽くしていた。

玉子焼きが焦げている。煙が上がって、卵の焦げる臭いが鼻孔を刺激する。救急車のサイレンが聞こえてきた。近づいてくる。

コンロの火を止めてくれたのは誰だったのだろう。

あの日、外は土砂降りだった気がする。

そんなわけはないのに、林葉くんの家から三人で帰ったとき、雨などどこにも降っていなかったのに。

けれど、ずっと後になってあの日を思い出すと、雨が降っている。真子の記憶の中で、あの日は、激しい雨音と絡みついてくる湿気に満ちていた。

救急車が到着する。ガラス戸の向こうで、ぼやけた赤い光が回っている。

「真子ちゃん」

奈央さんが振り返り、真子の名を呼んだ。これまで何度も何度も、奈央さんから名前を呼ばれていたのに、その度に「はい」とか「なあに」とか答えていたのに、今は返事ができない。

真子は身体を竦《すく》ませ、いやいやをするように頭を振った。

救急隊員が二人。銀色のストレッチャーを運び入れる。

「こっちです。早く」

「動かさないで。こっちに任せてください」

「急に倒れたんや。急に」

「煙が、煙がすごいぞ。火を止めろや」

いろんな声が飛び交う。それを潜《くぐ》って、奈央さんの声が真子の耳に届いた。

「真子ちゃん、おいで」

呪縛《じゅばく》が解けた。身体が動く。

「お父ちゃん」

真子はサンダルをひっかけ、お父ちゃんを追いかけた。

お父ちゃんが運び出される。お父ちゃんが救急車に乗せられる。お父ちゃんが行ってしまう。

「真子ちゃん、一緒に行くんだ」

奈央さんの指が真子の手首を摑《つか》む。ぐいぐいと引っ張る。

「店番、してるでな。心配すんな」

池内さんが叫ぶ。

奈央さんが頭を下げる。

「大将、大将、大将」

和久くんが棒立ちになったまま、繰り返す。泣きそうな声だった。

大将、大将、大将。

奈央さんに支えられ、真子は救急車に乗り込んだ。

お父ちゃんは、それから二週間、ずっと眠り続けた。「普通なら、いつ亡くなってもおかしくない状態です」と、奈央さんが医者から告げられたのは、病院に搬送された夜だった。

「大将、真子ちゃんやあたしのために、頑張ってくれてんだよ」

昏々《こんこん》と眠るお父ちゃんの傍で、奈央さんは真子の肩を抱いた。

「大将の根性、すごいんだ。だから、きっとだいじょうぶ。頑張り通してくれるよ」

奈央さんはよく通る声で、きっぱりと言い切った。不安そうな様子は微塵《みじん》もなかった。

「だからさ、真子ちゃん。あたしたちも大将といっしょに、頑張ろうね」

奈央さんの指に力がこもる。

〝頑張れ〟、〝頑張ろう〟。そんな言葉が苦手だった。励ましも、鼓舞してもくれる掛け声だとわかってはいるけれど、何だか疲れてしまう。心が張り詰めて、ひりひりする。

がんばれ。がんばろう。

そう言われる度に、真子は目を伏せて下を向いてしまう。

「覇気のないやつだな」

「石鎚さん、とっても良い子ですよ。欲を言えば、もう少しやる気があるといいんだけど」

「引っ込み思案なのが玉に瑕《きず》ですね」

小学校でも、中学校の最初の家庭訪問でも言われた。

「頑張れない子はだめです」

露骨に口にする教師もいた。

頑張ることは大切だ。頑張れる人をすごいと思う。頑張りたいとも思う。でも、頑張りを他人に強要するのは、違うと感じるのだ。〝頑張れ〟は、心の内で密《ひそ》かに自分に向ける言葉。他人にぶつけるものじゃない。そう感じてしまうのだ。けれど、今、奈央さんの〝頑張ろうね〟には、心から頷《うなず》けた。

奈央さんの指先が震えている。その震えが肩に伝わる。奈央さんは震えながら真子を抱いてくれているのだ。

「お父ちゃん」

真子はベッドの傍らに立ち、お父ちゃんに話しかける。耳元に口を近づけ、ささやきより幾分大きな声で語りかける。

「頑張って。頑張らな、あかんよ。なっ、お父ちゃん、聞こえてるやろ。頑張って」

頑張れ、頑張れ、頑張れ、頑張れ。

頑張れ、お父ちゃん。

倒れたときにできたのか、お父ちゃんの耳朶《みみたぶ》に擦り傷ができていた。尖《とが》った赤鉛筆で真っ直ぐに引いた線のような傷だった。

そっと触れてみる。

お父ちゃん、こんな傷、何でこさえたん？　痛くない？　お父ちゃん、あたしの声、届いてるよね。ちゃんと届いているよね。

お父ちゃん。

奈央さんの指が肩から離れた。

「あたし、『ののや』に電話をかけてくる。みんな、心配してると思うから」

「うん……」

「それとね、病院への泊りこみは禁止なんだって。あたしたち、一旦《いったん》、『ののや』に帰ろう」

「お父ちゃんを置いて、帰るの」

「そうだよ。いろいろ入院のための荷物を用意しなくちゃいけないし、真子ちゃん、学校にも行かなくちゃならないし、どっちみち家に帰らなきゃどうしようもないからね」

「けど、お父ちゃんを一人にして……」

「一人じゃないよ。あたし、朝一番に来るから。夜は看護師さんがいてくれるしね。何かあったら、すぐに連絡してくれるから」

「何かってなによ」

立ち上がり、こぶしを握る。

「真子ちゃん……」

「お父ちゃんに何があるんよ。奈央さん、どうしてそんなこと、さらっと口にできるんよ。おかしいよ、奈央さん、そんなの変だよ」

「真子ちゃん、あの……」

「奈央さん、ほんとに、お父ちゃんのこと考えてんの。お父ちゃんが淋《さび》しいって思わんの。お父ちゃんが、お父ちゃんが……」

息が詰まる。胸が痛い。

「お父ちゃんはあたしの……あたしの、たった一人のお父ちゃんなんやから……あたし、ここに残る。ずっと、お父ちゃんの傍にいる。奈央さんみたいに冷たくなれんもの」

あたし、何で奈央さんを詰《なじ》っているのだろう。

真子は戸惑い、奥歯を嚙《か》み締める。

ぎりぎりと軋《きし》む音がする。錆《さ》びついた蝶番《ちょうつがい》を無理やり動かしたみたいな音だ。頭が痛くなる。奈央さんを責めるなんて、どうかしている。奈央さんは責められるようなことなんて、何一つ、やっていない。

わかっている。よく、わかっている。でも、舌が止まらない。

奈央さんは冷静だった。強張《こわば》った青白い顔をしていたけれど、目を潤ませることも、取り乱すこともなかったのだ。

これから先の段取りを計算しているみたいだった。今夜はとりあえず帰る。必要な荷物を整え病院に運ぶ。必要なところに必要な連絡を入れる。『ののや』は当分、休業しなければいけない。生活費や入院の費用をどこから捻出《ねんしゅつ》するか考える。そして、そして……お父ちゃんが死んだら、どうするのか……。

奈央さんが横を向く。頰がひくりと動いた。

「大将は、あたしにとってもたった一人の大将だよ、真子ちゃん。真子ちゃんと同じさ」

「違う！」

叫んでいた。喉《のど》の奥で叫びは木枯らしとなり、ヒューヒューと乾いた音をたてる。

奈央さんがゆっくりと、とてもゆっくりと真子に顔を向けてきた。

「違うって？」

奈央さんの声も枯れて、乾いていた。

「何が違うのさ」

「あたしは……ずっと、お父ちゃんと二人で暮らしてきたもの。ずっと一緒だった。けど、奈央さんは三年やないの。たった三年やないの。だから、わからんのよ。お父ちゃんの気持ちが、お父ちゃんの寂しさがわからんの。奈央さんは、やっぱり他人なんや。他人やからそんなに冷たいんや」

奈央さんの色のない唇が固く結ばれた。何の表情も浮かべないまま、真子を見ている。

消毒薬の匂いのする病室で、奈央さんと真子は敵同士のように向かい合っていた。

奈央さんが顎《あご》を上げる。

「好きにしたらいいわ」

投げ出すように言うと、窓際にあるくすんだ緑色のソファを指差した。

「仮眠するんだったら、そこでできるから。看護師さんには事情を話しとく。ともかく、あたしは帰る。慌てちゃって、お財布しか持って来なかったんだからさ」

真子は俯《うつむ》いたまま、返事をしなかった。

酷《ひど》いこと、言うてしもうた。

他人だなんて、他人だから冷たいなんて、酷い科白《せりふ》を投げつけてしまった。奈央さんを傷付けたいなんて、ちっとも思っていなかったのに。

「お父ちゃん」

奈央さんの帰った病室で、真子はお父ちゃんと二人きりになる。お父ちゃんはたくさんの管に繋《つな》がれて、目を閉じていた。

「お父ちゃん」

もう一度、呼んでみる。今度はさっきより、少し大きな声で。

返事はなかった。

お父ちゃんは、池内さんのように朗らかに笑うことも、和久くんのようにあれこれしゃべることもない。野々村さんのように話し上手でもない。

いつも寡黙で、黙って微笑んでいたり包丁を使っていたりする。けれど、真子の呼び掛けには必ず答えてくれた。真子だけじゃない。誰であっても、きちんと返事をした。

「おう」とか「何や？」とか「うん」とか、極めて短いものであっても、必ず一言、返してくれた。ときには相槌《あいづち》とか、微笑みとか、ちょっとした仕草を添えて返してくれた。それなのに、今は幾ら呼んでも、何も答えてくれない。瞼《まぶた》一つ、動かしてくれない。

「お父ちゃんのアホ」

シーツを握りこんでみる。微《かす》かに点滴のチューブが揺れた。

「お父ちゃんのアホ。何で返事してくれんのよ」

お父ちゃん、早う目を覚まして。「どうしたんや？　真子」って言うて、あたしの手をきゅって握って。お願いや、お父ちゃん。お父ちゃん。

ベッドの上に突っ伏す。溢《あふ》れそうな涙を堪える。ドアの向こうから看護師さんの足音が聞こえてきた。ぱたぱたと忙しげだ。窓の外は暗く、底なしの闇に包まれている。

夢だったらいいのに。

みんな夢だったら、いいのに。

目が覚めたら、自分のベッドにいて、『ののや』の厨房《ちゅうぼう》から玉子焼きの匂いがして、奈央さんの笑い声が聞こえるの。

「真子ちゃん、早く起きて。遅刻しちゃうよ」

朝の空気の中に奈央さんの声がぴーんと響く。お父ちゃんの声はしない。でも、包丁の音はする。小気味良いリズムで耳に届いてくる。

トントントン、トントントン。

トントントン、トントントントン。

あっ朝だ。もう起きなくっちゃ。

真子はベッドから起き上がり、大きく伸びをする。窓を開け、大きく一つ、深呼吸する。

いつもの朝だ。

春、夏、秋、冬。

どんなに季節が巡っても、移ろっても、毎日同じ朝が訪れると信じていた。いつか、真子が『ののや』を出て行くその日まで、ずっと続いていく朝だと思っていた。こんなに唐突に、こんなに簡単に奪われてしまうなんて、考えてもいなかった。

だから、夢だったらいいのに。たった一晩で掻《か》き消えてしまう儚《はかな》い夢だったらいいのに。

お父ちゃん……。


目が覚めた。

お父ちゃんは管に繋がれたまま、動かない。看護師さんの足音、ストレッチャーの音、消毒薬と芳香剤の匂い。

昨日のままだった。

夢じゃない。現実だ。

真子は軽く身震いした。身体の芯《しん》が冷えて行く。寒くて堪《たま》らない。心臓が縮む。

これがあたしの現実だ。

淡々と消えてしまう夢ではなく、確かに存在する現実だ。

肩からするりと毛布が落ちた。クリーム色に赤い薔薇《ばら》の模様の薄手の毛布だ。真子が普段使っているものだった。

奈央さんだ。奈央さんが、ベッドに突っ伏したまま寝入った真子に掛けてくれたのだ。

真子は立ち上がり、毛布を丁寧に畳んだ。それをソファの上に置いたとき、ドアが開いた。

「あっ、目が覚めた」

ビニール袋を提げた奈央さんが入ってくる。

「朝ご飯、作る暇がなかったからさ、コンビニで買ってきたよ。今朝はこれで勘弁だね」

ソファの横のサイドテーブルの上に奈央さんは、サンドイッチとサラダと牛乳の紙パックを並べた。それから真子の顔を覗《のぞ》き込む。

「食欲、ない？」

「うん。あまり……」

「けど、食べなきゃだめだよ。真子ちゃんがいくら絶食したって、大将がよくなるわけじゃないんだから」

奈央さんの物言いは、いつもより少し険しいように感じられた。昨夜のことをまだ、怒っているのかもしれない。

「ちゃんと朝ご飯食べて、ちゃんと学校に行きな。わかったね」

ドア近くの壁に真子の制服が掛かっていた。その下に大きな紙袋が二つ、並んでいる。紙袋の中には、タオルや洗面道具や着替えが入っていた。真子の通学用のスニーカーもカバンも教科書も全部、入っていた。奈央さんが家から運んで来たのだ。

「さっ、ご飯食べて、学校に行きなさい。ここからだと通学時間が、いつもより十分は伸びるよ。急いで、急いで」

「でも……」

「真子ちゃん」

奈央さんが真子の正面に立った。

「学校に行きなさい。いつも通りにご飯を食べて、いつも通りに学校に行くの。こんなときだからこそ、いつも通りにしなくちゃいけないんだよ」

真子の肩に両手を置く。薄いTシャツを通じて、奈央さんの熱が伝わってくる。熱かった。奈央さんの手が熱い。奈央さんは怒ってなんかいない。真子と一緒に踏ん張ろうとしているのだ。手の熱さが教えてくれる。

「大将はだいじょうぶ。きっと、目を覚ましてくれる。あたしや真子ちゃんを残して、どこにも行かないよ。大将のこと信じなきゃ」

真子は奈央さんの目を見る。

あぁ、そうだと思えた。

お父ちゃんは目を覚ます。元気になる。あたしたちを残して、一人でどこかに行くわけがない。お父ちゃんを信じてる。信じなきゃいけない。

サンドイッチに手を伸ばし、一口、かじる。味はわからない。牛乳をすすり、流し込む。

「あたしから学校に電話して事情は話しとく。真子ちゃん、すぐ連絡が取れるように、これ持っていって」

奈央さんが銀色の携帯電話を手渡してくれた。奈央さんの物だ。

「奈央さんはどうするの?」

「あたしは大将のを使うから。あたし、ずっと病院にいるからさ。学校から直接、ここに帰っておいでね」

奈央さんが笑う。目尻《めじり》が下がり、口の端が上がり、とてもかわいい笑顔になった。いつも通りの奈央さんの笑顔だ。

変わらないものがある。

不意に真子は思った。思ったとたん背筋が真っ直ぐに伸びた。

あたしの傍らには、変わらないものがある。

お父ちゃんは眠ったままだけれど、奈央さんの笑顔は変わらない。心がすっと軽くなる。

だいじょうぶだ、だいじょうぶだ。

真子は牛乳を一息に飲み干す。わざと乱暴に手の甲で口元を拭《ふ》く。奈央さんが歯磨きセットを投げてよこす。

「歯磨き、忘れちゃだめだよ」

「わかってる。奈央さん、少し煩《うるさ》いよ」

「煩く言わなきゃ、忘れちゃうでしょ」

「歯磨き、忘れたりせんよ。歯磨きしないまま学校に行ったりせんもん。そんなん、すごい不潔やないの」

「そうかなあ。あたしが中学生のとき、生まれてから一度も歯を磨いたことがないって男の子がいたけどね」

「うわっ、そんなん絶対、嫌や」

奈央さんと、いつもと変わらぬおしゃべりをしていると、不思議と気持ちが落ち着く。今まで当たり前に交わしていた会話が、ごく普通の何気ない言葉のやりとりが、こんなにも自分を支えてくれるなんて知らなかった。奈央さんは、ちゃんと知っていたのだ。だから、いつも通りに振るまえと言ったのだ。

真子は制服に着替え、カバンを提げ、病室のドアを開けた。家にいたときより、大きな声を出す。

「行ってきます」

行ってきます、奈央さん。行ってきます、お父ちゃん。

奈央さんだけが答えてくれた。「行ってらっしゃい、真子ちゃん」と。

その日から、真子は『ののや』ではなく、町立病院の301号室に帰り、暫《しばら》くお父ちゃんの傍にいてから、奈央さんと一緒に帰宅する、そんな日々を送るようになった。

サイドテーブルの上にコンビニで買ってきた弁当や総菜を並べ、奈央さんと二人、夕食をとる。お父ちゃんに聞こえるように、少し大きめの声で話をする。

「今日からね、体育で創作ダンスをするの」

「へえ、創作ダンス」

お握りを頬張っていた奈央さんが、目を見開いた。目の下にうっすら隈《くま》が出来ている。

「どんなことやるの?」

「あのね、まず、基本のステップとか手の振り方とかを習うの。それから、グループ毎に分かれて自分たちで音楽も振付も考えて踊るんよ。それを文化祭で発表するの」

「へぇ。おもしろそうだね。なんだか、高校のころを思い出しちゃうなあ」

「うん。おもしろい。あたし、ダンスがこんなにおもしろいなんて知らんかった」

本音だった。

音楽に合わせ、身体を動かす。踊りながら振付を考え、また踊る。

とても、楽しい。とても、おもしろい。ダンスの練習をしているときだけ、真子はお父ちゃんのことを忘れる。それ以外ではいつも、先生に指名され教科書を読んでいるときも、試験のときも、鮎美たちとしゃべっているときも、お父ちゃんのことが心から消えない。

お父ちゃんは、日に日に痩《や》せていく。奈央さんが毎日髭《ひげ》を剃《そ》り、顔を洗い、髪をとかし、小奇麗にしているけれど、徐々にやつれていく。

唇は白く乾き皮がむけ、肌は艶《つや》を失いやはり白っぽく乾いている。

怖い。お父ちゃんのことを考える度に、このごろ怖くて堪らなくなる。

体育の授業、ダンスの時間だけが怖《お》じけをはらってくれる。恐怖を忘れさせてくれる。

「真子ちゃん、ダンス、抜群に上手やねぇ」

昨日は、鮎美が褒めてくれた。本気で感心している口調だった。

「そうなんだよね。真子ちゃん、見かけによらず運動神経やリズム感がええんよな」

「鮎美ちゃん、見かけによらずって……」

「あっ、ごめんごめん。褒めたつもりやったのに褒めたことにならんよね」

鮎美が肩を竦《すく》め、ぺろりと舌を覗けた。

その話を奈央さんにする。奈央さんは、食べかけのお握りを持ったまま、小さく笑った。

「おもしろい子だね。鮎美ちゃんて」

「うん」

お父ちゃんが倒れ、意識が戻らないまま入院しているという噂が、いつの間にか津雲に広まってしまった。

「かわいそうにな、真子ちゃん」「大変だよね、石鎚さん」。そんな同情の声も耳に入ってくる。ほとんど顔も知らない他のクラスの女子から『頑張ってください。応援していますからね』との手紙も受け取ったことがある。周りの生徒も先生たちも、みんな、押し並《な》べて優しくなった。真子に優しくするのが流行《はや》りになっているみたいだ。ちょっとうんざりしている。

そんな中で、鮎美の態度は以前とまったく変わらなかった。言いたいことをきちんと言う。「かわいそう」も「大変だね」も「頑張れ」も、口にしなかった。普段のままの鮎美だった。岩鞍くんもそうだった。そして、林葉くんも。

「石鎚、明日《あした》、子牛を見に来んか」

岩鞍くんに誘われたのは、教室の掃除を終えて下校の準備をしていたときだった。

ふいに、後ろから声を掛けられた。

「子牛？」

振り向くと、岩鞍くんと目が合った。

「うん。昨日の朝、生まれたんや」

「岩鞍くんのとこ、子牛までおるの」

「おるで。ほとんどが肉牛やけど、二頭だけ乳牛がおるんや。おふくろが世話、してる」

岩鞍くんは、お母さんのことをもう〝お母ちゃん〟とは呼ばなくなっていた。それと関係はないのだろうが、背が伸びて、声が太くなった。以前のように、にこにこ笑わなくなったし、あまりしゃべらなくなった。

「牛が赤ちゃん、産んだん？」

「うん」

岩鞍くんは唇を結び、不機嫌な顔つきになる。でもそれは不機嫌そうに見えるだけで、岩鞍くんが怒っても苛立《いらだ》ってもいないことは、真子にはよくわかっていた。

中学生になって、男の子たちはみんな一様に、こんな表情を浮かべるようになったのだ。そして、小学生のときのように無防備な笑みを見せることや素直な感情を露《あら》わにすることが、ほとんどなくなった。

みんな、少しずつ、でも確実に変わっていく。けれど、さっき、真子に向けられた岩鞍くんの眼差《まなざ》しは、昔のまんまだった。真っ直ぐで、楽しげで、今にもくすくす笑い出しそうな目付きだった。

「行きたいな」

ほろりと思いが零《こぼ》れた。

子牛を見てみたい。そっと触れてみたい。

「じゃあ来いよ。なんか、鮎美も来たいとか言うてたから、呼んでやってもええし……」

岩鞍くんがもごもごと呟《つぶや》く。呟きだけれど、真子にはちゃんと聞こえた。

鮎美ちゃんも行くのか。

あたしも行きたいな。でも……。

明日は土曜日だ。お父ちゃんにずっと、付き添っているつもりだった。昼間、奈央さんはお父ちゃんにつきっきりで看病している。休日は交代するから。そう約束していたのだ。約束だからではなく、お父ちゃんと一緒にいたい思いもあった。傍にいたい。強く思う。

「あたし……行けないかも」

小声でそう言うと、岩鞍くんは「そっか」と一言だけ答えた。それからしばらくして、

「じゃあ、もし気が変わったら、来いや」

と付け加えてくれた。

「うん。ありがとう。あっ、岩鞍くん、あの、名前は……子牛の名前、もう、付けたの」

「まだ。何なら、石鎚に名前、付けさせてやってもええで」

岩鞍くんが笑う。小学生のときとは違う、大人びた笑みだった。

「行けばいいじゃない」

奈央さんが箸《はし》を止めて、あっさりと言い切った。お父ちゃんの眠るベッドの横で二人、夕御

飯を食べているときだった。

　奈央さんの手作りのお弁当だ。玉子焼きがとても美味《おい》しかった。その玉子焼きを箸でつまみ、奈央さんは、にやっと笑った。

「せっかく、ボーイフレンドが誘ってくれたんだからさ、行ってきなよ」

「ボーイフレンドやない。ただの同級生」

「へぇ、そうかなあ。ただの同級生が子牛を見に来いなんて誘ってくれるかなあ。ふんふん、ふふん、ふんふんふんふん」

　奈央さんが変な調子をつけて鼻歌を歌う。

「もう、奈央さん。そんなんやないって」

「行っといで、行っといで」

　奈央さんは笑顔のまま、手を振った。

「大将のことなら大丈夫だよ。このところ、容態が安定してるって、お医者さまもびっくりしてたぐらいだからさ。やっぱ、基礎体力が半端じゃないんだよ。少しずつだけど回復して、近いうちに目を覚ましてくれるから」

「ほんとに」

　真子は改めて、お父ちゃんの顔を覗《のぞ》き込んだ。頬はこけて、目の下にうっすら隈ができているけれど、呼吸は規則正しく落ち着いているようだ。そうだ、お父ちゃんの体力は並じゃない。そんなに簡単に病気に負けたりしない。

「行っといでよ、真子ちゃん。あたしも、このごろ一、二時間は掃除や洗濯に帰ってんだよ。このお弁当も『ののや』の厨房《ちゅうぼう》で作ってきたの。いいかげん、コンビニ弁当には飽き飽きしちゃったからね」

「うん、やっぱり、手作りのお弁当、美味しい。幾らでも食べられるよ」

「ほんとに？　魚の煮付けとかどうかな。少し、味が濃すぎない？」

「ううん。美味しいで。すごく美味しい。このまま、『ののや』のお客さんに出してもいいって感じがする」

「真子ちゃん、それ、お世辞じゃないよね」

「奈央さんにお世辞言うても、しょうがないやん。何の得にもならんし」

「あはっ、言われちゃった」

奈央さんは嬉《うれ》しげな笑い声をたてた。立ち上がり、お父ちゃんに話しかける。

「大将、聞いてくれてる。あたしさ、また料理の腕をあげたみたいだよ。ぐずぐずしてたら、追い付いて、追い抜いちゃうからね」

くすくす、くすくす。

奈央さんは楽しげに笑い続ける。

「料理って難しいけど、おもしろいよね。こっちの腕前一つで、素材がいろんなものに変わっていくの。あたし、ダンスの他にこんなに夢中になれるものがあるなんて、夢にも思わなかったんだ。ね、大将。大将があたしに教えてくれたんだよ。料理のことも、家族がいるってことも、みんな教えてくれたんだよね」

奈央さんはお父ちゃんの腕を丁寧にマッサージしながら語りかける。優しげな口調だった。

「あっ」

小さな叫びをあげて、奈央さんが振り向く。反射的に、真子は椅子から腰を上げた。

「どうしたの」

「今、指先が動いた」

「えっ、ほんまに」

「ほんとだよ。中指の先がぴくっと」

奈央さんは息を呑《の》みこむと、ひどく真剣な面持ちでマッサージを続けた。

「お父ちゃん、お父ちゃん」

真子も呼び掛ける。

「お父ちゃん、あたしも奈央さんも傍におるで」

真子の視線の先で、お父ちゃんの中指が微《かす》かに上下した。微かだけれど、確かに動いた。

「奈央さん！」

「うん。動いたね。大将、回復してるんだ。あたしたちの声をちゃんと聞いてるんだよ」

奈央さんが手を伸ばし、真子の肩を強く抱きしめた。以前の奈央さんのように化粧の香りはしない。かわりに、甘い玉子焼きや煮付けの匂いが漂ってくる。それは『ののや』の匂いでもあった。

子牛は牛舎の隅から、じっと真子を見ていた。黒い潤んだ眸《ひとみ》がとてもきれいだった。

「えーっ、これでお乳をやるの」

鮎美が人間用の何倍もの大きさの哺乳瓶《ほにゅうびん》を抱え、黒目を忙しく動かす。

「そうや、ほら柵《さく》のとこから顔を出すから、ちゃんと飲ませてやれや」

岩鞍くんがにやにやしながら、鮎美を促す。鮎美は口の中の唾《つば》を飲み下し真子をちらりと見やった。

「真子ちゃん、一緒にやろうよ」

「うん、そうやな」

真子も哺乳瓶に手を添える。温かかった。人の肌と同じぐらい温かい。人のお乳もこんなに温かなのだろうか。

子牛が柵に近寄ってきた。柵の間から鼻を突き出す。ピンク色の愛らしい鼻だった。くいっと哺乳瓶がひっぱられる。子牛が口にくわえ、乳を吸いだしたのだ。

ごくん、ごくん。

ごくん、ごくん。

子牛の口元が動く度に、ミルクが減っていく。

「すっごい食欲やねえ。生まれたばっかなのにね。よう飲むわ」

鮎美が口笛を吹いた。子牛はますます勢いよくミルクを飲んだ。その手応《てごた》えが指に伝わってくる。

「林葉くんもやってみたら。代わるで」

身を捩《よじ》り、後ろに立っている林葉くんに話しかける。林葉くんが瞬きする。迷っているみたいだ。

鮎美と二人、津雲の外れにある『岩鞍牧場』に着いたとき、林葉くんは既に来ていて、放し飼いになっている鶏の卵を拾い集めていた。林葉くんが来るなんて知らなかったから、少し驚いた。林葉くんはもう眼帯をはずしていたけれど、右の瞼《まぶた》の上にうっすらと傷痕《きずあと》が残っていた。

それに気が付いた瞬間、心臓がきゅっと縮まった。人を傷付けるとは、こういうことなんだ。その人に痕を刻みこむ。瞼の上の痕はいずれ治るだろう。今でも目を凝らさねばわからないぐらい薄れているのだ。でも、真子のカバンが直撃した一瞬の恐怖や痛みを林葉くんは、これから先も思い出すかもしれない。思い出して身震いするかもしれない。身体より心に負った傷の方が、ずっと治り難く厄介なのだ。

ちゃんと謝らなくちゃ。

何度でも謝らなくちゃ。

「林葉くん、あの、あのね……」

「ごめんな」

卵を入れた籠《かご》を提げ、林葉くんが頭を下げる。

え？　何で、林葉くんが謝るん？

「ごめんな、石鎚。おれ、調子こいて石鎚のこと傷付けて……ほんま、すんませんでした」

もう一度、林葉くんが腰を折る。

「え、あ……そんな。そんなこと……」

「真子ちゃん、林葉な、ずっと真子ちゃんに謝りたかったんやて。けど、学校じゃ恥ずかしゅうてよう謝らんかったんやと。だから、岩鞍に頼んで、今日、のこのこやって来たわけよ」

「大原。のこのこはねえだろう。おれ、お邪魔虫みたいやないか」

「うるさい。言っとくけどね、林葉。あんたが謝らなあかんの真子ちゃんだけやないで。あたしにかて、ちゃんと謝りや」

「大原に？　おれ、何したっけ？」

「小学生のとき、名前のことで散々、かろこうたやないの。あの怨《うら》み、忘れてないんやから」

鮎美が胸を張る。

「そんな昔のことで謝るんか」

「昔も今もないわ。あたし、マジで辛《つら》かったんやからね。それとも、なに、真子ちゃんには謝っても、あたしには謝れんわけ。ふーん。そんな区別をするんだ。わかった。学校中に言い触らしてやるからね。覚悟しとき」

「あっ、わかった、わかった。大原さん、ごめんなさい。もう二度と他人をからかったりしません。絶対にしません」

「ふん。いまいち心がこもってないけど、まぁええわ。許してあげる」

すっと身体の力を抜いたのは林葉くんではなく、鮎美だった。ずっと誰かに腹を立てているのは辛い。憎み続けるのも怨み続けるのも苦しい。鮎美ちゃんは、林葉くんを許せて、安堵《あんど》しているのだ。林葉くんにはわからないかもしれないけれど、真子には理解できた。

誰も憎まず、怨まず、謗《そし》らず、生きられる人がいたら、どんな偉人よりもすごい一生だと思う。けれど、あたしはこれから先も、いろんな人に腹を立てたり、怨んだりしながら生きて行くんだろう。それなら、せめて、ちゃんと愛したい。自分の家族を友だちを仲間を本気で愛したい。

『岩鞍牧場』での一日は楽しかった。搾乳を手伝ったり、手で乳搾りをやってみたり、豚の赤ちゃんと遊んだり、搾りたての牛乳をご馳走《ちそう》になったり。

「何だか、小学校の遠足みたいやね」

鮎美が、温かな牛乳のたっぷり入ったマグカップを手に、笑う。牧場の端に広がるクローバー畑の中だった。夕暮れの風が心地よい。クローバーの匂いも心地よい。

「ほんまに、そうだね」

真子も笑う。こんな風に、四人で屈託なく笑い合い、しゃべりあっていると、時間がどんどんと遡《さかのぼ》る気がする。ランドセルを背負い、かんかん橋を駆け抜けていたころに戻って行く気がする。

「岩鞍、また、遊びに来てもええ？」

鮎美が笑顔のまま、岩鞍くんに問いかけた。岩鞍くんの黒眸《くろめ》がちらりと動く。

「ええよ。全然、かまわん。けど……」

岩鞍くんの手が、青いマグカップを強く握った。クローバーの葉っぱの間から、虻《あぶ》が翅《はね》の音を響かせて、飛び立つ。

「けど？」

真子は岩鞍くんの顔を覗《のぞ》き込んだ。口元が少し歪《ゆが》んでいる。

「うーん、ようわからんけど。うちの牧場もかなり厳しいみたいやからな。いつまで、畜産とか酪農とかで食っていけるかわからんぞって、親父が言うとったで。牧場がだめになったら、牛とかみんな売ってしまうわけやからな」

岩鞍くんの顔つきも言葉遣いも、言っていることも大人のものだった。生きていくことの厳しさも辛さも知ってしまった大人の顔だ。

時間を遡ることはできない。巻き戻すことも、新しくすることもできない。真子も、鮎美も、岩鞍くんも、林葉くんも、未来へと向かうしかないのだ。それは、よく大人たちが口にする〝輝かしいもの〟でも〝希望に満ちたもの〟でもない。

でも、きっと……。

輝かしくも希望に満ちてもいない未来に向かっていくとき、今日の一日は大きな支えになる。今日の思い出が、あたしたちを守ってくれる。

屈託なく笑えたこと。心底、楽しいと感じたこと。本物の美味《おい》しい牛乳を味わえたこと。クローバーの香りを胸一杯に吸い込んだこと。

一つ一つが細いけれど強靭《きょうじん》な柱となって、折れそうな心を支えてくれるはずだ。

「あはっ、いけねえ」

岩鞍くんがぺろっと舌を出した。

「何かくらーいこと、言うてしもうたな」

「ほんとやで。岩鞍のアホ」

鮎美が肘《ひじ》で岩鞍くんをつつく。

「せっかく、真子ちゃんを元気づけようって思うたのに、あんたが落ち込んでどーすんの」

真子は目を見張り、三人を見やった。

そうだったんだ。

真子がお父ちゃんのことで沈んでいるのを見かねて、三人で計画してくれたんだ。そうだったんだ。

そう悟ったと同時に、お父ちゃんの顔が浮かんだ。心臓がきゅっと縮まった。

「携帯に連絡がつくようにだけは、しといてね」

奈央さんに言われていた。

「まっ、何にもないと思うから。一応だよ」

奈央さんはそう付け加えて、いってらっしゃいと見送ってくれたのだ。

ここに着いたときは十五分おきにチェックしていたのに、今は、トートバッグの中に入れっぱなしにしている。

真子は牛舎の柵《さく》に掛けたままのバッグまで駆けた。忘れていたなんて、忘れていたなんて……でも、だいじょうぶだ。きっと、何にもない。奈央さんだって、言っていたもの……。

奈央さんからの着信が入っていた。最初が四時二分、それから、二、三分ごとに四回も入っている。心臓がますます縮む。背中が痛い。身体中に震えが走り、汗が滲《にじ》む。

留守番電話を聞こうと思うのに、指先がうまく動かなくて、操作できない。

「真子ちゃーん、真子ちゃーん」

岩鞍くんのお母さんが、真子を呼びながら転がるように走ってきた。

「お母さんから電話があったで。お父さんの容態が急変したて。早く、病院へ。送っていくから、早う」

鮎美が悲鳴をあげた。

牛舎から牛たちの鳴き声が響いてくる。とてものんびりとした、緩やかな声だった。

岩鞍くんのお母さんが軽トラックで病院まで送ってくれた。「ありがとうございます」も「お世話になりました」も言えなかった。玄関前に軽トラが着くと同時に、真子は助手席から飛び降りた。そのまま、階段を駆け上がる。

三階の一番奥まった病室、301号室。そこにお父ちゃんがいる。

「お父ちゃん」

ドアのノブを持ったまま、真子は立ち竦《すく》んだ。

「お父ちゃん……」

ベッドの傍には奈央さんが一人だけ、立っていた。朝と同じ白いTシャツに黄色い花模様のエプロンをつけていた。去年の母の日に、真子がプレゼントしたものだ。奈央さんは、ものすごく喜んでくれた。

「こんな素敵な贈り物、初めてだよ。それも母の日のプレゼントだもんね。最高、ほんと最高。ありがとう、真子ちゃん」

真子を抱きしめた奈央さんの目は、潤んでちょっと触れただけで涙がこぼれそうだった。

今は乾いている。

乾いて、何の感情も浮かべていない。

砂漠みたいだ。

熱くて、乾いて、何もない。

お父ちゃんのベッドはとてもすっきりして見えた。どうしてだろう？　どうしてだろう？

一歩、一歩、ベッドに近づいていく。足が重い。鉛を括《くく》りつけられたみたいだ。重い足を引きずりながら、お父ちゃんの傍に行く。

管がないからだと気が付いた。

腕や、胸や、鼻の孔《あな》に繋《つな》がっていた管がない。点滴のチューブもない。人工呼吸器も外されている。だから、とてもすっきりしているのだ。

お父ちゃんは目を閉じたままだ。でも、口元にうっすらと笑みを浮かべていた。

「あぁ、楽になった。あんなに、ぎょうさんのチューブに繋がれて、ほんま、大変やったで。

やれやれ、やっと伸び伸びできるな」

そう言っているようだった。

「十分ほど前に……亡くなった」

奈央さんが乾いた目を真子に向けた。

「急に呼吸が止まってしまって……、そのままで……うん、とうとう一度も目を開けないままだったね……一度も」

真子は手を伸ばす。

お父ちゃんの頬に触れてみる。

冷たかった。慌てて手を引っ込める。

こんな冷たいものに触れたのは初めてだ。氷より、真冬の空気より冷たい。

指先が凍えてしまう。

お父ちゃん、もう生きていないんだ。

指先の凍えが教えてくれる。

生きている人間は、決して凍《い》てつきはしない。

「大将、がんばったんだよ。ほんとに、がんばった。ね、真子ちゃん」

奈央さんが真子の肩を抱いた。温かい腕だ。生きている者の温かい腕だ。

「嘘つき!」

真子は奈央さんの腕を振り払った。

「嘘つき！　奈央さんの嘘つき！」

叫ぶ。自分のものとは思えない、甲高く引きつった声だった。

「だいじょうぶって言うたやない。お父ちゃんは治るって言うたやない。だから、だから、遊びに行ったのに。嘘つき！　奈央さんは、嘘つきや！」

「真子ちゃん……」

「返して、お父ちゃんを返して。返してよ」

真子は奈央さんの身体を力いっぱい押した。奈央さんがよろめき、尻《しり》もちをつく。

「うぐっ」

どこかをひどく打ったのか、低く呻《うめ》いて、身体を二つに折った。

あんた、最低やで、真子。

頭の隅で、誰かの声がした。真子自身の声だったかもしれない。

みんなと一緒にいるのが楽しくてお父ちゃんのことを忘れていたのは、あんたやないの。なのに、奈央さんのせいにして、あんた卑怯《ひきょう》や。奈央さんを責めるなんて、おかしいで。おかしいって、あんた、わかってるんでしょ。

真子は耳を押さえてベッドに突っ伏した。

聞きたくない、聞きたくない。

お父ちゃんは待っていたはずだ。真子が来るのを待っていたはずだ。それなのに、間に合わなかった、お父ちゃんに、さよならも言えなかった。お父ちゃんが大好きだと伝えられなかった。何にもできなかった。

「真子ちゃん……」

奈央さんがよろよろと立ち上がる。

「大将ね、きっと良い夢を見ながら、息を……引き取ったんだよ。『真子』って呼んで、楽しそうに笑って、そのまま……」

真子はいやいやをするように頭を振った。

聞きたくない。聞きたくない。

あたしは間に合わなかった。お父ちゃん、ごめんな。傍にいなくて、ごめんな。

涙が頰を転がる。ほとばしる。口の中まで染みてくる。とても、しょっぱい。

「真子ちゃん」

奈央さんが肩を摑《つか》んできた。

「あたしを見なさい」

無理やり、真子の顔を上に向けさせる。

「いい。大将は精一杯、生きたの。ほんとに、精一杯やったんだよ。けど……けど、力尽きちゃった。誰のせいでもない。これが大将の寿命だったんだ。誰のせいでもないんだよ」

奈央さんの眼は強い光を放っていた。見詰められると、怖い。

「大将は死んだけど、あたしたちは生きてる。生きてる者はね、しなきゃいけないことが、山ほどあるんだ」

「しなきゃいけないこと……」

「そうだよ。まずはお葬式。大将をちゃんと見送らなきゃいけないだろ」

奈央さんの目は乾いたままだった。瞬きもせずに真子を見ている。口元には深い皺《しわ》が刻まれていた。

奈央さん、泣かないんだ。お父ちゃんが死んだのに、涙一つ、零《こぼ》さないんだ。

何て強いんだろう。

真子は、奈央さんから視線をそらした。奈央さんの強さが嫌だった。握ったこぶしが震えるほど嫌だった。

奈央さんが顎《あご》を引いた。それから、財布を手に、病室を出て行こうとする。

「どこに行くんよ?」

お父ちゃんを残して、どこに行くつもり。

ドアのところで、奈央さんが振り向く。

「大将を『ののや』に連れて帰ってあげなきゃだめでしょ。その段取りをしてくるから」

ドアが閉まる。

真子はお父ちゃんと二人きりになる。

窓の外は夕焼けだった。

夕日がお父ちゃんの横顔を橙色《だいだいいろ》に彩る。

「お父ちゃん」

呼び掛ける。そっと、耳元にささやく。耳朶《みみたぶ》も氷のようだった。

「お父ちゃん、目を覚まして」

目を覚まして。真子って呼んで。お願い、お父ちゃん。

真子はお父ちゃんの胸に頭をもたせかけた。仄《ほの》かに仄かに『ののや』の匂いがした。

お父ちゃんはその日の内に『ののや』に帰って来た。翌日がお通夜、翌々日がお葬式だった。

葬儀会社の人と近所のおばさんたちがばたばたとやってきて、『ののや』の店内をきれいに片づけてくれた。イスやテーブルは、ひとまず裏の倉庫にしまい、床を丁寧に掃く。鯨幕《くじらまく》で四方を囲んで、厨房《ちゅうぼう》とカウンターを隠してしまう。そうすると、『ののや』の店内は、何もない広間に変わった。

こんなに広かったんだ。

何もない店内を見回し、真子は吐息を漏らしていた。真子の口から漏れた息は『ののや』に漂う線香の煙に混ざり、ふわふわと流れて行く。

こんなに広かったんだ。

『ののや』は小さな店だった。カウンターと三脚のテーブルしかない。池内さんや、野々村さんや、和久くん、久本さん……、常連さんたちが集まるともうそれで、いっぱいの感じがした。池内さんたちが、十人分ぐらい賑《にぎ》やかだから余計に、いっぱいの感じがした。

小さな店には、いろんなものが溢《あふ》れていた。

笑い声、話し声、歌声、歓声、奈央さんの鼻歌、手拍子、ときに涙声、ときに愚痴や泣き事、たまに怒声や喚声。

玉子焼きや野菜炒《いた》めの匂い、汁物や煮付けの香り、蒸籠《せいろ》から立ち上る蒸気、お父ちゃんの包丁の音、器の触れあう音、グラスの砕ける音、ケチャップの赤、菜物の緑、オムレツの黄色、親子丼にふりかけられた刻み海苔《のり》の艶《つや》やかな黒。

ほんとうにたくさんの、たくさんの声や音や匂いや色に満ちていた。

今は、なにもない。

がらんと広い。

白い床と、黒白の幕があるだけだ。

「ちょっと、失礼」

とんと背中を突かれた。

葬儀会社の人が、祭壇を運んで来たのだ。真子の目の前で手際よく、組み立てて行く。生花が次々に運び込まれ、モノクロームだった店内が不意に色彩を帯びた。

トルコ桔梗《ききよう》の紫が鮮やかに目に映る。

「奥さん、祭壇の位置、確認してもらえますか」

葬儀会社の人——和久くんぐらいの年の若い男の人だった——が、奈央さんに顔を向ける。

「はい。そのあたりで……あっ、でも、お花の位置をもう少しこっちに向けてください」

奈央さんが、左右に手を動かした。

奈央さんの声はしゃんとして、張りがあった。聞いているだけで背筋が伸びた。声だけじゃなく、奈央さん自身もしゃんとしていた。あちこちに連絡をしたり、必要なものを揃えたり、いつも以上にきびきびと動き回っている。

真子のようにぼんやりすることも、池内さんのようにお父ちゃんの傍らで泣くことも、和久くんのようにしゃがみこむこともなかった。

病院から帰って来たとき、池内さんたちが『ののや』で迎えてくれた。

池内さん、鳩子さん、野々村さん、和久くん。いつものメンバーだ。久本さんは看護師のユニフォームのまま、病院からずっと付き添ってくれた。

「大将」

池内さんが、布団に横たわったお父ちゃんに呼び掛ける。

「大将、あんた、何しとるんや。おれよりずっと若いのに、おれよりずっとええ身体しとるのに……、なんで、こんなこと……大将」

池内さんの目から、大きな大きな、びっくりするぐらい大きな涙が転がり落ちた。

そのときから、池内さんはずっと泣いている。一度、着替えに家に帰っただけだ。お父ちゃんの傍に座って、ずっと泣いている。

泣いて、転《うた》た寝をして、目が覚めて、お父ちゃんの顔を見詰め、

「やっぱ、夢じゃないんやな」

と呟《つぶや》き、また、大きな涙を落とした。

野々村さんも、和久くんも、泣いていた。鳩子さんも久本さんも、目を真っ赤にしながら葬

儀の準備を手伝っている。

　奈央さんだけが変わらなかった。

「真子ちゃん、祭壇に飾る遺影、一緒に選んでくれる」

「祭壇の花の位置がやっぱり気になるんだけど」

「ええ、大丈夫です。連絡する所には、全部、連絡がとれました」

「お葬式の仕出し、池内さん、よろしくお願いします。お通夜の夜食は、万華寿司さんで頼むつもりですから」

「はい、もしもし……。そうです……突然のことで。あ……はいこちらは大丈夫です。わざわざ、ありがとうございます。お葬式は明日の午前十時からになります」

　黒白の幕に囲まれ、線香の煙の漂う店内に、奈央さんの声が響く。

　強いな。

　真子は思う。

　奈央さんて、なんて強い人だろう。

　奈央さんは泣かないんだ。

　真子も泣かない。でもそれは、お父ちゃんの死んだことが現実と感じられないからだ。お父ちゃんがもう目を覚まさないなんて、もう笑わないなんて、もう包丁を持たないなんて、もう「よう、真子、帰ったんか」と言ってくれないなんて、信じられない。信じたくない。だから、泣かない。泣いてしまったら、お父ちゃんが本当に死んでしまう気がする。

まだ、だいじょうぶだ。まだ、間に合う。お父ちゃんは目を覚ましてくれる。笑ってくれる。

「よう、真子、帰ったんか」と言ってくれる。

真子は目の奥に力を込め、涙を堪えた。

奈央さんも我慢しているのだろうか。泣かないように奥歯を噛《か》み締めているのだろうか。

わからない。

奈央さんは冷静で、強くて、いつもとほとんど変わらない。お父ちゃんが死んだことを、これから先、お父ちゃんのいない日々を生きて行くことを受け入れているように思える。

真子は、店の隅に立ったまま、次第に出来上がっていく祭壇を眺めていた。

菊、百合《ゆり》、薔薇《ばら》。いろんな花が飾られていく。菊おばあちゃんのお葬式のときは、その名前に因《ちな》んで、全部が菊の花だった。白だけじゃなく、黄色も薄紫のものもあった。会場中が菊の青っぽい匂いで埋まっていた。

今は百合の匂いがする。甘い、蕩《とろ》けるようなカサブランカの芳香だ。

お父ちゃん、噎《む》せるんとちがうかなぁ。

ぼんやりと考える。

「うわっ、ええ匂いやけど、ちょっと甘過ぎるな。鼻の奥がむずむずするで」

なんて、クシャミなんかするんじゃないかな。

ぼんやりと、ぼんやりと考え続ける。

「真子」

後ろから声をかけられた。

掠《かす》れた優しげな声だった。

この声って……。

真子は知らぬ間に指を握り込んでいた。指を握り込んだまま、振り返る。

髪の長い痩《や》せた女の人が立っていた。

「お母ちゃん……」

「真子、大きくなったね」

母が、ほんのりと笑う。

髪をきれいに編み込みにして、喪服を着て立っている。真子の覚えている母より、きれいだった。母は、すぐに笑みを消した。そうすると頰の辺りが、きゅっと引き締まる。血の気の無い白い頰だった。

「真子、大変やったね。まさか、こんなことになるなんて……」

母が声を詰まらせる。

「あ……」

二階から下りてきた奈央さんが、母を見て、一瞬、足を止めた。でもすぐに動き出す。母と真子、二人の前で丁寧にお辞儀をした。

「遠いところから、よう来てくださいました」

「こちらこそ。ご連絡をくださって、ほんまにありがとうございます」

「大将……石鎚の顔を見てやってください。どうぞ、こちらに」

奈央さんがお父ちゃんのいる座敷へと案内する。母は、奈央さんの後ろから座敷にあがる。すぐに、すすり泣きが聞こえてきた。

「真人さん……ごめんよ。ほんまに……ごめん」

母が泣いている。真子は座敷の出入り口に座る。母の背中が小刻みに震えていた。奈央さんは、その横に正座し、お父ちゃんに縋《すが》りつく母をじっと見ていた。

お面のように、無表情だった。

真子はほんの少し、背中の辺りが寒くなった。

奈央さん、何を考えているんだろう。何を思っているんだろう。何を感じているんだろう。

奈央さんのことが、まるでわからなくなる。

お母ちゃんは津雲温泉の旅館に泊り、通夜にもお葬式にも出席してくれた。

通夜の日は、ぽつりぽつりと雨が落ちる、ぐずついた天候だったけれど、翌日のお葬式はからりと晴れ上がった、でも、そんなに暑くない良い天気となった。快晴というやつだ。

「野球日よりやな。大将には相応《ふさわ》しいで」

野々村さんが空を見上げて、呟いた。

晴れでも、曇りでも、雨でもいいよね。

真子は花に囲まれたお父ちゃんの遺影に話しかける。胸の中で、そっと。

白い上っ張りを着たお父ちゃんが、恥ずかしそうに笑っている。お棺の中のお父ちゃんも同じ上っ張りを身に着けていた。

そして、お葬式が始まった。真子は奈央さんの隣に座り、祭壇のお父ちゃんを見詰めていた。式の間中、ずっと見詰めていた。

「マコ」

岩鞍くんに話しかけられたのは、お焼香が終わった直後だった。制服姿の岩鞍くんは、「マコ」と呼んだきり、口をつぐんでしまった。後ろに、鮎美と林葉くんが立っている。鮎美は目を泣き腫《は》らしていた。

「マコ、あの……」

岩鞍くんは一度伏せた目を上げ、真子をまっすぐに見た。喉仏《のどぼとけ》が上下した。

「また、遊びに来いや。落ち着いたら……、また、みんなで遊ぼうや。あの……ほんまに大変かもしれんけど、おれら……待ってるから」

「うん」と頷《うなず》こうとした。「ありがとう」と言おうとした。けれど、口を開くより早く、涙が溢《あふ》れ出た。湯のように熱い。林葉くん家《ち》の玄関で感じたより、ずっと熱い。とても、熱い。

岩鞍くんの訥々《とつとつ》とした物言いが、不器用な労《いたわ》りが、揺れる眼差《まなざ》しが教えてくれた。

お父ちゃんは、もういないんだ、と。

真子を残して一人逝ってしまった。もう二度と目を開けることはない。

お父ちゃん、死んでしもうた。

真子は両手で顔を覆い、声をあげて泣いた。

「真子ちゃん」

奈央さんが手を伸ばしてくる。

「真子」

後ろの席にいた母が、奈央さんより先に真子の肩を抱いた。両手で、きゅっと抱きしめる。

「真子、真子、かわいそうに。辛《つら》かったね。大変だったね。よう、今まで我慢してたね」

母の声が優しく耳の奥に流れ込んでくる。真子の心をそっと包む。

そうだ、あたし、ずっと泣きたかったんや。誰かに抱きしめられて、思いっきり泣きたかったんや。

「ええよ、泣いてもええよ。お母ちゃんがおるからな。こうやって抱いててあげるから。なんにも我慢せんで、ええんよ」

何にも我慢せんで、ええんよ。

それは、魔法の言葉だった。張り詰めた心が身体が解けていく。

「お父ちゃん、お父ちゃん、お父ちゃん」

真子は喪服の胸に抱かれ、しゃくりあげた。

お父ちゃんは骨になった。

「りっぱなお骨ですなあ」

火葬場の人が、言った。本当に感心したように、何度も「りっぱだ、りっぱだ」と繰り返した。奈央さんが、

「お骨になってまで、こんなに褒められるなんて、大将ぐらいのもんだよね。すごいじゃない。ね、大将」

微笑みながら、白い布に包まれた骨箱を軽く叩《たた》いた。母が、小さな悲鳴をあげる。

「奈央さん、やめて。骨壺《つぼ》を叩いたりしないで」

母は目に涙を溜《た》めていた。声と身体を震わせて奈央さんを睨《にら》んだ。

「そんなこと、仏さんに失礼よ」

それから、唾《つば》を呑《の》みこみ、掠れた声で呟《つぶや》いた。

「笑ってるなんて、信じられない。真人さんが亡くなったのに……ちっとも、悲しんでないみたい……」

それは、隣に立っていた真子に辛うじて聞こえる程度の、小さな小さな呟きだった。奈央さんにも他の誰にも、聞こえるわけがなかった。それなのに、奈央さんの表情が硬くなる。

奈央さんは瞬きして、ほんの束の間、母を見た。いや、真子を見た。その視線をつっと横に逸《そ》らし、黙って外へ出て行った。


お父ちゃんの骨箱と一緒に『ののや』に帰る。店の中は、祭壇も鯨幕《くじらまく》も片づけられ、イスとテーブルが元通りに並べられていた。

いつもの『ののや』だった。

カウンターの向こうから、白い上っ張りを着たお父ちゃんが現れてきそうだ。

でも、お父ちゃんはいない。カウンターも、冷蔵庫も、ガスコンロも、たくさんの包丁や鍋《なべ》やフライパンも、ちゃんとある。食器だって、ぴかぴかに洗われて棚に納まっている。『ののや』は何にも変わっていない。

お父ちゃんだけがいなかった。

そして、匂いが少し違っていた。いつもの『ののや』の匂い――いろんな料理の匂いの中に、ほんの微《かす》かに石鹸《せっけん》の香りが混じっている――ではなく、お線香と百合《ゆり》の芳香が漂っている。

いつもと違う匂いが、『ののや』はもう、お父ちゃんのいたときの『ののや』ではないんだよと、真子に告げる。

真子はこれから先、お父ちゃんのいない一日一日を生きなければならない。

「真子ちゃん」

後ろからそっと声をかけられた。

鮎美だった。

「真子ちゃん、あのね……」

鮎美は、制服のリボンをきゅっと引っ張った。リボンの形がくずれた。

「あたし、帰るね」

「あ……うん」

鮎美は待っていてくれたのだ。真子がお父ちゃんのお骨といっしょに帰ってくるのをずっと待っていてくれた。

真子は手を伸ばし、鮎美ちゃんのリボンを結び直した。小さなえんじ色のリボンは鮎美の小さな顔によく似合う。

「ありがとう」

鮎美が言った。真子は、かぶりを振る。

お礼を言うのは、あたしだ。

鮎美ちゃん、ありがとう。待っていてくれて、ありがとうって。

でも、真子は何も言えなかった。「ありがとう」の一言は優し過ぎて、口にしただけで涙が溢れそうな気がしたのだ。

「いつから、学校に行けるんよ」

鮎美が少しぶっきらぼうな言い方をする。真子の泣きそうな顔を見ないように、わざと天井の辺りに目を向けていた。

「明日から……」

「ほんとに?」

「うん。明日から行く」

「じゃあ、待ってる。かんかん橋のとこで」

鮎美は、やっぱりぶっきらぼうにそう告げると、くるりと身体の向きを変えた。『ののや』から早足で出て行く。一度も、振り向かなかった。

『ののや』で待っていてくれたのは、鮎美だけではなかった。池内さんも野々村さんも和久くんも、久本さんも鳩子さんも、みんな、待っていてくれた。

池内さんは、まだ泣いていた。野々村さんはどこかぼんやりした眼差しのまま、お茶をすすっていた。和久くんは黙って、座っている。

「真子」

母が、後ろから真子の腕をひっぱった。お母ちゃんの爪はきれいなピンク色をしていた。桜貝の色のマニキュアだ。

「真子、あんたこれから、どうするの」

母が耳元で囁《ささや》いた。

「これからって？」

母の問い掛けの意味が、とっさに理解できなかった。

「真子……、わたしと一緒に暮らさんね」

母は、津雲の訛《なまり》で言った。

「奈央さんは他人やけね。お父ちゃんがいないんなら、わたしのとこに、おいで。一緒に、暮らそう」

母が真子の腕をきゅっと摑《つか》む。

「真子と二人、暮らせるぐらいのお仕事はしとるんよ。な、お母ちゃんの所においで」

「……津雲を出て、お母ちゃんのとこに……」

「そうや。あんただって、いつかは津雲を出て行くやろ。それが、ちょっと早うなっただけ」

「けど……」

「他人と暮らすわけにはいかんやろ。わたしな、もう帰らなあかんの。明日も仕事やからね。今すぐとは言わんから、ほら、これ、わたしの住所と携帯番号とメルアドやから」

母が折り畳んだメモ用紙を真子の手に握らせた。

「もう、みんなに挨拶《あいさつ》すませたから。これで、帰るからね。ね、いつでも連絡してや」

「お母ちゃん」

「うん？」

「菊おばあちゃんも亡くなったんよ」

「菊おばあちゃん？」

母が首を傾げる。

真奈美ちゃんは、ええ子やったで。

菊おばあちゃんの声が、真子の耳の奥で微かに微かに、響いた。菊おばあちゃんは、お母ちゃんのことをちゃんと覚えていた。

みんな、繋《つな》がっとる。

その一言も、よみがえり、響く。

「ああ、写真屋のおばあちゃんね。もう、ずい分なお年やったものね。大往生やないの」

母は、連絡してよと念を押し、『ののや』から出て行った。

その夜、お坊さんが来て、お父ちゃんのお骨の前でお経をあげた。

それで、お父ちゃんのお葬式は全て終わった。

お坊さんが帰り、池内さんたちも帰った。帰る間際に和久くんが、

「『ののや』どうするんっすか」

と、奈央さんに尋ねた。池内さんが和久くんの後ろ頭を思いっきり叩いた。

「あほっ、今、そんなこと聞いてどうする」

和久くんは「いてぇな」と顔を歪《ゆが》め、唇を突き出す。

「けど、気になるじゃないっすか。『ののや』がなくなったら、おれ、野菜炒《いた》め定食が食えなくなるのに」

「おまえの飯のことなんか知るかい」

「けど、池内さんだって『ののや』が無くなったら人生、半分終わりやって言うてたやないっすか。野々村さんも同じこと言うてたし」

「だからと言うて、何も、今ここで」

「『ののや』は閉めないよ」

奈央さんがきっぱりと言い切った。

「あたし、もう少しで調理師の資格がとれそうなんだ。そしたら、猛特訓してまた『ののや』を再開するからね。野菜炒めだって、玉子焼きだって、丼物だって、とびきり美味《おい》しいよ。だてに三年も大将の傍で修業したわけじゃないんだから。期待しててよ」

「えっ、奈央さんと大将って、夫婦じゃなくて師弟関係だったんすかぁ」

和久くんが、頓狂《とんきょう》な声をあげる。みんなが一時に、笑った。お父ちゃんが亡くなってから、初めてみんなの笑い声が重なった。

眠れない。

布団の中で、寝返りをうつ。

真子は、ため息を吐き、仰向《あおむ》けになる。

天井は夜の闇の中だった。

わたしと一緒に暮らさんね。

奈央さんは他人やけね。

母の一言一言が頭の中に渦巻いている。奈央さんは他人なんだろうか。

「お母ちゃんと暮らす。津雲を出て行くから」

真子がそう告げたら、奈央さんはどうするだろう。「真子ちゃんが決めたのなら、そうしたらいいよ」と言うだろうか。言うような気がする。

奈央さんは強い。泣かない。いつも、しゃきしゃきと動いている。未来を見据えている。一人で何でもできる。一人で生きていける。お父ちゃんがいなくても、真子がいなくてもきっと、一人で生きていける人なのだ。

真子は起き上がり、軽く咳《せき》をした。喉《のど》が渇く。ひりつく。痛いほどだ。水が飲みたい。

部屋のドアを開けると、階段の下からぼんやりとした明かりが見えた。カウンターの上の明かりだ。

包丁の音が聞こえた。

トントントン、トントントントン。

トントントン、トントントン。

お父ちゃんの包丁の音だ。

お父ちゃん。

真子は足音を忍ばせて慎重に階段を下りた。息さえ、できるだけ潜めて下りた。

トントントン、トントントン。

トントントン、トントントン。

奈央さんがいた。大きな俎板《まないた》の上でキャベツを切っている。カウンターの上には、お父ちゃんの骨箱が置いてあった。

「こんな調子でいいかなぁ」

奈央さんが、骨箱に話しかける。

「ねえ、大将。あたし、けっこうできてるでしょ。明日は胡瓜《きゅうり》の飾り切りに挑戦してみるよ。それに、干瓢《かんぴょう》の煮付けね。店を再開したら、新しいメニューとか考えた方がいいかなあ。どう思う？　大将」

トントントン、トントントントン。

トントント。

奈央さんの手が止まる。包丁が滑り落ちる。奈央さんは骨箱を抱えると、床の上にしゃがみ込んだ。

「大将、何で、何で……嫌だよう。こんなの、嫌だよう。何で一人で逝っちゃうんだよう。酷《ひど》いよ、酷過ぎるよ。やだぁーっ」

奈央さんは骨箱の上に覆い被《かぶ》さり、声を上げて泣く。うわぅうわぅと聞こえるその声は、獣の吼《ほ》え声のようだった。

「やだ、こんなの嫌だ。帰って来てよ、大将」

身を捩《よじ》り、壊れるほど強く骨箱を抱きしめて、奈央さんが泣いている。うわぅうわぅと泣き続ける。その傍らに、お父ちゃんの包丁が鈍く刃を光らせて、転がっていた。

下りる時より、さらに足音を忍ばせて階段を上り、真子は部屋に帰る。喉の渇きはいつの間にか消えていた。

翌朝、朝食の皿に、キャベツの千切りが山盛りになっていた。

「何か……青虫みたいな気分になる」

「そう。おかわりもあるけど。たくさん食べたら蝶々《ちょうちょう》になれるかもよ」

「いいよ、あたし、人間で」

奈央さんが笑う。真子はドレッシングの瓶を摑《つか》み、奈央さんを見上げた。

「奈央さん、あたし、ずっとここにいるよ」

奈央さんが瞬きする。

「あの……でも、きっと、高校を卒業したら津雲を出て行くと思う。また、帰ってくるかもしれんけど、一度は、津雲を出たいんや」

「うん」

「でもそれまでは、あたし……ここにいても、ええよね」

奈央さんは、キャベツの上に少し醬油《しょうゆ》を垂らすと、箸《はし》で摘《つ》まみ上げた。

「ここより他にどこに行くの。ここが、あたしと真子ちゃんの家だろう」

「あ……うん」

「けど、今まで以上にお手伝い、お願いしまーす。人を雇うような余裕ないからね。当分は、二人で頑張らなくちゃね」

「うん。頑張る。そのかわり、お小遣いも頑張ってな、奈央さん」

「おや、真子ちゃん、言うじゃないの」

奈央さんは箸を置き、目を伏せる。口元がもぞっと動いた。

ありがとう。

そう動いた。

真子は慌てて立ち上がる。

「あっ、もうこんな時間や。ごちそうさま」

「キャベツ、残ってるよ」

「お腹いっぱい。キャベツは当分、いいよ」

奈央さんが、くすくすと笑った。昨夜の涙は、どこにもなかった。奈央さんの笑顔に向かって、真子は手を振る。

「行ってきまーす」

「いってらっしゃい」

窓から差し込む朝の光を浴びて、奈央さんも大きく手を振ってくれた。


お母さん。

いろいろ考えたけど、わたしは、やっぱり津雲に残ります。もう少し大きくなるまで、津雲で奈央さんと『ののや』で暮らします。お母さんも『ののや』の料理を食べに来てください。

お母さん、いっしょに暮らそうと言ってくれてありがとう。ごめんなさい。さようなら。

真子

今朝早起きして書いた葉書を投函《とうかん》する。それから、かんかん橋に向かって、駆け出す。
鮎美ちゃんはもう来ているだろうか。
津雲の空から光が下りてくる。眩《まばゆ》い光だ。
かんかん橋は光を受け止め、淡く輝いていた。

本書は二〇一三年三月小社より単行本として刊行された作品を加筆修正し文庫化したものです。

かんかん橋《ばし》を渡《わた》ったら

あさのあつこ

平成28年 1月25日　初版発行

発行者●郡司 聡

発行●株式会社KADOKAWA
〒102-8177　東京都千代田区富士見2-13-3
電話 03-3238-8521（カスタマーサポート）
http://www.kadokawa.co.jp/

角川文庫 19562

印刷所●旭印刷株式会社　製本所●株式会社ビルディング・ブックセンター

表紙画●和田三造

ISBN978-4-04-103898-7　C0193

角川文庫発刊に際して

角川源義

第二次世界大戦の敗北は、軍事力の敗北であった以上に、私たちの若い文化力の敗退であった。私たちの文化が戦争に対して如何に無力であり、単なるあだ花に過ぎなかったかを、私たちは身を以て体験し痛感した。西洋近代文化の摂取にとって、明治以後八十年の歳月は決して短かすぎたとは言えない。にもかかわらず、近代文化の伝統を確立し、自由な批判と柔軟な良識に富む文化層として自らを形成することに私たちは失敗して来た。そしてこれは、各層への文化の普及滲透を任務とする出版人の責任でもあった。

一九四五年以来、私たちは再び振出しに戻り、第一歩から踏み出すことを余儀なくされた。これは大きな不幸ではあるが、反面、これまでの混沌・未熟・歪曲の中にあった我が国の文化に秩序と確たる基礎を齎らすためには絶好の機会でもある。角川書店は、このような祖国の文化的危機にあたり、微力をも顧みず再建の礎石たるべき抱負と決意とをもって出発したが、ここに創立以来の念願を果すべく角川文庫を発刊する。これまで刊行されたあらゆる全集叢書文庫類の長所と短所とを検討し、古今東西の不朽の典籍を、良心的編集のもとに、廉価に、そして書架にふさわしい美本として、多くのひとびとに提供しようとする。しかし私たちは徒らに百科全書的な知識のジレッタントを作ることを目的とせず、あくまで祖国の文化に秩序と再建への道を示し、この文庫を角川書店の栄ある事業として、今後永久に継続発展せしめ、学芸と教養との殿堂として大成せんことを期したい。多くの読書子の愛情ある忠言と支持とによって、この希望と抱負とを完遂せしめられんことを願う。

一九四九年五月三日

角川文庫ベストセラー

バッテリー　全六巻　あさのあつこ

中学入学直前の春、岡山県の県境の町に引っ越してきた巧。ピッチャーとしての自分の才能を信じ切る彼の前に、同級生の豪が現れ!? 二人なら「最高のバッテリー」になれる！　世代を超えるベストセラー!!

福音の少年　あさのあつこ

小さな地方都市で起きた、アパートの全焼火事。そこから焼死体で発見された少女をめぐって、明帆と陽、ふたりの少年の絆と闇が紡がれはじめる――。あさのあつこ渾身の物語が、いよいよ文庫で登場!!

ラスト・イニング　あさのあつこ

大人気シリーズ「バッテリー」屈指の人気キャラクター・瑞垣の目を通して語られる、彼らのその後の物語。新田東中と横手二中。運命の試合が再開された！　ファン必携の一冊！

晩夏のプレイボール　あさのあつこ

「野球っておもしろいんだ」――甲子園常連の強豪高校でなくても、自分の夢を友に託すことになっても、女の子であっても、いくつになっても、関係ない……野球を愛する者、それぞれの夏の甲子園を描く短編集。

ヴィヴァーチェ　紅色のエイ　あさのあつこ

近未来の地球。最下層地区に暮らす聡明な少年ヤンと親友ゴドは宇宙船乗組員を夢見る。だが、城に連れ去られた妹を追ったヤンだけが、伝説のヴィヴァーチェ号に瓜二つの宇宙船で飛び立ってしまい…!?

角川文庫ベストセラー

ヴィヴァーチェ
宇宙へ地球へ
あさのあつこ

地球を飛び出したヤンは、自らを王女と名乗る少女ウラと忠実な護衛兵士スオウに出会う。彼らが強制した船の行き先は、海賊船となったヴィヴァーチェ号が輸送船を襲った地点。そこに突如、謎の船が現れ⁉

グラウンドの空
あさのあつこ

甲子園に魅せられ地元の小さな中学校で野球を始めたキャッチャーの瑞希。ある日、ピッチャーとしてずば抜けた才能をもつ透哉が転校してくる。だが彼は心に傷を負っていて――。少年達の鮮烈な青春野球小説！

チョコリエッタ
大島真寿美

幼稚園のときに事故で家族を亡くした知世子。孤独を抱え「チョコリエッタ」という虚構の名前にくるまり逃避していた彼女に、映画研究会の先輩・正岡はカメラを向けて……こわばった心がときほぐされる物語。

戦友の恋
大島真寿美

「友達」なんて言葉じゃ表現できない、戦友としか呼べない玖美子。彼女は突然の病に倒れ、帰らぬ人となった。彼女がいない世界はからっぽで、心細くて……大注目の作家が描いた喪失と再生の最高傑作！

かなしみの場所
大島真寿美

離婚して雑貨を作りながら細々と生活する果那。離婚のきっかけになった出来事のせいで家では眠れず、雑貨の卸し先梅屋で熟睡する日々。昔々、子供の頃に誘拐されたときのことが交錯する、静かで美しい物語。

角川文庫ベストセラー

RDG　レッドデータガール
はじめてのお使い
荻原規子

RDG2　レッドデータガール
はじめてのお化粧
荻原規子

RDG3　レッドデータガール
夏休みの過ごしかた
荻原規子

RDG4　レッドデータガール
世界遺産の少女
荻原規子

RDG5　レッドデータガール
学園の一番長い日
荻原規子

世界遺産の熊野、玉倉山の神社で泉水子は学校と家の往復だけで育つ。高校は幼なじみの深行と東京の鳳城学園への入学を決められ、修学旅行先の東京で姫神という謎の存在が現れる。現代ファンタジー最高傑作！

東京の鳳城学園に入学した泉水子はルームメイトの真響と親しくなる。しかし、泉水子がクラスメイトの正体を見抜いたことから、事態は急転する。生徒は特殊な理由から学園に集められていた……!!

学園祭の企画準備で、夏休みに泉水子たち生徒会執行部は、真響の地元・長野県戸隠で合宿をすることになる。そこで、宗田三姉弟の謎に迫る大事件が……！大人気RDGシリーズ第3巻!!

夏休みの終わりに学園に戻った泉水子は、〈戦国学園祭〉の準備に追われる。衣装の着付け講習会で急遽、モデルを務めることになった泉水子だったが……物語はいよいよ佳境へ！　RDGシリーズ第4巻!!

いよいよ始まった戦国学園祭。八王子城攻めに見立てた合戦ゲーム中、高柳が仕掛けた罠にはまってしまったことを知った泉水子は、怒りを抑えられなくなる。ついに動きだした泉水子の運命は……大人気第5巻。